《温岭丛书》甲集第二十六册

赵佩茝集

ZHEJIANG UNIVERSITY PRESS
浙江大学出版社

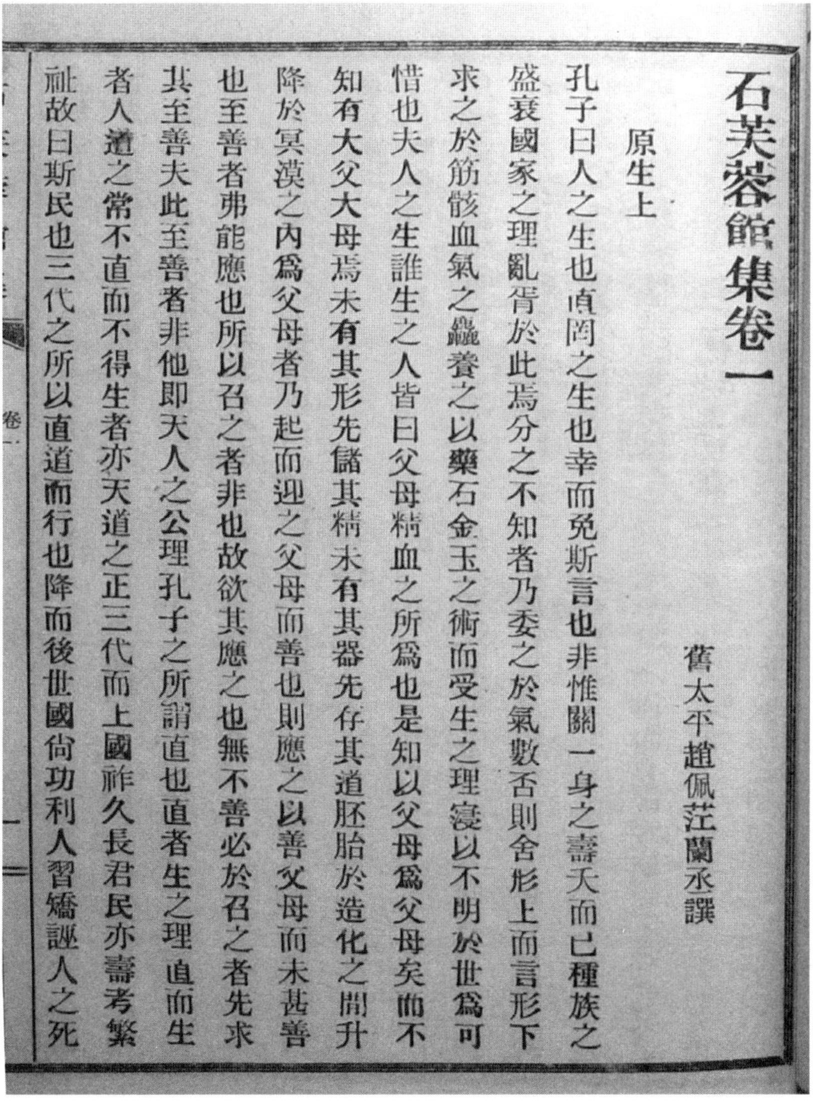
石芙蓉館集卷一

舊太平趙佩茳蘭丞譔

原生上

孔子曰人之生也直罔之生也幸而免斯言也非惟關一身之壽夭而已種族之盛衰國家之理亂胥於此焉分之不知者乃委之於氣數否則舍形上而言形下求之於筋骸血氣之麤養之以藥石金玉之術而受生之理寖以不明於世爲可惜也夫人之生誰生之人皆曰父母精血之所爲也是知以父母爲父母矣而不知有大父大母焉未有其形先儲其精未有其器先存其道胚胎於造化之間升降於冥漠之內爲父母者乃起而迎之父母而善也則應之以善父母而未甚善也至善者弗能應也所以召之者非也故欲其應之也無不善必於召之者先求其至善夫此至善者非他即天人之公理孔子之所謂直也直者生之理直而生者人道之常不直而不得生者亦天道之正三代而上國祚久長君民亦壽考繁祉故曰斯民也三代之所以直道而行也降而後世國尚功利人習矯誣人之死

林亚风家藏本《石芙蓉馆集》书影

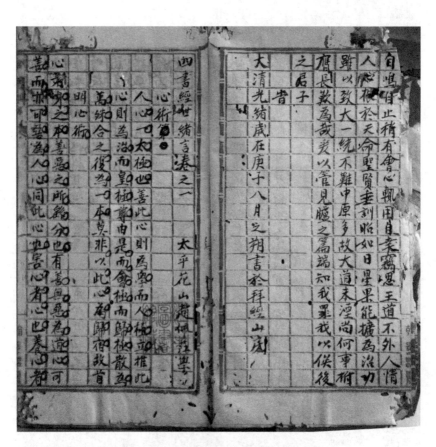

四書經世緒言卷之一　　太平花山趙佩莊學

心術篇

人心曰太極此善心則為聖而人極立推此
心則為治而皇極郎而郎郎散亂
心以致一復於一本莫非以此郎郎郎故首
明心術

心為卽之和善惡之所齡分也有義
明心　善而卽郎卽為人心同此心也喜心朝心也養心郎

自嗚呼止稍有會心輒因自索窩墨王道不外人情
人心被於天命聖賢垂訓昭如日星果能擴為治力
雖以致大一統不難中原多故大道未湮尚何事術
倡長敷為戚矣以管見臆之篇端知我罪我以俟後
之君子者

大清光緒歲在庚子八月之朔書於拜經山崙

温州市圖書館藏《四書經世緒言》書影

花山志卷之一

舊太平趙佩茳蘭丞纂

山水志

稱四皓必冠以商山語六逸必繫以竹溪論人物者往往根據山水由來亟矣

唐王氏勃序滕王閣特破常解而曰人傑地靈則鍾毓之說又不足以盡之有

四皓而後有商山有六逸而後有竹溪也花山一部蔓蟻垤耳得九老人吟詠

其間而一花一石一邱一壑逶膽炙人口士宜知所自樹矣紀山水

敍山

花山環邑南諸山而成九老社吟之地則石盤東支之尾閭也山絕小大山宮之窈

然深阻林木翁蔚山泉數道瀵瀵出其中匯爲巨流曰小泉者別平縣治大泉而言

當九先生社吟時夾溪傍山多種梅花人緣溪行如入洞天故有梅花洞之稱其外

民居數百戶自成村落則消寒村（偏稱小泉村學師童廣年易今名）縮以孔道區域天然自此入山轉

《花山志》书影

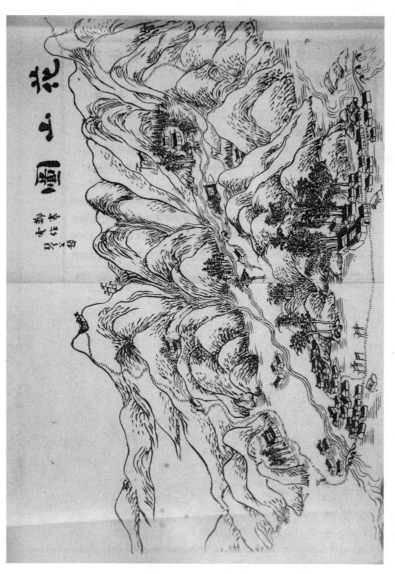

花山图

前　　言

　　赵兰丞（1866—1929），原名佩茳，字兰丞，以字行，号梅隐，今太平街道小南门村人。赵佩茳出身于书香之家，曾受业于诸葛哲生、叶彬士、江竹宾、张璿卿、陈子冶、梁岑朋诸家，家教甚严。据其子赵立民为赵佩茳所作《石芙蓉馆集》跋，赵佩茳"毕生致力于义理考据之学。其于《诗》《易》《论》《孟》诸经，皆能融汇汉宋，别具手眼，有所撰述，足以示后，更以余力治诗，古文亦务尚谨严博雅，有当于经旨，而无唐宋门户之见"。

　　赵兰丞少年力学，熟读经史，中清光绪二十九年癸卯（1903）正科举人，是清朝太平县最后一个举人。光绪三十三年（1907），应浙藩保荐入都对策，以盐课大使赴闽就职，越月余，因母病而返，遂弃仕途，执教于太平中学堂。民国二年（1913），任鹤鸣高小（今横湖小学）校长，并主孔庙祭。后设馆授徒于花山十余载，兼以行医为业，至后半生竟以医显，有儒医之称。

　　在花山设馆授徒期间，为"彰先哲而维名教"，赵兰丞"募建九老祠、编纂《花山志》，几至心力交瘁"，待"祠宇略具规模，志书亦甫脱稿"，却"溘然逝世"。（赵立民《花山志·跋》）可见，《花山志》即其呕心沥血之作。

　　赵佩茳生平著述颇富，曾重修本家宗谱，编纂《玉环县志》，主编《花山志》九卷。还有遗稿《内经点勘医案》《尊生随笔》《六经管见》《易经刍议》《石芙蓉馆集》等。

赵佩茳先生所著《石芙蓉馆集》十卷,计文九十八篇,诗三百九十八首,由其子赵立民、学生郑丙生搜集编次,于民国三十六年(1947)刻版印行。《尊生随笔》为医学笔记,从其子赵立民先生所作"医学一家言"中摘出,《内经点勘医案》《六经管见》《易经刍议》已佚。

2009年,吴小谦先生与笔者合作校点《石芙蓉馆集》,由温岭市档案局出资出版。后发现因我们学识粗浅,谬误较多,值此《石芙蓉馆集》收入《温岭丛书》之际,重新校订,得有正谬之机会。惜吴小谦先生已归道山,故此次校订工作,由笔者独立完成,时日匆迫,杂事猥集,差错定然尚有不少。

《四书经世绪言》一书,据其自定年谱,为赵佩茳在花山设馆时所著,时为光绪二十五年(1899),是年赵佩茳三十四岁。

此次校点所据的《四书经世绪言》稿本,收藏于温州市图书馆。此书封面署名作"涵诚作",而序言中自称:"茳幼服庭训,颇得端绪,稍长从事制举,渐失本来,但于此书,信之独深,好之独笃,终不忍舍而他适,以至所嗜愈深,所操愈拙,踯躅名场,如水投石,固其宜也。山居无事,惟抱一编读,夏则就阴,冬则就阳,如彼候虫时鸟,自鸣自止,稍有会心,辄用自幸。窃思王道不外人情,人心根于天命,圣贤垂训,昭如日星,果能扩为治功,虽以致大一统不难。中原多故,大道未湮,尚何事拊膺长叹为哉!爰以管见,胪之篇端,知我罪我,以俟后之君子。"则知此书为赵佩茳作无疑。而稿本序言中称作序时是"大清光绪岁在庚子八月之朔",则是光绪二十六年,即1900年。

序中赵佩茳感慨道:"盖自八比既兴,人所家弦而户诵者,不过藉以猎科名,求闻达,一行作吏,此事便废。其童时所习者,亦止于详训诂,明句读,与身心既毫无关切;及其壮也,挟高头讲章□大卷子,以挟策呻吟为学,以词章藻缋为文,以利场屋、揣风气为事,于"四书"之实际,教者未之及焉,学奚由进? 体之不立,用何以施?"作者痛感八股文兴起后,"四书"的流传到了"家弦户诵"的程度,童稚都能诵习,但是人们却往往只将它作为"敲门砖",作为"猎科名,求闻达"的工具,一旦考取官职,就将它丢在一边,而"四书"所讲的"修身、齐家、治国、平天下"之道,往往就不关注了。作者痛感于这种现象,将自己读"四书"的心得体会,撰写为《四世经世绪言》,希望通过此书,能达到修身养性、治学求知、建功立业之功效。

《四书经世绪言》分为三卷,分别论述心术、学术、治术,即相对应于传统儒之"立德,立言,立功""三不朽"。此书文字虽仅万余字,但涉及内容较多,书中提及儒家学说之术语较多,且此书为手稿本,并已遭蠹虫侵害,部分文字脱落、难认,因此给点校工作带来一定难度,虽然勉力而为,但其中差错定然不可避免。

黄晓慧

《花山志》全书九卷,分上下两册,约 9 万字。志书载图一,可大略见全山的形胜。首列花山先正年表,总括以明花山学派的渊源及流风遗韵。下分山水志、人物志、古迹志、艺文志。山水志,分叙山、叙水两部分。人物志,分道学、经师、高行、诗人,同时记游客、著姓。非诗社的诗人,称游客。古迹志,仅列社庙、寺院、坊、宅、桥、墓等,天然名胜均附于山水志。艺文志,艺文、诗文兼收,分正编、续编、后编三编。正编为清乾隆以前所作,续编为同治前所作,同治后所作则称后编。花山学派的属内编,并附本地著姓诗文;其余属外编。均以外编居前,即外人论花山;内编继后,即花山主人作品。

由于经费不足,志稿因长期保存而"几饱蠹鱼矣"。民国二十六年(1937)冬,赵兰丞的学生徐子骐从南京解官归里,重访花山,见祠宇一片萧条,回想重建九老祠时,自己也曾参与其事,就毅然决定募款重修,并邀金仲略、钟子琴、王演青等一起出钱出力,不出几月,廊庑焕然,气象一新。徐子骐又念及《花山志》尚未刊行,就以修祠余款和另外筹集的资金一并把志书出版,另一学生郑丙生则主动任校对誊录,经一年的努力,民国二十九年(1940)九月,《花山志》也刊行于世,志书由九老之一王崧后裔王薰作序,赵兰丞之长子赵乾(立民)为跋。

由于当时《花山志》出版量不多,又几经战火和动乱,存世的就更少了,连赵立民的女婿陈曼声都没有。20世纪50年代,陈曼声曾在旧书摊淘得一本,特别珍惜,连好友陈诒求借都不许,愿以酒食招待,一定要他到家阅读。今温岭市档案局保存的《花山志》为原平泉图书馆之收藏。

《花山志》九卷,铅印直排,为民国出版物。底本藏于温岭市图书馆。现改简体横排。原文的附注文字小一号排版,今改作原文标注,附于文后。文章引经据典,一些词语不加解释无法阅读,于是简注了少数词语,亦附注于后。

有关花山,在今太平街道肖泉村岙里,本是寻常山岙,仅是"一峡岬之奥区耳,非有奇石、灵水、伟殿、穿堂足供游客之流连光景者",因此,"花山于有明一代,邑中文章巨公歌咏颇鲜,而地非孔道,名流游辙亦所鲜经"。花山之所以负盛名,"自有林居恒(原缙)先生辈九老人结社于此而名始显。自有孝廉(指赵兰丞)作志,而名益大显"。(王薰《花山志·序》)可见,花山以人文显扬。

赵兰丞平时与客人谈论花山，就注意搜集诗文。"每客至，津津道花山事不去口，客有异闻，必相与折证考辨，其文章有涉及花山者，必手疏之，至老不倦。"赵兰丞以少壮所作《花山事略》为底本，撰《花山志》。他与人旨趣迥异，序称"独湛深经学，不习时尚，而力追于古，故其平生撰述无愧作者"。待《花山志》编纂完成，赵兰丞也溘然长逝了（赵立民《花山志·跋》："志书亦甫脱稿，而先严已溘然逝世"）。

有关花山、《花山志》及花山学派的相关内容，特交代如下。

一、人文花山

诗人结社，可远溯香山居士白居易，白居易曾参与佛教徒的社团，该社取"香火因缘"之意，称"香火社"，因有白居易参与，故又称"香山社"。但"香山社"并不是真正意义上的诗人社团。诗社的出现，应在南唐时，宋马令《南唐书·儒者传上·孙鲂》："及吴武王据有江淮，文雅之士骈集，遂与沈彬、李健勋为诗社。"

至于温岭诗社的出现，则到明初的永乐二年（1404）正月下旬，由林原缙、王崧、翁晟、丘镡、丘海、何及、何愚、狄景常、程完等九人创建的"梅花吟社"（又称"九老吟社"）了。"梅花吟社"的结社背景，据赵兰丞《花山九老诗存·序》称："方靖难兵起时，吾太（太平县）之募兵者，以不济而死矣；吾台之仗节者，以不屈而族矣。九老人洁其志，韬其光，以徜徉山水间，盖有郁郁于中而不可告人者，诗其寄耳，故为之不多，甚且恐罹苏子乌台之议。"就是说，明初燕王朱棣发动"靖难之役"，南下夺取侄子建文帝的帝位。王叔英(今太平小河头人)募兵广德勤王不成而自缢殉节,宁海方孝孺拒绝为朱棣起草即位诏书而被诛十族,杀了873人。朝政严酷,受此牵连的则更多,如与王叔英走得较近的丘海、丘镡等均遭严格审查,"考其师友渊源,则九先生半为忠节(指王叔英)故交,诗文投赠在在可征"。(赵兰丞《三至王氏重修宗谱序》)平日与王叔英略有交往的文人均噤若寒蝉,为避世,九老就结社花山,以林原缙为最年长,推为社长,最年轻的程完为之序;他们以诗酒自娱,分韵赋诗,吟风弄月,永结逍遥之游。赵兰丞称之为:"花山者,明逊国之变,九高士社吟地也。"其社址设在潘氏墓庵,夹溪傍山,广植梅花,多至万本,故以"梅花吟社"名之;花开时,人行其中如入洞天,故有"梅花洞"之称。明莞山(今城南镇观岙)人陈彬有诗记之:"梅花洞口夹深溪,九老当年任品题。今日青山不容隐,五桥车马听骄嘶。"(《嘉靖太平县志》)

由于"有郁郁于中而不可告人者,诗其寄耳,故为之不多,且甚恐罹苏子乌台之议",因此九老为避文字狱而存诗不多,清人林爵铭编《九老诗存》,共搜集诗49首、文9篇,赵兰丞、陈明园分别作序,管世骏作跋。陈序称:"存九老者存花山,是花山无九老不复知有花山,九老无诗不复知为九老,小花山亦小九老矣。"

吟社终止时间已难以考证,唯见最年轻的程完在宣德五年(1430)尚有留文。

花山沉寂约400年之后,到清道光二十四年(1844)五月,冯芳、陈寿璐、李汝皋、杨鹭、林蓝、章淳、林傅(后加入)等七人见花山古迹凋零,遂效法先贤,在新庵(梅花庵)建"修梅吟社",推林蓝为社长。他们补种梅花,称"修古七诗翁"。林蓝在《结修梅吟社》中说:"梅花九老吟庵圮,歇绝风流五百年。大好今朝六闲客,重开海国一诗天。谈风嘲月联新艺,夜烛晨樽证宿缘。更有不言同喻处,勉将道谊踵前贤。"

赵兰丞在《花山志》中将其列为第二时期,评论说,"社非为诗也,而有时乎为诗"。自乾隆到嘉庆、道光,国家安定,"边境敉平,民物蕃庶,咏歌升平,此其时也",七先生"以隽才长技,逍遥于桑梓之乡,角逐于文酒之会,登高选胜,道性言情,亦固其所"。时代变了,诗人心境也完全变了,九老吟者孤行其是,修古诗翁则乐畅其天。赵兰丞印证了曾国藩名言:"时乎安乐,虽贤者不能作无事之颦蹙。"

他们更招徕贤士和方外(释道)来此,更唱迭和。《花山志》载:"先后游客若黄岩令吴西桥樾、临海宋心芝经畬、秀水蒲作英华、山阴童柘臣赓年、黄岩阮笃材培元、邑人黄壶舟澹及弟今樵治、林紫东茂涵、王燮友东曦暨僧戒庵德芳,各有唱和。"

常乐寺的创建者戒庵(德芳)与修古七诗翁均有唱和,《花山志》中收戒庵诗多首。杨鹭有《戒庵结茅灵泉山寄怀》:"才出山来又入山,诛茅新盖屋三间。好留顽石容听讲,自把长镵不放闲。竹渐遮篱和雨种,松多碍径带云删。不知庵外泉何似,待试新茶为扣关。"灵泉山即明因寺后山、常乐寺之所在,此诗即写戒庵创建常乐寺事。

咸丰三年(1853)春,黄濬自宗文书院迁徙县城之鹤鸣书院(今横湖小学),修梅吟社社员、其表弟雪迮(陈寿璐)喜而有作,黄濬次韵奉答。他没有加入吟社,而社员们却把他尊为领袖。黄濬有《鸣谢修梅吟社诸君子》,诗中有"笑余白发盈乌帽,却荷诸公眼共青"句,抒写白头归来,蒙诸公青眼相待之感慨。

　　海派画家蒲华在同治四年(1865)作为知县桂龄的幕僚来到太平,曾赋《挽杨香生明经鹭》诗二首,其中有"联吟迟我十年来"句。王及在《蒲华研究》中记:"蒲华到太平,香生(杨鹭)逝已十年,为其才情所倾倒,赋诗以挽。"林蓝(1814—1847)一生只活了34年,蒲华来时,林蓝已故去18年了,但他看到了林蓝的画。林蓝画竹,竹叶节理劲挺有姿,含雨含露秀润至极。蒲华一见倾倒拜服,恨不能亲见其人,于是临画揣摩,面壁沉思,终于悟出了林蓝的"纵横逸华,变化无穷"的手法和"跌宕超逸之趣"。

　　同治六年丁卯(1867)三月二十三日(公历四月二十七日)。37岁的蒲华来到花山,在梅花庵(即继善堂)与同人小饮,醉墨《花山题壁》:"空山春尽忆梅花,呼伴登楼日已斜。一勺清泉消酒渴,顽僧为煮雨前茶。"诗后题有:"丁卯三月二十三日,同人小饮,戏题二十八字,观者勿以为玷壁也。作英醉墨。"台州市卫生局周春梅局长青年时曾参与文物普查,在梅花庵一户人家的猪圈壁上依稀发现蒲华的墨迹,泼水而迹显,得以目睹蒲华手迹。

　　第三时期则是清末民初时的林简、陈江藻、方乐、林玮黻、赵佩莊(兰丞)等五人于光绪三十年(1904)建的"补梅吟社",称"补梅五闲客",社址设在花山新庵。赵兰丞在《花山志》中写道:"余家去故社为最近,岁时登临,见墙角老梅数本开冰雪中,恍然如见九老人于花下竹边而亲承其馨欬。久之梅花零落,存者愈稀,始与林子仲严(林简)、陈子义补(陈江藻)有修复古社之议。以家居兼农耕,略谙树艺,则以补梅自任。"他们承担起重振诗风之责,当时在徐子骐和知事李瑞年的支持下,募集资金,重建九老祠,重整花山古迹,遍地植梅,编修《花山志》;复僧庵旧社,种以梅花,高士来游,沿溪可寻梅洞。邑人毛济美来游作《冬日游花山展谒九老祠呈赵兰丞先生》诗:"崇祠新筑接僧楼,风义如君信莫俦。从此溪山倍生色,名贤古佛各千秋。"

至于温岭县中在此办学八年(1941—1949)和民国三十七年(1948)由赵立民、胡子谟、盛配、郑丙生、张白、金声、张雪风、郑颂国、陈沅、林吟乔、林震遐、徐行、林亚风等组建的"梅社",虽留下了大量的人文积淀,但却是志外之事,在此只能一笔带过。

二、花山学派之渊源

一提到《花山志》,人们便会想到,"志"的就是"花山诗派",其实赵兰丞的准确提法是"花山学派"。这有《花山志·凡例》可证:"二、本编首列先正年表,为全书櫽栝,以明花山学派之渊源,及流风遗韵所被之远且久。"看来,许多人忽略了这"学派"二字。

赵兰丞"首列先正年表",目的是"为全书櫽栝",可见它在全书中的重要地位,后学者不可不重视。《先正年表》简明扼要地揭示了"花山学派"之渊源及远久的流风遗韵。

《花山志·先正年表》首列"林伯和与弟叔和求师二陆,得象山之传"。伯和即林鼐,登乾道八年(1172)进士;叔和即林鼐;象山即陆九渊,心学创始人。兄弟俩又受业于朱熹。据赵兰丞考证,林鼐之先系闽人,宋时迁至太平珠村,林鼐曾隐居石盘山,后迁居景贤坊。吴福寿《温岭古代文选·前言》曾述,朱熹对台南弟子讲明理学,游其门者甚众,使台南风气蒸变,林鼐与弟叔和具受业晦翁之门。朱熹在《答林伯和书》中对他谆谆教诲:读《论语》《孟子》"须逐章熟读,切己深思,不通,然后考诸先儒之说,以发明之。如二程(程颢、程颐)先生说得亲切处,直须看得烂熟,与经文一般成诵在心,乃可加省察之功,与讲学互相发明"。又说,"大抵见善必为,闻恶必去,不使有顷刻悠悠意态,则为学之本立矣"。朱子也有与叔和书,给以指导勉励。可见二林既有陆象山的心学修为,又得朱子真传。

《人物志》中的"倡道五先生"(潘伯修、丘应辰、郭楷、林仍达、何明远)更是"花山学派"之祖,这有点像天台宗,其实际创始人虽是智者大师,但"天台宗佛学思想渊源于《法华经》和龙树大师的学说"(《国清寺志》),其间还有慧文禅师、慧思禅师,智者大师应是第四祖。树有本,水有源,这"倡道五先生"就是"花山学派"的本源,而"社吟九君子""修古七诗翁""补梅五闲客"等则是"所被之远且久"的"流风遗韵",是流。

《花山志》称,花山学统以郭贞成(郭楷)为开山之祖,花山九老受郭楷的影响尤深,道学渊源深厚。

郭楷原是仙居人,元末随族叔宽夫徙温峤松山。祖郭磊卿亲受朱熹教诲,上溯伊洛(程颢、程颐)、洙泗(孔孟)。其学脉为:朱熹—郭磊卿—郭宽夫—郭楷。这就是说,郭楷间接继承了朱熹的理学。终元之世,郭楷隐居松山教授,邑人多从之游,九老之一程完就"私淑其道也"。故赵兰丞说:"成趣(程完)先生行修言道,卓然人伦师表,以之陶熔后起,衣钵一出于贞成(郭楷),则成趣先生为花山所出祖,而先生则又为祖所出,道德事功炳于有明,腾于江右。松山里(在温峤)之于梅社所居又近,渐被为尤切矣。"

《花山志》又称,林仍达字铭可,"祖父以上俱以儒显"。先生"初从石门陈铿翁先生学,刻苦自励,日记数千言,以至诚为修身之本,忠信为行己之方,及膺冠带为千里师,行其所学,躬率诸生先之以孝弟,次之以文艺,以及尊主庇民之道,四方学者翕然听讲,士风丕变"。林仍达为林霆族裔。

所以,花山学派,从林霆、林霂到郭樵、林仍达,再到程完,一脉相承的是朱熹的理学思想。

王英础

目　　录

石芙蓉馆集
卷一　论说经义

原生上

孔子曰："人之生也直，罔之生也幸而免。"斯言也，非惟关一身之寿夭而已。种族之盛衰，国家之理乱，胥于此焉分之，不知者，乃委之于气数，否则舍形上而言形下，求之于筋骸血气之粗，养之以药石金玉之术，而受生之理，浸以不明于世，为可惜也。

夫人之生，谁生之？人皆曰父母精血之所为也，是知以父母为父母矣，而不知有大父大母焉。未有其形，先储其精；未有其器，先存其道。胚胎于造化之间，升降于冥漠之内，为父母者乃起而迎之。父母而善也，则应之以善，父母而未甚善也，至善者弗能应也。所以召之者非也，故欲其应之也无不善，必于召之者先求其至善。夫此至善者非他，即天人之公理，孔子之所谓"直"也。直者生之理，直而生者，人道之常，不直而不得生者，亦天道之正。三代而上，国祚久长，君民亦寿考繁祉，故曰斯民也，三代之所以直道而行也。降而后世，国尚功利，人习矫诬，人之死于战争者，往往什之三四，而居平无故而夭折者，更不知凡几。虽以男女之早婚，官府之憎饰，女闾私鬻之孳乳，生齿不加多，而流种反日趋薄弱，此其故可思矣。

然则三代者,上下之界也,自三代而上以道治,故其生也直,偶有不直者无所容。自三代而下以欲治,故其生亦直,幸而不直者,虽亦儳然并生,所以戕其生者即伏乎其中,无所谓生也。循斯以往,世变将未有已,生人之理,几乎息矣。可不深惧也哉!

原生中

凡物繁然以生者,皆具是理也。其得生之初,秉气于天也,亦与人同。人得其精,物得其粗;人得其聚,物得其散,此人所以为万物灵也。

然人之出生也,每自斫之于既生之后,为父母者又每斫之于未生之前,所以迎其天地者,甚非天地乐生之意,而又不能秘也,姑随其物以予之。于是一家之内,而有微箕商纣之殊;一父之子,而有舜象之异。三代以上已然矣,此岂天之降才尔殊也,所禀者异也。为父母者,初终表里之不一致也。

其自丧其天者,且不如繁然之物,何也?物既繁然而生矣,人不戕之,彼未尝自戕。强者虽亦戕,其弱者而不数数遇,故戕而自若,非惟不戕,且从而得所养焉。雨露之滋,日月之华,有翕而无泄。饮食之当,起居之适,有节而不逾。故物之寿者,或数百年,或千年,以视人生之寒暑,则倏然短矣。是人之生,不如物之生久也。

故寿夭非所以论生也,而可为自戕其生者戒,可为自斫其天者箴,不然,生之修短,天所命也;秉直所生,理所赋也。天所命者,不能以人胜之,理所赋者,不求胜而无不胜焉。此夭寿不贰,君子所以修身以俟也。

原生下

人之戕其生者百端，恤恤焉思所以免之，可谓善其生乎？曰否。

人之生也有涯，而所善其生者无涯。上寿百二十，下此或百焉，或七八十焉，或五六十焉，或三四十焉。果寿者皆贤，而夭者皆不肖乎？则无解颜渊与盗跖。有志之士知有生，而不知有死也。一息之存，必不忍自弃于非类。故事功以成，德业以大，此修身所以夭寿不贰也，否则恤恤焉，自爱其生以偷视息于人间，问其何为而生？恐茫然无以对，问其生何异于不生？更茫然无以对也。甚则世变日深，嗜欲日侈，趋避日熟，贪得日多，且为天地之大蠹。孔子曰："老而不死是谓贼。"其所以叩原壤之胫也。

君子知其身于天地，必有与立，非为功于天地，不敢轻其生也；非有益于国家，不敢祈天永命也。故曰循循于人道，于言也，慎其所有余；于行也，勉其所不足。能为益于人，不敢以劳谢也；可为功于世，不敢以自高也。至于年命既尽，而其责始谢，生始以全焉。古之圣人如禹、周、孔子，为其所当为，不敢自以为功，为其所不得不为，并不敢自以为罪，此即本其所受生之心为心也。

经文私说

经学一道，难言之矣。三代而上，典坟丘索以及《尚书》，史氏记言而已。作者无著书传后之见，观者亦取达意而止，不以美恶为妍媸也。自风雅兴而萌芽启,孔圣有作,绝其流,清其源,删订笔削,一归于道,文字之传始此,犹非有为文之见也。丘明传经,夸目尚奢,然大旨不谬于礼。庄骚继起,文字乃盛。降而战国,异说蜂起,积数千年以至于今。递变递胜,不可纪极,大抵以轨于道者为正,淫于辞者为邪,有当于道者为经,有当于用者为纬,外此可不传也。顾其中各有异焉,谨以臆说,分合论之,后之阅者,其以余言为然耶?其以为不然耶?则非所敢知耳。

《尚书》百篇,出自圣断,孟氏以为不足深信。盖铺张扬厉,史家文胜之弊,终古一辙。然观其书,大本归重性道,而以天道天命为纬。盖性者天所赋,以天治天,即以天合天。尧舜之心法,三代之道化,古人之故训格言,于是乎在。典谟诰誓之文,大抵如此。乌可以孟氏一言,执一以漏万哉?以观后世《封禅》《符命》《典引》诸篇,文体一蹑《尚书》,而华而鲜实,雍容揄扬谀矣,岂可同日语哉?

太史采风,以观民俗。《书》道政事,《诗》言性情。至情生文,骚雅权舆,盖在此焉。然古诗三千,孔圣删之,存其什一,亦复贞淫并录,正变并存,则其所删,大抵不根之论,假饰之言,不可以为法戒也。文字之变,华而鲜实,圣人之防也豫矣。

文王拘幽,演《易》系象。周公作《大象》,孔子作《十翼》,《大易》一书,圣学萃焉。自遭秦火,诸经残缺,存者惟《易》。秦人既以卜筮而存之,汉儒亦以卜筮而训之。爻辰象纬,异议纷然,然非《易》之本也。《易》言天道,实皆人道。天地风雷,水火山泽,一定之气;阴阳刚柔,动静变化,一定之理;盈虚消长,剥复否泰,一定之数。数者气所运,理所涵也。孔子明《易》之四道,虽不废占大衍之数、蓍龟之用,不惮委曲详明,以求合天地生成之道，盖谓此也。后世学者，举末而遗本，执象数以求合，而易道浸以不明，不已颠乎？故《蒙》之于《易》，特立心占之法，以己所处之时位，考衷于《易》，每有动作，用以自课得失。与《系传》所云"观象""玩辞"同为求理之用，揆以至圣之教，差为吻合。以吉凶为得失，所以析理也；以悔吝为忧虞，所以精义也；知吉凶、悔吝之生于动，所以存诚也。因《易》求诚，以诚合道，身心之际可以无疑矣。而犹有疑者，析理愈精，见义愈微。故于是非毫厘之界，或有不能自决以一所从者，此古之所以有卜筮也。抑或事关军国安危之大，幽明之故，上下异识难以偏用者，乃假蓍龟以决之，此殆所谓"神道设教"者与？然观《洪范》所言，谋及卜筮，必先谋之，乃心谋之，卿尹、庶人知此为诚。至以后之事，《易》之用，非学《易》者之所亟也。故孔子之于《易》，不过取以寡过，随事随时反观内省而已。惜汉儒之未尽知，知者亦言之不详耳。有宋程氏传《易》，专重人道，千年疑义，一旦洞明。虽为经筵进御之作，所言君国大事为多，日用起居之微义所不及，然由斯以求理，《易》学其庶几乎。

《周官》为元公手定之书。千古民治之大，于此可见。微密周至，次序井然。左氏所云"经国家，定社稷，序人民，利后嗣"者，此为近之。顾考以周世仪法，多不合者。先儒谓综其大略，于公世未尽施行，理或然欤？然自夏商以来，治道相沿其习，于民间者，明有不能尽变之势。革其当革，而因其可因，或以今法参古意而行之，得其实而仍其名，使民帖然而知所从，周治所以善也。周道既衰，诸侯恶其害己，私有删割，残缺之故，盖由于此。重以汉儒好奇，间有移易改窜，后世至有讹本之说。实[一]则宏纲细目，与一切驱民于治而民不知者，非管、商辈所能窥其万一也。尝读《周官义疏》及案言，彼此参合，折衷至当，不务于琐碎，且能于琐碎中推见大本大原，辨疑烛隐，实能高出前古。士以此而求焉，虽非复全经，而执偏可以见全。与元公制作之初心，可无失也。

《仪礼》详密迂曲，今世以为不亟，罕能读者。自蒙以观，实为小学、大学必由之道。夫安上全下，修己[二]治人，莫善于礼。礼无文不行，《仪礼》者，礼之文也。六经不外言礼，而度数节文，莫此为详；检束心身，亦莫此为亟。小学既废，人性愈漓，职此之故，蒙尝欲综其纪要，参以近今仪法，纂辑一书，踵《朱子家礼》之后，以为家庭乡里之用，有志未逮，良用慨然。小子入学，必令先通此经。盖官骸束于威仪，少成若性，习惯自然。洎于长大，自无暴戾恣睢之习，岂得以习仪之消，因噎而废食也哉！

《礼记》乃汉儒摭拾群书而成，故其文理纯杂参半。然礼文之散见者，后生小子寻绎为难，得此编而读之，明嫌别微，可以佐《周官》《仪礼》之不逮。而《曲礼》一篇，犹为礼本。《月令》《王制》《玉藻》《明堂位》，亦治世之大法，为官礼所未及，而《乐记》一篇，统括乐理，尤其精而正者，此三礼所以并存也夫。

《春秋》一书，读者得其意而已，褒贬笔削，欲得圣人之道。但平心以观，以求合三代纯王之法及姬周盛时景象，彼此参验，方能得其端绪，不堕深文。三《传》之中，惟《左氏》为能窥其堂奥，而词尚瑰博，文字鼻祖，莫此为过。若《公》《穀》，则信经愈深，求经愈凿。时世不明，非失之诞，即失之辨，皆无当也。近得白岩姜氏《补义》一书，专为发明《左氏》，而于林注、杜注多所引伸，差为蒙学善本，究之传注之于经文，终有不能尽合者。去圣愈远，笺释愈难，惟能衷之以道，则上下古今，皆若同揆。有宋四子专以平近立教，差为近道，故其说为可尊，然而圣言之富，时地之暌，贤者得十之五六而已，下则或四五焉，或一二焉。一隙之明，一语之当，苟以为可采，于《公》《穀》乎何病？否则亲炙至圣，若《左氏》犹有未当者矣。

于六经观其聚，于《论语》观其散，然至散中有至聚之归焉，曰中而已矣，其所以用中者，曰权而已矣。夫圣人之教，贤人之学之不胶于一辙，所以为难也。胶则偏，偏则滞，滞则无以观道之通。孔子万世儒宗，言为世法，行为世则。虽其教学论政，言人人殊，大旨皆不外于中，其所以不囿于中，时有出入而不失其启迪来学之意，以圣人之妙于权也。及门所纂记，皆至精至详。虽萃汉宋诸儒之笺释，考订丛残，讲求义理，大旨已为不谬。然传注语录略卷千百，学者门径未得，未免望洋。自蒙以论，不若于《论》《孟》《大》《中》，彼此融会，以求印合，索解数四，然后始观传注，方无舍本逐末之失，以收因流溯源之功，鄙意如此，用质当世君子，未知然否？

《大学》《中庸》，为性理正宗，古隶《礼经》，宋儒表而出之，自为专书，可谓别具只眼，然必由小学入层级，方能自然。否则凌节以求，鲜能达矣。盖穷理尽性之功，知命达天之学，微乎微矣。孔子之所以阐尧舜精一之传，而贻之及门者，莫若此篇。学者于《大》《中》得其纲，于《易》《诗》《礼》《春秋》观其汇，而必先以小学立其基，始能心得躬行，动静各得，洵乎学之不可以轻语也。

孟氏之生，后于左氏，而阐发圣言，独得其正大之传者，以其纯乎道也。若左氏则有不纯者矣。孟氏生当战国，君尚战争，臣攻游说，重以杨墨交争，言咙事杂。甚矣，吾儒之教，之所以精微广大者，其不目为迂阔也几何！孟氏抑之愈平，扬之愈明,争之愈力,以人之以学为繁苦,故引之以良知、良能;以人之怙过不悛,习于恶而不知,故明之以性善;以当世诸侯王务为力征经营,故斥言利而进之仁义。间尝综其所言,实与孔圣同一鼻息。浑者露之,微者显之,必使人人可信,人人可行,盖亦不外乎中,而以中行权之道,则又为圣门所未及,故其书足配孔子云。

孝者人纪之大。《孝经》一书,孔子与曾子言,又能扩充尽致。盖非孔子不能以此言孝,而非曾子之孝,又不足以言此。此书为经世之要,化人之本,尤不可不读。况六经四子,教孝者十居三四,苟能体而行之,入为孝子者,出必为忠臣,而以己治人,自近及远,亲睦平章之化,睢麟官礼之休,自不由此者乎?知其由此而欲舍而他适,其与弃康庄而由径窦者相去几何?故详为之论,以挈诸书之纲。往者莫赎,老者易衰,欲以勉人而动辄自歉,此则余之罪也。来者其勉之毋忽,此瞻依之日月而趋名利也可。

校勘记

〔一〕实,底本作"宝",据文意改为"实"。

〔二〕己,底本作"已",据文意改为"己"。

蓺菊说

比岁假馆萧寺,无以自乐。寺东厢故有园一弓,芜且久,瓦砾丛焉。春日课暇,躬锄治之,蓺以菊,晴雨不时,则起土、灌水、薙草,汲汲无少休。

客有见者曰:"甚矣!子之劳惫而少功也。蓺之经年,花时之乐,曾不一月,必曲为防护,乃稍久焉。间少怠懈,则苗萎

8

蠹生。求为一月之赏而不可得，将尽弃其力于无何有之乡。其劳而少功也何如？"

余曰："嘻，天下事，有不劳而获者乎？无有也。劳之不至，其所获也必微，且逸获焉，而非殚志毕力于其间，侥得侥失，亦不自知其可贵。故欲取偿于一日，不劳可乎？农之于穑事，工之于技巧，商之于贸迁，靡不岁月以劖以求，得一当或竟不得，或久而得之。及其既得，又皆忘其前劳，虽颒肩趼足，瘃指裂肤，栉沐于风雨，簸荡于波涛，若反因而加慰焉。是则苦者乐之因，逸者败之媒，常人之情，欲有所营于世，劳之不敢讳也已如是。况以天下不易得之物求之者，其劳恒百倍于常人。而得与不得，犹在可知不可知之数。"

"周公之于三王之道，夜以继日，坐以待旦。颜子渊之学孔子也，曰：'既竭吾才，如有所立卓尔。'盖庶几得之，而犹未得也。其劳而不悔也又如是。故周公以善其世，颜子以善其身，吾之于菊，如是焉而已，敢告劳乎？劳而有获且不敢必，敢谓所获之不足偿吾劳乎？"

"吾人束发受书，垂老而不忍释者比比而是，问其所得，恐茫然无以应也。'与其无得，何如舍而弗营？'则更茫然无以应也。孜孜矻矻，从事其中，稍有会心，辄用自慰。若谓古人之所为者，庶几可及，且可贻之后世，传之天下，则虽十百其前功，必踊跃自奋矣。盖为其事者忘其劳，自古至今，莫不皆然，于余乎何尤？父母之于子也，日提携而保抱之，不能必其孝；师之于弟子也，指授而讲贯之，不能必其习而传。吾知有菊而已，其花之足以为吾乐与足偿吾愿与否，吾不暇计也。"

客既首肯，请书之，以为世之操切图功者戒。

说　雷

　　戊戌某月日,夜大雷电,雨下如注。越日有自南乡来者云:于海滨震一妇,未死获于吏。妇尝窃金毙人命,吏捕之而不得。此夜妇方自外归,捕之者不知也。泊舟海岸,以雷迅雨疾,将避宿他处。登舟雷忽大震,而妇仆于前,得获。以论罪死。

　　甚矣雷之神明! 人之欺天,与吏者皆得而治之也。世传鬼神之说,都迂诞不足信。风霆日月其为神最显,而理反不彰。浮屠家或及之,而言不雅驯,眩乱反覆,转以滋人之疑。惟"祸福自召"一语,差为近之,而不详不尽,能申佛家之意,而终无以服学士、大夫之心。

　　窃尝平心推之,佛家言报应,事犹幻,儒家言感应,理最真也。书传载周公武乙事,雷之神明,已大彰著矣。然以其事难凭,论理者鲜言之。是故闻殷隆之响,睹闪电之光,儿女子知畏之,知识稍进者,则不畏矣;农氓村竖知畏之,而稍有材略声势者,则不畏矣。其不畏也,盖亦托为明理之流,以此为地气之适然,时令之当然,而昧乎天理之确然。为此说者,盖不明之甚,未足以言雷也。

　　且夫生人者,天也。天既生人,则必不容有害人者,以夺其生人之权。天以气生人,即以其气还治害人之人,以天〔一〕生斯人,此天之可信者,不如是,是无天也。且害人之人,人不能制,吏不能诛,天又不能治,彼狡狯之伎俩,将何所不售,何所不至? 而诚笃孱懦者,将何所容于宙合之内? 则又理所必无者也。

迩来西人推步测候，号精天文。始专以雷为地气，自谓格
物知至，著《雷神辨》以明雷之非神。嗟乎！此不知理也，抑亦
不知气。夫天地一气耳，升则为上，降则为下。阳升阴降，见
阳不见阴，则谓之阳气；阴升阳降，见阴不见阳，则谓之阴气。
实非有二气也，更以何者分为天气、地气乎？

自余以论，雷者，气也，阴锢于上，阳动于下，则发声，如灶
火下燃，汤沸于釜是也；阳气已泄，阴气渐盛，则收声，如火烬
汤寒，不能作响也。激而旁射则为电，如击石生火；解而上蒸
则为雨，如医家取汗，此气因时而行者也。雷起东南者，南为
阳方，气迎而动，如杵遇钟而鸣，挝遇鼓而响也。东方震木，生
阳之本，子动母应也。此雷之因地而著者也。阳气所鼓，运行
空中，无所□则不至，木或根摇，石或中裂，即泄而下。

惟人亦然，刚狠之子，暴戾之气炎炎逼人，则与阳气相争。
霹雳一声，发焦肤灼，则以两阳相激，天胜而人败也。抑或自
犯不韪，气馁于中，神摇于外，如木石之中虚者，阳气郁积乘
虚，故或死，或不死而痴呆，此气之附理而行者也。不然，若妇
人者，可谓巧矣。冒雨夜行，谁知之者？然非逃罪，胡为夜行？
非逃罪夜行，吏胡由捕？非大雷甚雨，舍舟登岸，捕者与逃者
胡以相值？此理之可知，亦情所可信者也。

顾或者谓东南有雷，西北无雷，秋冬少雷，春夏多雷，果能
治人，胡有治有不治也？余曰：此又惑于浮屠之说者也。人之
枉法违天，为天所殛者，天欲死之，何必雷？风沙水火，兵刑盗
贼，皆足以死之。雷为阳气，故治其时与地耳，外此亦冬有治
之者矣。余悲浮屠知进人为善之意，而失其本旨。西人又以
浮屠之意为谬，而自挟管见以炫耀于世，俾为恶者无所警戒，
竟若天地之于人，听其所为无如何之者。以余所见闻考之，殊

大不然。张〔二〕子曰:"鬼神者,二气之良能。"惟其无所不能,所以为鬼神,惟其所能者为气所,自然此感彼应,丝毫不爽,所以为良人,如知之,其无疑于吾说矣。故详言之,以告世之无所畏忌者。

校勘记

〔一〕天,底本作"大",据文意改。

〔二〕"张"字原缺,据文意补。张子,即北宋学者张载,字子厚,生于公元 1020 年,死于公元 1077 年,祖籍大梁(今河南开封),后移居陕西郿县横渠镇,后人称其为"横渠先生"。

《曲礼》篇义

郑氏目录,以《曲礼》为记五礼之事。余谓此盖赅括五礼而言,举其纲要,故以为全书之冠。

曲之云者,一偏一曲之谓中庸。其次致曲,曲能有诚,盖谓此也。自非生知之圣,则天秩人序,必待学焉而明,此礼教之所由兴也。故必敬以立其体,止直而勿有让以达其用,止知自别于禽兽往来施报,以尽其情。止则志不慑由是有尚齿之典,止不辞让而对句事亲止冠衣不纯采敬长之文,止离立者不出中间男女止笄而字饮食,止庶人齿之人之大欲存焉。故必有礼焉,以割情而制欲,而后人道不同于禽兽。人子之侍亲疾、执亲丧,事亲之变也,故不敢以常道处之,止有丧者专席而坐献遗之容,止则必下堂而受命齐丧之色,止不失色于人敬之所由将也。故动静不敢肆,歌哭必有常。至于贵贱异数,德武异文,亲疏异制。止士之辱之公私异宜,男妇异尊,卜筮异用,止则必践之则卿士大夫,不敢逾制而废职,因私而害公,此君臣上下之辨也。古者出必以车,臣御其君,及夫人同等者,亦相御,故有仆御之礼,然不以为贱役也。惟君则加肃耳,止齿路马有诛礼存于恭敬,故一执器也。而手容有必恭,足容有必重。止无籍者则袭礼行于退让,故一称名也,而上不敢慢下,贱不敢逾尊。止不顾望而对句丧纪祭祀不求变俗者,所以敦本也。故君子不轻去其国,止土死制句诸侯大夫不敢躐等者,所以明职也。故天子亦受治于天,此礼之大纲也。以言其大,无不赅于五礼之中,而其举动之慎,肆应之周,莫不由于一偏一曲以求践其当然之则。

《中庸》称礼仪三百,威仪三千。说者以礼仪为经礼,威仪为曲礼,其深有见于此乎。通篇以敬字为主脑,定亲疏四句,则礼之范围,道德仁义一节,极言其功用。以下语以类及,不必分章裂句,而次序自见。但童子初学,不得不稍示以片段,以祈便于会通,然其精微初不系此也。曰礼不妄说,人知此则可与立,而足恭之耻可以免。曰毋不敬,知此而可与适道,而外义之说,可以破。曰礼从宜,使从俗,知此而可与权,而因革损益之道,可以观。刘向《别录》,以此篇属之,制度不岂无见哉。圣道久晦,制作日芜,得此篇而读之,而古先五德六行之教,仿佛犹有存者,由是而之焉。太上立德,庶几近之,或者不知,见其路马必式,蹴刍必诛,以其过于尊君,疑为秦氏之书。夫不忍不敢之心,礼之所所[一]由生也。故祖父之殁也,不敢登其垄;为宫室者,不忍斩其丘木。孟氏谓:读《诗》者,不以文害辞,不以辞害意。若斯人者,岂足以知礼意乎?

校勘记

〔一〕底本即作"所所",疑衍一"所"字。

群而不党义

人者天之人也,心者人之天也。得乎人之天,斯无秦越异视之心;得乎心之天,斯无玉石杂糅之见。否则,丰裁之峻,阿比之私,门户角立之偏,皆足以生事召变,而其人之器识学问为不足取矣,将何以为君子?

鲁论《卫灵》篇"群而不党",集注"和以处众而不阿比",说本包氏,君子处众之道,诚如是矣。然和者,君子处众之道,和众而不阿比于众者,君子存道之心,此伊川程氏所以引之于心意公私之间,庆源辅氏所以伸之以天理存亡之正也。

考之字书,"群""党"皆互训,或则并诂为朋为众,均与此义不合,请还证之。《论语》曰:"诗可以群。"曰:"鸟兽不可与同群。"此"群"之义近公也。曰:"人之过也,各于其党。"曰:"君子不党。"此"党"之义近私也。公则为和为周,在朝可以收同寅协恭之美,在野可以释矜世骇俗之嫌。私则为流为比,有其材则凭城据社而堪虞,无其遇则逐末随波而不恤。公私之间、群党之义判然矣。君子之群而不党之由于器识学问亦昭然矣。

由是以推,王导纵恶于王敦,蔡邕铭恩于董卓,党矣而无所为群。贾生羞伍夫绛侯,屈原被谮于靳尚,不党而亦不能群。所谓群而不党者,必如诸葛孔明、陆敬舆、范仲淹诸君子,以集思广益而渊然,以黜邪崇正而毅然,以激浊扬清而霭然,盖无其量者,不能群群矣。而识不足以自固,则又不能不党,此其大较也。自此义不明,朝廷无以收群策群力之效,而朋党之祸遂为世诟病。如汉之南北部、唐之牛李、宋之洛蜀朔、明之东林,虽不可以一概论。而元祐之碑,一网打尽之计,小人之所以倾陷正士者,无所不至。而不能以群化党,使合乎人心之正、天理之公,诸君子亦与有责焉。以为群,则君子与君子宜无不同,何以洛蜀朔之显分门户?以为不党,则聚徒讲学,何必以诋讥朝政为能。非器识学问之兼至者,盖不足以语此矣。

后之君子果以释党为心,而不以树党为事,则进而正色立朝,无非取善同人之雅;退而杜门养晦,不改读书稽古之常。其在《礼》曰:"君子敬业乐群。"此君子之群也。其在《书》曰:"无偏无党,王道荡荡。"此不党之君子所普为治也。否则意气未化,而声气助之,至欲合群力为君国抗,此则天下之乱言也夫。

张子房圯上受书论

古今怪异之事,其有无不足论,圣人概不之语①者,以其易于愚人也。若于茫不可知之,□以其踪迹怪诞,迫而求之,亵而就之,则尤愚之愚者。

汉有子房,固共推于智者也。史称其受书圯上,事亦近怪。苏长公以老人为秦隐君子,理或然欤?顾以再三折辱,为挫其锐气,果若所云,子房之气已尽于博浪一击,昂藏丈夫,取履进履,乌能一一唯命哉?士君子读书明理,敬长虽有明文,而足恭实所深戒,以卒然相遇之父老,下而取履宜也,跪而进履,已恐为宣圣、左氏所耻。乃期之,三赴之三折辱之而不顾,其心有所徼求,如今之愚夫愚妇,告哀土偶木俑,以祈福田利益也。子房若是,乌乎智?自芳子曰:"子房固智,书其纂辑以导沛公者,即今所传《素书》是也,托之圯上老人者,神其事以动沛公之听也。以不言兵者为兵书,故众人不能解也。"

尝考子房受礼淮阳,持身致君之道,谅所饫闻,一旦得事沛公,苟不辅以儒术,百世之下,人其谓子房何?此书所由来也。或疑《汉书》明言太公兵法,《素书》词义平近,多孔、老、荀卿所常言,不足当兵法之目。不知此亦子房之托词也。

子房以沛公赤足谩骂,失君人之度,又雅不喜儒,所以辅导者实难。故托为兵法,欲公急世之用,听之而不疑也。取履之命,进履之辱,失期之谴责,皆沛公中病之药,所以作其尊贤敬士之心,所谓以柔道致人者也。书不言兵,而以为兵书,故众人不能解也。不然以不读书之高帝能解,而人反不能解,此又事理所必无,岂天授者,果有以异人乎哉?

注释

①概不之语,底本如此,疑当为"概不语之"。

汉驭匈奴唐驭突厥宋驭契丹其策孰优论

不观之驭马者乎,善驭者人与马调,惟其所策,驯扰自如,然非骐骥之马,王良伯乐之御,不能下此,羁靮不已,乃鞭笞之,而马始受其驱。

使中国之与夷狄,持之以和,待之以诚,良乐之善道也。至不得已修文,不能偃武耀德,亦复观兵,或以战而和,或以和而战,亦羁靮、鞭笞之用,良乐所不废者。

自汉唐宋之驭夷而论,和、战两途而已。其时诸臣所建策于朝廷者,大抵亦不外是。惟是国之治乱异,敌之强弱异,时运之盛衰又异,故同一和战之策,而彼此优劣之数分矣。汉文帝当秦项兵争之后,务于安息斯民,则娄敬之策为优;武帝际文景富庶之余,务于兵力及远,则王恢之策为优,此因国势而异者。唐贞观十六年,突厥已服,其附薛延陀者,尚屈强漠北,则敌衰而我盛,故契苾何力主战之策优于房文昭。宋端拱二年,契丹陷易州,当高梁河歧沟关屡败之后,则我弱而敌强,故李昉、王禹偁主和之策优于张洎,此以敌情参之国势而异者也。他若汉之宣帝不和不战,匈奴亦不复叛;唐太宗便桥之役,不战而示以战;宋寇准澶渊之役,欲和而不遽与之和,此皆深悉乎敌情国势,而纵控自如。故虽同一和战之策,汉可驭匈奴者,唐即可以驭突厥,宋即可以驭契丹,苟胶于成法,则不当战而议战,不必和而议和,策虽同而优劣遂以大异。

综而论之,驭马不难于康庄而难于峻阪,驭夷不难于强盛而难于并我为强盛。汉武帝、唐太宗当中国强盛之日,而匈奴、突厥又有衅可乘,羁靮之唯命,鞭箠之亦莫不唯命,俯首帖耳,何施而不可?若汉文帝、宋太宗之时,则匈奴、契丹皆足与中国敌,冒顿固一世之雄,耶律休格具治国之才,而又优于将略,颉利有一浑邪而不能用,休格乃独能行其志,故契丹制度、政事判然与毡裘之族不同。宋太宗拒女真、高丽之助,盖实见契丹国势与颉利悬殊,使稍一鞭策,将惊逸颠顿而蹈不测之险。和战之局随事而异,彼房文昭、张洎诸人岂得藉口于娄敬、王恢哉。

夫惟汉唐宋之君若臣,以坚忍之诚,运不测之用,羁靮而鞭箠之,马之桀骜不驯者服,即驯扰之而使之腾骧踯躅于渥洼之池,不至啮人,而马亦服。甚且施鞅靮于断阬绝阪之中,而马亦未尝不服焉。或以驭为驭,或以不驭为驭,而匈奴[一]以衰矣,突厥以服矣,契丹亦以之而和矣。其驭之之策,欲不谓之并优得乎？语有之："诚于御者，戛驾之马不能欺；诚于治者，虎狼之国可以服。"讲驭夷者，亦务积诚以先人，相天时人事以为张驰而已。

校勘记

〔一〕匈奴，底本作"奴匈"。

食足货通然后国实民富而教化成论

班氏之赋《两都》也，王东而霸西。后之论汉史者，亦谓西汉之经术，不知东汉之节义，意孟坚生光武朝有所左袒，世遂承袭之云云也。及观《汉书·食货志》所云，乃知由承平而阜康、由阜康而熙洽非一日事，班氏为西汉惜，未尝不为文帝幸也。

三代以降，君师道分，封建、井田、学校三大政，相继并坏。为治者将欲先正德于厚生，并陈常于率育。当周之季，已苦其难。况又中更秦暴，水火兵革之余，枵腹而谈诗书，徒手而行官礼，势又有所不能。故国民者教化之所流行，而食货者尤为国民之命脉，足之通之而富实见，富之实之而教化成，由霸而王之道，舍此无适矣。

汉兴以来，高惠之世，他务未遑。鲁两生积德百年之说，又足以沮天下之人心。故武、宣以还，日趋于霸，而财赋之拮据，亦日以甚，食足货通，非所云也。惟文帝祖尚黄老，洁清寡欲，以致粟红贯朽，庶几国实民富矣。而礼乐之兴，谦让不居，盖其所操者狭，故其效止此耳。然以视武帝之置均输、设平准，宣帝之慎赏罚、课名实，日斤斤于食货，而民日以困，国日以贫，其不贫且困者，亦终不至于富实，知文帝之节俭自持，犹为近王之治乎。

假令先后数十年间,贾生不亡,广川继用,申贵粟重农之义,而袁盎、晁错之刑法不得参;罢舟车缗钱之算,而桑宏羊、孔仅之掊克无所用;修正谊明道之教,张汤、杜周之钩距无所容。仓廪实然后知礼节,衣食足然后知荣辱,教化之成虽三代何以远,过乃有其人而不能用,用其言而不能尽,此固儒术之不幸,抑亦修史者所深慨也乎。虽然文帝之治不纯于王,而其治术之演为教化者,非不卓然可以共见,父子继述媲美成康,天下刑措不用者,几二十余年,使反而为急功近利之为,度不过如武之管算、宣之综核。而西汉一代之中,武、宣以前,治日进,武、宣以后,治日衰,其故不从可思乎?

嗟乎!祈国之实,君必恭俭;祈民之实,君必仁慈。恭俭仁慈之君,可流于黄老,亦可引而至于尧舜。果得儒术以为之辅,《大学》恒足之道,《周礼》阜通之经,皆可以次第施,尚何患节义之不隆,王道之不茂哉!吾知班氏于此,方将书和亲、康乐、安平之不暇,《食货》一志,胡为而作哉。吾故详为之论,以见为治之必以儒术为贵,可进于王者,慎无自止于霸也。

卷二 记叙赠与

石渠记

家山最瘠而少水,花木不蕃,蕃惟石,磊磊砢砢,荦荦确确。自西趋东,若氄之绵,若椒之衍,若徐熙水墨之画,遍四旁几无罅隙,其稍平衍者东南,余家之西北,祖若父先茔在焉。茔负石若蟹□,至圹壁而两,若二螯夹茔。而前前左右三面,有石田数十小方,若喷沫然,轮廓皆石,限之茔旁,两跪伸出可十余丈,作夹护状,亦皆石。茔之后,累石而上至颠,戴巨石横卧,若眠牛,邑志所称"石牛"是也。牛尾北首南,头角崭然,有两鼻孔,蚀其一,一尚存,藤萝络之。相传其上有"览胜"篆文,顾漶漫不可辨。其下则先人之敝庐也,庐后高处,一石俯而伏石牛下,顾之作舐犊状,先君子曰此"石犊"也。

由是上下前后,无非石者。自庐而下,水从石罅出,余家所从汲也。泉颇甘,而其流不大,不可为潢污陂池以蕃菱芡,不可为风亭月沼以恣游观,虽有水,若无水也。井以上作两道,一汲道,一则出入由之,亦皆有石。界道者削若壁,当道者层若级,位置天然。

东北为县治,出治历二溪,登鹤鸣山,凡二里抵于家。将近舍,有两石对峙,涂出其中,若关隘,曰"岩门"。折而南有"纱帽岩",石黑滑;迤而北曰"石虾蟆",石磊聚。彼以色名,此以形名也。由石蝦蟆三折达余家，其一折有石当道，涂出其上。上一小石累大石，若狮子蹲下；一石圆瘦多皴，则若球焉。稍进又一折，上有数石，若群羊奔而下，一石颇高，可登望海，浊波弥漫，隐隐自山缺现。界道稍坦，一平石方广丈余，可作簟曝物。道下尤多石，卓①岩在焉。约二十步又一折，有石若阶，旁若几上有覆釜，登阶而至余门矣。此余家之门径也。卓岩者，圆而平，径六尺有咫，可团坐十余人，九日作登高会，以当一卓之用。旁有石若席若床，席有茵，床有枕，皆石为之，可以坐，可以卧。侧一石，作小涡，可容斗余，雨过水聚，可沃可盥，惟不常得水，艺一花无以溉之，游息其间，颇以为憾。岁冬无事，往来丛石间，锄其榛莽，意想所至，异境顿开，石忽而花，花而菡萏，筒实茄叶，了了可辨，六瓣眉列，中有心其作卓形者，花侧面也，其有涡者，花反折瓣也。其右有三石，平尖者莲房也。其仰若盂，俯若盖，可立可卧，可坐百十人者，花之叶也。一叶承花，筋络摺皱，仿佛毕肖。噫，奇矣！

夫石而蟹，而牛，而群羊，而狮子，而几、席、器物，惟形之肖，人能名之也。若石而花，非人能名之，天实划削之也。昔周濂溪先生于花中独爱莲，推为君子。余山居，此花少所睹，植之或不蕃，蕃矣而开则可乐，谢则可哀，未见其可爱者。故惟爱石，君子之交，久而不变，其在斯乎！

石为我花，我将为石渠。渠不宜松，我松之。渠不宜柏，我柏之。藤萝薜荔生于石，不生于渠，我亦不芟刈之，将以顺物之性也。渠有舟，舟石也。渠有桥，桥亦石也，实皆花之枝叶扶疏，可以行游其上也。每当月夜，空波满山，涛响出谷，俯视松柏影，皆作荇藻浮。山虽少水，而得水之趣者多矣。况复牛饮上流，蛙出浅渚，爬沙有蟹，饮谷皆羊。山惟多石，而得石之助者多矣。何必渠,何必不渠,故作《石渠记》云。
注释
　①卓,即"桌"。

倡建琛山金氏义仓记

　　古者天子建国,诸侯立宗。宗子有田禄以赡其支庶,是以老者得所养,幼孤得所长,鳏寡茕独疲癃残疾之人,亦不至颠连而无告。所谓大宗"收族"者,此也。自封建变而宗法废,乃有义仓以济其穷,然贫者既绌于财,而强有力者又或因循而不举,易于落成难于虑始,人情大抵然耳。

　　邑西乡金氏,自旗峰而东,环七洋而居者,毋虑千数百家,自其著者言之,则曰"东洋"曰"琛山"。财力之饶始推东洋,今则莫不以琛山为首称,既庶且富,必思所以芘荫其子孙宗族,亦理之常也。

　　顾考金氏之有义仓,实始于东洋,有田若干,岁以所入,推陈易新。歉荒之所廪给,贫乏之所收恤,取之裕如,而族治之而不能举者,且饮其羡余以成,以是为七洋所利赖,而琛山不与焉。前附贡生竹友先生引以为憾,慨然出赀提倡,集东西两房而晓以大义,靡不欣然从,时光绪二十有七年也。先生以族论金同,与伯叔昆季,斟酌财力,按亩筹捐。东房得田一百亩,西房得田二百亩。积其租息,以备建仓之用。越三年而赀集,遂卜地于河头洋,鸠工庀材,数月之间,计成仓屋一进五楹门,东西耳房,亦如之,缭以周垣,宏敞深固。而山水之回环秀丽,又足以巩形势而壮观瞻,宗人欢然,莫不归功于先生。而先生犹以积储之多,规画之大,不逮东洋,退然若不足。然经始以来,众情之不易一,财产之不易集,纪理之不易周,皆足为其事梗,先生则罔不以身先,以至延师择地料量土木,严寒酷暑不敢言瘁。盖自壬寅春迄乙巳冬而落成,三四年中,先生心力交困,而始有今日。以视前此艳人之有而不获稍沾其益者,得失何如?更视他宗之有其志而无其事者,勇怯又何如?先生虽欲不居其功,岂可得乎?

余读钱公辅《义田记》,每叹范氏之子孙宗族,久而得所利赖者,恃有文正公其人耳。天下仕宦,富实如范氏者岂少也哉?而能为公之所为卒鲜,何也?无所感以兴,有所待以隳,志不锐,气不充,而欲事之成也,难矣!诚得如先生者以为之劝,则强有力者,孰不欲置田以惠其子孙宗族,子孙宗族之获其飨而受其成者,孰不思守其法以善其后。非第为金氏言,而金氏可以勖矣。

今其嗣君乃溥以宗谱将成,请书其事,故论其经始之功如此。若其守藏之司、给罢之法与其后之所以扩充而光大者,当自有记,兹不赘。

《论语序义》自叙

语,书名也;论者,成书之名也。古者辞尚简要,无以数字名一物者,以称此可赅彼也。古不文字,其所记述,口语而已。若以两字名一书,则语言也。论亦言也,烦复显然,故典则曰典,谟则曰谟,下而训、诰、誓、命,皆止单辞,官书且然矣,其他私家纪录统称曰语。降而秦汉,犹存斯义。《论语集解》疏曰:"语者,书之专名也;论者,伦也。圣人之言,自有伦次。门人小子又从而论定之,故有是书也。"余读而信之。古无章句而有篇第部居，故圣人考订群经，必有所断定而排比之，及门之士，耳受目睹，虽及再传，当存斯义。矧简策繁重，厘为卷帖，苟无次序，何俟记为？

余熟复是书，首《学》次《政》，《乡党》自为专篇，《卫灵》《季氏》《阳货》亦以次及，积思数稔，其义益明。载考旧籍，梁皇氏侃、宋邢氏昺为《集解》作疏，曾操是说，翟氏《四书考异》颇非之，文公朱子作《集注》，或从或不从，盖其慎也。

窃思圣人言殊理一，动而皆应，记其言者，属辞比字，顺而成章。学者既鲜生知，又非亲炙，数千年后，欲衷一是，事亦甚难。展卷读之，思之辨之，又从而心体神会之，贤者得什之五六焉，下此或三四而止，或一二而止，舍而不学，终为愚人。以愚者之无得，视彼一二，不犹愈乎？

故于圣言之富，性与天道之精且深，摘埴索涂，何敢妄冀寻端竟绪，自为之说，以附记者之后。后有观者或谅余愚，从而假借之曰："圣人既远，门人小子，论定遗言，或有万一焉。"余则幸甚愧甚。

《〈张子正蒙〉浅注》序

《易·蒙》之九二曰："蒙以养正，圣功也。"盖得六五之应，以阳刚而处阴位，居中得正，故为蒙养之象。

小学既废，群天下而趋于无本之学，自衰周至于宋，凡千余年，一二名公巨儒，尚知私淑孔孟，而教之不明，童而失所养者如故，斯道之不明于世者，岂细故哉？

横渠张子，独以是书发明"天人合一"之旨，以为立教之本，举阴阳造化之理，引而进之于吾心之内，而一切寡过慎幽之功,即在其中,充类至义,俾赤子同具之心,浑然为一太极。会《诗》《书》《易》《礼》《大》《中》《语》《孟》之全,合炉而冶。体之可以为道,措之可以为教,此关学之所以盛,而横渠之体大思精,为儒先所共韪也。

茫肤受末学,未足窥其涯涘。前二十年得《西铭》读之,始能究其端绪,继读熊敬修所为《学统》,撰录《正蒙》数节,谬为之说,以为体验,未暇究其详也。比岁假馆花山,于吾友郑君案头,披阅《性理大全》一书,辄取而一再诵之,乃稍得其旨要,知此为横渠平日讲授之书,妙将天道人道说得混合。君子之所以体道,圣人之所以体天,天之所以为天,人之所以为人,似二而一。眼光之远大,为诸儒所未逮。其教学也,既以《东铭》纠之使正,复以《西铭》掖之使前,而归结于仁孝合一,将一"仁"字分量,直说到如天而止,圣者之所为,岂外是哉?

自宋儒撮《西铭》一篇单行于世,《性理大全》遂以末尾一篇为《乾称》,不知此书原分十五篇,首二字标之者,或错举首句中二字,未有别为名目者,是十四篇宜属至诚,《乾称》一篇当指《西铭》无疑。因为更正,以复旧观,并略为诠释,以便初学。

夫以性与天道之渊微,天道易数之恍惚,不特释者为蒙,皓首儒生有问以"天人合一"道,鲜能言者,是耄亦犹之蒙。得是书以正之,既以自砭其愚而订其顽,而天下之后生小子,庶有所谲正,知天人之不尽相远也夫。

《周易二读》自序

《易》之为象,本无所谓象也。说其卦爻,以取譬于日用事物而已。自汉儒凿以求象，而《易》之道晦。魏晋学者，惩于言象之失，务舍象以言《易》，独取其所谓理者，而《易》之义益以不彰。夫理虚而象实，虚者不可言，乃摭实而言之。是《易》之有象，固真而非幻也。幻以求象而不得，始一遁于爻辰，再遁于谶纬，而《易》遂为方术小数所假借。后之为是书者，亦谓卜筮亡，《易》之象，遂不可复知。

呜呼，必以卜筮言《易》，孰有过于六日七分之说？《易》之为用，何以寡过，又何以通变而宜民哉？故自蒙以观，《易》之象，显《易》之理者也，爻变象占，圣人之并存其说，亦以明《易》之理，未尝有卜筮之说存其中也。以卜筮言《易》，而《易》之用小矣。余恐后之惑于二者之中，理与象不一，而求《易》之道，往往歧之又歧，故于诵读之暇，信笔书之以自课得失，并以为家庭课本。若以问世，当俟之三读四读之后，未敢遽以自信也。

《玉环县志》序言

玉环与吾邑为接壤，旧皆永嘉地。江以北，旧皆吾邑地，言语俗尚大致相同，江南则旧隶乐清。自府界破废，以道统县，会稽之与瓯海始划然为二，然皆为边海县。

瓯越之名并称于书传者，指不胜偻。魏晋以来，骚雅之流连，仙灵之窟宅，往往而在。戒于倭寇，既治复弃，典章文物，遂以失传。自明以后，始稍复见。其有志书，实始于有清雍正少保李公卫之疏请展复也。

汉阳张公朗湖初以署理吾邑，而兼理垦务，彼此挹注，治具以张，遂补同知。高城深池，以利以安，百废既举，手辑志书四卷,虽规模草创,而意量远矣。清光绪间重修于沃州吕孝廉,同知杜公徵三实总其成,虽中道去官,以今观其序文,其未寓目者不什一焉。故能文质彬然,垂为定式。

前数岁,余忝司教事,喜其风俗朴茂,闲一浏览志书,知其治术文化有日上之势。历年四十,政体骤变,前所谓厅者,今以民皆土著,遂改为县,其他治道亦多变更。去秋其邑人方有续修志书之议,而江公晖午适下车,亦以此为要务,督促开局,而以郭绅文琴、徐绅梅卿、陈绅厦臣、陈绅愚亭厘其事,而以叶绅瑜卿综其成,茌以非才忝任编校,日夕孜孜,惟以不克负荷为虑。况自鼎革以来,前后四十年间,国体政体,改变纷然。光复以来,档案荡然无存,文武官属,旧设今废,典守无人,网罗匪易,即使纡以岁月,完璧为难。所赖诸君子多方搜讨,共襄厥成,孰损孰益,犁然可见。而于政教风俗之大端,茌亦未敢苟然以徇,使无以示后。率尔操觚,殊多余憾,匡予不逮,以俟后之君子。

《江槛集拾遗》序

南去治五十里曰淋头,聚族而居者,诸潘为独盛,皆元省元省中先生①后也。

先生尝谓:"文章不关世教,虽工无益。"故其生平忠烈之操,至老而不移,所著有《江槛集》诗,戚志称其与文俱已梓行。今以问其子若孙无知者,而邑之藏书家又无其本,盖已失其传矣。

先生有祖墓在泉溪之花山,与程成趣先生墓相望,去余家仅里许耳。墓有庵,九老所因而社吟者。林君爵铭既葺《九老诗存》,因而推其屋乌之爱于先生之诗,乃广搜《元诗选》《赤城诗集》《三台诗录》、潘氏谱牒及乡先正集，得其遗诗若干首、文若干篇，都为一卷，曰《拾遗》者。林君之心若憾其不传，矜而重之，以为爱惜之至也。

独慨先生以德行道义为世所推重，卒死国难，亦云穷矣。然使洸洸大集，流布人间，则于人心世道不为无裨，先生之心亦因而少慰，胡为至今不传耶？叶郎中海峰序先生文云："步武昌黎，骎骎乎及之。"则不专工于诗可知。又谓其长短句"得谪仙骑鲸之气"，则不专于诗，而其诗之足传又可知。乃未千年，诗则亡失莫稽，而其文之存者，亦寥寥数篇。先生平日之所云云者，亦第得之人而不获寓之目，先生之不幸，亦后起者之不幸也！

甲辰岁，余方与林子仲严、陈子义补议建九老祠，以复梅社之旧。林君以诗来请以旧社为祠祀先生。余谓先生业已附飨乡贤，祠可不必，而欲演花山之诗派，自当以先生为初祖，祠九老辄不得不传先生也。故以林君嘱，序而归之，且因而进之曰："先生之文若诗，纪目于《浙江通志》及郡邑志者，炳炳如此。海峰叶郎中之序之也，又啧啧如彼。以吾子之悉心搜讨，全璧必将复见，倘得之，速以归我，俾得朗诵数过，以发吾堙郁之志而快吾愿见之情，是则吾之厚幸也夫！"

里后学赵佩茳次方谨序。

注释

①"元省元省中先生"，指元代诗人潘伯修。

《花山九老诗存》序

士不能职柱下，亲掌故，网罗旧闻，传之不朽，而于梓桑文献之可存者，不忍其或不存，固生斯土者之责，亦为斯世者之事也。

鹤泉戚先生之修嘉庆志书也，既以此为哑哑，间又荟萃郡国人文，哀为别集，如《三台诗文录》及《台州外书》，为之锓板行世，盖以重其文若诗者存其人也。同时长山李氏亦尝采宋元以来邑人诗，而有《方城遗献》之刻，其体制于人地尤详，盖以重其人者存其诗也。以古人之可存而存之，存之者，后人所以存者，仍在古人也。

不然如林居恒诸君子，徒自其外以观，与凡为老者未尝大异也，僻处山陬海澨间，无名公巨卿为之提挈，朝一吟夕一咏，姓字胡藉藉至今耶？或曰以其地，则必如泰华之高而可凭，匡庐、衡岳之幽阻而不可测，而后隐者以成名，巧者以引誉。以视花山，娄然隳然，若儿孙，若部娄，若蚓蠖蚁蛭，乌足以存九老者？然则以其诗，诗洵足存九老矣。然而风霜兵燹，传者无几，或且孤章剩句，如千钧之一发，又乌足以存？噫！是岂其子若孙不善宝藏，久而散佚欤？抑无留心文献者，先后于其间，从而哀[一]集之剂剧之，而失其传欤？此林君爵铭《九老诗存》之刻，所以汲汲也。

顾自余以谈，林君能为戚、李两先生之所为，其志则可嘉矣。若九老之存不存，有其大者远者，在诗不足云也。方靖难兵起时，吾太之募兵者，以不济而死矣；吾台之仗节者，以不屈而族矣。九老人洁其志，韬其光，以徜徉山水间，盖有郁郁于中而不可告人者，诗其寄耳。故为之不多，甚且恐罹苏子乌台之议，故与倡和者亦鲜，此诗之存者所以寥寥也。以九衰白垂尽之士，一卷之山而社而吟者，名以显于天下，传于后世，鼓钟于宫，闻声于外，夫岂无所树立而能然哉？

已承林君意为之序,且论之曰:存九老者,九老也;九老之存者,九老之诗也。以诗可以存九老,即从而存之,戚、李两先生也。以九老之诗存,而犹恐其或不存者,林君也。林君方搜讨太平内外集,劬劬不已,积岁所得厚恒指许,桑梓文献之赖以存者,将未有艾。余虽不文,不容不以辞劝,俾得竟其绪而就其功,此区区者,特其先导云尔。

光绪三十年,岁次甲辰重阳后三日,里人赵佩荘书于横湖学堂之人镜芙蓉室。

校勘记

〔一〕哀,底本作"襄",据文意改。

《夺绿吟馆诗》序

丁巳之夏,积雨无聊,万感并集。叶君伯葵以邑人杨香生先生诗见寄,读之如睹帆樯阵马,心目为之一开。既又得吾友郑君萼祥所为传以告曰:"今有议刻先生诗者请,曷序之可乎?"余为首肯,因叹先生雄才隽藻,一时无两,诗名继九老而起,宜也。

顾作诗难,论诗尤难。吾邑近百年来卓然称诗人者,壶舟大令以下,数人而止,而先生与冯蕊渊尤负盛名,相与结社花山,至今犹称于世,刊而行之,诚不容已。

独念汉唐以来,诗出汗牛马,处充栋宇,几乎不能遍读。然三百之旨,赋比兴之义,浸久浸失。建安七子,风骨遒上,复乎不可尚矣。初唐之气体情韵,中晚已不可复追,流极既衰,宋之苏、黄思有以振之,乃偏求之力与韵之间。明诗力不逮宋而胜之以趣,元人句雕字琢,以仿佛唐宋之形似,风斯下矣。

有清开国,二三君子尝断断于气息声采,祈反本而复始,间或得之。然自以科举取士,试帖盛行,诗道已如弩末,比兴两义,通儒耆宿亦不复讲,所为炳炳琅琅者,大抵一赋体而已。故五言八六韵诗皆沿从前场屋陋习,题首概标以"赋得"二字。

呜呼!此诗道所以日芜,风人三百之旨所以为硕果也。先生诗亦多赋体,盖风会使然耳。然能以力使韵,虽若有意锤炼,自足矫元人靡曼之习而上反之宋,以出入范、陆间,可谓一时能自振拔者矣。

先生诗凡□卷,题曰《隐香楼稿》,已载邑志,今本同而题《夺绿吟馆》者,或从其始名,未可知也。余生也后,恨不见先生,得睹其诗,有以知先生之功力矣。故以己意疏其大略如此,行实已备于传。郑君为先生女孙,当有以知其详,故不赘。

《太平集》序

古今大人物大文章,得于山川雄厚之气者多,其倍养于古先哲人者亦不少。若非天人交至,则文虽美而弗彰,品虽盛而弗传,盖于此道实有所未足也。

吾台古称荒域,唐郑广文司户吾台,而文教始兴。迄宋文公朱子行部至此,其所告教,皆圣贤正大之学,文章亦由是而益盛。

台之东南,山以凝而气始驯,水以汇而气始聚。旧隶黄岩者,明成化间,始割乐清、玉环地益之而为县,县曰太平,治泉溪,盖界山表海东南之一小区也。而数百年人文之盛,亦无逊于他邑。理学如二徐、二林,节操若王叔英,清逸若花山九老,文章若江槛、桃溪,科名若首峰、抑斋,宦业若定轩、方崖,诗人若戴复古、林葱木，联镳接踵，几乎指不胜偻。居是邦者窃喜箸作所留，取法不远，可邮以造古人之域；抑虑文献散轶，桑梓无征，后人不能守之，辄无以待后人也。此是集之辑，所以不容已也。

林君爵铭旧与余同笔砚，自游庠后辄抱此志。至今凡二十年，虽其间困顿名场，浮沉宦海，所至少如意事，而此心此业，终未尝一日衰。暇即旁搜远揽，自起元明，下迄国朝，计得文若干诗若干，及他贻赠之作，别内外，定部居，都三十余帙，缮写完好，将谋付梓，可谓勤矣。又能举要举详，各得其当，其有专集行世者，则只甄录一二以志崖略，而于志乘失传名晦不显者，必搜求至备，务使吉金片羽长在人间，尤得古人阐幽显微之志，可谓难矣。

夫文章之传，虽视其人之精神学问，而精神学问之兼至者，或又失传，古人之心，抱疢奚似？后之人思慕古人，欲见其所为文而不得者，抱疢又奚似也？编残简蠹，鬼神之呵护无灵；献尽文亡，后起之景行徒切，此固古今能为文者之同心也。茌亦尝志此而未能逮，而林君已先我为之。天生前此之人，为非偶然者，生后之人，以守先人而传之后人者，又岂偶然哉？

用是不揣梼昧而为之序，俾后之览者于此发桑梓文献之思。是余之所厚幸也夫。

王韵卿先生《梅花百咏》序

呜呼，斯文之传，岂易也哉！自非家承其业，世袭其遗，鲜有能者，能之亦必不精，纵观往籍，莫不皆然，三百篇其最著者也。

　　方周盛时，司徒保章之教，家传户习，故遇物能名，登高能赋，非惟其时士大夫为然也，委巷士女莫不知而能之，薰灸者久，观摩者多，虽并古诗三千而存之，当亦无甚优绌。宣圣所删，不过去意旨之繁复，示惩劝之异同而已。非若后世人存其一篇，篇存其一句，谓足见其能且精也。

　　王子箕山以能文名，所为古诗骈文，出入汉魏六朝，唐以下盖不屑言，予见而异之，以为三古以降，斯文道丧，风雅流歇，何所得而能然也。迨观其尊人韵卿先生及母氏林孺人所为诗，而知王子之能文，盖淑渐于庭训，所谓家承而世袭者也。

　　王为吾邑巨家，代以文显。林孺人家世亦相若，其弟素士先生以名孝廉能诗善画，至今犹籍籍人口，盖其讲之也素矣。韵卿先生好写梅，所为百咏皆题画句，他作尚多。己丑邑遭大水，积卷荡然，孺人遗墨亦漂失殆尽。存有《椒花集》一卷，然数帙之书已足观其生平而贻其后人矣。先生与孺人各席其家之传，王子复从而衍之，观其先而王子之奉其传可知，观王子而先之所未传而待以传者又可知矣。

　　我观古今著作之林，大雅宏达之士，往往鳞集雾合，萃于一氏，若西汉之伏氏，东汉之桓氏、班氏，晋之王谢，唐之温杜，宋之欧苏父子兄弟，下至妇女姻娅，莫不能文，其源益深，其流益肆，昔所谓风以诗书，散以礼乐，浸淫而成天下之风尚者。后乃以一家之传，数世之济，而所得为深巨而莫测，拔茅汇征，理势然也。

　　矧先生世有隐德，高曾以来俱诸生老，蕴必发，其起而大乎，是编殆嚆矢也。故原其本末而序之。

《盘山九日登高图》序

山势蜿蜒,度海而南,峣然峙、缭然曲者,曰石盘,乡先进林伯和兄弟所从隐也。

自盘擘而三,西为旷望,东为天马,中干循牛岭下,折而东曰花山,为九老社吟地,稍北余家焉。

每暇日陟足高冈,遐想遗风,世之相去未久也,地之相距,又若是其近,数百年间,山阿岑寂,不禁唏嘘者久之。

秋雨初霁,旧游忽至,置酒竹林,歌《紫芝》之曲,赋《白马》之篇,呼童煮酒,红叶自下,凉飙一声,余酲顿涴,俯仰古今,相与称快,二林、九老而及今存也。把臂入林,陶写风月,为乐更何如耶!悠悠天地,恨我之不见古人,与后人之不我见,其相与递嬗以终古也。噫!时同游者七人,林君朗夫图以记,不复赘。

李秩山先生六十寿诗序

秩山先生,余壬辰院试同年友也,与余为五年之长。余之游闽也,先生方将为尉永福,俟命省垣,相与同止金君伯埙馆,盘桓竟月,益有以得其为人,盖君子也。

既而思之,以今日之官场,安得如先生其人者厕身其中,又安得如余者以厕身其中耶?后余以省亲归,绝迹宦途。而先生方赴永福任,不相见者数岁,宦归始一再晤,则先生寒素如故,仍恃馆谷以为岁入,正与余同。余方喜先生之能廉,为之称道不置,而人则未之知也。

先生又尝登王子常太守之门，得其绪余，暇则任意吟咏，在闽时已成卷帙，间出相讨论，为更张一二字，辄首肯。然余固未知诗，亦不敢谓先生之能诗也。去岁为先生六十初度，以诗见示。余亦草草答之，乃和者日多，积岁得诗百十首，缮写方谋付梓，征余一言以序之。余固未知诗而强与言诗，正与向之不善吏而问途作吏者同一柄凿，胡以云也？

虽然文章之与吏治，大抵肖乎其人而止，沉潜者之不能为高明，犹平恕者之不能为酷刻，若所分定而然者，能不能又非所论也。先生之官永福也，人皆以佛称之，及读其自寿诗，则又窃比钱彭，而有志学仙矣。佛耶？仙耶？其不容今之官界诗界也久矣。

今之为吏者，则曰菩萨低眉不如金刚怒[一]目，先生之宦囊索然，皆此慕佛之名之一念累之也。今之为诗者，则务为激烈，务为柔媚，激烈则如羁人寡妇，柔媚则如妖女娈童，皆野狐禅也，以视所谓仙者，清逸高旷，彼反格格欲吐。

先生为诗，而慕仙之名，则又将为仙累矣。虽然古来称仙佛者，皆得无量寿，而先生慕之，吏治文章将与之俱寿，则此百数十首之诗，以为佛子说法，天雨曼陀罗花也可，即谓之《霓裳》一曲，众仙同咏也亦无不可。

故书此于简端，还质之先生，先生当为我发一噱也，呵呵。

校勘记

〔一〕怒，底本原作"弩"。

《橘绿天诗》跋

周濂溪先生曰："万物同一太极，物物又各具一太极。"言万物并生于天，即一物亦自具一天也。

天地之产，宜于南，或不宜于北。移橘逾淮而化为枳，其地异，禀于天者则未尝异也。松柏得天之厚，而岁寒不凋，橘亦得地之宜，而经冬常绿，是一物各具一太极也。张九龄诗云："江南有丹橘，经冬犹绿林。岂伊地气暖，自有岁寒心。"故松柏同具一天，橘亦各具一天也。

徐子惕安屏居山海，种橘自娱。每至隆冬，丹实离离，绿叶沃若，得天之趣者永，故其味橘之天者亦至，因以"橘绿天"征诗，多士酬唱，裒然成集，嘱予序之。

余曰：嘻！得天之全者，人也，得天之偏者，物也。以一物见一天，非物之天，人之天也。统万物共见一天，非物之天，天之天也。以人心之天，见物之天，以为可乐则乐之。周茂叔之于莲，陶渊明之于菊，林逋之于梅，子猷之于竹，其道一也。苏子瞻以橙黄橘绿为一年好景，以物之天，感人之天。苏子世居眉山，于北于近，不得有橘。迨谪光黄，再居于浙，始得领略江南风味，以物之天引人之天也。徐子居滨海斥卤多腴地，宜橘，故橘之；橘性辛，能傲寒而常绿，故绿之。以地之天，得物之天，益有以鼓舞其人之天，则其所为之诗，与其征之人者，安知其非以天觌天，皆发于天籁之自然乎？

茫比年少作诗，作亦不工，然亦歆动于同然之天，而不能已焉。谨步原作数章，徐子既自有序，故更以数语跋之。虽未涉园林，一观所谓"橘绿天"者，然于吾心之天，已默相印证矣。是为跋。

读《明清八家文钞》书后

丁己春,购书坊间,得所谓明清八家文。归而阅之,甄录未必精审,余喜其刺取不多,读之而有以得诸老之大凡。而桐城文派,流演半天下者,亦于此窥一斑焉。

文章一道,秦汉以降,群焉推昌黎为巨擘。故自唐而后,能以文传一时名后世者,莫不奉韩氏为圭臬,得其一二已足驰骋艺林。盖法与理兼胜者,老苏不纯于理,而廉悍刻挚实过退之,盖犹秦汉之遗风焉。

皇甫、欧阳、曾、柳、苏、王,各得昌黎之一偏,后世已争相效慕。持正、子固得其雄直,柳州得其闳肆,大苏、半山得其沉挚,惟庐陵雍容揖让,若与韩子殊其科,血力所不逮而以清胜之,皆未诣其极也,故退之一二巨篇,自唐以至于今,鲜克举之者。

国初三大家,亦皆取道退之,而侯氏失之疏,魏氏失之质,惟汪苕溪词旨深稳,工力稍多,而魄力不逮,侯、魏亦在学韩与不学韩而已,外此大都气浮于情,辞绌于理,求如唐宋而不可得。

有明季世,归震川氏出,始欲推陷廓清,一宗退之,然往往神味不足,而求胜于理法,近于晚年文字。方氏望溪卓然后起,读书穷理之久,发而为文,魄力不逊昌黎,古直又如明允,一代之中,叹观止焉。

姬传姚氏以韩、曾之深博,文之以欧阳之声采,曾文正公谓其不纯于理,盖如太璞之不完,深惜之也。

海峰气势,几全得望溪,而粗浅之失,则在过学退之。梅伯言造句炼句,出入归、方,而体制狭小,其得力退之者,又不如海峰。

吴挚甫工力较少,而词旨充沛,规制崇闳,然其疏懈正不可掩,则又在海峰、伯言下矣。

曾文正自谓私淑桐城,而理至神完,直掩望溪而上之,譬之于人,曾太史衮衮然如王公大人坐堂,皇朝天下,岿然据万有于前而不可方物。以视诸子雄健者,则如将帅;温雅者,则如儒生;婀娜而荏苒者,则如淑媛而已。

张濂亭全学曾公而气力不逮,乃变而为缜密,构局炼词,功力所至,惜抱亦无以复加,而概以文正,则渺乎小矣!

方氏壁立千仞,其岩岩气象,虽曾氏无以尚之,然雍容揖逊,不及欧阳。

吾于斯篇,叹退之以下,曾氏一人而已。非积学之深,道德之美,孰能兴于斯?

跋先茂才树畜书

今世乱世也,欲成事业而致功勋,甚难。

读书涉世,以求学问知识,是则人人所不可少者。国内学校虽多,科学繁芜,日课奔走,究非造就人材之道。兼以新学乱言,狂人幻想,以之破坏国粹则有余,以之改良社会则不足。人家子弟一落漩涡,虽有名师益友,亦将无如之何。

盖自言论解放,矫枉过正者,务一反其从前,此一时思想潮流之变态。少年学识未定,往往奉为金科玉册,直不值一哂也。

余课学二十余年,往来南北都会者垂十年,所见所闻,初若以为可信,稍久则罅漏百出,为此而败者数矣。何也?其所持之说,类皆未免于私。其颇免于私者,则又倚轻倚重于其间,宜其未久而败也。

夫天下之事,无巨无细,无远无近,必日趋于公且平而后定,此其必然之理也。私一二人之智力,使人人皆失其平而欲以牢笼一切,亦必不然之势。以余所闻见考之,惟汤蛰仙之于浙路,张季直之于通州实业,两先生之精神材力,既足以相副,又皆有学问辅之以行,其翘然有异于众,而动人之钦慕宜也。

吾邑地边山海,家鲜厚赀,欲成一事,良非易易。以余愚见,果欲扩张实业,莫如就各亲知,因地制宜,组织小小团体,坚之以信,持之以俭而公,久久人将自相效仿,至此而发展易矣。故无论山之森林,海之渔盐,陆之畜牧园艺,力所能及,独为之可也;力不能及,合所亲信为之可也。但既为之,后必期其成而后已,不可偶尔失利,遂却不复进,反以增当世之阻力,此其最要者也。

乡里善堂尽废,亦为近来第一缺点。若以余力附丽而行,或能以所为职业安插贫民,使之以力得食,既可矫游惰之习惯,而地方生利亦当逐渐增多。先君子树畜书,久欲钞装成集,公之海内,翻阅一过,数十年前海禁尚未大开,而计画所及,皆为今日谈实业者所必要。兹择其最近者,次第钞录,书此以为家人勖焉。

编纂宗谱后跋

族之宜谱,夫人而知之矣。然不知所以谱。故或五六十年而一修,或三四十年而一修,其族之稍大者,则十数年、二十年,而议修者哗然。否则又置其族于度外,而为谱遂不可问矣,此无他,有所利而为之也,是以谱之体例若何?为谱者宜慎重若何?一不之讲,徒纷纷然开局厂召人,徒具库计庖福,靡其金钱于饮食醉饱之中,以冀取偿于其族,少则一二年,多则五七载,因此而不能成者有之。所求既足,仓猝集事,一委之工匠人之手,驯至讳行差错,生卒不详,无过而问焉者,此虽数修,无异于不修也。

吾宗自居周洋后为谱者四,可谓勤矣。托始于五河公之支谱,而续成于我太高祖宜圣公,高高祖宪易公曾经续辑。以今观其旧稿,搜讨必备,序次必明,盖非知为谱者不能。道光、同治间,族祖宫福、族叔蘅洲公亦先后增辑,剞劂之美,哀然成帙,不可谓无意于谱也。惟实录皆改从序宗,祈便览观。吾曾祖父虽有谱稿,皆置未用,常为歉然。

前数岁,吾兄鹿坡已有此议,展转就商,时茳虽驰逐燕汴,而为谱之志,无日而忘。今岁以族众议,茳忝综此事,盖不胜陨越之惧,赖族叔达三、吉三、建润诸公及希三、霭堂、妙垻诸昆季,共赞厥成,而议以定。惟是族小费繁,不得已乃力持以俭,尤赖堂兄森珊在家编列齿行,至局则汲爨躬亲,胞兄鹿坡四远采访,皆不动用薪水,而事以举而不扰,乃得以余功,旁搜志乘,厘定卷帙。叶君植庭代司排印,亦能反覆校勘,不惮烦苦。故凡我所能为,未尝少靳,而所藉手尤在旧稿,盖先人竭心力于此者为已久矣,其不谋而合者,如行传之宜序齿,支图之宜详迁徙,皆为先得我心,此谱之所以成也。

可疑者,为一宗立谱,而支图竟阙,长房大宗明祀伯述公,而谱系不为纪叙,前修皆因仍不改,岂以此为分谱,虽大宗犹小宗乎?抑以宗子绝续不一,惑于灾祥祸福而然乎?由前之说,必仍东浦之旧而后可;由后之说,必无为大宗后者而后可,今已进小宗为大宗矣。继嫡长者,又明明有人矣,实则改而名,则仍恐非所以承先启后。故逐一编订,期岁而始克葳事。

是举也,虽藉诸宗台之力,而森珊、鹿坡两兄之苦心为不少也。若茳者,不过继述先志,祈告无罪而已。前之所云,虽不敢自蹈其失,而今而后,益知所以为谱之难。程工匆迫,疏忽终多,增美释回,是所望于后起。

纪　梦

丁未十月之二十三日,余以谱事未葳,买舟赴北闸,抵清江汇,日暮舟人失道,咫尺之间,彷徨不进。余舍舟登岸,夜色昏黑中,见故冢累累,松楸阴翳,知此为族人葬地。余以忝司修茸,深恐有负先灵,对之恻然。

是夕宿族叔家,族叔达三公卒甫数日,偃息楼头,颇形岑寂。恍惚间,至一处,见一木主长约二尺,边缘以金,上书"李氏安人之位","人"字下旁注"及媳邯郸吴氏"六字。一人携一木板来,长尺有咫,镌字十数行,似经刷印,墨迹尚存。又一人递一牒,略似哀讣,计四五页,字迹丛密,分六行写,每页皆有职衔,红字嵌印其中。

醒而异之,然以吾族南徙,无聘邯郸者。置之越月,述之堂兄森珊。因翻阅旧谱,至正干公配及其子嗣,而姑媳姓氏始符,公及配李氏皆寿考,媳吴氏系太学宪钟公嫡配,年二十余卒,无育,而续娶者再无他异也。惟正干公旧有小传,抄录时偶遗之,以将再检,初不自知也。披读传文,传者为内亲李氏,以姑母故,于氏无所称述,氏之隐德或有未彰欤?宪钟公三娶而吴氏为嫡长，或未奉其祀欤？邯郸为仙人示梦处，正干公号逸仙，恐遗其传，故隐示其名欤？不然公为二房冢嗣，祖吉生公梦孙子如鱼，故五子皆名以鱼，自是续嗣日蕃。公子宪钟公自得异梦，白手成家，累赀巨万。子三人，培芬公曾入邑庠，孙八人，今虽渐微，各有子嗣，二氏九京亦当无憾，胡为示梦于余也？

噫，我知之矣！余自议修族谱以来，族小费繁，迫于告成。今岁又复驰逐南北，悉心考订，疏漏仍多，故梦以警之也。云李氏者，欲吾表幽微也；云吴氏者，欲吾慎嫡妃也；印板墨迹，示吾以校对之宜慎；牒疏丛密，开吾以纪载之必详。清江汇左右祖墓纷然，年久失考，子嗣播迁者不知凡几，李氏姑媳之墓，或在其间，未可知也。幽明遥隔，欲质无从，亦惟敬慎自将，庶几少告无罪耳。

既录其传，又令其家人奉姑媳祀，凡祖墓之可考见者，亦为逐一表明，并详为记之，一以自警，一以为族人告，俾知丘墓祭祀之为重焉。

时岁在戊申之元月十五日也。

琅岙张氏重修宗谱序

邑东三十里，有庄曰琅岙，张氏居此六百年于兹矣。

其地汇温、黄二邑之水，东出金清，山脉河流至此皆作一结束。山则逶迤曲折，郁然深秀，大河横障其前，澄碧回素，望之若山阴者八九，故居其间者，多读书能文，岂非山川之钟毓而然哉？

余自与张君寅生同事陈师芷野，遂识其伯叔昆季啸霞、莪

甫及菊亭兄弟,皆以文章风烈知名一时,再后乃识咏南、幼植、
定九诸君,亦翘然可喜,益信张氏之多贤也。

今岁之秋。咏南谒余于馆次,出其宗所为谱稿见示曰:
"吾宗之谱,修之凡数年矣,以编纂者先后物故,事遂中止。幸
稿本大半就绪,吾弟幼植起而承之,告成有日矣。先生能为之
序,以为家乘光乎?"余告以体衰事赜,笔砚久荒,恐无以应也。
咏南则曰:"幸时期尚缓,请试为之。"

余念张氏于吾邑亦称文章家也,与余相亲炙者又多,于其
谱牒之成,未尝不引以为喜也。张氏祖居山阴,宋开禧间怀盛
公以惠安司庾发粟赈饥,为大吏所劾,失职至此,遂隐居焉。
世祖妣某氏又以贞烈建祠县城,其高风亮节,皆足芘赖其子
孙。故不六百年,族聚之蕃,遂至千有余户,散处四方者,犹不
在此数,呜呼,盛矣!

谱创始于其五世祖拙隐公,立法严明,凡经数修,咸宗尚
焉。前修于清光绪戊子,翰林庶常葛咏裳以啸霞诸君之请,而
为之序,想见其与啸霞诸君师弟相聚之乐,今则余所识者,皆
后先代谢,转深余朋友不相及之感。使寅生、啸霞诸人而尚
在,相与考论其义例,亲炙其笑谈,则为之序,亦不为无因,然
以张氏人文之盛,纪载之详,幼植诸君,又能勤修先业,抱遗订
坠,以上承祖若妣积德树行之休,知其后之昌炽必有加而无
已,则始以为山水之佳秀,固足以钟毓人文,后且以人文之彪
炳,辉映夫山川。人以地传,地未始不以人传也。

吾宗自湖州而东浦,自东浦而周洋,与张氏之自越迁此,
始终同为浙人,是著籍之踪迹同也;吾祖伯述公以开禧进士,
弃官来迁,与张氏祖之为司庾,亦在开禧,是始迁之年历亦大
略相同。吾祖以上章言安边不报,与张氏祖以不俟命而开仓

救民失职,其心事亦未始不同。今则户口之蕃庶亦不相上下,而一居周洋,一居琅㕮,彼此相去一衣带水耳。

前十数岁,编纂吾宗谱牒,往来周洋,爱其山水之胜,往往迂道其间,与寅生君寻山问水,兹又获睹其谱牒之成,则以数言志其踪迹,挂名张氏谱牒之间,亦其分也。故勉为之序归之咏南、幼植诸君,俾知人才之与地理其关系之巨,有不止前所云者。

语云:"莫为之先,虽美不彰。莫为之后,虽盛不传。"吾为张氏勖,亦以自勖也夫。

新场颜氏三房重修宗谱序

癸亥之春,余方还馆花山,颜君赞清以谱成问序于余。

余思颜氏出自轩辕,周之东也,兖国公得事圣师,巍然以德行冠四科,子姓蕃衍,固其宜也。

顾考其谱系,则断自始迁祖正议大夫,纪其近亦昭其慎也。惟其迁徙踪迹彼此互异,或云唐武德间始居临海;或云宋元丰时赘于南塘,为今颜氏发祥之始;或又谓以南渡扈驾而来。按之前序,纷纷不一。又谓开元以前已有居于回浦者,相传颜真卿访族至台,刻石镇岩山。

考回浦当今高桥、周洋两庄间,河流回绕,至镇岩而止,俗所称"十八汇"是也。唐时皆临海郡地,宜若可信。若南塘之赘,当在宋耳。吾宗负镇岩而居者数百家,祀始祖节度公于其麓,岁时展拜,登山凭眺,见摩崖书,顾漫漫不甚可辨,问颜氏故居,无复知者。岂自唐而宋,生齿无多,赘南塘遂徙南塘欤?抑宋元兵燹,遂尽易其故居欤?南塘戴氏,亦以方氏之乱波及无余,惟旧居于温峤者数十家耳。而颜氏奄有其地,且绵亘于新场、横塘、金清、芦西者十余里,为房者四,然则盛衰之数,时与地实为之乎?

颜氏之族十一传而始大,曰舜明者昆弟四人而序居其三,实今之三房祖也,似续之繁,又甲于其他,衣冠文物,一时称盛。前皆四房合谱,光绪辛巳以族大始分房从事,今议亦然,取其便于成也。然是役也,经始于清季,中更革新,势不暇及,赞清又方从事于教育,故至今始获葳事,职采访者曰菊圃〔一〕、曰金厚、曰杰三、曰梦龄。菊圃以远行涉水,遂得足疾以终,竟其功者梦龄诸君为多,颜氏尊祖敬宗之意,于此可观矣。赞清又尝兴学近地,启迪其后嗣者,不患无具矣。惟思族众盛衰之理,或数传而盛,或数十传而始盛,或则反是,若其祖德之大小使然者。

吾宗以南渡至台,宋元鼎革,种族几沦,变易姓名,流离迁徙。后定居于周洋,始以复振。自周洋迁城,今又十余世矣。其为赘婿与颜氏同。虽代衍诗书,而至今户口寥寥。还视颜氏则硕大无朋焉,非充国流泽之长使然欤?

余知赞清旧矣,菊圃于赞清为叔行,尝问业于余。近且与其宗有儿女之戚,于其谱之成,不可无以云也。又以颜氏始迁之地,与余族为近,故感而书此,并以见保世滋大之必有其道焉。

校勘记

〔一〕圃,底本作“谱”,与下文“菊圃”有异,据文意改。

泽国钟氏重修宗谱序

族之有谱,宗法之所寓以行也。古者天子建国,诸侯立宗,为宗子者有田禄以养教其族,率其子孙以上事祖考,此宗之义所以为尊也。自井田封建废,而宗子不得有田禄,自宗法废而家自为谱,或以夸氏族之盛强,或以侈门阀之贵盛,往往以子孙而加乎祖宗之上,甚且诬所自出以博观美。揆以少史,奠系姓而辨昭穆者,沃谬而意亦无取焉,盖宗法之不行久矣。

泽国之钟出唐中书令绍京公,宋咸淳间自玉环界山来迁于太,遂为太著姓。越五传至志一公,始有谱;又越十传至匪石公,始为类例,计分四编曰宗支图录,曰世行次序,曰家世遗事,曰人文宗范,垂为定制,至今几十修矣。其迁徙之详,支系之远,与其为谱者王梅溪、谢深甫、黄久庵诸先生已言之,兹不赘。

独念今世之为谱者夥颐难计,或则囫囵从事,齿行不分,阅者欲识其面目而不得,是帝江也;矫其弊者,则又规仿郡邑志书,繁其例类,是窭数也。求其有当于尊祖睦族之道者,盖鲜。

今观钟氏之所为四编之中,谱之所得有者,无弗有焉。而其义例所著,彝训所垂,庶几古宗法之遗意,齐宗伯息园先生称之。余恐其后之求多于是也,故引申四编之旨而为之说。曰宗支以纪根源,而亲疏隆杀之义视此矣;世行以辨昭穆,而长幼先后之道准此矣;家世遗事以谱古迹,而祠墓坊表公产可并纪;人文宗范以谱隐德科名,而宦业节烈可并存。自有此例,前之所谱者以大而易该,后之为谱者以约而易守,易以易简而尽万事万物之理,犹此意也。

谱成,宗人请序于余,而镜波先生及其嗣君若川实综其成。

大抵子孙能文知书,不假手于工匠者,其所为必有可观。而能因其先人之旧,释回增美,毋为夸耀一时之见者,其所为必可大而可久。吾将于钟氏之谱卜之。

三至王氏重修宗谱序

邑南行三数里,将抵亭岭,山麓有明忠节静学王公故里。知县徐元肃为之碑,迄今过其地者犹可考见。而东郊滨河又有忠节公祠,询所奉祀则渡首王氏也。及观三至王氏谱,则其统系之详,世传之远,则尤在渡首上,亦为置产奉祀。呜呼!何人之乐为忠节后?忠节之子孙何彼此代兴若是耶夷?!

考王氏,来自闽之长溪,五传而至君望公,始迁吾邑苍山,又七八传而至忠节,从育于母陈氏家后,乃奠居于亭岭。逊国之变,忠节夫妻子女骈首赴义,靡有孑遗,而从子天富以赘居茅山李氏而独存。其始迁三至者曰君宇公,天富公之子也。居渡首者当亦同后君宇,恨未得其谱而参稽之,以为后先异同之证,殊为歉然。

王氏之有世谱,始元延祐,历明洪武、成化、天启,清乾隆、同治,凡经五修。惟由洪武至成化年历太久,而方序又不见《逊志斋集》,踪迹不无可疑。然三至之为忠节后,无疑也。

王君旭东既拓宗祠置祠产,复以宗谱久旷未修,告之宗人。盖自同治以来又将六十年矣,宗支散佚,讳行参差,不无可虑,故其宗人亦罔不黾勉从事,而君以知文墨,实综其成。

夏间走谒余于邑城,请弁数言,数月未有以复也。

既而思之,君子之居乡也,于先哲之宜表章者,表章之;文献之宜纪录者,纪录之。矧余去忠节之所居最近,而忠节之高风亮节载之邑乘、祀之圣宫者,久为吾人所企慕。而旭东君又系旧游,不容以不文辞也。

余近岁方募建花山九老祠,并为山志,考其师友渊源,则九先生半为忠节故交,诗文投赠在在可征。以将千年之遗老,尚欲馨香而俎豆之,使百世下知所矜式,宜君之于其宗措置而不敢缓也;以古人师友之渊源,尚欲辑为一书以示之后,宜君之于其谱,赓续而不敢旷也。

今虽忠节往矣,而为之后者,尚有三至、渡首,奄有东南,而始居苍山者,犹不在此数。天祚明德,庸有既乎!故详其世次,序以复之。

虞山邵氏重修宗谱序

丙辰之冬,邵子赐卿访余于花山学社,语次,出所为宗谱例略,问序于余。

余曰:"嘻!余之序人谱也数矣,见吾邑巨家所为亦不下十数。惟泽国钟氏前修于齐息园宗伯者,较为赅括,他则非夸即滥。吾子之所为,果有异于人所云否耶?"

邵子曰:"吾自承先叔外翰公训,始为此谱,辄思昭信纪实,以不自诬其祖而已。"余曰:"若然,虽为史,可也,何谱之足云?昌黎韩氏之论为史也,常怵怵于天灾人祸,而引左、马为鉴戒。吾邑巨姓之谱,为者不必善,善者不必传,安知其非不信不实,有以撄造物之忌乎?"

按邵氏系出东阳紫溪，宋绍兴间避乱至此，凡数十传矣。始皆白衣，明成化后乃稍稍通显。玉溪、颐庵以来，宦京朝司政教者，代不乏人，而梅溪、虚谷兄弟又皆以诗鸣一时，考之郡邑志书足可征信。邵子皆据事直书，始不敢攀附华宗，以稍涉于夸；终亦不忍缘饰名位，以稍邻于滥，可谓异于世之凡为谱者矣！都十有六卷，为支图者六，为世传者七，为祖德、古迹、闺范及杂录者三，条分缕析，朗若列眉。又以旧谱杂用欧苏义例，同一世传，而叙宗叙齿先后异致，不得不一变，而叙宗非不知叙齿之善也，简编踳驳，亥豕糅莒，即起玉局于九京，亦当俯从庐陵，势之使然，无如何也。他所纪录，亦皆信以传信，疑以传疑，力矫六朝五季门阀之见，绝唐代氏族志之源而清其流。

呜呼！为谱如是，不亦难哉！孔子之修《春秋》也，所见异辞，所闻异辞，所传闻又异辞，虽以己意为褒贬，而终不失为昭信纪实，此史家所奉为金科玉律者也。彼世之务夸务滥者，将以为观美耳，不知苟信且实，虽不求美，而自有可观。苟夸且滥，信可观矣，而美非其美，袭而取之，安在其足贵耶？哇音繁节，不如朱弦之疏越，其声希也；腯牲甘醴，不如洞酌之忠信，其物质也。时日匆迫，邵子所为，虽不获究知其详，而不饰其所本无，必不遗其所本有，信实之道得而谱不足为矣。前数岁余治周洋谱事，实用此道，故于邵子之言，感而有发也。

嗟乎！董狐不作，南史又亡，古称信史号实录者，于今不数数觏，而陈承祚、魏伯起辈，舞文弄墨，颠倒国家之是非，瞀乱名教之惩观者，不知凡几。一家之书，予夺于一二人之手口者，更何论哉！

外翰既思以昭信纪实之道坊其宗，邵子亦能尊所闻而行所知，洵乎邵氏之多贤也！邵子既知不诬其祖矣，苟推其不忍不敢之心，以告教其族人，孝子顺孙之所为，岂外是哉！

仙源陈氏重修宗谱序

古有宗法有族学，宗法既敝，则赖谱牒以存。然必修明其族学，以维持其间，则伦序克端，祠祀时举，子弟亦日趋于孝友醇朴，谱牒因而增重焉。

仙源陈氏始本闽祖，宋绍兴间迁东瓯之外沙，旋徙吾台之新城，七传至万育公，始来居于此，至今垂七百年矣。其有谱牒，则始自宋季，元明以来，中多散佚，世有增葺。清乾隆间，良谟公搜遗订坠，益集其成，厥后更五修。其延聘儒宿，往往卑礼厚币，无间远近，甚或借材异地，其慎重将事可知矣。同光朝两次赓续，先严石牧公先后劝读其地，虽适当罢馆，述作无多，而综其成者，若懋孚、懋兰、楚珩、楚鼎诸君，太半出其门下。故文采斐然，后起奉为法式。盖族人之读书明义，其有裨于谱牒为不少也。

陈氏能尊事师傅，以告教其子弟，故先严受馆谷者几二十年。其初至也，以道光某岁，本承吾大父馨吾公之后，后遂累岁留，或间数岁复至。尝读其《三至仙源》诗，知主宾之相得，未有盛于斯者。其为教也，先行而后文，先实而后名，日为之程而明其约束，慎其赏罚，久之而子弟莫不率其教，且互相纠督，故虽奔走于家事，而馆课曾无一日旷，再三至皆然。最后余总角侍从于陈氏之相鹤楼，主人之宾敬其师者，久而不衰，知陈氏之保世滋大为有自也。

今岁其宗人以重修告成，请余序其崖略。余与陈氏为世交，故相识亦多，子弟之从游花山者，亦岁不乏人，因取谱学相关者以为言。主修是谱者,陈君辉亭,前修茂兰公子也。分任其事者,则其族叔升东、式昌,族弟久香、楚台,族侄□涵,支垫谱费者,则其族祖季栋、季香也。升东、久香光绪前修时皆尝亲莅其事,故一切体例无改于其旧,所慨懋乎、楚珩诸人先后代谢,存者寥寥。余亦年力就衰,不获躬为考订,以谉正谱工之纰缪耳。然考之从前在事诸公,今之继绳前美者,非其昆季,即其子弟群从,故能恪遵成法,集事也易。益信先君教泽之入人也深。陈氏之能告教其子弟,收效若是之远也。

考黄岩有东西二仙源,西源今隶吾邑,相传为洞天福地。陈氏卜居其间,山水静幽,林木葱茂,与温峤仅隔一衣带水,若别有天地,士秀而文,农朴而愿,盖得之钟毓者已如此,陈氏既有谱牒祠宇,使益修明其族学,后之视今,岂第今之视昔已哉。故乐为之序以勖之。

练溪金氏重修宗谱序

余少负笈南乡,则闻有平溪金氏,其宗最大,其奠居吾邑也,亦最先。故自唐季至于宋明,登巍科膺显仕者,已不乏人,千乙、吉所,其最著者也。

前十余岁,金生睿夫来学花山,观其字行,意为平溪人也,及询其里居则练溪也,而非平溪。盖其祖崇三公自平溪转徙于此,已二十余传矣。今岁之秋,睿夫以其谱成,请序于余,则丁口已达千余,为房者八:其出世俊者四,曰七分房,曰大分房,曰八分房,曰三透房;其出世参者一,曰楼下房;其出世珮者二,曰上屋房,曰西房。惟淋头房出敬玖公者,中经遗失,久而始复。与上七房,出自敬资、敬甫,虽已分异,而为伯在公之子则同。盖自崇三公以来，乱离之后，子姓播迁，其散处四方者又不知凡几，则练溪之盛，足以方驾平溪，洵不虚也。

吾邑东南广荒，旧皆为海，而与闽为邻，故邑大姓半自闽迁者。始居地皆滨海，后乃稍徙而内，平溪之为练溪，亦犹是也。安节公以唐显官，而其子小五公降为氓庶，播徙海疆，或系避王审知乱而然，乃一迁于平溪而昌其族，再徙于练溪益大其宗，知其积德累善，必非一日。余尝一过其地，溪山交错，南面濒海，金氏聚族而居，棋罗星布。始居下宅，曰"夏泽"者，文言之也。旁近为黄仙岙，稍远曰上洞，皆有金氏后焉。知夏泽不足以该之也，故是谱宜专称练溪。前序称为房者七，今既益以淋头，则为房者八矣。上屋房及西房皆出闻侅而旧谱遗误，则又所当纠正者也。

夫家族之生聚日蕃，环境之感触日变，则所当改革而扩充者，亦日新月异，而岁不同。金氏有祠，以祀其先烈；有谱，以联其宗盟；有田畴屋舍，以长养其老幼男妇。苟使即祠为塾，以诱进其后起，则生聚之后加以教训，千乙、吉所之盛，何难再见？安节公在天之灵，当亦默为之相，其宗之大，庸有既乎？故序以归之。

是役也，经始于民国十五年十一月，告成于十六年十一月。纂修是谱者通耀，司采访者殿寿、曾报、通行、时贤、美春、满谦、满梅、满宽、美正、通海、满超，经理度支者通耀云。

书东岸李氏宗谱附录宋将李显忠传后

李生洪畴，醇谨士也，志于实事求是之学，尝读宋代史书，至降将李显忠传，以其宦迹年齿，与谱载始祖允中公事，大略相同,疑允中与显忠为一人。走书于余,愿考其详。久之未有以复也。

每览宋世纪传及他掌故、舆地诸书,思得其证佐以为折衷,舍间积卷无多,颇难搜讨,又念汴宋季世,鼎祚屡迁,虽玉牒亦不甚详。故以吾祖伯述公为魏王胄裔,而同名者多至三人,其他字行相同更仆难数,是国史亦不足尽信也,况一姓之书乎。

按谱称允中字某某登进士第,而《宋史》则云"世为苏尾巡检",盖绥德军之土司也,无由而登进士。金夏构衅,西北沦于异域,因而出入行阵,积功为官,理势然也。而以明于大义,反身归宋,建节池州,荐历卿贰,《宋史》云云,宜若可信。乃为邵宏渊所构,谪官来台,复由台而迁绍兴,台属有公子孙,亦固其所。唐宋以来降将赐名者夥颐难数,而李嗣源、赵保吉且并从国姓。显忠既系赐名,允中或其原名,亦未可知。惟史称显忠本名世辅,与谱载字行亦复分歧,以为同系一人,文献无征,何能悬断?然两人所历官阶同迁徙之踪迹同,年齿生卒亦无一不同,籍谈忘祖,书传所讥,生之考订疑似,诚非得已。

独念谱法首在摭实,世系失考,谬附显者以自高异,为近世谱工所恒有。而二三君子讲求谱学者,则以此为大戒,因疑而求信者,子孙不敢忘祖之心可信,而犹引以为疑者,则尤子孙不忍诬其祖之志。文公朱子谓:"子孙以图像事先,一分不肖辄为他人之祖父母,宁阙焉之为愈也。"孔子亦曰:"多闻阙疑。"荘自维谫陋,闻见浅鄙,而于圣人阙疑之教,颇所服膺,固不敢师心自用,犯古人之不韪也。若以考据家言,古人名字义各相辅,中、忠声近,显之与允,义亦平行。诗云"显允方叔"是也,显义为明。故古史称咎繇为明允,赐名之际,取义或在兹乎？因令以此传附之谱末，详为之考，以俟博雅君子。

覆同人修复乡约书

佩荘顿首某某大人先生阁下：

曩所商修复乡约，善举也，亦大任也。古昔盛时致治之原，鲜不由此，一切乡饮、义田、社学、保甲，皆得附丽而行，所谓"观于乡而王道易易"者也。

昔范文正公为秀才时，即以天下自任。虽曰仆之才识不足以逮古人，而窃有志焉。敢谓古人之心非吾心，古人之事非吾事乎？第其任既大，当之者不可以或小，且王道无近功，非得肩宏任大足以持久之人以与其间，则其事不举，举必旋废，既废之后，人将益病此为难行，行之愈无其会矣。

去秋晤阁下及诸君子，偶谈及此，心颇跃跃，以为其事之当行。旋谒右丞纯甫张先生，见其言论之间，乐与人以为善，复能留心民治，敦督悉恳，以为此殆有可行之机，而不得不行者也。乃退而自课，及以事登缙绅之门，谈宴之间偶一二语及此，亦非敢以此自任也。其知余者谅之，否则随声而应，甚且非之笑之。谅余者非谓余能也，曰："殆好为大者。"非余而笑余者，盖谓余非任大之人，而不谋之时势。其随声而应者，不足与议事也，无论矣。仆诚自揣素誉之不立，无以取信于人。前所云者，不过知而好之，欲得一二有道者，以为之倡，以仆奔走其间，拾遗补阙，称效万一耳。若必身为之先，非恶劳也，以仆自揆，实有甚不可者存焉。仆之所学滞于章句，若令屏居一室，胪古人论说，质以己意，以辨疑而衷可否，容有当者，至于躬行实践，日循循其间，而时操时舍，或存或亡，见理未精，守道不笃,求一自信之处,茫然也。

古者治平之道,近取诸身,身之不修,乌乎推?自信不果,而谓人能舍其所自信者而信吾乎?抑将信吾说而成吾志,不论吾之果否克堪,群起而扶掖之,以成吾美者,成一世之美乎?此其不可者一也。况成大事者,不蓄小怨。以仆之巽懦,阁下所素知者,而平居所来往,率皆任性直言,不无获戾,一旦膺此艰巨,学识未至,气息未平,动遭人忌,成事不足,偾事有余,此其不可者二也。且夫修复乡约,所以正人心,振学风。夫学者,非一人所倡也,合政治风俗而成者也;政治风俗,非一人之所倡也,合种民土地而生者也。故一国有一国之种民土地,由其特性而发生一国之政治风俗。研究古政遗俗,以资改良其未然之政俗,是学之所原起也。年更岁易,过去之事物愈夥,研究之材料愈富,而学科所以愈衍而愈繁,派别所以愈分而愈歧,于是众流百家,潮激波涌,一国之学,于焉成立。是故一国有一国之学,其学根自种人之特性,学亡则其种民之特性从而澌灭,国未可保也。昔秦始皇既并六国,烧其史记,说者以为英鸷莫甚于是。今西域之灭人国者,亦往往师其智,易胜国之语言文字,以绝其民恢复之念,奈何不是惧而先自灭其学也?昔周大夫原伯鲁不悦学,闵子马曰:"周其乱乎?夫必多有是说,而后及其大人,大人患失而惑,又曰'可以无学,无学不害'。不害而不学,则苟而可,于是乎上陵下替〔一〕,能无乱乎?"夫学,非空言所能补也。即能补焉,亦必以十年二十年为程,急公好义,世不乏人。然求其心与善一,好之乐之而能始终若一者,以仆所推,斯世诚不数数觏。而一二自好君子,则又择人而与,择可而行,非言焉所能入,劝焉所能从,此不可者三也。而尤不可者,则莫如我自处太高,畏俗如虎。若偶有所为,于心所稍不安者,动即惭汗交并,非必有人之见存也,窃内自讼,愧疚日丛。计生世三十有四年矣,皆以颓废因循,抱歉于中者,奚啻十百?以素不堪自信,而欲强人之我信,信焉,吾得无愧乎,不信焉,吾得无愧乎?则不可者四也。

虽然,此举,善举也,此任,大任也,一邑之大,好善者谅不乏人。阁下诚好善,人将轻千里而告之以善,如张先生者,其明征也。诚得如此,复三四辈以领其先,如兄之能任事者以居其间,又得众望素孚者以坐镇雅俗,使人得所矜式而兴起其乐善之心,庶几可行。果尔,仆虽不材,亦不敢自外名教,倘不屏于时,得从事其间以效涓埃,幸矣。否则秀才做事,如鸟兽散,我诚不敢轻谅天下士,天下士必将以此加我矣。

我思六世祖贵方公,当国初以白衣主持乡约,与乡饮者见许于名公大人,至有"积善先生"之目,志乘所传,当为不虚。虽其经画之善不见于后,而祖孙父子内行卓卓为乡先辈[二]所倾慕。由是推之乡邦,理或然也。使仆果得缵承遗绪,何快如之。不然,则人将曰某之祖之与于乡约也如何,某之孙之与于乡约也如何!不能绳武,反以辱先,犹吾所不忍也。以阁下迭次敦促,可谓乐善不倦者,用是胪述区区,伏希亮察。并希于纯甫张先生处,叱名道候,如语及此,幸辱视焉可也。

春仲之二十九日谨覆。

校勘记

〔一〕上陵下替,《左传》原文为"下陵上替"。

〔二〕辈,底本作"辇",据文意改。

与徐生子骐论谱法书

子骐仁棣如见：

久未晤谈，念念。闻君治法政毕功，辄欲走书贺，适函来承询谱法，不可无辞以复。

按自来言谱者二：一曰谱犹史也，必昭信纪实，使后人有所观。一曰谱非史也，必掩恶著善，使后人有所劝。由前之说，则失之严而难乎为子；由后之说，则失之宽而谱亦不足贵矣。

尝观近世谱法之滥，自传赞始。人各有传，稍通显者传之不足，又益以赞。而传赞之力微矣。自余以论，谱之所宜有者，行状耳。子孙以述其祖父，即以述其祖父者还示之子孙，于谱为宜，于法亦无或谬。愚去岁修本宗谱以持此议，故谱中所收传赞绝少，而于后嗣所表章及内外亲所称述者，统归行状，其文体近于叙传者，则题曰"事略"，将以正谱之法者，存谱之实也。

今读先尊翁状，甚契于心。余虽不及见尊翁。尊翁所勉君以学，与君之求学以慰尊翁者，蔼然如见，而尊翁传矣。尝观曾子固《答欧阳舍人书》，知信今传后之道之难。又读欧阳氏《泷冈阡表》，知先人所待于后人者，非其后人不能言也。若夫传赞之体制，惟国史为宜，次则如郡邑志，已不得多载，以其为天下之公言也。苟不知而妄为之，后必不贵，则不如其无之为愈也。谨代填讳并附数语以复，愿持以示世之为谱而不知义法者。

覆某君责不吊灾书

某某知兄如面：

乍接来示，以有缺吊唁，罪我甚当。第天变地震，帝王以之责躬；迅雷烈风，圣人以之思过。兄之不戒于火，非必果为上天谴告。而和气致祥，乖气致殃，殃祥之召，或者人实为之，意兄必大加修省，去咎就谦，推己度物，而后可以恢祖先之绪，贻孙子之基，以为异日纳福无疆之地，未必非回禄之相子也。

弟自去岁，幸捷秋闱，得一无实之名，添出无数之累，一腔局促，何可告人。兼之倾囊北去，丧气东回。迩日心情，犹复惘惘。前日接晤秋生兄，本欲趋问起居，但思不至伤人，尚为可庆。继闻陈襄翁为君集资，曾颂君为君计策，知兄台羽翼已成，非不心为君喜得大力者之助，庶几无抱枯鱼之泣也。然门邻人庐舍延烧，有颠者为之唱缘，弟曾一颠者之不如，则又以自愧。姑效涓埃，实由挹注。彼区区者，固不愿兄台之感，为所能为，如是而已。知我鲍叔，鲍叔亦惟管氏之不彼知耳。所以屏迹空山者，虽曰不忍亲见焦灼，而此中之故，亦恐难与兄台陈者。不然，寒温末节，吊唁虚文，弟与兄相隔有几，而谓不能勉为之耶？抑果徇流俗之见，而不能效高谊者之所为耶？兄其思之。

丈夫以自立为难，圣贤以改过为急。兄台自历丙丁一劫，想从前晦气，至此尽脱。光前裕后，前程远大，可卜之目前。而人事匡持，端在谦抑。兄台所长者，无鬼蜮之心；兄台所短者，有豺虎之气。五行疾气，偏胜为灾，是炎炎者实有以召之。

今闻乔迁有日，方将得以更始，而措置之难，非不为兄杞忧，爱莫能助，如何，如何！不得已爱附古人赠言之例，以塞阁下奢望。相见有日，幸赐垂鉴。

赠金翁满足序

余自中岁获交金翁，刚直人也。翁子奏，号睿夫，从余于花山数岁。能读司马氏《通鉴》，翁见而喜。相与叙述家世，则自下宅金迁双峰坑，已三世矣。祖父以来，服田治圃，家已少康，至翁以勤苦自励，甫逾弱冠，家业已增数倍。闲登士绅之门，知世界变迁，生子以读书识字为要，故睿夫年甫胜衣，辄令负笈相从，问所读书，辄以重金购置善本。翁可谓能教其子矣。

翁父美林公，有弟曰美云者，曾出后其叔父光富，数年而逝，叔母陈氏无育而善病，遗产甚微。美林公愍其茕独，命翁兼承其祀，迎养于家，翁事之如其祖母。后陈氏得末疾，卧床不起，翁作息之余，必躬抚摩而扶掖之。美林公见而喜曰："吾有此子，不负叔母矣。"如是者十余年，未尝少懈。后陈氏以节旌于有司，乡里称翁不置。

性宽而直，遇事勇为，为士绅所器重。沙角高椅岩下，为蒋、金、陈三姓系船之地，由来久矣。民国十一年，设立官卖局，近地之不肖者欲攘为己有，私行缴价，翁闻之，率先同人赴局质问，始得争回。其直而不挠如此。

然于贫苦之人，苟有求焉，未尝不有以应也，而尤笃于亲故。癸亥、甲子两岁，南乡荐饥，虽经官绅请给赈款，未能普及。翁通告乡里，贷以食物，令于秋收后陆续偿还，金氏并蒙其惠。

翁字曾恒,其名曰满足,娶沙角陆氏。子一,即睿夫。今岁修辑宗谱将成,问序于余。余既应之,又念翁之宽厚刚直不数数觏,而于经理公产,尤复井井有条。今于其谱之成,不可无以赠也。故书以遗其宗人,并以为其后法焉。

送诸生闻谣暂假归里序

癸亥岁,余始自棣花别墅还馆花山。诸来学及旧从游者,凡十余人,去家远者四十里,次亦二三十里,近社者三数人而已。

八月谣诼朋兴,至有天地合并之虑,此与杞人忧天,无以异也。诸生初亦坚于自守,及日本大毁于灾,若天数之有可知者,家人争邀归里,诸生不自决,余亦不之禁也。

虽然,吾儒之学,每求之于可知,而不求之不可知,故古今通人,恒信理而不信数。今之研究星历测候者,号称多家,其推算之精,每高出于前,而于薄蚀震电,水火交作,天文家无言之者,此理之可信为必无者也。理之所必无者,贤者皆不之从。虽梓慎、裨灶辈,言而偶中,君子为所当为,不过固封守、修火政而已。其心之所执持者,必不因而遽靡也。

或曰:"《易》之《否》有之:'天地闭,贤人隐。'文周孔子之书尚以为然,安在理之所必无哉?"

曰:"是不然,《易》之言天地也,皆本诸道,故《系辞传》曰'一阴一阳之谓道',其云闭者,只是道塞而不通,若'天开于子,地辟于丑'之说,但就岁气而言,子月一阳生,故曰'天开于子',若以天地言之,未尝有开,安得其闭?"

今乃谓天地真有闭时，此尤怪诞不经，不必攻而自破者也。周官有造言之刑，以其摇惑人心，乱贼每乘而起。故以当官者处此，惟有禁止之一法，至不得已，惩其大无道者。否则静镇以待，逾时而人心自定。其造言生事者，亦破绽立见。若与愚夫妇同其眩惑，未有不因而生变者。诸生读书明理，宜可以无事处之，而犹不免于归，父母之命，尊而不可违。妇人女子之见，愚而不可以尽晓也。此余之所以不之禁也。为诸生计，去馆之际，一出一入，盗贼不可不提防也。恐老人之易惊骇也，则无轻出游以重其忧；恐妇孺之不安于居也，则道古事以晓譬之；乡里群不肖有因而萌觊觎者，既自断其必无，又必惧以官刑，使其有所畏而不敢逞。如是则归非徒归也，一旦时过无他，闻其言者，必益重其人，益求所以读书明理。则后此之谣诼不兴，而风俗人心，且因而日正矣，岂不休哉！

卷三　箴铭碑状

质斋十箴

茳自幼服庭训,先君子之教督者无所不至,而于持躬接人之道,尤所稔闻。兼之家世儒素,居非市井,所见所闻不为薄俗渐染,故年十六七,此心清明,依然赤子。然质弱多病,先君子以是不忍过为绳检,日课遂荒。甫届弱冠,病剧转瘥,始事举业。中得一二良师之引掖,文章一道,颇能得其端绪。而所如不合,迄未有成。

先君弃世以来,又兼以家每有所触,此心辄被引去。所以能不废学,赖家人皆知余,懒不相闻问。又得二三知己社文为课,夙业幸未尽芜。而此心常有外驰之虑,且所尤短者,莫如不耐事而畏事,此虽病后精神短少所致,亦以幼承先荫,于委曲烦琐之虑,阅历既少,支持遂难。盖如草生树下,未更风霜,愈形荏苒。自揣自病,职此之由,不自振励,恐日趋于朽腐而不可救药。

今已行年三十五矣,先严久背,山陬海澨,未获明师,时从经书中考验得失,而偶有胶扰,动辄易忘,其不忘者往往止于粗得。自检生平,盖有数病,静夜愧疚,缀以箴言。父师有灵,庶有以发余之蒙锢焉。是则幸甚。

箴多欲

为人多欲，所存者寡。欲不在他，高骛远跨。不一不精，求足不舍。虽以要道，终沦虚假。玩物丧志，务博何可？何如求约，闭目静坐。然非朽索，能驭六马。戒之戒之，是诚在我。胜之以理，毋尚琐琐。

箴多言

道家有云，多言伤气。我以自闲，恐不及义。好谈人短，圣贤所弃。好炫己长，造物所忌。言学恐夸，言志恐费。默以自持，行以自励。世网致密，招尤最易。守之如瓶，载道之器。相彼躁人，哓哓何济？

箴多思

圣人论思，再斯可矣。虽曰慎思，无礼则葸。事物纷乘，衡之以理。轻重大小，审端为美。以中为用，以定为体。无主在心，私意用起。首鼠路歧，贻误胡底？多疑速败，毋曰论鄙。其流不滞，宜监于水。

箴多惧

赋质偏柔，畏事如虎。薄于视人，高于待我。此惑不解，靡然何可？当明此心，戒怠戒懦。命由天定，人岂能祸？养气必充，集义斯果。慎以图终，敬以作所。天地自宽，我胡自苦？先事能此，非曰无补。

箴不重

生平至短，莫甚于轻。言轻多失，交轻不深。不重不固，圣言所惩。山崩鹿起，大将不惊。惟其镇定，可以治兵。物浮必蠹，质薄不贞。读书求理，贵静贵沉。否若飘风，或如惊尘。胡能有得，以赴先民。

箴不诚

人道思诚,敢期合天。去伪去妄,闲邪为先。诚则能明,道心用坚。诚则能动,不为世嫌。敦厚履实,葆吾未然。物我不阂,言行必兼。化曲以直,有中无偏,万事根柢,此为近焉。反是诈讹,取侮召愆。

箴不专

天地之道,不贰不息。慎始图终,审端用力。若彼乱丝,纷纭何极?虫虽百足,行止一辙。见异思迁,仆仆何益?溜胡穿石,射胡贯虱。惟其能专,主一无适。毋为难能,心力徒竭。舜禹传心,曰惟精一。

箴不恕

终身可行,一言曰恕。矩絜衡平,人已一趣。责人苛否,反已则喻。人有不能,我毋自誉。人有不足,我毋自贵。体恕以诚,行恕以惠。立人达人,恕施不匮。道心日生,私心日去。小而用之,平争解恚。

箴无节

竹自中虚,有节能固。本大末小,自然之数。圆而不流,通而无罅。人道亦然,各有仪度。毋为不及,亦无太过。此非易言,随时自课。立节之始,曰惟守素。究节之终,曰毋揠助。不节则嗟,先平喜怒。

箴无恒

欲作巫医,不可无恒。常德或忒,入道何能?阴阳寒暑,相继相承。风飘雨暴,崇朝是臻。不久其道,德胡以增?不恒其德,业胡以精?相彼二曜,西下东升。终古不易,气化日蒸。取以为学,日渐而凝。

思危楼铭

徐君惕安,邑世家子也。初与余不相识,同年李君秩三介所为文及诗,请余序述其一二。余读其《思危楼》文,以为君固可与语道者,而恨其相见之晚也。

夫以安危二者,涽列于天时人事之间,境则由安而造危,心则以危而趋安,故求安之至而日耽于安,而危乘之;畏危之至而日深于危,而安亦赴之。乾之九三:"终日乾乾,夕惕若……"履之九四:"履虎尾,不咥人,心自危,而身自安。"故《易》皆曰"无咎",曰"亨",盖心,职思者也,思常危者也。尧舜禹心法之传首曰"人心惟危",非危于境,危于心也。危于境者,不及思。危于心者,靡日而不思,则去危就安之道,可于是得之矣。古昔圣帝明王,善其身,康济其民,莫不由此,岂徒一身一家之为哉。

徐子惕安惩于世,屏居山海间,有楼数楹,取魏郑公居安思危之言以名之,为之序,以诰诫其子孙,大抵皆保泰持盈之意。呜呼!何其言之近道也。

彼世之安居饱食,而日濒于危者,何弗思之甚也。徐君何所闻而能若是?

夫以世为可危者,莫甚于老聃、庄周、列御寇之徒。是以作为猖狂浮游之言,祈退处于无用,以为庶几可以无危也。然鸡之断尾而不为牺,其为牺者,自若也。龟曳涂以为乐,其罹刀砧、受钻灼者,又不知凡几也。故怵世之危,恤恤然避之者,异端之所为也。圣贤持危之道,则不然,以安善思,不为枯坐之禅寂;以思济危,不为绝俗之孤高。兢兢焉,日凛冰渊,而骄

《温岭丛书》(甲集)第二十六册

奢淫佚之心，无自而生，而所履皆坦途焉。孟氏曰："心之官则思。"常思，故常危也。又曰："有思则为善。"心常善，故境常安也。徐子知其危矣，而更知所以济危者，则于道其庶几乎，故为广思危之义铭之。铭曰：

仁为安宅，义为正路。舍是弗思，佚实招蠹。惺惺徐子，识练守固。宁危吾思以履坦道兮！不偷身安而窘步。礼信范躬兮诗书养度，子孙法守兮循是矩矱。载铭斯楼，圣狂自作。此中有人，高枕而卧。

二女井碑阴记

陆龟蒙曰："碑者，悲也。"古者县而窆①，用之隧道，今以旌德行、道义，峨峨者遍当途焉。而于女子之贞烈者尤夥，是表而悲。

悲矣，里人之醵金碑二女井，悲二女也。女无墓，井其墓也。悲二女之死得其所，有合乎古忠臣孝子之为也。夫全贞仗节，视死如归，事亦非易，然犹曰为身死也，为夫死也。女以夫为天，为夫死，犹为身死也，若以其身死君亲，难矣。故女子而仅为身死，其行可表，其志未足悲也。后人无足悲，以死者之犹未甚悲也。

二女悲矣！女父王公叔英，以靖难师起募兵，入援不济，自尽。母亦寻瘐于狱。悲父悲也，悲母悲也，孤忠效节，而吾君之存亡未可知，以悲君者悲父母，转以悲父母者悲君，尤悲也。于是悲，于是死，是以身死君亲，以心存忠孝也。

二女之志既悲，后人从而悲之，宜也。谓女死锦衣狱井

66

者,误也。既系狱,出入羁绁,无从得死所也。果死狱井,则必改葬他所,明史及郡邑志皆不详葬地。明死斯井,即葬斯井也,碑之宜也。忠孝义烈如二女,荒陬海澨闻其风者,犹将尸而祝之,况此为公故里,里必有井,为乡父老所征信,二女之志节,尤当世所共悲者乎!则以碑之者悲之,亦宜也。旧记略焉,特揭二女之可悲者以为言,以明碑斯井者,其犹行古之道也夫。

注释

①县而窆:古代埋葬时,立大木于墓穴四角,上装辘轳,用绳将棺放入墓穴。窆:落葬。

募建花山九老祠碑记

花山者,明逊国之变九高士社吟地也。社为潘氏墓庵,守以僧,故有梅社。而吟者益爱养之,夹溪傍山,遂大蕃殖。花时人行其中,如入洞天,故又有"梅花洞"之称。迄今五百余年。人往风微,守庵之僧继承推廓,遂有继善、赐福两禅堂。问故社之踪迹,无复存者,荒烟蔓草之间,破屋数椽、老梅数本而已。

故友林君仲严假馆继善堂者凡二十年。尝与陈君艺圃及余议复故社为祠,以祀九先生,以艰于费不果。曾几何时,林陈二君先后作古,余亦浪游南北,所至无成,挈挈而归,屏居故山,又将十稔。每念旧约,辄呼负负。

去冬,陈君杰生、徐生子骐来余馆次,凭吊溪山,辄以修废起坠相督过,且谋集赀,事闻邑知事李瑞年,并为怂恿,今春始以举事,阅两岁而成。为屋五楹,正殿祠九先生,上皆架楼。

中奉九老父师及地主乡贤凡五人。九先生主则镌之青珉，祈垂久远，且谋添置东庑垣墉而丹漆之，墙下隙地，多植花木，以为恢复社学地，游客亦得憩息焉。

千百载下，闻九先生之风而兴起者，文章道义，将何以无忝前修，而思所以继承而光大之，则此举为不虚也。工将竣，以其余材并修旧庵，共为一院。一以复潘氏以僧守庵之旧，一以存九老即庵为社之真。仍以僧一人居守之，稍置社产，以备支应缮修。僧人之良莠，董斯社者得以与知而进退之，将以善其后也。

呜呼！方靖难兵起，九老人不膺一命，西山薇蕨之歌，忽起于南都冠盖之外，翛然而作，戛然而止，以寄迹于一丘一壑，若与方、王二老同一鼻息。至今思之，其咏歌謦欬，犹在小桥流水间，其独有千古，宜也。论者乃以为步武香山，抑亦浅矣。

玉环县知事江恢阅江南纪念碑

玉环多旧交游，去冬邑侯江君晖午将从事于志书，因余所识叶绅佩璇、陈绅保鳌走书商榷义例，请司编校，无以辞也。

今岁春仲始赴局，止于邑之明伦堂。清波一泓临其前，循城而东，可濯可鉴，可纶以钓，暇则游息其上，谓苟得亭榭以饰之，当更有可观者。夏间再至，见邑民三五成群，相与畚土累石，汲汲不遑。问之，则曰："江侯吾父母也，闻有欲夺以去者，非此胡以慰？"余愁置之，未暇究其详也。越日诸绅方纲纪志书，介其二三父老，请文以纪之石，余谢不敏，不能释然于父老也，姑谓之曰："试言侯之及民与尔所欲致于侯者。"父老曰："吾辈[一]乡氓耳，不知吏治。然闻侯初宦宁海，有政声，望风喁喁。不俟其既至也,下车以来,政平人和,民之俟命于侯者,谋之惟恐不豫也;事之不便于民者,去之惟恐不速也。其有邻于私者,又未尝不介然自克也。愿铭诸石,以诏来者。"余曰:"信如是,可以书。"

玉环地边山海,号为难治,曾几何时,及民者如是之多,民之思之也如是之甚,宜有以励其后者。余于数月间两至玉,其于江君,一谒之外,无他接觏,顾已目击而道存,父老之言,庶不余欺也。

民邦肇造,万事束湿,官方士习,举目靡然。弱者既乏才以为肆应,而妄用其才者,辄复阴贼险狠,与人异趣,求其惜羽翰饬簠簋者,几如景星庆云,可闻不可得而见。吏道之衰,不可无以劝也。而其为亭于斯,复触吾所同嗜。翼然其亭,穹然其碑,俯视沦漪,浑涵荡漾,侯与民共乐之。余亦以成书需时,尚得躬见其盛,文以纪之,又乌可已。

侯,安徽婺源人,晖午其号也。治玉时甫岁,其得民也已然,是必能子其民矣,敢铭以勖之。铭曰:

洪流弥弥,有浧其沚。侯惠民也有期,民思侯也胡底?江河日下挽者谁?愿常盟心如止水。

校勘记
〔一〕辈,底本作"荤",误,据文意改。

玉环县知事江恢阅江北纪念碑

邑山自大雷南走,折而东,为楚门,明信国公汤和所筑之千户所也。其南趣而竟海者,则有黄、坎二门,全浙屏蔽在焉,今皆为玉环境中。隔一港谓之清港,港以北曰江北,旧太平地。其南曰江南,则前隶乐清者,故其风俗习惯,多仍两邑之旧,不能强同也。

婺源江君晖午治玉期岁,民心翕然称便。余既以二三长老意书碑于江南矣,江北之民闻而哗然曰:"侯之治玉,兴利除弊,已无间于南北。所以铭其惠者止于县治,无以见其及民之远,抑非所以表吾民祈向之同也。"于是度地于旧玉海校之前,有园数弓,有水一沼,缭以周垣,树碑其中。因余所亲郑君作霖走书敦促,惟恐后于江南也。

余前十数岁尝司玉海教事,其山水位置,犹能记忆。回首天香深处,当复得一雅观矣。独念彼此数十里之间一时之事,中隔一衣带水,而两为之碑文以纪之者,又出余一人之手,侯果何修而得此于民?搢绅先生之于余文,又何不厌弃若是耶?然孔子之作《春秋》也,彼善于此,如齐桓晋文事,皆大书特书不一书。而羊叔子、杜元凯仕荆州,愍前世之无闻,镌碑纪事,一置岘山之上,一投汉水之渊。古人亦有为此者矣。况江北本吾太平地,交游重以姻娅,其所望恩幸泽者,犹吾故乡之父老子弟也。

方今南北战争久而未弭,恨无与沟通其间,以固民邦统一之势。即小观大,知侯之善治,与玉民之善颂善祷矣。侯平恕接之蔼然,宜为民所亲者。故铭之曰:

　　榴屿隔江望地肺,苍玉双环陟然置。得民无他惟平易,言文之石凤来世,何当珥笔书循吏。

先严石牧赠君行状

先严讳建熀，初号侣鸥，庠名慕清，后因居石牛山，更号石牧。

聘蔡氏，未婚故，娶金氏孺人，生不肖兄弟四人，姊一人。不肖最居幼，生时家已少有，先严以未见艰苦为虑，故与家慈告教者靡所不至，不肖之不纳于邪由此，提命之殷，至今犹在心目。又得诸父执所称述，益知所从来。

尝诲不肖曰："余自弱岁家已中落，尔大父以苦学得心恙，流离播徙，未遑学也。年将冠，始往依母舅叶芸圃先生，佣书以自给。纳经史橐中，暇辄展卷读，胸前置夹袋，常以楮墨自随，有得辄笔之，处身治家，所问受于老成者亦然，以是得不废学。"语次，出箧中书示曰："余生平心血所在也。"时不肖尚幼，不能知其详。

稍长，受书先严，其所课四子、六经，靡不贯串胸中，尤专《左氏春秋》及《周易》，口讲指画，自成条段，祈有当于身心日用。不肖之稍知书，庭训力也。

生平寡交往，与邑布衣林啸山、庠宿金砺生、洪筱楼、诸葛哲生诸先生为莫逆，清苦自持，言动不苟，皆当世君子人也。先严馆远地，命不肖从之学，敦促如所生。不肖兄弟稍涉非礼，见必诃让之，曰："尔父命也。"又曰："吾与尔父交最久，知其孝友，出于天性，尔兄弟宜效之。"

其于庭闱之间，艰苦刻励，以支门户，而全手足。家慈常以为言，咸丰辛酉洪杨军据城，挈眷山栖，而躬授徒于外，虽读书不废治生，而馆课实未尝一日旷。且能纳童子于绳检，以故欲作养其子弟者争延致之,馆桐陈程氏者十余年,他处各数年。其为教也,严而有法,邑明经裴诗藏为之传甚详,兹不赘。

不肖甫成童,先严已罢馆,而命不肖就外傅,虽婚嫁杂冗,必时至馆查验。家居之所以督课者,未尝少衰。不肖年二十有四而先严弃养,越三岁不肖始游庠。

呜呼痛哉!先严以不肖诸兄迫于家计,中道辍学,故期望于不肖者厚,而不获少睹其成,不肖之罪也。因出篋中遗文稍为诠次,得《耕云偶语》五卷,文二卷,诗一卷,树畜书四卷,其录古文又十卷。率皆故训格言,触目警心之语,平居所以教不肖者,半出于是。而于刘念台先生《人谱》及《洗心辑要》《呻吟语》尤所服膺,始知其教学持家,非无本也。

不肖失怙始与家事,尝恐以是废学,家慈则述先严以为训,曰:"读书之与治生,二而一者也。自余为尔家妇,出入恒不相掩,尔父必预为之计,尝观其大要,则曰预备分为三目:一曰书本,凡购备图书及束脩、膏火隶焉;二曰食本,种籽、械器、培壅、工价隶焉;三曰用本,嫁娶、吊祭、酒食、医药隶焉。每事预为之谋,以是得无累于心,亦不至觊觎非望,以堕丧廉耻,尔父教也。"不肖谨受命。

癸卯岁,赖先人遗泽,以不材而举于乡。先严之舍不肖而去者,已十五春秋矣。今岁以浙藩保送考职,得以本班分省,又以家慈衰老,不敢擅离,仅援例典以赠,心滋戚矣。

先严以光绪戊寅五月二十六日卒,距生道光辛巳,年七十。疾革,自为联语以挽及处分身后事,于贷所乞假,贫不能偿者,辄焚其券,谓不肖兄弟曰:"此傥来物,不必琐琐与人校。余年四十尚白手,今得为儿辈[一]立衣食业,始愿不及此。语曰:'愚而多财益其过,贤而多财损其智。'吾生平所敬诵者,尔其勉之。"

至今回忆教言及其勤俭自励以造于道,人人能言之。前未有状,故传之不详,谨补书以自志其哀,即以存赠君之真,俾来者知所考焉。

校勘记

〔一〕辈,底本作"辇",误,据文意改。

家慈金氏孺人行状

孺人金氏,系出凤山望族,居北山庄,太学克印女也。

先赠君聘蔡氏,未婚而卒,家适中落,先大父馨吾公方得心恙,先大母蒋氏儒家子,不谙作苦,时先叔父方提抱,家中不能容冗食,稍事拮据,先大母辄病卧,故孺人十三龄迎养,逾数岁始成礼。

自归我先赠君,上事尊章,下抚幼叔,知家日式微,而食指日繁,辄与先赠君相敦勉,日夕呴呴,得以稍舒其困。咸丰辛酉之变,家室播荡,赠君益无所为计。孺人曰:"积岁赁居,动辄蚀其租税,非计也。三男已渐次成长,曷择瘠土而可以力食者?"先赠君韪其策,购地花山之北,不足则灯火缝纫以佐之。凡三阅寒暑,而始符其直,挈家栖焉。

先赠君方授徒远地,孺人以一身兼综内外,一切米盐井臼刀尺之事,不以假人。故三十年中,手指恒不得少休,其间先大母撄疾卒,先大父亦时卧病,不肖与姊寿梅方襁褓,妇人作家之苦,未有若孺人者。

不肖生时,孺人年四十有二,而家甫少有,而孺人之心身俱瘁矣。时不肖诸昆虽已受室,而宾客饮食之需,亲故往来之礼,必惟孺人是问,莫不井井有条。

尤善事大父母,先大父撄疾者十许年,虽山居必市鱼鲜,稍不称意,必更易之,不敢以为烦费,饮食必先,汤药必亲,丧祭必尽哀,竭诚其事。先赠君亦然。赠君弃养时,出所蓄金为娱老计,孺人悉出以给不肖等,必均曰:"余无需是也。"

生平俭以自奉,而于乡里之困乏、宗族之乞假,以及婚娶种籽之不给者,先赠君乐资助之,孺人每以为喜,或从而赞之曰:"此厚道也。"其贫不能偿者辄贷之,则又曰:"此境皆所亲历,奈何不反身自问,而知贫者之难也。"其告儿媳亦恒以此为言,此不肖所亲见而习闻者。

孺人以道光乙酉九月二十四日生,今且八十有三矣。不肖幸捷于乡,得以赠封其亲,惜孺人老,不肖拙于事,未能得禄以养,常引以为疚。而孺人抚诸孙、甘菽水,未尝不怡然自得也。且曰:"尔家世儒素,身亦弱,宜益广先人之德,以为来者地,功名仕宦,得之不足羡,竣时焉而已。"不肖志之不敢忘。

八秩诞辰时,已有孙男七人,女五人,曾孙男一人,女四人。不肖与伯兄将率家人而为之寿,孺人坚不肯,事遂中辍。今又忽忽数载矣。虽尚能步履,而饮食日以少,形容日以悴,西山日薄,孺人之劳瘁于不肖兄弟者,将胡以少慰耶?

今春族人议辑宗谱,茳忝职其事。谨述其作家之苦,及其训于儿媳者,胪为行状,用丐大雅一言,以光家乘,不胜稽首拜命之至。

卷四　传略行述

业师叶彬士先生传

师姓叶氏，讳光绅，彬士其号也，为邑选科阆凡太师第三子。太师蓄德能文，著有《天香楼集》，诗赋□文脍炙〔一〕人口，故一时景从称盛。咸、同以来，老师宿儒太半出其门下，至今数吾邑文家，犹首屈一指焉。

太师既善于匠成，故子若弟濡染庭训，亦莫不破壁以去。长君谷士先生登丁卯贤书，次若士，次即吾师，皆以俊才茂学逾冠游庠，而吾师旋补增广生员。

太师既逝世，丧乱之后，学风衰息。先生思绍先业，授徒邑中，从者恒数十人。时茳年甫十三四，以先严命，往受业焉。时先生子世簠、兄子少谷咸在，先生视从子犹其子，而视诸生亦犹其子与从子也。其施于家，茳虽不能知，而温蔼可亲之概已如睹矣。

先生之为教也，少严而多宽，似有得于宣尼善诱之道者。每见茳所为文若诗，稍有条理，辄加奖借，以是敢肆笔为文章。盖茳自五龄入家塾，先严但令读经子古人文诗，至于制艺一道，恒厌弃之，故迄未措意。先生则订课程，示法式，口讲指画，务使明白易晓。茳之初学帖括，先生之教也。时茳适病痁疟，疟作旋已，而先生亦以时馆远地，恨不久追随也。然每得手书，未尝不谆谆劝勉，望莊之成者，可谓殷矣。

性好古玩，铜模、竹刻而外，兼及印章、钱谱。馆课之暇，翻阅图谱，如对古人，津津有味也。或以时作隼尾波书及摹刻钟鼎文字，或与二三朋辈论诗痛饮，兴高采烈，恒少露其天倪。每言及家人生计，辄疾首蹙额，若不胜其苦者。盖先生家仅中人，食指日多，读书而兼治生，非所能而强为之，故不胜其累。年甫五十而发星星白矣，卒年五十有九。师母某氏先先生卒，子一人即世簠，今已有孙四人。

方先生卒时，莊适丁母丧，不获私为之谥以彰先生隐德，今世簠君以状来请为文以传，其勤恳之意，时见于言表。夫莊之不忍忘其师，犹之世簠之不忍忘其亲也。况莊家与叶氏为旧姻娅，莊祖母出书文公，公于先生为叔行，故于叶氏家世，颇有所闻知，谊当书而归之，以存先生于万一，俾后世知所考云。

校勘记

〔一〕炙，底本作"灸"，据文意改。

布衣林啸山先生传

岁七月，邑布衣啸山先生无疾终，门下士以其行谊之高，征文以传。

先生于莊为父执，余室又先生从女也，以是时相过从，得悉先生之家世与其所以教告学人者，欲以不文辞，不得也。

先生姓林氏，其初名舒，后慕孙登读书长啸，更名曰鸾，字啸山。其先世有白峰先生，与弟雪窗辈俱以学行知名后世，先生其世孙也。自幼好读书，孔、孟而外，旁涉庄、老及释藏诸书。所为文，沉博恣肆，不合宗工绳尺，辄弃不事，然其理想之高、眼光之大,已为有识者所共许。苍溪周廉臣孝廉闻先生名,优其馆谷,延课子弟。子弟蒸蒸然日以上,四远争相罗致,以不得先生为憾,至不得已乃两谢之。

居间种花满园,扫室焚香,以自消遣,其胸中不可一世之概,恒露于眉宇间。洪杨兵起,地方秩序大乱,孤儿幼女失养者日以百十数,先生请为缮檄,教使收养之。军书旁午,饭群儿必遍。尤善谈兵,尝谓大丈夫不得志,亦当为一偏裨,得卒数百人教之,大之可以横行天下,若为地方靖暴乱,直指顾间事耳。

方先严馆团浦时,见知于其太翁目云先生,因得与先生交。时茳方总角,索观文诗,谬以南宫见遇,妻以弟女,亲执柯焉。自是茳学业之进退,靡不在先生意中,敦促先严,使择师而事。先严事谨小,先生务持高论,至其诉合无间,未尝不倚如左右手也。自先严逝世,先生言及必声泪俱下,曰:"尔父盖苦于学者。"茳以时至岳家,辄从问益,先生亦畜以异数,无不乐为尽言,所论经史,皆从无文字中著意,论人亦然。

性滑稽,每至不屑言者,辄涉谐谑,故索解恒难。与邑明经裴诗藏为执友,序其诗,言之甚悉,兹不赘。惟所闻读书教子之道,有足为世法者,尝谓:"学诗之难,宜于唐宋大家,取性之近者,长篇宜诵千遍,短章半之。如是数年,然后执笔为诗,择其所能者效之,后乃脱颖而出,自成一家。"又谓:"训蒙宜精宜驯,一切俚俗文字,入手虽易,异日成文,最难雅饬。"皆先生心得语。至于养亲、教家、待人之道,观其所言所行,无不出自肺腑,故于贫老者尤致恩焉。

先生长不满七尺,准隆隆起,广颡修髯,一见知非寻常人。晚岁以古风日薄,恒作离世想,糊一楼独处,榜曰"半船",不使有俗人迹。每谓："居近廛市，二十年来所见人日少，而鬼日多，早旦粗衣健步来往尚多人类，过午则烟鬼、赌鬼、酒鬼一时并出，如置身罗刹国及阿鼻狱中。"其愤时疾俗，类如此。著有《半船楼诗》四卷，古乐府一卷，随笔六卷。晚岁课孙有《四书题语》之辑，已成《论语》，未竟而卒，年盖八十有三。子一，女三，各知书有室家，孙□□，幼服先生之教，宜有以世其学者。

梁岑朋先生传

昔皇甫谧传高士，纪梁鸿事甚悉，范蔚宗亦列之逸民，读者韪之，独惜不受肃宗征，壹意为隐，不能与鲁恭、卓茂比烈。士生古人后，所遇虽殊，然必不沦于俗，不绝于世，而后或出或处，随在皆可以自见。如邑明经岑朋梁先生者，亦斯世所不数数靓也。

先生讳堃，字□□，岑朋，其号也，邑南城坊人。幼读书，慕伯鸾之为人，年甫志学，已翘然负异。未冠游庠，辄为学者所师事。工制艺及古文诗赋类，能出入大家，善真行各体书，团结精致，不懈松雪，以是屡试高等，旋以恩例膺贡，先后两主邑鹤鸣书院，一主玉环玉海书院各数年。士之景从甚众，无疏戚，视若一，呈以文，有不妥必芟薙之，恒夜四鼓寝，人谓其过劳，则曰"分应尔"也。再主鹤鸣时年已垂老，然每遇一题，必躬拟一二艺以开示学者，故其所造就特多。此先生之学之教卓卓一时者也。

先生身长七尺，衣冠正式，步履端严，望之如鸡群之鹤。及与接洽，则朴讷过常人，咨以事，无可否，辄唯唯进。考其所行，则一以廉正自持，不屑希世取宠。

方咸丰辛酉，洪杨军大股扰台，邑城失守者十有七日，群不肖乘机引诱，为虎之伥者，不知凡几。先生破屋数椽，额曰"独清"，萧然自守。有愍其穷者，则怡然谓曰："伯鸾无米而炊，不因人热，我犹是也。"遂以名其斋。策攻守，无用之者，遂成《方城寇变记》一卷，举从叛者，口诛而笔伐之，为吾邑信史。迄今推其意气之盛，崖岸之高，虽令执天宪列谏垣，当不至如寒蝉仗马。乃以明经卒老牖下，非特先生之不幸，亦有心世道者所同悲也。先生乃廓然不以为意，日从事于文墨，著有《不因热斋诗文稿》及葺本宗谱牒。光绪某岁，以国庆举行恩科，先生贡于朝，遂以"四朝知遇"镌为印章，盖先生入泮当道光朝，以咸丰朝补增广生，及食饩则同治朝也。其不孤国恩如是，非逸民所可比拟矣。

卒年七十有七。德配□氏，继配□氏，皆贤，亦德曜之偶伯鸾也。子三人，长君鸿藻世其学，壮岁已补博士弟子员，女一人。先生之蓄德能文，啬于其身者，将丰之于其子孙，非第曰享大年、膺上贡已也。

茬忝从先生游，多赖其指授，又与长君交好，以故得稔先生之梗概。今岁杏君葺梁氏谱成，嘱为文以传先生，辞不获。念先生性节介如鸿，博览执勤如鸿，闭户著书如鸿，而不忍于斯世斯民者，则又非鸿所可望其项背，则先生之慕伯鸾犹武乡侯之比管乐，有过之无不及也。然则先生之德行道谊，自能永之名山，传之志乘，若茬所陈，乌足窥其万一哉？

友人林仲严传

先生姓林氏，讳曰简，字居敬，仲严，其号也。以名诸生馆于花山僧寺者垂二十年，门徒一时称盛，以今岁之秋日卒。门下士哭而奠之，乞为文以传。余辱与先生交且厚，辞不获已，因叙其生平以归之。

先生早失怙，与兄及弟同居以养母。自幼嬉戏为群儿雄，余一见辄避之。稍长折节读书，通经史大义，家贫，恃馆谷为岁入。故自游庠后，即为学者所师事，先生示以绳准，莫不得其益以去，是以四方来者日益众，寺屋十数楹皆为之满。其高第弟子因而驰誉文坛，蜚声黉序者，毋虑数十人。

授课之暇，与二三知己社而论文，陈君艺圃、方君洵成及其从弟伯瑗，凡三四人，余亦与焉。相与谭今论古，听水看山。每谓明清五百年来，不可无此雅集。而先生方欲复故社以祀九老，其志趣可以观矣。然胸次廓落，不可有一物，意稍不合，辄形诸辞色，事过随忘，未尝芥蒂于中。师弟朋友之间，知其人者，得以久而益笃。

平居寡谈名理，而所行动中其节，与言事，初若无可否，而自信既笃，即履之不疑。尤好奖励风化，维持士类，奋然而起，不可以复沮，若有得于王门"知行合一"之旨者，故虽以博士弟子终，而率性而行，有落落足数者。

明修撰王叔英殉节时，二女闻难趣井死，井在邑南之亭岭下，旧有碑已仆。先生剪荆榛起之，复故井，别镌碑以纪其事。近道为樵牧者所侵害，不数日折而两。先生觅贞珉复镌之，周其亭障，置守而后已。于铁樵太史《〈感应篇〉赘言》以义理谈因果，通儒不能议也，先生憾其流传不广，集赀锓版，印千余册庋几上，好者辄以一编赠。其与人为善之心，类如此。

尝谓余曰："士不可无任，事力乡里义举，善者孰为存，不善者孰为劝？"邑宾兴月课为寒士进身阶，士受其赐者多矣。

壬寅岁,直省开办学堂,时停止科举未有明文也。宰是邦者急于兴学,拟拨两项若干充办学经费,事已缮详,先生毅然争之,率合庠请之上宪,事得中止。吕新吾方伯《乡甲约》以保甲附乡约而行,最为民治之善,余有志焉,未逮也。先生闻之,辄举邑诸君子立时修举,缮章程,集讲义,虽剧疾必至,至则必司其职,则不惟张士气,并以端士习,虽或成或不成,而先生之心为已至矣。会科举停止,先生以进取涂绝,无以大展其所为,因得幽忧疾,恒斋卧,家人问之,则曰:"无恙也。"疾棘,始谓所亲曰:"余固知如是,然不欲伤吾母心耳。"沐浴趋就正寝,遂于是夕卒。卒时笑声闻户外,观者以为得大解脱,余则嘉其得正而终也。

慨自士行不修,教非所学,习非所用,秀士作事如鸟兽散,诒笑天下久矣。先生之所自为如此,教人者可知。青毡一席,而人之乐从者如此之多,一介寒畯,而事之可以告人者如此之众,使不厄以遇而假之年,所谓"断断无技,休休有容"者,何以加兹? 即不然,德以积而日进,气以养而日纯,其所成就,当不止是。乃九赴乡闱,膺荐者三,备中者二,竟以额满见遗,时也,命也,夫复何言? 然师若弟晤对溪山间,修脯以养其亲,诗文以道其性,其生也得徒,其死也得正,盖亦有至乐存焉。

配金氏,受聘后即得废疾,先生优恤之异常人,早先生一岁卒。兄少子幼慧,先生视之如所生,尝谓人曰:"此吾家千家驹也。"金氏卒时,命服衰成礼,今即为先生后云。

故副魁兰舟柯先生传述

先生讳作楫,号兰舟,邑城花坊人。自幼天性醇谨,稍长,与弟佩秋以敦品读书自励。年十九，补博士弟子员，而学益奋。兄弟相对，赏奇析疑，论者比之轼、辙。以时研求百家诸子及骈散各体文，皆能得其精奥。所为文，沉博绝丽，后进争师宗之。屡战棘闱，备而不录，光绪癸巳，始以副魁中式，士林深为惋惜，先生亦以得失有命，绝意进取，一以修举乡政为己任。岁甲午，与金鸣九、金逸峰、蒋偶山、郑笃生诸前辈，分纂邑志，并历办平粜、团练诸要政，动称厥职，而尤以材力所优，注重于教育，遂以己亥主讲鹤鸣书院。谓八比试帖无当世用，朔望会文必兼课以经义策论，门下士知所趋重，彬彬称盛，其造就之多与梁岑朋、张濬卿两山长先后如出一辙。

辛丑冬，以清廷政体改革，已渐趋于科学教育。先生辄缮章通禀，改书院为学堂。添聘教习，详定规程，吾邑之有学堂自先生始。岁甲辰，邑侯孙叔平改聘先生为横湖官学监督，办理一年，成效卓然，邑人士廓充官学为中学，先生愿避贤路，退居教员，旋以学识经验之富莫若先生，荐升中学监督如故，嗣复见推为教育会长。当此学术竞争，每以后人为虑，加以山海间阻，闻见多歧，先生并务兼营，殚心提倡，吾邑学风之盛，于斯为最。

乙酉秋，卸任去，从游诸子如失指南，坚请继续开馆。先生不忍拂其求学之诚，且念教育统一，首在陶成师范，假设讲习所于东外肆经书院，经费不足，取之私囊。一年期满，心力俱瘁，休养数月，以临邑周孝廉萍泂聘，固辞不获，乃受三台中学教员之职。在校四年，六邑人士交相引重，而于学生尤多美感，盖其道德诗书之气涵泳于中者久矣。以甲寅夏辞职归。综计先生从事教育者历三十载，生徒千数百人，而教授精力随处都到，正如淮阴将兵多多益办。甫回里，又念宗谱久旷未修,聚族合议,身肩其任。乡里之以文字求者亦一一应之,暇则日手一编,随意吟咏。著有《修身讲义》一册,《经学讲义》如干卷,诗文集如干卷。

先生以道光庚戌生,与东坡同日月。能诗善饮,豪情胜概不减内翰当年。以今秋谢世,年六十有七。子三人,长国璋,以经学毕业浙江高等预科,奏奖岁贡,后由提学使支咨送北京大学,以德文第二类卒业。次国琚,卒业第六中校。次国璜,以先生命出后其弟佩秋先生,肄业第六中校,未届卒业者两月,闻疾而归。

先生为学确宗程朱,晚岁睟面益背,一望而道气浑然。处事接人,莫不务为宽厚。所尤难者,其事亲也,则孺慕之情老而弥笃。□□先生得其颐养,躬登耄耋。其友弟也,则幼同榻、长同业、居同爨者六十余年,未尝少有睚眦。此先生本身之教,承学之士所乐奉为师表者也。柯,故邑著姓,祖父□□先生兄弟复以文章丰采并显一时。去冬佩秋先生捐馆,先生已抑抑不乐,弥留之顷,犹诵苏子瞻寄子由句,知其天性之爱不以既往而衰也。

茫生也晚,比成长,先生已有门徒,其接办横湖官学及邑中校,茫实与执教鞭,与先生盘桓者累岁,于其性情气谊,颇知一二,不容不文辞也。谨徇其门人之请,诠次行实如右,并僭论之。

论曰:以身教者从,以言教者讼。自欧化输入,国粹沦丧,笃于古者,既不周于时,而舍旧而谋新者,徒从事于文言,又靡然失所自守,其为学不知何如,往往显悖乎中国伦纪之常,圣贤之道。诚得如先生者以为之,大师本身为教,举道德文章合炉而冶,且胥范之以中正,其作育当有殊于人者,虽所成就不称其德器,而皋比一席,积毕世精力以劘之,其所渐被为已宏矣。《周官》八法,儒曰:"以道得民。"宜哉!

布衣陈菊人先生传

自来世家巨阀之兴,必由其先德之厚,有以滋培而繁殖之,而后能显荣光大,传之弗替。如彼树木,必其根柢蟠固,而枝叶花实始以扶疏硕大,往往然也。以余所闻菊人陈先生者,可谓树德而务滋者矣。

先生讳□□,菊人其号也,居玉邑之芳杜仓。先世无大名德,居远城市,先生又少孤,后虽第知其雄于财而已。然自子若孙,竟以文鸣庠序,芳杜陈氏遂籍籍人口耳间,先生亦躬当其盛,呜呼! 是果操何道哉?

今岁其嫡孙愚亭为先生营窀穸,葬有日矣,以状来并示乡先辈[一]少岩先生所赠诗,请文以传。余读之作而曰:"吾知陈氏之所以兴矣!"

状称陈氏祖居峨山,比迁玉,已饶于财。先生知积而能散之道,邻里乞假,不责其偿,至今犹称道勿衰。性实朴,宾朋往来之间,一处以直道,其居心之厚已可概见。尝以不逮事亲为憾,故于骨肉手足之间,情好尤笃。长兄□□操家政,先生听之,出纳丰啬一唯兄命。比分爨,未尝屑屑较量,乡里益称之。配林孺人,贤而且能,先生即举家委焉。

观其生平,大抵类于拙者之所为。而诎于人者申于天,啬于身者丰于其后,而长君光序年甫十八,已入郡庠第一,阅三岁补博士弟子员。不十余年,而孙邦华相继而起,游黉食饩,所得不异于其父且先于其父。少君□□虽童军屡踬,亦已循例纳粟贡入成均,声名文物冠盖倾一乡。此虽以见后人之贤,亦其作育者殷,留贻者厚。故其显荣光大,有引而靡长者,此非曰偶然也。

校勘记

〔一〕辈,底本误作"辇",据文意改。

陈藻青先生家传

先生讳蔚章,藻青其号也,世为邑高浦庄人。祖父以殷富好善,见称于乡里。先生三岁而孤,节母林太孺人抚以成。太孺人,邑花坊林氏右榜凤冈公女弟也,善教子,以家无巨丁而饶于财,非读书无以自立,故先生及弟柳塘甫能语言,辄延师课之读。

先生姿性敏警,稍长能文,已轶其群辈。时先生王父恩淦公已卒,王母衰迈,弟方幼弱,群不肖争鱼肉之。太孺人以一身支拄内外者垂十余年。先生不忍其劳瘁,时分任之。太孺人则恐其废学也,以已聘媳贤且能,乃亟为请期。先生年甫十八,潘孺人已嫔于陈氏。太孺人喜其精练,遂令并理家政,先生乃得究心于六经三史,以为有本有用之学。寻以邑附学生中式光绪辛卯正科举人,特授山阴县学教谕。在任捐廉修理文庙,丹碧焕然,多士悦附。方思藉手有为而光复军起,地方秩序紊乱,先生遂辞职归田,倡议团练乡兵,科派均,赏罚信,村民安堵如故,以是共服先生之能。

然方其既游庠也,淡于进取,未尝屑屑为宦达计。有姊适晋岙毛氏,其家以拒匪误伤哨兵,为其弁所衔,会弁擢为松门游击,以势力所及,诬之上宪,逮捕甚急。先生以亲故颇为缓颊,遂并中伤之,思为一网打尽之计。先生乃间道赴浙闱试,姊夫亦仓皇四窜,弁索之不得。毛氏遂被火劋,产亦籍没。茌在团浦岳家,西楼与晋呑正相直,见闻所及,不胜骇恨。越数夕,顾、徐二邻人来,相与篝灯夜话,瞥见笼烛数千竿自东海而西直达毛氏所,心疑官兵复至,迨明,遍询近村无知者。不一月而先生之捷音至,毛氏之难亦遂以解。由是村夫牧竖皆知科名之重,而先生之声誉与其先人之修德而获报者,亦遂籍籍人口矣。

时以太孺人已老且衰,先生既不忍远游,久旷定省,而王父柩尚在殡,又不得不亟营葬地。故岁戊戌,始应礼闱,既报罢而大挑已届,先生遂应试得二等,以教职用。盖自宴鹿鸣,至此已八年矣。中丁王母及母艰,为两世卜幽□,医药丧祭,衰服儽然。试归为王父母及父母举行葬礼讫,房主吴云石知玉环州事,聘阅试卷,遂为环山书院山长,雅相契重,一时善政,多所赞成,以是保升内阁中书,部选已及,乃赴山阴任。

生平笃于事亲,王父之弃养也,先生年甫九龄,服丧终制,已如成人。母林太孺人疾,衣不解带者经年,药非尝不敢进,卒则哀毁骨立,其于王母也亦然,哭泣之声每数日不绝。邻里恐其以哀灭性,争相慰解,先生则曰:"吾之得有今日,母氏力也。吾自失怙以来,内忧外侮,惟母是赖。比遭颠沛,重劳吾王母及母,以倚闾之望,操家之心,至妇人为已苦;患难之戚,至衰老而更深。四五年,既丧吾母又丧吾王母,吾能无悲耶?"闻者皆为泫然。前数岁,林太孺人既以节旌于朝,先生犹以不逮事王父母为憾,思益光大其善道,故于道桥沟渠之不治者,则量力修浚。邑有偏灾,则开仓平粜。既罢官家居,课子兼与研究医理,造门求诊者踵恒相接,贫者则侟以刀圭,受其赐者,莫不交口诵。今岁方与其弟合构后楼为娱老计,而遽以七月十九日逝,年仅五十有一,论者惜之。

子三人,长烈初,早卒。次仲彝,次仲涵,能世其学。先生在官日浅,宦业尚未显著,而至性醇笃,才识敏警有过人者。茝与先生同岁生,而其举于乡也先茝一纪,居较远,不相闻也。比甲辰就礼部试,于汴同旅处者数月,始识其性情气谊。今先生已归道山,不可无以传也,故诠次见闻如右,并私论之。

论曰:士之能发名成业者,非独其才美也,必有所庇以生,有所激而奋。以观唐柳仲郢、宋欧阳庐陵,莫不赖有贤母。而苏季子之仕秦,望诸君之宦赵,又皆为敌国外患所迫胁,而乃以致通显。使无毛氏非罪之罪,先生方席丰履厚,以名诸生酣豢于乡里而已,一激而兴,所就若是之大,孟氏谓"生于忧患",其信然矣。

陈则山先生传

先生讳廷谔,字慕舆,号曰则山,赠文林郎国学敬生先生之冢嗣也。

世为邑中园陈氏,世父秋航先生,以老明经能诗善饮,士流争相倾附。先生承其家学,争自濯磨,丰采文章,望如鸡群独鹤。故年未及壮,早已游庠食饩,为学者所景从。其为文峭劲透辟,动得方集虚、王已山家法,一时声名噪甚,试即冠其曹。从之游者,亦如龙子点睛,莫不破壁飞去。

顾负才不羁,尤豪于饮,日浮三大白后,谈锋咄咄,视天下事无不可办。知其能者,皆欲收之夹袋。山阴孝廉徐廷孙为邑教谕,深器重之。旋以改官知县,赴灵宝任,挈先生与之偕,遂遍历河洛形胜之地,叩虎牢,出辕辕,抵函谷,吊古所谓二陵者。会举顺天乡试,以有拳匪之乱,借闱河南。先生客游占籍,遂登贤书,时光绪壬寅岁也。其后一应礼部试,既报罢,归为鹤鸣高等小学校长,寻又任教员于宗文高等小学。时以朝政改革,士务研求法律政治以裨实用,先生遂由宁波法校肄业,期满赴部考试,签分云南,任地方检察厅检察官。以老练之才,处边要之地方,谓英雄得以用武,其事业勋名,将与澜沧竞流,乌蒙比峙,乃甫期月,而光复军起,先生归长商农各会,兼充巡警董事,论者惜之。

然当此秩序紊乱,退而自治其乡里,俾实业、警察诸要政得以次第进行,邑人得以安谧如故者,先生与有力焉。暇则开馆近居,仍理旧业。里社诗酒之会,鲜不与者。工习楷书,出入欧、柳,诗文而外,尤善为楹语,措辞隽雅,属对精工,有振笔疾书之乐。

夫以先生之才识器宇,使假以岁时,其所措施当有异人者,奚止以空文垂世,顾辙轲不得志,工愁病酒,几如杜陵野老,岂天之厄先生欤?抑文章憎命,自古而然欤?然而饮酒一石,读书五车,行路八九千里,亦足以自豪矣。

莅自中岁获知先生,壬辰同赴春官于汴,所过山川郡邑皆其旧游,遇有名胜,必一一指点,以时泊舟秦淮,饮马江汉,西指洛阳,南顾黄鹤,意气之壮,笑语之欢,至今犹若目前,忽尔物化,益使人增先达沦丧之感矣。

先生母林太宜人早逝,事赠君敬生先生及继母王太宜人,俱能得其欢。性直而温,与人交,蔼如也。配林宜人,继配彭宜人,皆贤。子三,长律中,游学日本法校,曾充天台县承审员。次狉,卒业临海体育学校。次骞,肄业第六中校,头角崭然，皆足以世其学。今先生已归道山，门下士请文以传，谨以素所闻见者诠次如右，论曰：

> 吾邑以北闻领乡荐者，向惟鹤泉戚先生，至先生而有两焉。顾鹤泉先生捷南宫，仕河南涉县者凡数岁，而先生之于滇，一官鲍系，不久而归，盖亦有幸有不幸焉。然先生初寡为诗，自游滇后唱和遂多，岂其盘礴郁积之才，不获大施于民者，一发之于吟咏，故如是之神欤？余考《鹤泉诗钞》，亦大抵成于晚岁，岂果有同志欤？

汪太翁晓麓先生传

民国纪元，浙东西秩序未复，盗匪蜂起，嵊为尤甚。都督汤寿潜、民政部长褚辅成，以奉化汪君成教才，拔任嵊县事。君治以严，不辟嫌怨，为之魁渠伏法，嵊用少安。

四月四日太翁晓麓先生讣音至，解职奔丧，奉终大事。九月起治吾太，听政之暇，诠次太翁行实，征文以传。莅虽不获亲炙〔一〕先生，由是得悉先生廉能之教，君之学成而仕，非偶然也。

按先生为忠诚公子，序居次，生十二年而忠诚公见背，鞠于母虞太孺人。家贫，太孺人躬织屦以食，而命先生从师读，每值严寒，裂肤堕指，曾不以为苦。以是先生内不自安，稍长辄为人司簿计，以月薪所入养其亲而赡其家。前清咸丰辛酉，洪杨军至，奉家毁于兵。先生挈眷辟难，艰苦万状。军退赁屋而居，饔飧恒不继，然不以是稍隳其志。事君长为之遴选师友，故能收其效于数十年以后，呜呼！可谓难矣。

汪为奉著姓,族聚亦繁,先是师古公即祠为塾,以教其子弟。人文衰息,久废不举,先生曰:"是宜复。"毅然与族弟孝升请之宗,拨地十五亩以为基本,与祠产分筹合理,五年而祠产增,十余年而学产亦增。邑资福庙灯祭颇费,汪氏轮值一堡,先生以学子之无为补助也,曰:"是宜节。"悉心综核二十余年,赖其羡余,就学日多,其贫不能举丧者,亦得所攸助。又以邑无同善局,与萧怡云、陈韵琴、徐郎川诸人倡议筹办。初以经费支绌,假育婴堂施医药,公推先生为经理,凡十七年。成效既著,乃募捐设局于武庙右侧,添聘内外科医士,规模以大,一时士夫莫不交口诵,谓先生盖廉而能者。宰是邑者,亦争相器重,一切公益事,必待先生而成立。郭令文翘创设广济、掩埋各局,以先生行且老,签君董其事,先生虑其废学也,辞不获已,乃躬任之。纪纲数年,野无暴骨。呜呼!可谓难矣。

方先生年甫逾冠,丧乱未平,挈挈谋生活之不暇。重以遭家多故,虞太孺人即世,伯兄孝福晚岁抱疢,又无似续,叔父惠諴非辜被逮,群从子弟死生休戚,衣食室家胥于先生,是赖他人处,此无殒其家足矣。而先生以空拳白手,四十年中所就若是之多,以视持梁齿肥,汶汶以终者,贤、不肖相去何如也!

先生当前清时,由国子生报效得六品衔,卒时春秋六十有八。子一,即君,前廪贡生。女一,适同里江起鲸,前县学生。孙男二,长章璿,肄业浙江法政学校。次章球。女孙二。少长雍然,在先生任天而行,初不祈报于子孙禄仕,而为家庭尊人道,为宗族尽义务,为社会修天职,故不必口诗书而手鞭朴,本身之教有足以诒之后人矣。

念自南北统一以来,建设方新,度支交困,凡百职务,非能无以正国纪,非廉无以厚民生。君之治嵊也,反抗者蚩语四腾,先生曰:"吾儿必不至此。"所以教之者可知。君之述先生状曰:"吾父廉且能。"则能奉其教也又可知。君莅太数月,于兹法修政举,民望殷然。虽以烟禁悾愡,未遑他及,而恒留意于实业教育,知非操切以图功名者比。茳愧不文,不足以传先生,得邮嗣君以印闻风采,敢述其本身之教以为君勉,所以慰其先人者在是,所以惠吾邑民者岂外是哉!

赞曰:

　　考析薪兮子负荷,考作室兮子肯堂。开国承家兮惟若考光,利国福民兮惟若嗣行。敬述廉能之教兮,洵吾民所祷祀而馨香。

校勘记

〔一〕炙,底本作"灸",据文意改。

孔桂生先生行述

　　桐林当玉环东北,与吾邑为接壤。余比岁往来其间,人之称桂生先生者,夥颐难数,则皆平日所师尊之者也。去春编校玉邑志书,则于兴学、积谷、团防、水利诸要务,凡隶桐林者,又莫不有先生之名焉。

　　盖孔为温、玉间著姓,尊甫敷五公策驷鲁宫,已卓然为乡翘楚。敷五公既捐馆,先生甫及成人,然已积学能文,试有声矣。乡里之童有造者,争来请业。先生时家适中落,设馆里门,读书而兼以治生,不十年而躬已游黉,不二十年先业亦因而复恢。同产弟三人,先后为之娶妇,比分箸时,田三十亩。佥目为亢宗令子。性孝谨,于敷五公命,罔勿从。公有弟而无禄，妇某氏，三十而寡，有子二人，若乌雏之待哺，公垂危，颇以为忧，先生辄引为己任，事叔母如其母，视从昆弟如其昆弟，以养以长，莫不使之各有室家，以是为族里所交推。宰是邑者，亦因是器重之，地方公益事，人所不能举者，必以属之，先生亦慨然不辞，如捐义仓、浚塘河、设桐林小学，既量力乐输，且从而纪理之，成则退，然不居其功。

尝慨世教之微，则思奖励风节，贵德尚义以为之劝，故旌表节烈为之镌碑，及建路亭、设医局，为人谋福利者，不一而足。纂修宗谱，亦必以此数者为斤斤。自奉俭啬，布衣疏食若将终身，而于祠墓之祭，必丰必洁。曾祖以下各置祀田，有余则以赡其宗焉。当敷五公之未有窀穸也，课读之暇，颇留意于《葬经》及杨赖家言，以卜阴阳宅兆，休咎毕应，亲故者招之，虽仆仆不厌也。苟非其人，则不能以利动。今则先生虽往而人之思之也不置，其家人则颂再造之功而曰："先生操家数十年，为吾辈铢积寸累，曾不以一钱自利，何其难也！"族人则曰："苟非先生，血食何以不坠，贫无依者复何所告诉，而今已矣。"乡里之贤且能者，以无与共事功，俊秀者以无为教，其不能自存，欲作小贸易而不得者，以无为赈贷而不计其偿，则又相与唏嘘而太息也。

先生读书务明大义，而以立品为首重，故从之游者，虽至采泮芹，食廪粟，或徙业而他，醇谨皆如其师，非其教使然欤？桐林山夷而旷，水秀而深，多尚义士，先生年德又为之先，以今观其所为，《周礼》所云"孝友睦姻任恤"，庶几近之。司徒之教，人久废不行，尚得于荒江远海间存其万一，不忍其湮没不彰，无以劝其后也，故述其行谊如此。先生讳昭恭，桂生盖其号云。

紫封林君家传

玉环旧为州,辖仓者八,桐林其一也。前十数稔,余受州同知骆君楸勋聘,司玉海中学教事,往来其间。见有崇祠崛起,金碧焕然,问之则曰:"林君所以祀其先者。"时科举初罢,二三庠宿语及试事,金谓:"自君倡捐宾兴田亩,学款大集。督学使者以闻,益州学生员额二,而士之赴浙闱者,亦奋而加多。"余窃心仪之焉[一],访诸其庐,则已为陈人矣,为之慨然。

今岁吾友姜君绍淇抵书述乡里意,并介其事状征余一言,余虽未识君,君之所为已窥其一二矣。状称君兼承其伯父宣三公祀后,既有子,辄命其长者为之后。州之八仓,盖沿有宋朱子社仓积谷便民救荒之善政也,君自弱岁已知大义,捐谷若干于桐林,桐林人赖之。此后宣三公篦室干氏者,席家余裕,好施过于君,每遇乡里公义事,斥巨资不少靳,君益怂恿之,遂以时创建林氏宗祠,计费三千金,营治甫竣,复思推恩州里,输田三十亩于官,以为宾兴饮。俾宣三公夫妇之美昭于族,洽于乡,而不思自肥其私橐,则宣三公夫妇之惠,皆君之惠也。

呜呼!以君之乐善如此,使得究其所为,则乡里公益事靡不举,有举以为之倡,人之闻风而起者,当益众矣。玉环地滨山海,风尚敦朴,士夫之崇气谊、修名行者,时有所闻,君岂薰陶其俗而然欤?抑其天禀之厚,行心所安,而羞自封殖者欤?逾壮二岁而卒,论者惜之。

君卒时,妻王氏年甫二十有八,守志养姑以孝谨闻,教养其子亦循循有法度,其贞淑之风、俭朴之化足以承先而启后者。自其乡人言,皆若君德之所致,家以日起也。今王氏亦谢世,诸子成室,已有女孙三人,住屋十余楹,君在时所构也。规模宏敞,称其志气。

慨自世衰俗薄,家务自营,惠民兴士诸要政,封圻大吏奉为故事,甚且干没其有焉。士之饶于财者,日营营于妻子室家,交游征逐,使金如粪土,欲出其余以沾溉族郧,诚不易易,君以氓庶而优为之,是宜书以为世劝。

君讳圣诏,字紫封。子二人,曰才森、论详,才森即以君命出后其伯祖者。

赞曰:

> 踽踽而寿渊路天,天事冥冥难卒晓。积而能散斯足道,后其宗岂怀其宝。刑于寡妻赋偕老,赛姑教子功匪少。宜书之彤树之表,夫义妇贞此可考。

校勘记

〔一〕"余窃心仪之焉",原作"余窃心焉仪之",据文意改。

旭标张老寿翁行述

士君子屏居乡里,闻己善则疑,闻人善则信。信则从而纪载之、表襮之,此能文者之天职也。顾豪家巨绅,挟其财力以雄视当世,故畏而有所求者,每□□缘饰以为趋奉。一喜一忧,内征外赠,动累千言。而洁身寡过之人,托以财物而不苟与人,蔼然而可亲,反以不自矜炫遂隐不彰者,岂少也哉?

旭标张翁,邑西之大溪乡人,谈者不甚悉其家世,或谓先人有读书成名者,盖亦儒裔也。自幼粗通文墨,明习书算,尤善料量大宗。水洋富室金氏,设泰亨质库于温岭镇,聘主架档者,积四十年无丝毫过失。从操是业者遂实繁有徒,至今皆师事之。如□□□□□□者,其尤亲切者也。今岁之冬,以翁之既往也,思之不置,因余所识彭君请文以存其师,辞以不暇,则又谋之余妻弟蒋君。余以其诚乐吾文,且有得于弟子事师之道,故难已于言也夫。

巫医星卜,百工术业,莫不有师,得师之术业以营衣食,其视圣贤之教,道义之切身者,固有间矣。而学士大夫,乃反以相师为耻。昌黎韩氏尝慨乎言之,以是为世道之大变。今翁之职业、名誉,无异常人家,亦仅足以自食,无财势以奔走天下,人亦无从而缘饰之,而为之徒辈者,乃恋恋于其师若是之挚,知翁必有予人以不忍忘者矣。

窃念元明以来,大江以南,竞为华侈,男女婚嫁,必为锦障,求当世知名士为之文,以自夸耀于乡里,家稍号富厚者,年逾六十或十年、五年必有祝寿之文。方望溪、归震川诸巨公屡诋之,辞之不能则书其家世事实与子之所以事亲、弟子之所以事师及朋友往来情愫之相与者以归之。翁在时年已望八,有子成荣、日球、日秀、日坤,均已娶妻生子,有孙男六人,女二亦已适人。躬为富室司出纳,苟欲文以自荣,得具肴酒资旌门表庐无不可者,否则于男女婚嫁之时,因其主人请文于所交往,偶一为之,人亦不以为非也。翁独绌华崇实,不以此为哑哑,而勤修其职,以为同事倡,非所谓食焉而不懈其事者乎?此翁之贤也。今翁往矣,而从操是业者,犹恋恋不忘,非其自奉约而待人周乎?翁与余固不相识,彭君之述翁也,言尚不繁,而道其致思于翁者,情若独挚。因慨世道之衰,师弟子之情,犹为易薄,事急而求人,则屈身下礼,若犹知有师者,及时过境迁,谁能久而不忘者乎?故感而书此,知古今升降之故,细人犹不若君子之甚也。

履庭陈先生家传

先生讳廷谟,号曰履庭,世为楼岙陈氏,庠生雅斋公适嗣也。

幼失怙恃,与弟吉庭、谦庭并鞠于继节母戴太恭人。先生稍长,上承色笑,下切友于,内外无间言,尤善得太恭人心,事无巨细必咨而后行。席先世丰厚之馀,产业增殖,然力戒掊克,尤能节所有以惠其乡,故一乡称善士焉。生平啬于自奉,而待物必从其厚,授两弟室、遣妹出阁,未尝稍拂其意,盖其天性敦笃,有过人者。

清光绪季年,尝以州倅听鼓皖省,方谓本其仁恕之施,造福斯民者将未有艾,乃以朝政纷更,不可有为,而仲弟吉庭又瘁于国事以亡也,慨然辞职,回籍以兴办地方公益为己任。

宣统二年,被选为省议会第一届议员、中华佛教会分会会长、浙江水利议事会议员、立法会议议员。自海禁大开,国体更新,国民之学识材智,恒别开一冶,非谀闻悫见之士所能维持世局也。故先生既代表民意,犹欲推廓耳目以应当世之急。

民国三年,毕业于沪上民国大学,于世界法律政治多所研究。去岁遂应浙江省公署咨议之聘,旋兼实业厅咨议、中国全国道路建设协会浙江分会会员、浙江省道局咨议,十余年来,舟舆跋涉,不敢告劳,而于地方公义各举尤为留意。

宣统三年,淫雨为灾,东北两乡,水及半扉,田禾淹没,民艰于粒食者不可数计。先生愍之,既设粥厂于里之楼岙堂,以时救济,又于庄内贫乏者,不问壮少,人给小银币五枚,俾贩薯丝以资生活。人无道殣，先生为之大慰。

光复军之起也，群不逞乘机窃发，一夕数惊。先生募勇设团，时其巡护，一乡赖以安谧。入民国后，知事严伟改编保卫团，仍以先生董其事。迨省会回复，先生将赴召，力辞斯职，严知事以历届成绩固留不得，始以先生季弟谦庭续代。颂其功者至今不绝。

陈氏有祠以祀其先者，旧矣，今岁六月风水交作，与住屋并毁，先生亟图修复，曰："君子将营宫室，寝庙为先。"其知所轻重缓急，类如此。他若创办僧民小学于崇国寺，浚河道、理宾兴，为之各称其职。太恭人之以长以教者，今既以节孝旌于朝。哲嗣士雄游学杭垣，毕业法政专校有年，现亦被选为本届省议会议员兼省公署咨议。一门之内父子兄弟，先后并登议职，家声衮衮，孰非先生之识时观变，实有以开之，况其内行之纯笃，又足以为之本，此身名所以俱泰也。

今先生虽归道山，乡里亲故之不忍于先生者，无改于其旧也，相与胪状请文以传。先生伟躯干，丰下广颡，浑厚之气，溢于眉宇。余司教事于中校时，昔昔见之，比长鹤鸣校，以事至其家，见其兄弟怡然，姒娣雍然，下至婢仆厮养，莫不秩然，一禀其命于太恭人，公私井井，孰非先生之事身率下有以致之也。因略为诠次如右。论曰：

人必不遗其亲，而后能推以及于邻里郦族，又必自卫其乡土，而后能推以及于国。晚近世，士习民风趋于偷薄，一二虎而冠者，方断断然自以为能。曾几何时，讥讪笑侮之声，接踵而至。先生虽出入缙绅间，而澄之不清，挠之不浊，其行能不失为长厚君子，闻誉日隆，子弟之克世其家，岂不宜哉！

陈君苏舫事略

岁冬馆课休暇，授儿子以《孝经》。而陈君沛之以谱成，请书其尊人苏舫左丞事。阅来状，知君长于吏治，在官六年，有能名，以母老乞休免官。余曰："是宜书，是王者孝治天下之意，至德要道之不可易者也。"

按左丞，邑诸生，讳诗，原名式东，苏舫其号也。世为邑中乡谷呑庄人，父企白先生始迁西城。左丞生而颖异，年甫弱冠，读书游庠，三试浙闱皆报罢，乃纳赀报效粤营，得五品顶戴，旋遵新海防例报捐巡检，指分江西，到省叠奉各大宪差遣，动称其职，既奉部核捧檄之格高任，以父企白先生自幼弃养，迎母事之廨署。后以母老且衰，乞解组回籍终养，回籍逾年卒。疾危，惟以不终事母为恨。

呜呼！地义天经之大，左丞庶几闻之，余亦幸于左丞见之也。丞维不获掇巍科登高第，而诗书之气，尚隐然于出处进退之间，视彼重富贵而轻去其亲者，贤、不肖何如耶！状称左丞任格高时，建昌知府何刚德以急递询地方情形，左丞条举十余事以对，深蒙嘉奖。赣省滨江盗贼充斥，保甲尤为重要，而经费支绌，当事者类多敷衍。左丞言之上台，岁加银若干，事以举，同官亦受其利。得才如此，充其所至，宰一邑守一郡，无异格高也。然余重于左丞者，则不以才而以德。夫官箴之不肃久矣，趋意旨，竞便利，媚上台以饱官橐者，所在而有，至问其于民何如，恐无以对也。进而问其于亲何如，必更无以对也。左丞居乡以才名，在官以能著，人人能言之。使余从而张大之，恐非秀才本色，无所重于吾文也。故不赘。

丞娶郑氏，早卒，续娶王氏，生天权，赵氏，生天照，皆读书能文章。天照有母弟天尧，幼殇，均不著。丞之不忍于其亲者，虽不得于其身，将得于其子孙，故书其事以归之。从养格高者，企白先生配太孺人也。

金君锡麟家传

君讳自光，字曰锡麟，姓金氏，清邑庠生钦加运同衔晋封奉政大夫聘三先生之冢嗣也。

自幼敏颖，勤于学业，不涉外务，好学书。书法酷摹颜柳，墨迹所留，见者争相宝贵。年十九，入邑庠，为奉政公所钟爱。而君亦孝于事亲，与弟德卿尤相友爱。奉政公以绅富而乐善好义，故邑公要事咸与焉，垂老犹仆仆不已，君见而忧之。然每日必焚香默祷，以迫于公义，卒无术以少纾其劳。已而奉政公疾，君侍汤药，必躬必亲，衣不解带者数旬，既不获效，则于灶君前请减己算以益之，亦卒不应。奉政公之疾日增，而君之忧日甚，比奉政公卒，君已哀毁骨立矣。顾犹力疾与弟奉终大事，见者已为深虑，乃遂以此逝，距奉政公捐馆舍甫七日耳。夫过哀灭性，虽言礼者所不取，而知有亲而不知有己，其天性之过人，诚有不可泯者。

性乐善，有贫乏而来告者，必倾囊予之。君祖二风公在日，尝捐田三百亩创立义仓，以济其族。君以异姓者之不获沾其惠也，尝引为私憾。及疾垂危，乃呼弟德卿之榻前，谓之曰："推广义仓，此吾志也，而今已矣，责在吾弟。"言之声泪俱下。其好善有诚，至今人犹称之。后德卿君亦善承兄志，割腴田二十亩以益之。自是每遇凶岁，无异姓皆受其赐，事虽成于其弟,安在非重君之末命而然哉!

君配阮孺人,丈夫子三,长宗彝,年未弱冠而卒。次凯,邑庠生。三澹,亦读书,能自树立,乐善好义,皆足以缵承其先绪。而君为不殁矣。今其嗣君凯等以君葬有日,请余传其大略以垂之家乘。余嘉君之笃于其亲也,且能继绳先美发挥而光大之,故既为依状诠次,并私论之曰:

国家设科取士,将以兴廉举孝。君善予不取,事亲忘身,庶几古人之所为,又能扩充先美,至死而不忘。呜呼!如君者,使天假之年,渠所成就,必更有足观者。赉志以终,岂不惜哉!

王湘帆先生家传

先生姓王氏,讳某某,号曰湘帆,吾友林君敏叔之外舅也。自幼敦笃,出就外傅,归必面其母。稍长,通习经史,工帖括,年二十入邑庠。居家循循于子道,人皆称之。生母陈孺人,早卒,继母郭孺人中岁丧明,先生事之如其母。兄弟姊妹凡五人,皆视如同体,未尝以异母故而稍存畛域。姊适人,有子而寡,恃手指为生活,故常不继,先生即分润之。比甥能读,辄择师使事焉。束脩膏火,皆先生所伙助。姑母贫而守寡,莫为之后者,先生请之官而继嗣始定。中表之不能自养者,每届岁终,必周以钱米。诸如此类,不可胜数。非有得于亲亲之道者不能,盖于读书求志之日已卓〔一〕然异矣。迨既游庠,益肆力于学。又十余年,遂补博士弟子,一时文名噪甚,欲作养其子弟者,争相延致,门下士蔚然称盛。先生亦莫不口讲指授,俾得其益。以去年甫四十而卒，闻者惜之。

方洪、杨军之起也，地方秩序大乱。先生挈所亲五家居乡避寇，而躬往来城中以侦察情势。时邑人招集土团，防守甚密，先生途遇一人，同行至城，团兵以其形迹可疑，惧为敌侦。将行刑，先生力为解救不得，至以身覆其背而始免。其慷慨仗义，至今照人耳目。使天假之年，俾展其所学，则自亲亲而仁民，自仁民而爱物，皆吾儒分内事，乃甫登强仕，遽赴修文，先生所施之家乡者，不获措之天下，岂独先生之不幸哉？然先生能文章，勤行谊，不能得之于其身者，或得之于子若孙。天之报施先生者，当自有在矣。

配杜氏孺人，有贤声。子二人，长某某，邑庠生。次某某，读书能文。女几人，长适某某，次适邑廪生林达即敏叔，三适某氏。婚嫁一遵父命，其笃于事亲者，亦于此可见。今已有孙男四。家人将为先生行葬礼，门下士哀之，请文以传。余虽不获见先生，而获与先生之甥交，得悉先生之家世，不容以不文辞也，故书而归之，存先生于万一云。

校勘记

〔一〕卓，底本作"早"，据文意改。

寿翁成规朱先生传

朱生训旧从吾友林君仲严游，时余与仲严社文于梅花禅院，以是并识余。今岁其宗有事于谱牒，生以状来，请书其王父成规翁事。余生也晚，不及见翁，以朱生言，知翁固卓有可传也。生之言曰：

吾家自高曾以来，皆力耕以自给，比吾祖生，家已少克裕，故自幼从师读，略知大义。后以曾王父老且衰，遂辍业而耕，勤作息以供事畜，逍遥于南亩间，甚自得也。然性方梗，遇不平事，辄以身任，虽处嫌怨而不避。论者恒比之王彦方，以故乡里鼠雀之争，咸赴诉焉，吾祖悉曲直之，无不唯命是听。近居有溪塘六十余丈，夏秋山潮暴至，屋舍田庐受其冲啮者不可胜计，乡人恒引为巨患。每发，吾祖辄鸠合人众，不时补筑，计工毋虑千数，未尝不躬任奔走，督成厥功，至今尤艳称之。吾宗谱牒，前修于同治丙寅，吾祖以编纂之事非其所长，请任其能者，于是在局支应，日夕不懈。其有待于传达者，辄趋赴恐后。朱氏户散而多窘，开局数月，而赀犹未集，吾祖量力措垫，工赖以竣。五十年来，宗人言及谱事，必归功于吾祖。

尤可叹者，吾家不造，二十余年之间，吾祖以一身而两遭回禄，室庐荡然，吾祖经营缔造，屡仆屡起，得以恢复旧观且加美焉。当此焚如弃如之时，不知费几许心血，而吾辈始得坐享其成，此闻之吾父，所极不忘者也。

生言如此。知翁虽一农丈人，而于家于族于乡，皆有足多者，不可令其湮没而不彰也。翁讳再圆，成规其字。配郑氏孺人，恭温淑慎，见推于戚里。有子二，长孔怀，次生父孔沛也。女六人。孔怀生时翁年四十有二，又四十年而卒。其间治家教子，以身为范，莫不油然而化。诸孙稍长，即为遴选师傅，故生亦翘然负文名。翁之将卒也，躬起沐浴，冠带既竟，奄然而逝，闻者称异。今则男女三十余人，耕织成风，一门济济，为乡僻所罕有。盖翁之积善成德，实有以贻之也。故徇朱生之请，书其梗概如此，以见朱氏之蒸蒸日起者，其来有自。

王烈女传

烈女氏王，温岭镇农家女也。父某某卒，鞠于母某氏。自幼姿韵秀朗，举止端详，翘然异于众。兄某以居近市，设肆作小经纪，家不能容冗食，女从母供泛洒爨汲，暇则躬绩养母，戚里贤之。

年将及笄，钗荆裙布，宛然大家风范。自受同里某氏聘，益自晦藏。邻人戴阿三，为天主堂服厨役，偶见而艳之，包藏祸心，时从女兄作买卖，已为女所觉。以时为虎之伥者，势可炙手热。私言之母云："当以死拒。"而以兄选懦，不敢令兄知也。

一日女母兄适他出，阿三侦得之，私往挑焉。女方扫地讫，置扱箕于门侧，阿三突掩入，女惧，掷帚奔避，帚中阿三背，见者哗然。阿三鞅鞅归，老羞成怒，思女终不可犯，大言以恫喝之。其兄惧甚，浼人为缓颊，拟设席待罪。阿三必得女行酒而后已，女闻之哭不食者数日。而母知女不肯忛，思以死塞责，遂市生鸦片服，未尽而卧。女见其器，取而服其余。邻右觉而灌之，母苏，而女不起，时光绪□□年□月□日也。事闻邑令左宜之，逮捕阿三，据实通详，故女得奉钦旌，阿三旋论罪死。为之集资建坊征文者，里人金嗣献也。论曰：

> 自西教东渐，明季已设堂京师，依附者多。毒痛中土，久而益炽。方其势焰赫烜，士夫望而靡者，彩颐难数。以一女子而执义守礼，至死不变，烈矣！然女生长农家，不由学问而得乔木死麋之志，其烈也，非其天性使然哉！

节孝金母阮宜人家传

宜人阮氏者，清广东候补道、历任灵山、文昌知县萃[一]恩公次女也。生而淑慎，娴习姆教，年未及笄，归同邑郡庠生金君锡麟为室。瑟琴静好，能事尊嫜，和妯娌，为族邮所称。性尤慈善，丐者至门，必多给以食物，雨则施箬帽，寒则施衣絮，昏夜则施灯烛。贫乏来告者，无不各给其求，如是者岁以为常。翁运同公之疾也，与夫锡麟君左右侍，衣不解带者数旬。翁卒，锡麟君以哀毁成剧疾，宜人悲泣吁天，割臂肉和药，冀可获效，以不及事而逝。宜人年仅二十有八，捐弃簪珥，誓以身殉。时长子宗彝生甫十龄，次子凯甫五龄，三子澹尚娠身未娩。姑蔡淑人晓以大义，曰："幼孤累累，吾又衰迈。尔信死，如生者何？"宜人闻命节哀强起，然其志不欲生也，徒以上事下育，责无旁贷，苟延残喘而已。越数岁姑亦遘疾，医药罔效，宜人复刲左股以进，以为向不能得之于夫者，今或可得之于姑，已而病果若失。事闻乡里，益称其孝。然终以痛念其夫，此心之幽忧者，未尝一日息，遂以是成痨瘵疾而终，年盖三十有四。有司以其节而且孝，足以风世励俗，详请题褒，曾经照章给额，足为身后之荣矣。

今其嗣君凯等以宜人卜葬有期，请书其懿范以光泉壤。余思女教中落，讲书明义者，恒不多觏。宜人生阀阅之家，禀懿淑之性，遭家多故，舅与夫先后代谢，日与迈姑，抚睹幼少，形影相吊。曾几何时，姑又撄疾，将何术以延之，以慰夫于九地，智尽能索，乃一再取偿于一身之血肉。其与以遗体行殆者，固已有间，或愈或不愈，虽若其命使然，而宜人之殉义忘生,已可于此而见其一斑〔二〕矣。因书所闻于其后者归之其家,俾其风烈得以垂于世焉。

校勘记

〔一〕莘,原作"莘",误,据实际改。

〔二〕斑,原作"班",据文意改。

苦节吴潘氏传

孺人邑坞根庄农家女也,自幼勤慎,适同里吴某为室。夫好撄捕,不治家人生产,氏劝之不听,数年倾耗殆尽。遗子女各一,而逝时氏年甫二十有八,遗孤儒然,无所恃以生活,人皆为孺人危。孺人则曰:"有吾在,毋虑也。"忍涕治丧毕,辄慨然筹所以恢复者。自是出把犁耡,入操井臼,终岁拮据,手指无少休息,不足则灯火纺织以弥之,如是者十余年,家以少有。以子某稍长,将娶妇,谓之曰:"傫居邻屋,徒蚀其税,租非计也。"乃出所蓄,购基地,创茅房数楹。工方兴,卜宅者过之曰:"向方不吉,害将在邻。"邻惧甚。氏闻之谓匠者曰:"更之,吾不忍以利己者损人也。"人以是贤之。其处里党,和而有礼,类如此。

性嗜佛,自夫亡后,矢志长斋。至此以家稍裕暇,即从优婆夷游盂兰会,然不妄求福田利益,凡人所不能为而己所得为者,辄任之而不辞,以是为持修者所推,使主管桃源洞。洞当山僻,幽寂异常,故女子之好修聚焉。前数岁,土寇四出,以其地少居人,将攫其所有。至则夜已半,闻氏念佛声喃喃不绝,心已怔怯。既而闻人声甚众,若有备然,贼益惧,舍而之他。闻者皆以为事佛之报,吾则以为氏之精神志气有感之也。

方氏丧夫时,子女提抱,家无一瓦之覆,一垄之植,而能卓然自信者,恃有此志而已。其间以长以教,至于成室,且为置田宅,使后人有衣食业,其劬劳于家者可知。又能止足不贪,好行其德,故益足取信于乡里。今已年越六秩,知其贤者,录其行实请之有司,得蒙旌表。如氏者,固不负其初志矣。故书以存之,以为女子不幸而失所天者劝。

金母蔡淑人传

淑人氏蔡,系出黄邑平桥庠宿维地公女,前台湾守府运同衔金聘三先生配也。年十九,侯于金,辄能相其夫子,戚里贤之。聘三先生雅好善名,义所在,施与不少靳,未尝以人我为畛域,故虽远若山西、彭湖,苟遇旱潦,必斥金粟为赈济,而地方公义各举,无论矣。淑人自归先生,每事辄怂惠之。聘三先生以是益肆其所为,而声名倾邑里。前翰林庶常葛逸仙寿以文,未尝不喜其得贤内助也。

淑人性慈和,幽静寡言,能事其舅姑,睦其妯娌。聘三先生有侧室,淑人尤善遇之,抱衾裯者无虚夕。臧获婢妾虽有过,婉言示戒,未尝予人以难受。平时足不出房闼,而子若女不肃而严,不教而成,非生长诗礼之家,有以造淑其德者,能如是乎?其尤难者,轻货财,好施与,足以辅聘三先生之志,而翼之成者,不可以一二数。聘三先生好为其远且大,而淑人则于其迩而易遗、微而易忽者,补苴而弥缝之。尝割奁赀所积田三十亩,以充宗文书院经费。羊角洞岭峻难行,往来苦之,淑人出资填砌,凡百余级。他如寒冬衣被之施,灾荒钱米之贷,以及行旅之茶汤,昏夜之灯烛,道殣之棺敛,雨天之箬笠,好行其德,时有所闻。尝谓:"家际富有,而不急人之急,贫者将何所贷乎?"语近情真,求之须眉男子,往往难之,淑人所以不失为士人女也。聘三先生既捐馆,凡可蹴成其志者,无不竭力遵行。其大而不能举者,则命两子继承之。如水利、善后、田亩及义仓、义冢是也。聘三先生当自有传,兹不赘。

晚岁,委家政于子妇,独居蔬食,不以清苦为嫌,然不与僧尼通来往,闺门之内斩斩如朝廷,虽仆夫婢妇,行不相值,盖聘三先生之教然也。

卒年五十有九。子二,长自光,附贡生。次清华,福建候补知县,并援例得同知衔。淑人卒时已有孙男□人,女二,长适下陈黄焕伯,次适其弟敏叔,皆东山先生孙也。

尝谓:"妒忌者女子之常,吝啬者妇人之习。"女教不讲,全国横流,莫可止遏,故能矫二者而剂之平,已不愧为贤妇。淑人乃轩出女界,以为所得为而动不失为厚,是以逮下则有《葛覃》《樛木》之风,惠物则有《麟趾》《驺虞》之意,二《南》美文王教化所及,而诗人所咏,必归本于后妃夫人,理固然也。今其哲孙起凡茂才,以宗谱成,持状请文。余恨不见聘三先生,至其疏财仗义,妇孺皆能言之,兹又获知淑人之贤,足以相其夫者,故乐疏其阃德以为妇人法,并为世之积财而不能散者风焉。赞曰:

夫妇之道,义在倡随。柔顺在中,卓然母仪。不吝厥施,乃启尔基。令闻令望,终始罔渝。坤道承乾,其殆庶几。

少逸老本传

少林一宗,以僧侣而精拳术也。僧侣称所师曰"本师",质言曰"老本",故拳师亦称"老本"。

邑西乡有少逸者,陈其姓。自幼善拳伎,不知其所师。年逾六十,犹好与诸少年角力,无负者。知世少其敌,则命取巨梃直捷而至己鼓小腹,受之稍怯者,辄反跌以为笑,老本之呼盖始此,然未尝尚力以陵人也。

兄某,尝从先君子学,后弃而圬,少逸一见辄能,出辄为诸镘者首。为所知作炷灶,用薪少而火烈,烟不外飏,数年而垩者如新。然非大工程人所束手者,招不至。至则必就上席坐,掀髯纵饮,旁若无人。尝领诸匠作教室于某巨镇,堂成征书门额,鲜称主人意。少逸则取竹篝为不律,累巨桌而升,信手而书之,掷笔下,多士惊拜下风。

余以十龄识少逸,后不相见者四十年。闻善操镘,以其家世所习,未之奇也。久之,则知其善拳伎,奇之。又久则知其善书画,更奇之。前数岁一见于玉环,则又能通杨赖诸贤之奥,为人卜葬地,动必有征验。其地诸大姓之墓,多所扞定者,则尤奇之。因与同行半日,指示山水气势脉理,皆别出手眼。途遇一牌坊,上有石梁震于雷,两端破裂,余无恙。余方思其故而不得,少逸曰:"是内有铁为楔子故。"就视果然。诸所颖悟,类如此。欲图其作灶法及其分寸,为书以传,不几时而少逸死矣。

少逸有子女各一,女适某氏,方成室,则邀父主其事,室成登楼省视,笑而失足,堕地而坐,须臾复起,言动如常,无大痛楚，竟于是夕溘然而逝。人皆以为得大解脱云。

《内典》言："成佛道者，能通所未通。"所谓"正觉"者是也。析言之，则有自通、他通、天眼通、天耳通之类。少逸之不学而能其精巧，且非学所能及，安在其非得之天者？释氏之能拳勇，所在多有，或以干纪律为奸宄，余非所乐道。而善书则若怀素，善堪舆则若一行、目讲，少逸之凤慧，其根于此欤？抑其前身，或惩少林者之所为，晦而能养，如舍利放光，能照见一切欤？

花隐传

有山人焉，居东之大荒，不详其姓字，或曰汴宋裔也。伯颜氏之兴，其先埋没，氏族流离蓬颗者垂百年。明清两世，始稍稍复出，为郡县诸生，至其身累十余叶矣。

其居自乡而城，旋又舍城而山，择其土之瘠者艺焉。其生也于山，故性绝疏野，酷嗜花。所居多石少水，他植不蕃，惟梅为宜。岁种其一二，遂因以为号焉。好读书，然泛览无涯涘，不屑屑于章句。稍长游庠序间，及观国家所以试士法，率皆教非所习，而学非所用，心窃憾之。乃反之于古，求其宜于作养子弟及可措为治者，综而笔之，日恒数十纸。

会朝政改革，废八股，试士以策论，始以一售，以时游中州，历大河南北，旋又溯江汉而上以至都，南下循海而抵闽峤，以母老归省。逾岁武昌事起，遂不复出，授徒花山。

花山者，明九君子林原缙、程完等结社种梅处也，今已鞠为榛莽，山人乐之。每值愁病交攻，徜徉其中，廓然若失。故非远游，辄与此山伍，晨夕一卷，甚自得也。

聚徒讲学之余,征引古籍,作《原生篇》以发明人道,佐以三《解惑论》,为学本末,略具于此。既隐于花,遂说以号于人。或曰:"世之所争趋者,名于朝、利于市,子何郁郁久居此也?"则笑而谢之。或又曰:"子信以花自乐乎?曷益莳众卉,使与名称?"则又笑谢之。暇则缵述古书及先世所遗者,旁及医药、卜筮、种树、养生,凡十余种。人疑其博而寡要,则曰:"余无善及人,此人生日用所必有,往往为术者误,故略为条正以质其疑,而观其通。"隐者之所为,固如是也。

晚乃一意于经子,病笺疏之纠纷,圣人之微言大义浸以失其真也。诸儒之言立体也本,以达用或不知用而并遗其体,乃稍撰述秦汉以上书,兼采宋明以来儒先之学说足以羽翼斯道者,既而废然曰:"以身教者从,以言教者讼。"返而息心冥坐。邵尧夫先生所谓"数点梅花天地心"者,恍若遇之,益觉前此之纰缪,从而引绳焉。

山人少慧,以病故遂善忘。弱岁梦一道者,授以丹篆,携入一室,饮以物,清冽芳美,略似花露,遂能于静坐卧寝知未来事。其所为文,凡数万言,诗数百篇,皆随手肆应,不自贵惜也。读书五十年,居花山者将十年。每当阳月之杪,南枝先放,则举酒相属,谓此吾所从生也,辄孜孜以喜,后不知所终云。

野史氏曰:梅得气之先,其花五出,天地之中数也。然芳馥而不污,洁清而不媚,故不周于用,山人慕之。虽学务博综,而能见诸施行者盖鲜,或于乡里偶一为之,少不合辄拂然以去,岂如庄生所云"以无用,为大用"欤?抑其身之察察,不能受物之汶汶欤?

卷五　寿言挽词

狄桂舟先生寿言

吾邑立城最晚，而一切公共事业，不后于他处者，以朱、罗诸先哲之振作于前，刘、吴两守令之赓续于后。而邑之二三父老，亦能左右其间。故自乾、嘉以迄咸、同，百废具举，有创建城乡各公学者焉，有鸠集乡会试宾兴及鹤鸣、宗文两书院田亩者焉，以及崇圣、旌忠、济贫、养老，莫不各有其具，而在事诸公，亦太半躬登寿考，洵乎功名事业之与福泽相副也。

今岁九月某日，为今候补省会议员桂舟先生览揆之辰。知先生者，将相率称庆于其家，辞不果。时会稽道尹黄涵之先生方实行民国褒扬条例，凡年在八十以上、生平能提倡公益事宜者，札县调查，同时被旌者数人，而先生尤以倡捐多金，当得特别奖励。乡里闻而益荣之，谋酿金以寿者不一地。先生却之不能也，则买舟来城征文于所能者，吾师叶孝廉松斋既序之，又访余于馆次曰："吾今年八十矣，戚里争寿，余子能文余乎？"余曰："文之奈何？"先生曰："亦言吾所欲言而已。自惟壮岁以来，与明经金鸣九辈奔走从公，如水利、闸工及团防、志书各局，动用金钱数万、役工数千而始以成。次如修城、浚河、平粜、赈灾，亦屡縻巨金，他若委建松门骚潮沙路及大桥一座，公砌泽国石路数十里，虽亦募捐大姓，至不得已，往往取怀而予，今皆得列表详报。夙所置之无何有者，一旦震襮于当道，可无俟为文者之觇缕也。吾之差可以告人者，师事而已。吾家初仅中人，弟及兄子皆治儒业，吾父以不能容冗食，年甫弱冠，命徙而耕者数岁矣，顾此心恒恋恋。暇辄挑灯展卷，及陈师莘农馆比舍，每挟册私相问，师以为贤，言之父，始得复业。吾之不弃于士林，师实玉之成也，故所以事之者惟恐不至。师游学杭垣，负笈以从，膏奖所入，倾囊与共，吾之学以成，而师亦以有田宅赀。疾则侍之以归，医药之间，衣不解带，至终其身而后已。"

余闻而义之，恨生也晚。先生壮年所施之乡邑者，不能究知其详。比余司中学教事，则先生已周甲，尚能锐意兴学，充劝学所董事凡五年。知县彭循尧、提学袁嘉谷交相嘉许，既改设横湖官学为中学矣，又增设东城蒙学，改宗文义塾为高等小学。每大期会，官绅咸集，先生至则一座为之动容，意以为是则是之，意以为非则非之，不少喔咿。故虽宰是邑者，亦引重焉。盖其戆直之性有过人者，余见而益壮之。邑之有宾兴及鹤鸣膏火田亩也，以经理失人，颇形废弛。先生则与赵绅云崧、郭绅襟江，出而整顿之，数年之间颇有余羡。余长鹤鸣高小校时，以两廊斋舍湫隘，就倾力谋改作，先生及各董亦慨然诺，遂得藉手以成楼房十楹。亦可见先生热心公益之一斑，文以寿之，又乌能已？

独念吾邑近岁以来，群治不举，回视十数年前，已不可及。推而益上，至于乾、嘉以后，咸、同以前，其所建树之重大，至今已若景星庆云。以先生之提倡公益而获旌，则人务自营者，当知所劝；以先生之输金于公而获寿，则假公济私者，当知所惧。况能廑在三如一之义，而少年浮薄背本忘师者，当知所法而惩焉。故以闻见于先生者，书之以侑一觞。先生能诗文，尤工于书，复业数年游庠，补增旋得选用训导。其他行谊，叶序已详，兹不赘。

寿月洲林先生七十开一序

今将建设亿万年庄严之中国，恃有普通之国民，尤恃有稳健之公民。公民者，国家之所寄托而地方之表率也。稳则辨若讷、智若愚，民之选任也无所疑；健则守之固、赴之捷，所以董率斯民、爱养斯民者靡所不力，庶一般人民咸受其赐。而为公民者，亦躬被其休嘉，盖人己兼利之道，而寿身寿世，所由一致也。

我国自民军起义以来，秩序粗复，萌蘖横生，地方自治机关尤为重要。月洲先生以老成硕望，连任为城区总董，遵办地方选举凡三度。就本区自治会附设施医局，医药之费半由先生伙助。其他所执行者，亦复不为苟难，不殖私利，于稳健之道，养之有素矣。

先生为故义乌县学教谕漱六先生子，出后其伯父朝议大夫香谱先生。自幼循循于人道，洪杨兵烽及邑境，先生奉所后母王太淑人及诸姑避地海墺，颠沛流离，事养未尝少缺。初，漱六先生尝与诸从昆弟筹建小宗祠于邑鹤渚门外，因难不果。乱事敉平，先生力承先志，督促宗人集款鸠工，期于成而后已，高曾而下皆有栖神之所。先生之黾勉于家族者已如此。

林故邑右族，自□□先生以来，世有名德，且饶于财。故吾邑公善各举，恒赖以成立。鹤岑先生者，先生之叔父也。湘潭吴令宰太时，以县署漱隘，校士无馆不足以壮观瞻，锐意兴修,以鹤岑先生董其事,而命先生为之贰,不惮险远,浮海购材,成广厦数百楹,基构为六邑冠。先生以是得名,地方艰巨事,必公推先生,先生亦怡然受。水旱为灾,仰食他省,先生则躬运米苏、常者凡两次。光绪十五年,西山蛟水陡发,冲城溃堤,民有沉灶产蛙之虑。郡守某公筹款建筑,遴先生董其事,数月而竣,至今人利赖之。由是平粜、团防、巡警各要政,先生莫不以身先。又以风气初开,童蒙艰于求学,倡办东西城小学二所,以为提倡。先生之致力于地方又如此。于是人民翕然交口诵,先生则好为让善,无稍自矜。待人一意谦逊,虽贩夫小竖,无不假以辞色。座客常满,必亲涤杯铛以进,以是与金鸣九、蒋偶山、郑笃生诸前辈,并董邑治者数十年,未尝稍有龃龉。日由由与人偕,贤者无所议其失能者,无所忌其颛。其健也,如乾之九三,惕厉而无间,其健而稳也,又如同人之六二,顺应而无方。

余读老庄家言,枢以运而不坏,舌以柔而常存,岂外是哉!前岁南北统一数日,适为先生七十初度,茳等将相率跻堂介寿,而先生以时局仓皇,坚不肯切。今则正式总统既已选出,变事就平,先生亦夔铄胜前,捧觞称庆,此其时也。

先生以前清甲午由光禄寺署正加级得朝议大夫,因以貤赠其亲。配范淑人、柯淑人皆贤,继配李淑人,逮事王太淑人,与范淑人俱以孝谨闻。子四人,长殿辉,国学生,出范淑人。次震遹,次翼遇,均邑庠生,次聘逯,游学东瀛早稻田大学,以理化专科毕业,俱出李淑人。淑人性整洁而勤于操家,衣食日用必躬自料量,浣濯缝纫日有常度,尤惠于待物,望之蔼然。其相先生以膺遐福而受多祉,亦固其所。今已有孙男十人、孙女六人,曾孙男三人,一堂四代,近世希逢。盖由先生以稳健之精神，为地方筹公益，为社会祈治安，晏然享无事之福，民亦熙然免非事之扰。

昔卫武公耄犹进德，其利国福民者，当更有加。方欲取南山天保之义，与先生相期于靡尽焉。余墨犹润，爰侑以歌。歌曰：

> 共和肇造，硕肤喜起。天锡纯嘏，为邑巨子。甲子云周，周乃复始。俾尔寿考，俾尔昌炽。君子偕老，退不岂弟。一歌未已，再歌用谱。衣冠济楚，子子孙孙。鞠䠾舞蹈，房室生温。奏新军乐，祝古阳春。愿百岁而难老兮，睹烂漫之天真。

寿庭林先生七秩华诞纪念

今岁古历十月之二十七日，为邑茂材寿庭先生七十诞辰。长君文伯时长江苏高等法院，先期假归，称觞里第。辽之北，蓟之东，大江之左右，莫不闻风庆祝，鸿篇巨制络绎而至，蔚为大观。亲故见而羡之，就谂于余曰："生日称庆，古虽无征，明代已盛行南省，故归震川、姚惜抱诸前辈[一]，明知之而不能尽却者。以寿居五福之先，而因时祝嘏，亦人子孝思所由展也。吾辈辱与文伯游，亲炙先生之光仪，安可无言以襄盛举？"余既唯唯，而以艰于措辞，为握管踌躇者久之，则有作而曰："请言其家世可乎？"

"中园林氏，固右族也，清嘉、道间，富盛倾一邑。以急公好义，旌者数人。先生祖漱六公以明经秉铎义乌、象山，劬于课士，士仰若泰斗。功德在人者，子孙宜食其报，先生之跻修龄、膺多祉，或此之由。况子能致身通显者，必归功于其父。吾邑光复以来，法律人材济济称盛，而推论资望，必于文伯首屈一指。且能率属以俭，持法以平，安在非先生之教使然？天引其年，以收膝前之禄养，亦理所时有也。"

余闻而色喜曰："是足以寿先生矣。"昌黎氏所云"美而彰，盛而传"者，胥在是矣。虽然，犹有进，夫人能长生久视者，在德业之相承，尤在形神之相得。故老庄家言，类以任达为教，乃能役物而不物役。先生秉心冲淡，读书游黉以来，中更兵燹，家境骤变。子嗣六人次第长，食指之繁，未尝有所戚戚也。文伯甫入邑庠，而科举已议停止，则令游学首善，讲求世要，时局之殊，未尝有所汲汲也。暇日一编，有陶潜不求尽解之意；游踪远届，有子猷乘兴而往之情。是以形以神守，神以道全，外来之穷通得丧，举不足以撄之。

方文伯卒业京师大学法科，出为浙军都督府编纂员，旋代局长，人喜其学之有用也。而先生置为偶然。及迁金华、南昌地方审判厅长，京师、江西、江苏高等审判厅庭长，东省特别区域高等审判厅检察处主任兼监所监督，人又喜其用不违学也，而先生视若适然。今则荐升江苏高等法院庭长六七年于兹矣，弟叔文亦供职检察处，人更喜其处冲繁之地，居清要之官，专而且久也，而先生亦处之固然，每日处分家政毕，屏居一室，夷然旷然，不喜闻人是非事。有赴诉者，则以一言解其纷，贫困者周之，无吝容亦无德色。性嗜茶，客至必手治杯铛，相与杂坐，快谈乡里见闻及瓯沪阊门风景，笑容可掬，揆之《道德》《南华》所云，与先生皆有无心之契，致寿之道，于是乎在。方今南北大定，岁晚务闲，文伯亦以秋审告终，将行弛刑布德，顺时休养斯民，先以一樽博堂上之欢，亦固其所于斯时也。姻戚沓来，笙鼓和奏，子若妇奉盘匜洁肴馔，率孙男女十余辈〔一〕，先后捧觞上寿。众宾就席，分曹行令，拇战声喧于堂，先生顾而乐之，亦引觥大醨，此文伯兄弟所谓慰情万一者，亦吾曹所侈为美谈者也。先生行年七十，而视听不衰，循是以往，先生之心日泰，文伯君之养日隆，其为寿亦何可量耶！故撮举亲故称寿之言，及先生所以致寿者，以侑一觞，期颐之祝，请俟诸异日。

校勘记

〔一〕辈，底本作"辈"，据文意改。

瑞庭赵先生八秩大庆纪念

玉环诸山，为仙灵所窟宅。居是邦者，故多繁祉老寿。征之郡邑志书，登百岁者尚不乏人，其他杖国杖朝为余所目见者，亦以十数。若我瑞庭赵先生者，尤以德业性情彪炳一世，盖如祥麟威凤，不能数数觏也。

先生世居楚镇之外塘，生七龄而失怙，鞠于母□太孺人。以长以教，遂以起辰名，游庠食饩，比贡京师，光绪辛卯岁也。祖父以上潜德幽光，至先生而始显。然性刚直，意所不屑者，不能降心抑志以徇时俗，故为官吏所不喜，而先生不顾也。惟邑有公义事，则未尝不以身先。耿孝廉锦堂、叶拔萃瑜卿、戴明经尧仁诸先生，无不乐与之偕，至大疑难恒取决焉。以先生胆智加人，虽劳怨而不避，故江以北义仓、团练、赈荒诸要政，靡不俟以举者。

楚门玉海学校，先生所倡建也。当创办中学时，余尝同执教鞭，课暇从二三父老游，得识先生，时年已六十余矣。沉默寡言，言则必当乎理。其严正之气，令人一见而知。假归，道

117

出清港，商货阗咽，蔚为市会。有桥曰玉升，亦先生所重修。余方谓其工大费巨，非一人之力所能胜，地人则指桥以西楼店数十楹曰："此先生贷款创设，以所岁入税积而营治者。"余闻而舌咋者久之。其人又曰："不但此也，夹桥涂田若干亩，亦以先生议公拓而为斯桥善后之用，一举而田赋增，商业亦盛，交通之便，自不待言。"由是始知先生之才，具有超越寻常万万者。故与先生虽久不相值，未尝不遥想其为人。越十余年，以知事江公恢阅聘编修志书，渡江抵玉环治所，以时搜讨故迹，访求碑碣，则董修文庙、城垣及督造楚门城隍庙，兴修南北堤塘陡闸，莫不有先生名。往往其事愈难，所以任先生者愈重。一介儒士屏居乡里，所可告人者，如是之多，使进而膺百里之封，绾半通之绶，渠所成就更何如也！

中岁后以时事日非，隐居廛市，以教督其子弟，其于利也不争人之所趋，而常取人之所弃，货之滞者，商旅之困而思归者，走以相告，即漫然受之。其居心之宽厚，类如此。国变骤兴，绝口不谈时政，观其更名，思故知旧君旧国之感，诚有固结于中而不能解者，晚遂自号"真愚老人"。昔宁武子邦有道则智，邦无道则愚，以智为愚，故孔子谓其愚不可及，先生岂有慕于此欤？

今岁八月，为先生八秩初度，视听未衰，孙曾绕膝，一堂四代，乡里荣之。二三戚友将谋举觞称庆，征文于余，先生虽固辞不得也。余知先生久，前数岁，纂修家乘，邮书访问，先生详列谱行，始知远祖同出汴宋，则奚翅同氏族矣。楚门，旧太平地，后虽割隶玉环，抑亦同一乡里，辞以侑觞，又乌能已？故叙述闻见如此。

夫以先生德业之宏，性情之正，皆有得寿之道，大耋期颐

真可预券。而余之推重于先生者,则在善用其愚,青鞋布袜,逍遥万丈塘边,非徒环山之人瑞,抑亦胜国之耆英也已!故辞以祝之曰:

> 玉海堂前秋月明,玉升桥边秋水清。提壶挈榼纷然至,争为愚老庆生庚。老人闻之髯张戟,今日河山非畴昔。黍离麦秀有同情,胡以宴乐而永日。左姻右戚翩然来,秃奴催趱盛筵开。读书尚记引年典,簪笔愧乏惇史才。为劝老人毋固让,士民歌功由少壮。不谈时事但饮醇,后有中散前汉相。且看衣莱撰杖人,鞠躬登堂隆孝养。

锦堂耿先生暨德配叶淑人七旬双庆序

今上御极之三年,律吕转春,万汇酿和,百昌腾茂。茌方拟椒花之颂,书蘱叶之铭。丘君笏廷走书征文,将为锦堂耿先生寿,读竟作而曰:"於呼噫嘻!熊经鸟申,哲人所以得仙也;采芝饵术,修士所以引年也。然而益昆仑者,或泄之沃燋之泉;讲摄生者,或中道而厌衰。颛黄之世,上寿百二十岁。峣峣舜舜,迟迟百年,溯而上之寿且无算,则又不事吐纳,不矜炉冶,由由然膺多福飨遐龄。由斯以谈,虽曰人事,岂非天命哉?"

先生少服儒业,长缵武功,自乙亥恩科右榜举人归标得五品,劳绩数载,归与二三君子讲求乡治。宰是邦者,深委任焉。十千维耦,守望相助,团防举矣;市有质剂,关讯不征,巡警设矣;计里量功,崇墉仡仡,城郭完矣;如坻如京,大庾有积,鼓腹而歌，民遍尔德，仓储裕而廪给均矣；上栋下宇，俎豆莘莘，翚飞鸟革，事人及神，庙祀修而廨舍治矣。眷言桑梓，孜孜矻矻，摈广成之术而不贵，薄淮南之书而不观，历载十余，虽被巨创，不少却顾。官吏用慰，民用静谧。先生亦用是淬精励神，而不知老之将至也，今者年已七十矣。

德配叶淑人，生同庚，子男三人，孙男二人，曾孙男五人。一堂四世，家室雍然。仲君□□、哲孙禹廷，皆以第一人游庠。四美具，二难并，乃介景福，乃祝纯嘏，南山君子，膺万年之休；天保诗人，晋九如之颂。猗欤休哉！遇何隆也。

方其投班超之笔，请终军之缨，挽颜高六钧之弓，发养叔千石之弩，驰骋长林丰草间，取青紫如拾芥，其壮也何如！从此攀龙鳞，附凤翼，角九能之技，膺三县之封，直指顾间尔！辍而不事，致功里鄌，于以比寿乔松，希踪张赵，与彼言养生者絜长较短，比德量功，孰得孰失，必有能知之者。故夫耽佚豫者忘孟晋，其精夺也；玩细娱者失要领，其神偷也。惟先生日循循乎人道，全天命于自然，忘欢而后乐，得遗生而后身全。斯盖莫之为而为，莫之致而致也。维范有之、有猷、有为、有守，则锡之，福身其康强，子孙其逢吉，先生以之，其在《诗》曰："为此春酒，以介眉寿。"笏廷诸君以之。茌苒许忘年，凤瞻丰采，奋笔鼓以，与宠光而扬休美，此其时也。羽觞再巡，大乐竞作，翻宜春之颂，为祝釐之歌。歌曰：

筼冈春早绮筵张。钧天广乐飘霓裳。醍醐一酌三千觞。木公金母饮琼浆。彩衣斑斓芹藻香。文子文孙双翱翔。愿乞朝阳晞鬓霜。圣君宪典来上庠。尚父垂纶开鹰扬。甲子一周醉一场。鹿苹再赓乐未央。

正歌有阕，士女舞蹈，捧觞跻堂而和之曰：

昔公治乡兮忧且劳。今公杖乡兮歌且陶。焚社陈陈开越醪。祝公福公寿于无量兮，如松之茂竹之苞。

寿林君灼亭五十

君余同学友也，姓林氏，号灼亭，世居邑东之萧村。村大山宫小山，夷其中，土旷而民勤，故居者皆有衣食业。君之先世，亦以树艺起家。尊翁□□公，年望耄，犹躬操作，以督课其家人，以是富甲一村。子五人，而君序最长。娶阮氏，有贤名。子二人，孙男□人。

君年甫逾冠，以凤栖名游庠。光绪□□岁，梁师箴朋主鹤鸣，余从焉，君亦挈其子子英来，才十岁，已崭然见头角。余喜君伉爽，课暇恒相聚作竟夕谈，以是得知其为人。此后不相见者七八年，或就乡人问讯，则竞以轻财称，云视阿堵若傥来物，心窃疑之。后余馆渭川黄氏，则子英来从，年未及冠，文思敏颖，已如咫角骏驹，轶尘而奔矣。逾年亦以乃宅名游庠，乡人荣之。君则每自引谦，不以是为足也。不数岁，朝廷废科举，明诏立学造士，时子英弟笃栽亦成长，君辄分遣游学四方。子英旋调入陆军大学，笃栽亦入□□□□学堂，毕业有期矣。

君居家，日以事亲友弟为事，性疏于财，而自奉甚啬。人有求，罔勿应。以村居不便宾从，列廛于近居之凤山镇，借市为隐，以恣谈宴应酬之乐，虽折阅，不顾也。亲故之贫乏者，必加温恤，计其日用及两嗣君游学赀，岁恒千余金，人所靳不予者，君慨然出之，此君之所以得挥霍名也。今岁秋仲，邑人为议员设祖饯,君亦来,晤余于邑中学,敦朴如其初,问其年,则已五十有二,形气充实,与前同学时无大异。时君方修本宗谱,束脩薪水皆君任之,宗人方交口誉,请为文以寿,君让未遑。与余谈树果利,而以梨为最寿,谓培植得宜,可二百年。嘻!木犹如此,人亦宜然。

士生今世,不能斡旋六合,经纬万汇。但当屏居林壑,收天地自然利,以事其亲,以教其子弟。衣食才足,辄出其余,以酬酢朋辈,矜恤鳏寡,君得之,此君所以寿,余之所以寿君也。忆曩岁登君门,屋舍修整,桑竹蔽翳,傍山夹溪,多种楂柚榛栗,而梨为最多,以此为岁入大宗。时日向晚,尊翁荷锄至,白须飘然,声如洪钟。兄弟候门,子妇拥篲,仿佛桃源中人。今不见者将十年,闻犹健,是则寿其身以寿其子孙者,皆翁精神福泽之相副,君之席其余裕,得以无累于心者,非偶然也。

《诗》曰:"惟土物爱,厥心臧。"君之尊人以之,《礼》曰:"积而能散,安之而能迁。"君以之,方将与君之子孙共勉之。

襄臣陈先生暨配李夫人六十寿征文启

今岁为民国纪元第一甲子,邦巩灵长之基,天启日新之运。陈君特民既连任为省自治议员,将赴会,以其尊甫襄臣先生及母李夫人并届六十,谋之亲故,欲以某月某日称觞里第,同人欢然,辞以侑觞。先生闻之则曰:"汝身充议职,吾浙频岁告灾纷然,邑民尤甚,方拯溺救饥之不暇,何寿为?汝其与图所以安全吾浙者,吾斯慰矣。"君既不获命,越日更端以进曰:"男自频岁往来杭沪,交游颇多,若以二亲命请文于大人先生,当有应者。归而写以乌丝,笼以碧纱,春秋佳日,悬之厅事,俾吾儿侄辈，朝夕循课，藉以稍知家世，亦幸事也。"先生雅好文史，触其嗜痂，沉吟良久，不觉首肯。君则孜孜以喜，同人亦为之大快，因述所闻于君并得之乡里者，以为先生得寿之征焉。

先生世居邑北城坊，曾祖讳熙，以勤俭致富实，祖讳寿祺，硕德耆年，见推于乡里。尝董建邑义仓、校士馆、育婴堂、太平亭，事成镌碑纪名，皆居前列。先生自幼孤露，鞠于王祖父母，读书家塾，聪慧绝伦，下笔文采斐然，未冠已为学宫弟子员。已而寿祺公弃养，既鲜伯叔兄弟，遗产颇饶，觊觎者众，艰巨遂丛集于一身。先生兢兢业业，不敢失坠，见者推为克家令子。清光绪壬寅岁试，以第一人食饩，旋奉调考优，因病不果。

家居事其祖母叶太恭人、继叔母金恭人，曲尽其职。两恭人雅爱怜之，虽少不豫，不忍其嫛婗，久侍辄麾之去。先生重违其命，屏立户外，不敢归寝。祖母既终养，事继叔母者益至，每有疾痛，必先形之梦寐。

性喜宾客，座上常满，有孟公投辖之风，而吹嘘寒士尤力，阴资以膏火者不一而足。邑名宿李季修赠一联曰："常将青眼看寒士，惯把黄金买古书。"盖实录也。家富藏籍，故以"枕经"名其阁。阁中所庋凡数万卷，全浙府、厅、州、县志书仅阙其六，视浙江藏书楼及通志局所征集者犹过之，而于台人著述尤为措意，其失传者征求不遗余力，如宋黄岩葛承元之《东山诗选》、仙居陈仁玉之《菌谱》、天台潘音之《读书录存遗》，元黄岩林昉之《田间书》、潘伯修之《江槛集》及近人名作散佚于身后者，如黄今樵之《今樵诗存》、黄岩李山渔之《补萝书屋诗钞》，皆为付之梨枣，参订编录，寒暑不辍。字体稍讹，必毁板重刊，成后各行分赠，每种计数百十部，至今劬劬不已。尝谓稍有暇暑，即当陆续编印，俾先哲虹光剑气，长在人间。至以藏本借人助刊者,如《久庵文选》《绿天亭集》等,亦不下十数种。其心乎桑梓文献可谓深且挚矣。

先生隆准广颡,骨相瑰奇,足下有文如龟,相人者谓宜享盛名,故遇事无所摧挫,先生名,妇孺无不知者。且生具异禀,往往对客倾谈,手不辍书。或持筹握算,童仆纷来启事,先生肆应多方,五官并用,其精神有过人者。

平时才大心细,熟谙地方利病。邑有大疑难事,得先生一言,靡不立解。历办工艺局、习艺所、团防、义仓、中学校、乡自治暨重修文庙诸要政,实心将事,成绩昭然。善隐人恶,有亲邻干没其友金者,反以诬其仆役,先生诇得其实,出金偿之,并善为弥缝。其不毁坏人廉耻,类如此。然见义勇为,不畏强御。光绪季年,太平营参将杨某纵兵虐民,邀名纳赂,舆情愤激。先生投袂而起,偕士子列词上诉,卒达天听,褫其职而后已。由是远近无不知先生之能,义侠之声倾一时。宣统初年,省垣设立咨议局,先生与金浣秋辈四人当选为议员,群称一邑人才之盛。在职侃侃,多所建树。尤其难者,每逢荒歉人民愁苦,先生必终夜徬徨,亟电交驰,为民请命,积牍多至盈寸。九次开仓平粜,亏产达十余万圆,楚子文毁家纾难,庶几近之。

民国甲寅,监狱系囚过多,瘟疫大作,染毙累累。先生请之邑令,躬自斥赀,修备狱室四间,俾得分移医治,全活甚多。又以闾巷小民,生计穷蹙,每以举债或质物度日,本轻息重,剜肉补疮、辗转坐困者,比比皆是。先生特仿因利局办法贷款,贫民自一圆至五圆不等,每日交收五十文至二百文不等,交毕得再行告贷,不取分毫利益,小本贸易,得以获其余剩养身赡家。惟烟赌游民,则拒勿与,一时欢声载道。先生方以限于赀本,不能遍及为憾。此外如月给鳏寡孤独钱米,病者给以医药,死者给以棺殓,不一而足。

近以时事日非,人心不古,隐居不出,寄情花木,性尤爱菊,篱边阶下,异种骈罗,每值重阳,烂若云锦。先生则折束招致文人,赋诗饮酒以为乐。或课孙辈读书其间,坐而听之,不问世事,其志趣之高尚又有可言者。

夫人李氏,黄岩清道光辛巳举人宗室教习山渔公女孙,同治庚午举人子笃公长女。生长名门,幼娴诗礼。归先生为继室,瑟琴静好,白首无违言。以先生之能,事其祖姑及继叔姑也委宛备至,益务顺谨,问安视膳,悦色怡声。祖姑衰年患风痹,起卧必躬扶掖者近十年,不假婢妪,药饵非手调不敢进。后之事继叔姑亦然,若恐不当先生意者。由是先生好客,则勤修中馈礼遇,以成其志;先生好施与,则取求无吝色,且能补其不及。故先生之誉得夫人而益彰。先生体素羸,中岁染疾几殆,夫人侍奉医药,衣不解带数月。因慕古人刲股愈疴之义,纯诚格天,其日时方昧爽,夫人止觅刃不得,室外忽闻呼卖剪声,急出购其一,密祷之天,剪右臂肉二寸许,投汤药中煎奉。先生饮之,但觉异香满室,病日霍然,心颇异之。后至夏月衣单,偶按创痕,裂血沾袖殷然,询得其故,相持而泣,左右皆为感泣。夫人之盛德高谊始有知者。

又以外家中落,父母久厝,乃亲育蚕数十箔,得赀积数百圆,始召集其兄弟子侄,刻期举丧成礼,不动用夫家分文。见者啧啧称道,赞先生规画内政,井井有条。吉凶婚嫁,经其参酌,动合时俗之宜,姻族至取为法式。尤能推恩族党,赖以举火者数十口。其于贫寒子弟抚之教之,复为之择职业、成室家,则不惟为先生之贤内助,抑亦可谓知大义者矣。

生平笃信《感应篇》,每夕必焚香默诵数过,书中所言,且能心体力行。初寿祺公殁时，门祚衰薄，故先生以嫡长兼为叔庆煇公后，势甚岌岌，自得夫人，连举丈夫子六人。长衙，清国学生；次卫，即特民，清优附生，民国授七等嘉禾章，连任本省第二届、第三届省议员；次衔，毕业全浙监狱专门学校，现任本邑自治委员；次衢，本邑高等小学毕业；次衙，本省安定中学毕业，现肄业上海南方大学。次衙，毕业本省青年会。孙男五人，长奕华，次奕带，均幼读，次奕莘、奕芊、奕釜，方在襁褓。女子五人，女孙六人，一门鼎盛，先生为之大慰。今又夫妻并登周甲，家庭乐事，诚人世所不数数觏。衣莱舞彩，娱此二老，宜君之不能以已也。

　　先生诗文清隽，著有《复生诗文草》，前五十四诞日自述一律，两浙诗人和者数百，已成卷帙。又手辑《风雅遗闻续编》二卷、《赤城论谏录》八卷、《筼窗补遗》一卷，名山著述，来日方长，其为功于先哲者，自当躬收其效。况考诸书传，"甲"像草木出地之象，"子"者，孳也，皆有日进不已之义。故自太古以来，言推步者莫不以此为历元，绛县老人之自秘其年，亦数以甲子。先生德积于身，福贻于后，尤非绛老之比，彼以日计而不足者，此且岁计而有余，其为寿亦何可量。谨瞻其家世，略为诠次贡之当世。倘蒙大雅鸿达，锡以简章，宏兹嘉庆，陈君固将踊跃欢愉，呜感大惠，亦同人之盛愿也。谨启。

石斋王翁七秩晋四大庆序

　　三代之所以教民者，养老而已。故夏后氏以燕，殷人以飨，周人以食，以王者而降尊于黎庶，为之袒而割牲，执酱而馈，执爵而酳，编户之家，有不闻风兴起者，鲜矣。世衰道微，人子事亲之礼缺如,父母诞日乃始征文当世,以相夸耀,为之文者亦复盛称其田宅贵游,而于性行之微,家人、父子之乐,反置不讲,岂有道者所忍出乎?

今岁夏正七月四日,为石斋王翁览揆之辰,时翁年七十有四矣。嗣君秩东将率家人捧觞上寿。因梁君逸夫请余文以乐之,顾以不获翁命,亲知者为之从容再请,逾月乃始首肯,君用大快,袖翁六十有四寿文以至,则翁同廪贡生诗藏裴氏之手笔也。余受而读之,于翁性行家世,言之綦详,而尤以真实无妄见推。余曰:"谅哉斯言,此天地长久之道,翁之以是致寿宜也。"然裴氏此文,成于辛亥,迄今已十阅寒暑。天道五年一小变,十年一大变,耳目见闻之间,往往人事翻覆,大非其旧,或如昌黎《圬者传》所云。而翁于其间,乃田畴加广,堂室加崇,而耳目齿发之聪明强固,亦无大改于前,岂其收效于真实无妄者,固如是之远且大哉?前序称秩东有子三人,长者甫婚,今其次亦有室,长者且生子矣,是翁已得曾孙,一堂四代,见者亦稀。

方翁之自幼失怙,鞠于节母叶太孺人也,块然褓襁,岂复知有今日。乃率其勤俭之教,家以日起,子若孙又能并率其教,犹翁之于母,故家虽小康,而子弟无汰侈之习;居虽近市,而门内无嚣张之气。诸孙长能服田,少者能读,兄弟怡怡,子妇翼翼。翁日逍遥庭户间,闻机声、书声、儿女声,则哑然以笑。秩东又于岁时伏腊,娱以斗酒,乐可知矣。况以真实无妄之道施之于人,有余以分,己诺不敢负,循斯以往,翁之为寿将胡可量?

古者养国老于上庠,养庶老于下庠,率以九十为断,其未九十者,则乡大夫宾之,而乡里之人,又于春秋社日,酿钱合脯以迓田祖而娱高年，自蜡宾不行乡里，乃私相寿，自二社之酒废，乃始以诞日为期，俗之迁流，盖如此耳。或乃以称寿为非古，曷知古以诗，今以文；古于乡于社，今于国，固事异而理同哉。余与秩东君有儿女之好，言之近私，故绎裴氏真实无妄之说，以为翁祝，而以养老之义，勖其家人。其称觞也，以八月于秋社为近，因并及之。翁如不以后辈见斥，其欔然为晋一觞乎！

颂曰：

> 鹊桥乍填，瓜果未筵。汾阳寿考，翁得其先。家人洗腆，里郿欢然。子复生孙，孙已生子。奉尔盘匜，撰尔杖屦。毋曰古稀，为乐未已。翁乃执谦，金粟早香。仲秋既望，蟠宴始张。右戚左姻，拜蹈称觞。大庖盈盈，社酒陈陈。霓裳新曲，明月前身。以歌以咏，介尔百龄。

中兴悦岭庵珍道禅师五十初度暨正殿落成纪念

浮屠氏之教，亘数千年以至于今。时兴时衰，转微转盛者，曷恃乎？恃有精修梵行者，自觉觉他，以推衍其道，亦恃有兴寺宇、盖塔院者，相与扶植其徒，俾绵延于勿替。故非内行外功，两两各足，则彼教将无以自立，人亦莫从崇信而尊奉之矣。若余所闻珍道禅师者，洵释氏之传人，沙门之肖子也。

师为楚门之庙湾人，自幼具上善知识，不茹荤酒，日孜孜于人道。年甫十六，特发宏誓大愿，披薙入山。自是严持戒律，岁月不懈。识者谓其生有凤根，故能魔障一空，精进不已。然终以幽居乡曲，见闻浅薄，无以遂其志事，于是寻师海外，登佛顶山听经闻法。旋得某方丈指示，智慧日益增进。归而习静禅关，日惟食粥二餐，六阅寒暑，道乃大通，知师者争造访焉。

悦岭庵者据前寺后寺之间，为普陀适中之地，负山面海，形势本佳。岁久倾摧，太半弃于榛莽。住持僧人有志兴修，皆以材力不逮，付之空言。会师修治护国寺成，即招为是庵总持。十余年间，凿山通道，积土养林，竹活花香，房深径曲，轩厂之中，至此更饶幽雅。然后鸠工庀材，大兴土木。近岁以来，计成正殿十有八楹，而规画前殿位置金刚者犹不在此数。佛屋僧寮，彼此毕具，丹青黝垩，望之焕然。以是十方善信，争来瞻仰，近而杭沪，远而赣鄂，以文字为投赠者，夥颐难数；尤见重于康南海，一时声誉风驰，游人云集，在家称弟子者几至数千，故不唾手而成恢复之功。呜呼，可谓盛矣！

惜余屏迹荒山，与师未谋面，不获躬见其美，然以其里人蔡、林诸君之言，知其成就之大，信仰之多，实有大过人者。当兹年力方锐，精进勇猛，异日登讲座，辟丛林，振起南宗，使一切众生同登彼岸，师之寿固毋待祝。独念今日战争愈剧，事佛者愈多，一二大师传经设醮，所至风靡，岂儒、墨沟通，康德、弥勒之书，兼爱、尚同之教，将并行于世欤？抑扰攘之余，务为清净，一张一弛，人情大抵然欤？以师之应时而出，奋迅无前，知与世道人心，必有深相维系者。故以还质之师者，祝师之寿并以观其后焉。

柯兰舟先生哀诔

丙辰之秋，邑副魁兰舟柯老先生捐馆去，门下士以其久于教育，相率就谂于余，请文以挽。余曰："尔夫子为邑伟人，其学之博、业之懋、行之成，搢绅先生能道之，诸君将奚择焉？"有作而应曰："此非小子所敢知也。小子所难已于怀者，以受夫子之作养者备，夫子之启迪小子也勤，欲表章一二以志教思于万一，此人所甚愿也。"余曰："是宜书，试言尔师之所以为教者。"

曰："吾夫子之从事教育垂三十年于兹矣。方其以补博士弟子，甫弱冠已开馆里门，从之游者翕然称盛。夫子量其材质而诱导之，辄如龙子点睛，破壁飞去。以是宰是邑者及膺教育主任者，无远无迩，意中莫不乐得夫子以为幸。比捷浙闱，闻望益显，其思培植后进者亦愈殷。溯自光绪甲午以来，靡不躬荷教育之责，计为鹤鸣书院山长者凡五年，监督横湖官学者一年，以邑中校教员进为总办兼任教育会会长者垂三年，倡办初级师范者又一年。旋以临邑周孝廉萍泂聘，历任三台中校教员者又四年。其为教也，折衷中外，祈不谬于时趋，而精神所注，道德文章，莫不以保存国粹为首重。然不强人以所难，有未至者，则温语霁容以导之，授受之际，第觉其蔼然可亲，肃然可敬，不知其入人之深，化人之速，何以若是之神也。方其掌教鹤鸣也，以八比试帖无裨实用，虽格于功令，必兼课以经义策论，以为去旧从新之本。旋以政体改革，已渐趋于科学教育，遂改书院为学堂，以为吾邑倡，而吾夫子之通达时务，遂为当世所共许。其监督邑中校兼长邑教育会也，以教育机关既具，事权统一，遂思积极进行提倡初高等者，不遗余力。自是学校加多，教科亦日见起色，夫子力也。其司教三台也，国文一科，笔则笔，削则削，夜以继日，不敢告劳。修身经学，则编为讲义，明白详赡，令人易知易行。其于诸生，若有一般爱情周浃其中，故特多美感。他如横湖官学及师范讲习所，在职期间虽为迫促,而实事求是,成效卓有可观。甚以学人一念之殷,倾囊而不恤,此当世所共闻,表章之者,当有在矣。"

余曰:"然诸君所言者,尔师之教,而自以为不能知者,尔师之所以教。余尝忝执教鞭,与尔夫子周旋数年,有以窥其微矣。尔夫子之居家也,能事其亲,太先生得其颐养,以躬跻修龄,与尔师叔佩秋先生雅笃友于,风雨对床,论者方之轼、辙,其道德之内籀,充然有余,以之陶成后学材智者,既各得其所,求中材亦不至望而生畏。从学极千数百人之多,莫不如坐春风、被时雨,谓为教育之伟人,不信然乎?今乃奄然舍诸生以去,停车问字者,既登堂而阒然。小子后生,亦无所考德而问业,宜诸君言之悲也。"诸生既首肯,遂诠次其言,并为之诔。

诔曰:

惟吾夫子,貌何腴兮心何虚?匪貌之腴,为德之符;匪心之虚,为德之居。皋比一座,来者于于。秉道之枢,树学之模。迪尔后起,守辙循涂。嗟予小子,舍此其安归?

金君雨梧挽序

今岁三月二十有四日,前花翎同知衔、补授松江府经历、保升知县金君雨梧以疾终于家,成丧有日矣。族里悼恸,征文以挽,梁君佑涵介其适侄嗣献所为状甚哀,而礼君之详,虽非余所得知,然以相识之久,颇有以得其为人。

按君讳某,号曰雨梧,邑水洋庄人,姓金氏,邑巨族也。高祖以下,封荣禄大夫者四世,姒皆封一品夫人。君力自拔于纨裤,少负大志,三试棘闱不售,心常悒悒,纳粟得官,非其志也。比分发江苏,在省筹办清乡,清理积案,上台雅相器重,已有松江府经历之命,部员因君以救护难民案保升知县,意图索贿,故稽延之,君不为动。时清廷锐意维新,君知非研究法律政治不足以为世用,遂弃官入江苏法政学校三年,以别科毕业。会苏抚陈公移节皖垣,以君能,将奏调同行,而鄂省革命事起,君遂束装归。抵家见吾邑匪徒乘机四起,举办团防,募兵百名。二三年间,计费巨万。以西乡土地之广袤,财力之饶富,宵小不敢觊觎,亦未尝以分文科派他庄,由是共服君之能而且公也。

君性伉直,不谈性命,与人交以诚。余之始识君也,时方游黉,第见其倜傥自喜,有以异于人耳。后虽时相值,一二语辄别去,无以观其深也。及君入都谒选,余亦以浙藩保送,至相与聚首京邸者月余,时君之昆季子弟先后来者毋虑七八人,皆奉君为进退。余喜金氏之多材也,因与篝灯论族治,君辄毅然任。故其后虽需次于外,族中公义各举,未尝不待君以成,君亦不惮往返而纲纪之,以是议立莘山义仓及大宗祠于河头洋,或聚族而谋之,或捐巨金以为之倡,而事以克集。

光绪季年,停科举,办学堂。君恐族子弟无进身阶,锐思兴学。以遴本邑及邻县通敏之士,赀遣东游,以求实验而广师资。其规画之远,类如此。未成而卒,论者惜之。君体素弱,去岁不戒于火,举宗荡然。今春复营新居,忧劳所积,势已顿惫。数月之间,剧而复瘥。顾君已自知不起,侨寓东岸李氏,时见余亦以为言,然于死生之际,不稍介于意念,以兄子嗣献贤而稍长,举家属焉。且曰:"生当乱世,惟宜闭户读书,屑屑于身外之浮荣,甚无谓也。我死唯求两家和睦而已。"卒年若干,子四人,长幹侯,次涤卿,次石轩,次士信,出后其伯父莲生。君生平俭于自奉,而于友朋之缓急,虽倾囊而不惜。方在苏省,有欲荐之赣者,君婉谢之。官归周旋乡里,邑宰之庭,曾不得有其足迹。其远势利而尚气谊,梁[一]君尝以为言。

慨自世衰俗薄,士之变易其守者,恒先后若出两人。君自游庠以至于今,垂三十年矣,所历得失荣悴,欣戚死生,境不一变而其偶然自好者,无所改于初。其致功于族,里人之称道者,亦无间于其后,金氏为有人矣。故摭其大端及余所闻见者,著之于篇,并以诔之,详为之传,以俟君子。

诔曰:

> 世家右族,得人以治。观古慨然,君起而继。一官盘错,藏尔利器。乡族称仁,子弟畏义。述兹梗概,公告后嗣。天斫其良,使未毕其志事。

校勘记

〔一〕梁,原误为"粱"。

林君子英哀辞

今岁夏正六月二十七日,陆军中校林君子英以疾终于家,距生光绪戊寅,年甫四十有五,乡里悼痛,征文以挽。君旧从余游,出处进退,有类乎知几之士。其卒也,不能终尽其天年,文以哀之,又乌能已?

君世居邑南乡萧村,庠士灼亭先生冢嗣也。生而聪颖,九龄随父读书邑城,头角崭然,随口应对,工妙绝伦,闻者奇之。稍长,师事其姑夫阮启人先生,才思浚发,下笔能文。比余馆渭川黄氏，君亦负笈偕来，言论丰采，横溢自喜，每有不可一世之概。逾岁游黉，年甫二十有二。志盛气锐，孜孜求进。会清廷停止科举，创办学堂，君方以巡检赴闽，局促一官，既不足以有为，遂返身求学，入杭州中学者三年。政变纷起，一时识时务者，皆趋重于兵略，君乃转入弁目学校。旋由本校保送入北洋陆军学校，学期试验，恒冠其曹，遂以步科毕业，奏补副军校派充八十一队陆军教练官兼掌文案。宣统三年，改充督练公所统计科课员、筹备科课员。武昌兵起，省垣震动。朱将军瑞、童师长宝埙，知君材武，足任大事，君亦久蜷局，思有以自效，遂出为第一镇司令部被服课长、军需官。南京克复，委充司令部军械官。已而浙军凯旋，改充陆军骑兵团军需正。民国元年，升任第六师军需处处长。帝制问题之发生也，云南蔡将军锷首先发难，君遂从吕督军公望、张师长载阳、王镇守使桂林及童师长以浙江应，事定叙勋，补授陆军中校，奖给四等文虎章。君自置身行阵，至此已将十载。一介书生，勉强支励，积劳伤中，已得痰喘疾。重以车驰骑突，饥饱失常，往往朝食暮吐，自知身不任职，即时引退，当事者留之而不得也。将羞为羸马恋栈耶，抑其志识之远大，不欲以军人终也。

盖自民邦新造，度支奇绌。君知救国之道，黑铁赤血之后，当盾以实业。既已赋闲，乃与二三同志创办华孚银行于省垣，被推为董事长者凡三年。以时投赀各公司，以图振兴商务，挽回中国之利权。昔者范蠡佐越既成，泛舟五湖，役财晦迹，君其犹此志欤？君早岁艰于嗣续，至此累举男子三人，灼亭先生为之大慰。不时留杭，会六十初度，军商各界相率酿金称庆，欢宴恒无虚日，君亦兴高采烈，每至灯红蚁绿，纸醉金迷，直视阿堵物为傥来。亲故之知君者，亦复取携自便，虽至千金,亦未尝责以署券,用是名动全浙,富商达官,争欲附为婚姻。呜呼,可谓豪矣!

君性慷慨,既拥厚赀,羞自封殖。乡里婚丧无以举,老孤废疾无以养者,必有所佽助。林氏固有宗祠,而祀产不足,君斥资充之。又议建小宗祠,创造之费,祭祀之需,皆首出多金,以为之备。萧村、凤山两关庙,岁久不修,君见之曰:"此古社庙之遗也。"饬治所须,君则任其大且巨者。尤好振拔后起,在军荐剡至省署科员者数人。其董银行也亦然,亲故子弟游学乏赀者,有所假贷必以应。虽至典质服用,亦不自言其困也。以是应酬日繁,宿疴复作,前二岁始归里养疴,男女室家,又劳心计疾,势已不可为矣。素好吟咏,军中常以卷轴自随,至此所嗜益专,稍瘥犹持李杜集,披吟不辍。去岁舆疾作雁荡游,过余棣花馆次,述旧作以相质证,一二好句酷摩盛唐。盖诗书之气,实有以浸灌之,是以进而知退,得而知丧,不至一往而不返也。君自游闽后,与余不相值者垂十余年。今一再见,犹不失书生面目。使天假之年,涵养加深,所就当更有可观,溘尔而逝,为可惜也。

君名竞雄,庠名乃宅,号曰子英。配郑氏,生子胜凡。侧室周氏,生子胜谟、胜猷,皆幼。

辞曰:

> 呜呼噫嘻!嗟我造邦,昀越十载。汉水再波,浙潮屡变。健儿纷纷,谁功谁罪。君乃乘时,从戎秉斾。勃然以兴,毅然以退。閟身廛市,鸱夷是羡。金穴未成,玉斗久碎。国步多艰,牺牲罔悔。我闻君丧,心境愦愦。丧予祝予,遗此老悖。时局苍黄,故宫蒿艾。悽怆河山,谁砍永奠。

叶子佩先生哀辞

岁在庚戌〔一〕二月之某日，邑庠士子佩先生以疾终，距生同治乙卯，年仅五十有六，闻者惜之。内弟林君敏叔介其哲嗣舟持状请文以挽。余于先生虽相见日浅，而长君尝从受业于邑鹤鸣高等小学，藉得知其家世，无以辞也。

先生姓叶氏，讳鲁珍，号曰子佩，为邑附贡生候选训导云芗公子。母戚太孺人，乡先辈鹤泉先生女孙也。兄弟四人，长璧园，次听石，次声友，先生序当其季。自幼龟颖，尤为父母所钟爱。云芗公尝建"二肯楼"延师以课诸子，先生昕夕其中，讽诵不辍，明经朱少丞馆其家，亟称之。后云芗公疾，侍之终日不少离。濒危之际，辄焚香告天，愿以身代。其事戚太孺人亦然。云芗公既捐馆，则移其事父者以事兄，虽居异室，食异爨，事必咨而后行。而于三兄声友为尤笃，盖其天性之厚有过人者。年未弱冠，下笔能文，自谓科名唾手可得，而所如不合，久乃受知于督学使者唐春卿，年已逾壮矣。三赴秋闱皆报罢，会朝政改革，先生遂绝意进取，日以种花为事，傍舍为园者二，遇有佳种，多方罗致，终日坐卧其间以为乐。宾客有过访者，必强留之，使信宿而后去。生平拙于语言，然遇知己畅谈，则抵掌奋舌，词如泉涌。家居读书教子，不与闻外事。而乡邻鼠雀之争，恒欲得先生一言以为直，故赴诉者踵至，先生一以诚直之道处之，鲜不服者。里有丽山书院，改办初等小学有年矣，经纪乏人，成绩茫若，后益集资添设两等，公推先生为校长，学子蒸蒸，已举行毕业一次。他日进而益上，俾子弟皆得所造就，先生之为功乡里，又奚可量？尤其难者，一切慈善事业，苟有所闻，莫不慷慨乐输。不求名，不责报，若以己所当为而为之者。此称颂之声，所以至今不绝也。

元配蔡氏，续配林氏，皆能相其夫。子二，长君舟，出蔡氏，已有室生子。少君家琨，出林氏。女四，长出蔡氏，适桥下陈乃简。余皆林氏出，一适黄岩王於和，一适临海王天助，一适黄岩俞南初。孙一，兴华。综计先生一生，有田庐之奉，有子孙之养，有园林花木之娱，天伦无憾，室家太和，席丰履厚，甲子相周。一朝撒手，犹未足为先生哀也。惟是诚直之概，慷慨之怀，为乡里所崇仰。一旦失所芘赖，后生小子谁与陶成？饥寒疾苦谁与恤？讼狱争斗谁与平？此人所不能忘于先生，不可无言以挽也。

余闻江洋叶氏为邑巨宗，自明世海峰先生以名进士从祀乡贤，文章宦业，光于简册，故继承而起者代不乏人。先生克世其学以上承祖考，使天假之年，俾得展其所为，当有大过人者。乃以八尺之躯，负才不遇，淹忽以终，不为无憾。然以视醴豢膏粱而一无表见者，相去奚翅霄壤耶？故撮其略，书之以遗其后，并为之诔。

诔曰：

三古已邈工矫饰，介者立名通贬节。率性而行何所歉，天真烂然我心折。海峰去后家法存，后起者谁此足式。

校勘记

〔一〕戌，原误为"戍"。

张君心韶哀辞

司马迁有言:"儒以文乱法,侠以武犯禁。"故儒可为而不可为,侠不可为而可为。三古以降,士气靡然,尺寸自守。其致力于人者,曾朱家郭解之不若,而公犯法捍文纲者,又为薄俗所惩。往往一著儒冠,辄不复与人家国,见有濒于危者,亦不一引手援,蓄缩受侮,遂成一积弱之中国。此余平日所深慨者也。以今所闻张君心韶,殆儒而侠者,宜人之得其力而悲其逝也。

君讳乃锐,心韶其号也,世为邑东乡琅岙庄人。与王君素亭为执友,其卒也,王君介其亲故为状征文以挽。余与君固相识,居较远,不能知其详。比观其事状,则尚气谊,工谋略,非寻行数墨之士所能及,不可无以云也。故摭其大略,以载于篇。

君自幼岐嶷,既游庠,辄思有所建树。遇乡里不平事,恒力于自任,或资以财而鸣之官,而始以得直。以君之识精力果,为谋必忠,故张氏虽号多材,同时在庠序者凡数人,莫能别树一帜,为邦族所引重。地方公义各举,靡不待君而办,君至则厘剔弊窦,振刷纪纲,事无大小,人无贤不肖,皆惟所措置。

张氏环琅岙而居者,已成族聚,建立宗祠有年矣。祠产失于经纪,浸以颓废。君为族人所推举,即悉心管理,不十年而公资骤增。朴斫丹腹,顿改旧观。傍祠多植松柏,以为苾荫。其无嗣者,则别为祠以祀之。麻[一]车桥者,地居琅岙之北境,为四方所走集,人烟繁盛,而未有市场。君与诸同事力为提倡,数岁而成。今则阛阓之间,百货辐凑,俨然成一乡镇,余尝亲至其地,舟车绎络,嘉植扶疏,益知所言为不虚也。君又善存恤孤弱,族有英道公者,自徙居罗西,门祚衰薄,仅遗一孙,为不肖者所略卖,君闻之,恻然出资,四出侦察踪迹,至福建之惠安县,知已物故,乃为立后。公有薄产亦为人所侵蚀,君以非此无以奉祀也,必复之而后已。其不惜财力,急人之急,类如此。

君修八尺,广颡方颐,相值于稠人广坐,翘然如鸡群之鹤,每见而心仪之。今以诸君之状君考之,知天生此八尺躯,非偶然也。

呜呼!以君之仪观才地,使处通都大邑,未必不飞黄腾达,以博当世之显名,乃仅以一衿终,又不获享大年、膺遐福,君之不幸,又岂天下之幸哉?然生平敢作敢为,弱者则扶植之,绝者则继续之,废坠而缺略,则振起而作新之,使宗族乡里有所赖,藉以视埋头砚北于斯世毫无所建明者,其得失为何如也!

卒年□十有□,子二人,长某,毕业浙江专门法校,次某,神州大学毕业,孙男二,君卒时已知书.君之致力于人者,虽不得之于身,必将得之于其子孙。故为诠次其事实,书以勖,并为士之洁己自好而无补于世者风焉。

校勘记

〔一〕麻,原作"磨",据实际名称改。

谢母陈太宜人哀诔

梅伯言谓族姓之兴,必由积累。其致福之尤者,孝子之外,厥惟节妇持以绳。世家巨阅,皆信而有征。大抵所就愈艰,则天之所以报之者愈速。故余于乡曲一二苦节,每乐为表章,以之风世而励俗。若我陈太宜人,尤其卓卓者也。

按宜人姓陈氏,为邑北城庄家沛公女,今大理院书记官谢君瑞唐母也。自幼令淑,娴习女红。年十七,嫔文乔公,事姑尽孝,且能以勤俭佐其夫,故自归谢氏,戚里间哗然得贤名。生子三,长章业,次基业,三昌业,即瑞唐。瑞唐生七日,而文乔公弃养,家贫甚。人无知不知,佥为宜人危,宜人则知有命焉而已。当夫疾,药之百方。呼号抢攘,至以身代而不恤,其不欲苟然以生也。及夫之既卒也,室家衣食,知舍己莫与任其责,则又不忍脱然以死,哀哭中为文乔公治棺衾营丧葬,虽惫极犹抱儿乳哺,其艰难困苦有人所不忍言者。夫弟文德愍而抚之,俾与妻蒋氏同居,时周其乏困。宜人感而益奋,食指既繁,惟恃浣濯织纴以给,故竟岁劬劬,手足曾不得少休息,如是者十余年。诸孤以次成长,家亦以少克裕,而惟令瑞唐读。

文乔公在日,偶出北郭,见道涂湫隘,曰:"使我有财,即当砌治。"至是命诸子为之,以竟公志。宜人之不忘其夫,类如此。比文德公卒世,宜人以叔娣蒋氏无育,慨然命瑞唐为之后。诸子稍长,辄令分营生计,惟勉瑞唐以学,曰:"吾非叔氏,无以至今日,尔不可无以报。"旋命肄业宁波法政学堂,毕业详由浙抚咨部得九品奖励,以录事签分大理院留京供职。从此得禄以养,天所以偿其苦节者有日矣。乃遽以月之二十九日卒,年六十。呜呼哀哉!人为谢氏惜贤母,吾谓吾邑失一贤妇人,为尤可悼也。

方文乔公之卒也,宜人年甫二十有八。家徒四壁,诸孤儳然,闻者犹为心悸,非得宜人以振将衰之绪,嗷嗷沟瘠固不待言。今诸子皆有衣食业,孙男六人,女二人,二室如一家隆隆起，然则一宗血食，两家门户，兴衰绝续，皆于宜人是系。其心视他节母为苦，其任视他节母为大，故其功亦因而加隆。

昔柳仲郢母和熊丸以教子，卒以兴其门祚；欧阳母之守志待后，则无一瓦之覆，一垅之植，以庇而为生。宜人之苦心何多让焉？前数岁，谢君以宜人守节年例已及，命叙行实呈之有司，奏奉钦旌，今宜人又以子贵，得请于朝。宜人虽不以是为荣，为之子者，亦不以是为足报其亲。闻宜人风者，庶因是而加劝焉。故以宜人之去也，书以志哀，并为之诔，以为妇人之不幸者劝。

诔曰：

> 不二所天，妇人之志。井臼丝麻，妇人之事。所难堪者，儋石家无，寒待衣而饥待食。以教以养，心随力瘁。烈雪寒霜，皎然大义。宜报施之不爽，产甘瓜于苦蒂。彤管有祎，光于来裔。

卷六　韵文骈文

梅花洞赋

　　牛冈穹窿兮北负，泉溪喷激而东趋。繄山水之灵秀兮，结而为此胜区。虽骚人所托处兮，造化实辟此幽居。中平夷而缭曲兮，外辽绝而崎岖。界林坳之鸟道，逾修阻而萦纡。环诸峰而宫也，攒群壑而奥如。隔人烟于尘外，别天地而成墟。幻云烟于图画，贮风月于蓬壶。是以高人筑室，雅士问途，殊方异域，来者于于。步林樾兮适野趣，舒积闷兮浣尘裾。人固各得其乐兮，岂余言所能尽其余。

　　溯兹山之缘起兮，实轩著于有明。惟九老之高蹈兮，羞浊世之簪缨。喜烟霞之深僻兮，寄林坰兮陶情。惟种梅花兮满坞，以之比洁而标清，对明月兮弄影，冲寒风而敷英。倚孤山而明媚兮，报幽人兮早春。流泉散馥，幽崖洞莹，匦素魄之流彩，映层冰而棱棱。当密雪之交集，或轻烟兮四萦。辟幽蹊之阒寂，粲万壑之瑶琼，空千古之积秽，共此身之钓耕。士以山而长隐兮，山遂以士而得名。

　　厥声皇然，厥境聂尔。亘溪山以纡回，矗两峰之对峙。中突起一翠微兮，羌峥嵘于川沚。峭兮嵚巇，若失树之猿；荡兮逶迤，若负涂之豕。蹉曲兮，若神龙矫首而登天；奇崛兮，若河马负图而出水。冈曼衍而如蛇，石怒立而为鬼。千态万状，幻于一咫。当寒梅之盛花,惟清芬之四起。登平坡兮赋新诗,攀长条兮侑琼酏。领风月于林中,锁云烟于堆里。彼华嵩崔嵬而耸峙兮,终难得而比美也。

剡山碧兮花香,界流水兮一方。夹疏松与修竹,奏雅韵兮琅琅。白沙磷磷隐其下,紫藤落落延其旁。翡翠背人而出谷,雌雄举尾而回翔。仿佛此九老,揄纶而得鲂。持长瓢而竞酌,歌汝水汤汤。流以静而愈洁,势以曲而善藏。潆洄以缭绕兮,若与山而相望。

水回兮山绝,维彼幽人,此焉庐结。流循水而启扉,藉平冈为枨阒。翳松柏与豫章,森列乎山缺。扃出岫之白云,漏入林之红日。鹿麋驯驯而对眠,鼪鼯狌狌而并立。清荫环庭而交遮,杂芳载途而可撷。地僻兮人稀,林深兮篁密。捐辟暑之轻纨,贱御寒之温室。萃宇宙之奥妙,为神仙之窟穴。境以貌而易穷,胜以探而愈出。历万祀而犹新,何四时之迥别。

届春光兮融融,揽景物兮无穷。草青青兮被时雨,木欣欣兮披惠风。有青螺兮交缀,铺绿荫兮成丛。川无珠而亦媚,林透暖兮微烘。护轻烟兮霭霭,酿宿雾兮濛濛。仓庚、紫乙、百舌之属,流音而送响,桃李杏柳朱樱之类,斗紫而竞红。向林间而俯仰,更目眩而耳聋。当秋声兮飒起,尤属耳而非同。发清音于丛竹,流逸响于长松。有隔溪之清杵,和远寺之疏钟。黄染一林之槲,丹施两岸之枫。亦铸红而错彩,妙大造之化工。幻仙霞于台岭,疑濯锦于蜀江。既逍遥于窝里,更游兴之未慵。经小桥之明月,来别径之秋风。猿鹤唳兮远渚冷,乌鹊飞兮深林空。洵[一]内外而交美兮,亦舒巧之无庸。

惟斯境之幽妙,亦触目而寓奇。纷朝夕而异态,混明晦而同规。天朝曙兮岚烟没,雨暴下兮瀑布飞。云深兮白漫,林稠兮绿肥。凝烟山紫,傍晚霞绯。野花无时而自放,林鸟拂曙而群啼。嘉卉丛生兮万种,古木轮囷而十围。可以弹棋,可以咏诗。携壶蹑屐,所适咸宜。俯清夷之洞壑,发幽渺之天机。惟景趣之杂沓,任心意之所随。固足以穷清赏而摅幽怀兮,彼骚人逸士若舍此其焉归?

风月兮清皎,怅前修兮已渺。地冷兮梅不花,山空兮春日晓。惟泉水之清漪,与烟云之纠袅。庭荒兮一径莓苔,林寂兮数声啼鸟。发清籁于林泉,拥清阴于丛筱。聆繁响而神飞,挹秀色之可饱。歌咏不能罄其藏,丹青无所施其巧。岂徒资耕钓之往还,供文人之幽讨者哉。

嗟遗迹之已堙,将幽赏兮维申。安能任其花残委土,草懒铺茵。佳音戛玉,清流浮银。老沿江之秋树,迷仄径于荒榛。允宜携琴消夏,策杖寻春,上巍坡而步雪,行深坞以莳云。追高人之芳躅,若惊风之吹尘。郁灵奇于终古,历千秋万岁兮,若重遇乎斯人!

爰为之歌曰:

　　昨日梅花开,今日梅花落。花落复花开,幽人不复作。

再歌曰:

　　花开幽人来,花落幽人去。人去梅花不复开,空山留与山僧住。山僧已去复几年,只今惟有种梅处。

校勘记

〔一〕洵,底本作"询",据文意改。

补登高启

伯瑗、仲严我兄均鉴：

九日弟弱于行，诸君亦吝于趾。诗藏先生降舍，说我兄皆衣厚绵，薄寒中人，空山无侣，殆天欲破除旧例，以桓景为不足效耶？抑山人淢鄙，不足与语，致嘉会之寥寥耶？

然而良时非莫，同病应怜。古人登高，本无期日；我侪行乐，非为避灾。日来山逐雨收，石因寒瘦。未逾三九，犹是重阳。望再约方氏洵成、林氏渭访、吴氏增川，重寻野径，勉赴山庄。凉日送暖，霜风未严。不似九日，风沙扑面，欲行不得。前宵有不速客数人，或留或去，或后或先，幸聆诲言，顿开怀抱。无奈两三旧雨，未到蜗庐；可怜二九光阴，都成乌合。囊中沽酒，尚未愁无；林下吟秋，将无愿有。从子所好，日以为期。篱间病菊，待佳讯而抒黄；霜后林枫，许倾杯而写赤。我惭梦得，将检字而题糕；人尽费仙，好登高而缩地。谨启。

修复花山九老祠小引

盖闻兰亭宴集，逸少撄心；梓泽丘墟，子安兴喟。惟古人之踪迹，实后起所追寻。而韵事之销沉，亦吾侪之担荷也。

温邑有梅花洞者，山接八公，社传九老。当骚雅联镳之日，正燕师构祸之年。锄明月以种梅，步溪桥而索句。投簪远逝，分方正学之清风；挈榼偕来，修白香山之故事。其人其地，已足千秋。矧复祗父恭兄，林居恒冈渝患难，则偅然邹鲁之礼教也；先行后艺，程成趣足备楷模，则翘然伊洛之宗传也。信友诚身，王听竹不求闻达，则超然黄绮之遗徽也。二何则德饶东阁，咸籍继美于竹林；二丘则叔卫朝宗，轼辙齐名于苏氏。固已殊标卓卓，大集洸洸，作领袖于骚坛，实名家于理学。他若翁氏实斋、狄氏常斋，吉光片羽，传者虽稀，空谷足音，跫然自远。凡在联吟之侣，并征潜德之光，匪惟楮墨流传，足动桑梓恭敬已也。乃者事阅两朝，山空一片，诗人去后，旧社狐凭，老树不花，名山僧占。访遗迹则荆榛莫辨，缅前修则诗卷长留。风雅所遗，无可考也。登临之顷，良用蠹然。

窃念推少陵为诗史，庙或误为"十姨"。妥静学之忠魂，并且修夫"二女"，扬清激浊，吾党具有同心；阐幽发微，诸公无嫌好事。愿复僧庵，重归社地，就营祠宇，藉妥吟魂。九先生既有专祠，乡先正皆堪附飨。瓣香未坠，夹道仍种以梅花；高士来游，沿溪可寻夫桃洞。庶几五百年基构重新，《一统志》挨张未缪，是所幸也，岂不休哉。

代颂玉环县知事江晖午_{恢阆}德政序

今夫白乌青鹿，侈嘉瑞于花封；霡雨棠阴，饰循良于墨绶。贡谀斯极，观化奚由？不知巡方诇吏，上考首重廉公；衷古立言，郅治不矜材智。盖必克知宅俊，所宝惟贤，外物莫滓其灵台，烝民自安于醇朴。莫谓一官百里，风偃草分难希；须知千古寸心，月当头而可认。若我晖午江公之治玉，有足称焉。

公为安徽婺源人，薰德考亭，嗣休忠烈。烹鲜手妙，制锦才优。上舍以积分而升，强台欲直步而上。初试宁海，政以时成；旋署玉环，民歌来暮。水有源而不涸，镜屡照而无疲。所以下车伊始，众望綦殷。七二岛枳棘栖鸾，方恐羽仪莫耀；三六旬鳬鱼依藻，谁知芘赖偏多。凡兹白叟黄童，靡不延颈企踵，思睹慈祥之治，以慰饥渴之怀矣。

诚以玉之为邑也，海边一角，民杂五方，本台温瓯脱之区，待邹鲁承平之治。亲民责重，当府界废彻以来；制治才需，正民邦建设之始。而水旱之频，仍寇氛之充斥，更何论乎！公则智珠在握，慧剑当胸，载皓首以盈车，指青天于咫尺。故于兴学、育婴、团防、警察、劝业、禁烟诸要政，任得其人，事无不举。甫及期月，具见一斑。虽属当官奉职之常，已具挈领提纲之妙。而且搜罗文献，志书备新邑规橅；轸恤囚徒，狱市洗旧时湫隘。微特项山论治，介介不欺；居然韩信将兵，多多益办。胪其涯略，尚堪登考绩之书；数厥专长，尤足为临民之法。则见其折狱必平，而巨鱼罔漏也；察吏以恕，而害马必除也。赈饥截米，有挹彼注兹之巧，而泽鲜嗷鸿；御寇设防，本寓兵于农之常，而野无铤鹿。露方严于浑厚，霹雳手掩耳不遑；行恺悌以精明，菩提心当前即是。苞苴尽却，不名刘宠一钱；禄米自娱，无过陶潜五斗。此皆颂之舆人，镌之贞珉，卓卓在人耳目者也。

慨自时局横流，官方扫地。攫拿为智，滑阘为能。师心者违同，恃才者絯物，无非肆为狡狯，利是锥刀。公独超然饮玉泉之一勺，我闻如是，颂生佛者千家宜，所居民乐，所去民思。丰碑并揭，大吏已识其贤良；上县量移，编氓如失其怙恃也已。某等听谱宓琴，尝来偃室。南金荆玉，喜雅度之近人；春露冬冰，更周行之示我。冀即真于下邑，俾得展其长材。忽奉省檄，调署瑞安，瓜期已及，飞凫难留。今则桃李春风，已开邻县；蒹葭秋水，空溯伊人。欲彰似水之头衔，愧乏粲花之笔舌。回首弦歌，言子谁为武城继起之贤？畴云尸祝，庚桑足伸畏垒细民之志。

寿镜吾金先生八秩晋一

盖闻五华之玉，登明堂太室而逾尊；九茎之芝，应祥风庆云而始出。由来人瑞，每致天和，安得书生，尽侪仙箓。游昆仑之圃，草木皆香；望蓬莱之峰，文章长价。景行徒切，旷代希逢。

恭惟镜吾先生，早岁游黉，耄年进德。味道腴以养素，托艺苑以栖神。麟趾驺虞，为关雎鹊巢之应；晬面盎背，从读书养气而来。洵天上之文星，亦人间之福曜。

兹以二月之望，为先生览揆之辰。长日如岁，和神当春。长君沄等先期邮书其弟省议会议员篆，谋举觞于东洋里第。亲故欢然，请侑以辞。先生是岁又适重游泮水，祝高年之繁祉，纪故典于儒林，甚盛事也。

然而载道以文，昌黎氏务钩其蕴；敛福以德，《洪范》篇特示休征。荏虽不文，敢忘斯义？今夫户枢流水，惟勤斯无蠹腐之时；璞玉浑金，惟厚斯有贞固之美。本斯为断，可得而言。

先生为唐节度刘沔后，先世避乱，去卯刀而为金，龙种生本魁梧，貂叶世承忠荩。经传旧德，方少翁之簒金；篪和同声，比子京于蕊榜。岂不翩翩公子，落落名流。乃自太翁雨岩先生以严州教授改官知府，听鼓江苏。伯兄缦云先生，亦以选拔，官郎中宦游京邸。宦海萍蓬，莫捐顾复；家山松菊，亦赖栽培。先生勉事门楣，仰承提命。丝麻粟布，巨细兼综；食币酒浆，咄嗟可办。岂父书之徒读，复子职之能供。已而兵起洪杨，官归京皖。尽室之播迁孔亟，中流之砥柱难支，先生乃与从兄镜人募民为兵，掘壕设堵，重历寒暑而益励，每亲矢石而奚辞。筹唱量沙，檀道济之长城不坏；戎兴伏莽，郭绵蛮之金穴犹存。苍头奋击之军，当之居然劲旅；鱼腹纵横之石，见者讶为神奇。二老得由以慰心。诸昆亦因而让善矣。尤可羡者，园开桃李，游仿竹林，养才毕于高堂，欢犹联夫同室。王氏兰亭之集，少长偕来；韦家花树之宗，弟兄高会。固已聚太和于一室，传佳话于千秋。春草池塘，谢康乐犹嫌梦呓；对床风雨，苏子由共此吟情。而且考九官而作室，异爨俨若同居；按三雅以称觞，连枝居然一本。庭闱之内，食指殆百。煎其无恐，轹釜无声。善气所周，已足消五行之疵疠；精勤罔闲，尤能致百体之顺从。此先生得寿之征，亦平日读书之助也。

若夫岁在甲申，人呼庚癸。当沉灶产蛙之日，有枯鱼衔索之悲。先生出高廪之红陈，拯沟中之黔首。满腔恻隐，盛德无难继之虞；众论纷呶，成功岂转念而误。竟使人苏涸鲋，感切劂桑。由是继率育以陈常，学校修而美参欧亚；羞数典而忘祖，氏族谱而制仿隋唐。虽当垂老，居诸犹思兼济。遂令群从子弟尽效片长，逌然者见善若渴之怀，渊然者与物为春之量，宜其图成家庆，岁寒之松柏常青，躬迓天麻，阶下之芝兰竞长也已。兹者暖风入律，甘雨宜农。苍帝锡以余芬，青精胪为嘉馔。摘余额颂，花好月圆；介尔眉犁，醴甘湑旨。少君篆方自省会假归，葛岭常春之藤，钱湖益节之藕，莫不罗为庭实，俪之几筵。跻堂酢酌，则四子衣莱，而王、窦之三珠、五桂可平分也；撰杖从游，则九孙立玉，而郭、李之点额、披簿难专美也。且也子已有孙，孙复生子。华峰削秀，椒沥分甘，则萧傲之荣不足擅，逸少之乐更有加也。无疆惟休，俾弥尔性，微特三鳣五马，艳夸先世光荣；只此四代一堂，已极天伦乐事。况复满头古雪，已逾杖国之年；一领青衫，尚是传家之物。东国再歌芹藻，谱大乐兮铿锵；南山同咏台莱，羡是翁之矍铄。茌等凫亲猿鹤，生共枌榆。欣符嘉乐之征，敢后升恒之祝。数大椿之遐算，八千春而八千秋；步珠履之后尘，醉一斗亦醉一石。会见上庠，致养修割牲省馔之隆文；雅当民国，乞言备三老五更之宠秩。常共百花而生日，长留二月之春光，猗欤休哉，何其隆也！

夏臣陈先生偕配耿孺人六旬双寿序

粤自康强逢吉，天呈龙马之图；富寿多男，人效嵩恒之祝。直道依然三代，积善必得百祥。矧夫花历春翻，初周甲子；丹炉夜煖，同守庚申。眑胜迹于笙台，仙踪可即；数太丘之福履，骖乘皆贤。瞻弧帨之并陈，喜齿发之未老。用祈纯嘏，敬述懿修。

恭维夏臣陈先生，玉邑誉髦，颍川望阀。龙种演重华之泽，凤鸣卜五世之昌。清欲饮泉，仲子凤推巨擘；人来惊坐，孟公无愧名流。旧德孔昭，伟人聿起。髫龄绩学，立深雪于程门；弱岁论交，表严霜于管席。黉宫甫入，廪饩旋颁。九秋分贡树馨香，兴贤典重；一官占广文清贵，选佛场开。固宜碧海龙骧，丹宵鹭振。井汲明王之福，钟撞大道之传。乃桑梓之情深，顿冕轩之愿冷。爻占或跃，乾九四而多功；美协在中，坤六三而元吉。此先生之显晦咸宜，有合乎古人之道者也。

玉环壤错台温，地濒陆海，际文明之启钥，尤提倡之需材。水曲峰回，戎多伏莽，忠干义橹，众未成城，则团防待举也；水饥火旱，望岁云劳，白粲红陈，指困谁赠？则社仓待给也；行客问津,乘舆莫济,大江叠浪,利涉谁占?则义渡待兴也;山下泉,蒙习宜师于鸠鸲,梦中孩,弃殻莫遇夫於菟,则兴学、育婴诸要政,又亟待其成立也。而先生家本素封,人皆青眼,天下事引为己任,阿堵物视若悦来。民可为兵,仿周官沟恤之法;岁有余蓄,权王制丰嗇之通。断潢绝港,悉成六达之庄;推食解衣,居然众人之母。胡安定造士而特设两斋,程明道积分而遂升上舍。水旱兵戎不为患,生聚教训可兼权,荦荦数大端,得先生而始举者又如是。由是平讼狱,修廨署,置路亭,施谷食茶汤,治道桥寺院,百废俱兴,片善必修。鲁连排难,无私兼金一掷;杜甫庇寒,有愿广厦千间。义浆仁粟,八仓同被和甘;盖瓦级砖,诸佛亦叨庇佑。其慷慨好施,尤为难能而可贵者。然而货殖成书,史氏耻以弃为取;因果立教,佛家恒望报而施。先生发身以财,为仁由己,让而后任,画家传淡处之神;功不求名,高手布空中之子。既宅心之独厚,斯好善而有诚。物与民胞,张横渠推之各足;光风霁月,周茂叔蔼然可亲。宜其众望允孚,天庥滋至。图成家庆,称觞厚于九如;躬享修龄,博通人之一快。

兹者梅风送暖,榴屿宜春。祝六十华筵,进一双蟠实。安车束锦,正公孙待聘之年;华发齐眉,有德曜相庄之雅。淑配耿孺人,名门令子,佳耦同庚,宝镜常圆,拂拭而贞同金石;副笄偕老,委佗而颂并山河。令嗣□□,邑庠生,哲孙□□,自治究研所毕业生,以家学之代承,为乡闾所共式。捧觞称庆,芹藻香流,撰杖从游,枌榆治举。三心五喝,聚来天上寿星;八变九成,谱出人间仙乐。苴耳详盛德,心识前修,侑兹无算之觞,愧乏如椽之笔。揽揆而尊开北海,正阳和二月之天;赋诗而义取南山,上岂弟万年之祝。

金君季逸家传

　　昔苏长公论西京人物，于贾生、留侯，三致意焉。然而洛阳年少，善用不若善藏；圯上书生，能忍而后能济。是故先时者躁，后时者需，柔胜则挠，刚胜则折。木鸡养到，游虚骄不事之天；牝马占来，行柔顺无疆之地。若我所闻，季逸金君窃有取焉。

　　君家讳秉璠，号曰季逸，邑水洋庄人，唐节度刘沔后也。先世避乱，去卯刀而为金，遂氏焉。生成隆准，居然高帝儿孙；来自袭裘，翩若太原公子。既仪表之特异，亦姿性之非凡。读书则过目十行，步历则罗胸七曜。以父中宪公命，出后其故世父奉直公，时已受室，挈就所后母仲宜人居而养之。妇姑腒腒之棋，隔院联为一局；母子檀栾之竹，异气俨若同根。君亦事母以孝，母亦鞠君以慈。节哀而作门楣，恐妨君学；终制而游庠序，足慰母心。方谓秋宴苹芩，春官桃李，干青云而直上，跻黄阁而无难，而乃璞献已三，布登不再。纳赀作贡，效登堂戏彩之风；课士分斋，正选佛上场之日。是有命焉，非可强也。然斯时君父中宪公，方以明经总乡治，伯兄秉琮、仲兄秉理明经出则宰百里，居则长一乡。弟昆羡群飞，刘峻则悲分青绶；丈夫爱怜少子，触龙亦愿补黑衣。以君先后其间，使欲藉手有为，亦足称豪斯世。乃宦情之早淡，亦乡味之慵尝。洁膳馨羞，重补白华之什；焚膏继晷，新加黄道之仪。欲藏器于清时，乃陶情于酒国。曹参守法。日惟饮醇；伯伦屏居，时复中圣。当夫胜友偕来，游踪远出。较杯中之深浅，令起从头；竞席上之雌雄，戟惟战拇。故处或投辖而不遗，出则吐茵而始归。其胸襟之旷，意气之豪，固已横绝一世矣。

夫枕曲藉糟，固明哲保身之道；而沉机观变，亦儒生济世之心。君于民生国计，文牍报章，虽尚赋闲，居然留意。金樽尚满，玉山未颓，收人物于夹袋，聚国故为谈资。是以褚褒不言，早备四时之气；苏秦未贵，周知六国之情。一旦天既迫以时机，人复深其责望，君则奋然而起，毅然而行，缵父兄之志事，兵防与学校交修；愍时势之阽危，兴利及恤灾递举。当毫芒之偶露，已指顾之非凡。洎乎民国肇兴，厉行自治，君始被选为第二届省议会议员，寄四民之喉舌，坐商镜水稽山；筹全浙之治安，羞作寒蝉仗马。如革除海门船捐，亦其卓卓一时者也。寻以县会改组，难其首选，舆论翕然推君，君亦慨然自任。激昂仗义，惟鲁连能却千金；樽俎折冲，非淮阴孰当一面？积劳成疾，遂以怛化，时论为君惜，实为全邑人材惜也。

嗟乎！素书安在，进履何人？湘水无情，效沉奚恤？君独超然，以闲养其度，以饮全其真，以博涉浚其性灵，以疏通练其材识。策杖而起，如传黄石之书；辟谷而逃，欲与赤松为伍。方之古昔，无忝名流。惟抱负之非常，遂行藏之不缪。若作朝阳鸣凤，一声定远彻云衢；只看伏息鲲鱼，六月已厚培风背。是以小试小效，克除当道之豺狼；一邑一乡，待作触邪之獬豸。

林君啸秋哀辞

緊惟林子，学理殚心，为国之瑞兮，为家之珍。志戞戞而独造兮，作新邦之伟人。固已瑰玮绝俗兮，曾何羡乎虞庠之粟、鲁泮之芹。

奋然东游兮，观扶桑之日出；蹑屩担簦兮，历寒暑而弗辍。

唯物唯心,妙绪纷集,口康德而手佚罗兮,谓强国莫先于学术。归而讲授,春风时雨。愿子衿兮嗣音,戒乡校而毋毁,国粹不保而自存,新知以养而弗沮。譬宣铎于遒人兮,南珠崖而北葭渚。

君之为学,物索其颐,理钩其玄,若炉锤于大冶兮,显质性之本,然困而加勉兮,遂抉其奥而跻其巅。故其为教也,本甘苦于亲尝,愤而后启兮语焉必详,搜肝膈而相语,倾万斛之琳琅。体验既真,声誉隆起。暇肆志于典坟,或寄情于山水,有园十亩,有室数椽。羌莳花而艺果兮,岂徒将乐夫余年。谓教育之与实业兮,若鱼贯而蝉联。选美种兮饷农丈,演新法兮衷时贤。既庬树木,益思树人。念子弟之狂简,族学爰创夫三成,咄嗟而办,巨细必亲,曾不弥月,而教有具兮课有程。余一见而叹为神勇兮,谁知哲匠之成风于运斤。

胡天不谥,雨风交恶,瓦飞昆明,灶沉宋国。堕东浙之文星,针谁指南兮辰谁拱北?扇自动兮风簌簌,晷不失度兮日胡落?弄活机于文房兮,墨自磨人,岂人磨墨。播心理于通阛兮,何纷纷之述作?

忆昔交君,蔼若春和,挹君谦度,充我德符。亲君能事,白华晨敷。子君能教,青灯味多。自惭形秽,困守穷庐。恨非长桑君,饮子上池水兮,以驱二竖而荡三魔。

吁嗟乎,人命危昃,天心难问。教育失其母兮,国于何竞?巴人一曲,楚些《九招》,盼灵旗之来,萃化元之里兮鹤渚之郊,毋曰修短有数兮,厥志不朽,与丘山而共高。

陈母李太孺人哀诔

时维孟冬，婺星陨彩。家失典型，人怀寿恺。台雁一方，母仪安在？

恭惟节母，系出陇西。天畀金质，比洁长溪。惟诗与礼，淑此媞媞。重慈秉节，树范璇闺。敬修四德，如璧如圭。处为令女，出为贤妻。

及笄甫届，嫔于颍川。饩兹天庾，侍彼丹铅。宾于王国，裘马翩翩。惟母之敬，琴瑟铿然。蘋蘩锜釜，家妇称贤。率尔叔娣，上事尊嫜。纫箴沃盥，朝夕侍旁。恪遵家法，勤俭为常。

粟布米盐，井臼庖湢。服姑之劳，共妇之职。惟母之能，事罔不给。胡不数稔，良人遘厉？一索甫占，二竖踵至。长吉呕心，针砭莫治。母乃泫然，吁天刲臂。九死不辞，一生是冀。玉楼已成，修文召促。八月沉绵，一朝别鹄。撤珥毁簪，嗟夫无禄。惟母之义，盟心幽独。椎胸碎首，誓不独生。奈何末命，轣辘悲肠。遗柩在室，呱泣在床。惟母之慈，忍涕彷徨。

勺饮久屏，血液早枯。乃征乳媪，哺此遗孤。饥饱必讯，燠寒是虞。出入顾复，心与儿俱。且养且教，本身为模。

成衣制履，五夜一灯。下顾稚子，上念迈翁。念翁如何，年衰脾泄。爹户闻声，追踪屏息。匿身厕牏，防彼蹉跌。惟母之孝，足启来哲。

头角甫具，劳薪孔繁。遴尔师友，修尔饔飧。穆醴常设，陶荐不温。惩彼画虎，刻鹄是敦。三益三损，古训所存。惟母之正，诲之谆谆。去谗远佞，非曰寡恩。

父书能读，母颜顿开。童军才冠，禄米旋来。贡之天府，为国储材。

君龄方茂，君志方遒。思营薄宦，慰母嫠忧。母亦止足，戒毋远游。愿广尔德，益演箕裘。惟母之谦，无忝前修。

岁在庚申，洪水浡至。野有嗷鸿，场无宿穗。乃诏爱子，出肩赈务。宰肉能平，母心大慰。虽君之公，实母之惠。

民邦新造，戎备是饬。嗣君奋然，宣劳军国。随营严江，主持文墨。闻疾星奔，趋承堂北。

秋谷未登，风雨交逼。下隰高原，无常丰啬。母闻愀然，力疾而起。命彼家人，毋任多取。纵未全蠲，亦宜分予。惟母之恕，乡邻鼓舞。具兹懿德，宜飨遐年。板舆迎养，莱彩开筵。胡天不谅，厄尔方来。花甲将届，青鸟忽催。岂从王母，归侍瑶台？

茌愧菲材，旧同梓里。拜母登堂，获交徐孺。闻疾闻丧，衔哀靡已。铭圹无才，束刍至止。呜呼噫嘻，母实女宗。符彼坤德，代成有终。礼官修废，褒赠云隆。旌门表里，用彰母功。母功如何？夫志是从。敬修诔语，僭效书彤。

卷七　诗古近体

秋夜散步口号

长风卷纤云，草露蛩鸣歇。俯仰正寥寥，林梢吐华月。

涤砚吟

有客藏古歙，受墨饱且酣。临流一拂拭，触手生云烟。下有吞浪鱼，乘之可上天。他日为云雨，应先雨砚田。那知头角具，夙好遂弃捐。还吸墨池水，一供喷激权。侧身附青云，掉尾乐深渊。嗟彼笔耕者，何日得逢年？

九日次父执裴明经诗藏韵

名山非诗人，谁与共佳日。来游有先生，潇洒脱成迹。对酒骋雄谈，秋风同瑟瑟。胸次既高骞，云天逾空碧。豪情逸兴俱，乾坤为幕席。饮罢松间樽，踏破山头石。忽地春风生，五花吐词笔。欲令孟参军，随行作记室。语下鬼神惊，行间风雨集。清奇劲爽中，一一赴音节。自愧疏慵甚，附骥知难必。客散倚黄花，拈毫空拊臆。

秋夜步月闻松涛

凉夜知秋秋到早，月色浸庭光皎皎。丛筠古柏影参差，仿佛空波漾荇藻。意欲就此掉扁舟，卧游水国穷洲岛。被发相随海上仙，飞渡名山拾瑶草。耳边忽闻澎湃声，不知何处狂澜倒。仰看天宇正澄清，万壑长松风相捣。

秋晚山行口占

缓步翠微里，衣裳挂薜萝。疏风战丛竹，残日栖寒柯。地暖叶红晚，山深云白多。数声樵牧唱，迢递出林阿。

四望罗云净，千山木叶飞。林空雁影落，霜急蝉声稀。暮色入幽径，新寒逼客衣。归来北窗下，络纬声依依。

访梅花洞故址

佛住诗人屋，于今复几年。瓦颓苍鼠出，阶冷野狐眠。吟响遗流水，荒蹊乱暮烟。空山如许住，我亦爱逃禅。

苦雨行

岁腊向尽三日雨，市廛寂不闻人语。富家安稳贫家愁，白眼打门多债主。门开厨冷锉无烟，儿童呼饥声欲喑。老翁抱病啖糠核，子妇无裈拥絮眠。强呼使应声不出，以哭代言声声血。云自两禾俱歉收,质衣换米度朝夕。衣尽沿村乞浆粥,十家才无两家足。况当积雨暗荒村,儿女啼号不可闻。粟秕苗莠供官尽,荠甘荼苦野无存。县官上岁宽征额,谁知至今益需索。破被败甄[一]没入官,债主登门尤无策。官租私债两交逼,大儿饥死少儿瘏。土窗过雨瓦翻风,腹枵愈觉寒威栗。债主闻言泪满衣,空付债券持囊归。忍饥转眼麦便熟,切勿轻身委沟渠。

校勘记

〔一〕甄,底本为"罇"。

题林爵铭上舍_{丙恭}《凌沧阁读书图》

宣尼叹山梁,庄蒙观濠濮。水以镜形理镜心,非水之乐书之乐。古来积轴浩烟海,谁能一斑窥渠禄。林君智者取其精,唾弃渣滓束高阁。高阁敞数椽,沧江环一曲。听罢渊明泉,暇即展书读。风亭月榭自天开,观水观书眼卓荦。天地一蘧庐,沧海渺一粟,滂沛入寸心,懋然万理足。记取沧浪《孺子歌》,毋足斯濯缨斯濯。

西湖观荷

卅里湖光眼底夸,小舟一叶两人划。夕阳疏柳苍黄里,穿过菱花又藕花。

藕花红褪半成房,碧盖青筒一样长。欲识并头生处所,碧田田里紫衣裳。

林典史墓

吏有清名吏不妨，微员也好报君王。不须认作逋仙后，许接孤山一瓣香。

逋仙墓

茸茸残碣长苍苔，人去山空鹤不回。惟有清秋一轮月，夜深犹照墓旁梅。

放鹤亭

半角危亭枕翠微，长松秋老鹤声稀。料应载得逋仙去，养在琼宫不放归。

断　桥

万道垂杨两岸花，隔城人语任喧哗。千秋毕竟存公论，不许长桥属段家。

秋夜醉吟

秋光如此真萧索，月色晶莹透虚阁。开樽遥望四山青，长风凛凛星欲落。倚槛清吟衫袖薄，座客饮罢觥筹错。醉余拔剑发狂歌，叱咤一声振林壑。更阑客散谁知音，隔冈隐隐啸猿鹤。

病中书闷

床笫如桎梏,衣被如犴狱。为缘反为仇,百端争羁束。欲食系余颈,欲行絷余足。天宇自宽闲,病躯何局促。忆昔安和日,乐趣何优渥。花草入平章,山川恣遐瞩。今为在韝鹰,昔若摩空鹤。苦乐一相形,寸衷倍怅触。力疾骂病魔,胲削诚惨酷。床头利剑在,好去毋荼毒。

游花山

野树迷溪径,闲云锁寺门。梅花消息冷,枫柏自成村。

过林氏废园

二十年前地,高门护巨绅。衣冠如昨日,亭榭倏蒙尘。蝶泣无花树,厖迎别主宾。回头问风月,烂漫几经春?

自昔为园日,搬移煞费神。廊高天肯让,心巧世何嗔。沽酒呼时望,囊钱借后人。世情恶衰歇,鉴此早抽身。

小 园

小园不种花,春暖花飞入。小园不种竹,春笋亭亭立。天地自施生,化机何洋溢!坐对碧琅玕,落英为枕席。泉声松杪来,云气萝窗吸。黄鸟时一声,和风扇八极。旧雨长苍苔,幸

乏俗人迹。闭关自吟诗,消此舒长日。右春

　　为园人喜大,我喜我园深。春阳储可久,夏暑远不侵。扶疏园外树,幻作半亩阴。飞柯接檐溜,两两舞幽禽。蝉声落高树,逗出松间琴。主人赤足坐,一卷《南华经》。好风自南来,时雨与之并。世情多炎热,聊以浣烦襟。右夏

　　商飙忽一声,金铁皆响应。红叶打门来,遥天递秋信。金粟何处香,贝阙渺难证。但见玉蟾蜍,耿耿悬明镜。风寒雁渐南,露零菊初孕。佳节记登高,延宾扫三径。金钟抱墙鸣,凄凄满清听。把酒坐夜阑,百篇书秋兴。右秋

　　冬来万卉摧,竹与松交秀。金谷尽荒凉,我园却依旧。云低笠覆檐,冰结柱承溜。积雪耿寒芒,幽室明于昼。疑在水晶宫,顾影皆尘垢。不知红梅开,鼻观香先透。园门扃不开,春光已渐漏。索笑向癯仙,羞作袁安卧。右冬

天马山登高

　　我家家在花山巅,石牛磊落傍云眠。才人览胜寻古迹山有铁线篆文"览胜"二大字,秋来为敞登高筵。骑牛向天天无边,菊酿芳烈牛流涎。矫首云天一阊辟,天马横空来自天。丹枫黄槲错满鞍,络头羁靮随风烟。藤萝挂石扶空磴,落叶蘸霜铺锦鞯。还沽山庄一樽酒,呼徒着屐跨其颠。海潮南起欲到前,浊波浩森万顷连。西北诸峰争蝉联,百盘秀削冠一偏。锦屏璀璨向东悬,樽前辉映失百千。众山奔赴尽如马,此马形势尤

高骞。举酒酹马马不饮,对酒看山山增妍。茱萸遍插香可怜,
马乎山乎是何缘?我闻穆王有八骏,八荒腾踏蹄欲穿。又闻
骐骥服盐车,太行欲上空迍邅。惟尔栖托远尘境,捷足肯争凡
马先。神龙有种缮真性,不受人世箠与鞭。重阳佳节人来往,
秋草秋花年复年。眼花耳热众宾散,直欲乘之访费仙。日暮
归来牛背望,夕阳山影乱乌鸢。

白　菊

彭泽归来两鬓霜,篱根褪尽旧时黄。秋清月落还看影,夜
静风来不碍香。酒使衣裳同一色,宫娥面目浑相忘。西风玉
女非无意,不许繁华擅胜场。

不随枫柏醉重阳,留得花开自在香。明月清风参色相,淡
烟浓露和明妆。一双老眼同秋冷,万缕芳心伴夜凉。不御铅
华独风味,也应愧煞少年行。

众香国里谢华铅,玉立西风剧可怜。夜冷含葩疑斗月,篱
疏弄影欲迷烟。修成冰雪三生业,绘出风霜九月天。寄语陶
公如爱此,莫邀红友涸清缘。

参罢花中玉版禅,亭亭素影倚秋前。吴妃肯教脂污口,陶
令应伤雪满颠。香带晚云空是色,神凝秋水淡无边。一枝濯
濯东篱下,不受红尘半点缠。

伯岳啸山林先生_{景舒}以《半船楼诗》嘱题，久未就，夏间又以《留别同人》诗寄示，因成四律

前有逋仙后白峰，君家风雅属真宗。百年谁具回澜手，此老能追绝世踪。万丈光芒今李杜，一腔闲放古羲农。岩坳犹认来游处，万首新诗一倚筇。

数尺钞书一尺诗，半船楼上日迟迟。少微星宿中天耿，大法轮回老手持。白眼狂因看世懒，青灯味待课孙知。子平婚嫁今将毕，茗盏炉香正及时。

不知浮利与浮名，劲敌常寻五字城。论鬼却嗤人变相，度僧时为佛如盲。东方生以诙谐寿，南极星从岛屿明。事业千秋诗一卷，担头未为布衣轻。

常因瓜葛得躬亲，扑我胸中八斗尘。洛下文章皆后辈，隆中来往尽高人。莫传衣钵空持偈，每到歧旁欲问津。今日花山尽寥落，好来吟响续先民。

夜宿灵岩遇雨

紫金蛇挈吕仙亭，明晦峰峦巧换形。暴雨波翻龙嶂白，早春山拥佛头青。紫阳四字缘崖读，霹雳双岩带水听。一夜佛灯明不灭，老僧破道写黄庭。

雨余草树碧于油,飒飒西风误作秋。幽涧上临千仞壁,荒蹊难觅五层楼。一双不借云根踏,十二奇峰眼底收。诗钵钱囊行具足,逢山何惜久勾留。

夕阳返照锦屏东,方壶千岩在眼中。虎踞石迷天渐暗,宝珠茶放晚犹红。苾刍馔进离泥笋,汗漫游随印雪鸿。龙井茶烹龙鼻水,饮余香尚带枯松。

题僧拜石

石不能言,尔反屈膝。不学生公,仆仆何益。

题卓笔峰

泼墨淋漓写万山,图成卓笔教人看。世无燕许扛难得,自向长空绘蔚蓝。

题剪刀峰

龙女何年去不回,剪刀抛掷旧鸾台。及锋不试飞空布,孤负千锤百炼来。

能仁寺四眺

两峰突兀一溪屈,万竹迻径能仁出。对面千叠万叠来,两朵芙蓉青欲滴。火焰一峰南插天,大镬破缺埋荒烟。相传御火因铸铁,铭志剥落尚记年。铁镬犹存嘉福毁,何似当年付一炬。僧言明主避难来,全浙委输供故主。能仁重建百余年,僧徒星散少庄田。我闻此言长太息,始信沧桑有变迁。寺前两树宝珠茶,白者已死红者花。花开花谢山僧老,至今惟有旧袈裟。

游 湖

偷得浮生半日闲,闲行领略旧湖山。蓼花红到荷丛里,秋半风光最耐看。

和吴增川韵

诗境贫如注漏卮,拈毫煞费短长思。闲成趣后吟方觉,枯到肠来懒不知。未便题糕轻梦得,敢因识曲诩钟期。寒缸剔把佳章和,万壑松涛怒起时。

谁挥健笔扫千军,分得余香许共薰。三北战功羞管子,九秋诗兴羡司勋。勉搜俭腹藜和苋,久冷名心水漫云。吟罢自惭巴里响,不堪大雅与同群。

石夫人

霞作胭脂雨作油,上苍权当小妆楼。世间石汉无多少,不是夫人强出头。

空拥尊名守寂寥,本来金谷一妖娆。繁华姊妹居何处,争奈芳心似火烧。

风闻嫁得石将军,何日铜符两地分。不栉真堪将将也,梁家红玉许同群。

体质坚凝信有余,风饕雪虐尚何亏。柔肠男子应羞死,巾帼须眉反不如。

家国犹须内助贤,都因谈笑起烽烟。诰封岂貌承平宠,第一贤良在不言。

题林画师渭舫_璜小绿天

谷箈筥,山群玉,七贤已渺谁追逐?怀素何人独种蕉,所居无竹未免俗。翠云苍雪共成团,幻作林君绿天绿。

林君结交多雅士,逸致芳标本如此。曲罢还鼓湘灵瑟,诗成欲贵洛阳纸。

种蕉为纸竹为箫,挥墨一罢歌《大招》。仰观造化小儿耳,竹风蕉雨自萧骚。

竹凌云,蕉蔽日,天欲无功由人力,画师设色巧难言,空碧瑶斋浮一一。却笑休文不解事,为竹弹蕉非蕉意。君子无争岂有争,竹心自虚蕉心细。君不见《卫风》菉竹美猗猗,王刍篘箭辨最微。菉绿通假蕉刍转,此物此志是耶非。

我学《说文》苦不足,曾闻海棠聘葶绿。此君权配绿衣娘,君子美人同一局。

我为诗,君为图,此情此景古所无。八万四千年后天亦敝,愿携此卷重构宙合以与吾辈相欢呼。

述怀_{时年三十有二光绪丁酉也}

溯我生世来,甲子一百九。长我兄有三,姊先我最后。仲叔早辞尘,失我左右手。惟我及伯兄,空山共株守。诸侄务耕樵,衣食粗能有。余日事诗书,聊以糊余口。世途险不知,名场困已久。身无尺寸长,恐同樗栎朽。惟幸北堂萱,犹耐风霜受。握管写胸臆,浇愁不用酒。

我父遗我去,倏易八春秋。生前多劳勚,非徒筐筴谋。箸书百余帙,腋集白狐裘。小心何抑抑,大度何休休。早岁负岐嶷,便匪常人俦。家道际颠沛,代耕觅束脩。米盐家计迫,书册囊中留。暇辄展卷读,继晷焚膏油。名途苦蹭蹬,强仕郡庠游。学老名心淡,家贫活计求。依山树桑竹,呼子饲羊牛。五鸡二母彘,十稔千金筹。还收自然利,家堂乔无忧。晚岁学弥进,师仿刘宗周。白发生还健,黄金散不收。惟此读书志,垂老尚为仇。教学宗古道,论文鲜污流。大义苟或紊,切齿白双眸。生平敦孝友,岂惟忍诟羞。顺亲自有道,爱弟好无尤。终能驯傲象,同室靖戈矛。教我笃亲谊,勖我慎交游。积书课我读,内行董我修。惧我耽怠惰,谆谆日一周。凡事豫则立,言犹在耳不。寒窗校遗籍,力学谁与侔。我父不可作,此恨长悠悠。

母年七十三,形神已非昔。鞠子之悯斯,宜爱西山日。忆当家不造,迈祖遭奇疾。晨昏乐顺承,诟詈置罔恤。父出课蒙童,远方艰就食。数米析薪炊,膳食未尝缺。门户一身持,岂徒事爨汲。屋破茆乱飞,风雨无时入。冬冷衾犹单,天晴衣尚湿。晨起课耕樵,一灯终夜织。我父初忧贫,子母权生息。初闻簪脱姜,旋看券焚薛。愿捐内顾忧,勉事诗书业。强仕泮水游,亦繁母氏力。感此愈勤苦,手足无休歇。食指日以繁,劳悴遑敢恤。辛苦持纪纲,稍稍裕充积。止足辄便休,怜贫拯危急。慷慨惠乡邻,惠问通疏戚。教子以义方,爱子毋姑息。经营五十年,儿壮母日瘠。愿天假之年,得效涓埃力。

我姊遇不辰,米盐苦掣肘。念此同根生,所遭何不偶。归时有庄田,夫愚不能守。索债人打门,割忍膏腴亩。阿翁忧贫死,夫向他乡走。迈姑坐堂前,儿女啼其后。长物室都无,犹有阿翁柩。汲爨兼扶犁,憔悴何能久?抱病望夫归,归时仍空手。问我且如何,逆来惟顺受。勉力事姑嫜,培使本源厚。危苦生清明,彼愚天或牖。子已渐长成,切勿令游手。剥复若循环,屯蹇或不久。

三兄遗四子,两少颇聪慧。欲令之读书,恐乏谋生具。驱之事田园,十叶书香坠。拙母日姑息,智愚两足虑。画虎将类犬,刻鹄尚类鹜。当及幼少时,农闲勤督课。惟是读兼耕,庸有啖饭处。

生男堕地殇,存者惟二女。长者已五龄,幼者方哺乳。食指日以繁,呱泣杂笑语。恐因肺腑煎,屏人时独处。业在伦理中,此心乌能委。生女与生男,原不分尔汝。但当谨身修,毋教门户毁。本立道乃生,昔贤无多语。阶下种宜男,长待三春雨。

酒　熟

土瓜作酒一月熟,和以冬米白药曲。甑头置水甑底承,芳气胜兰液流玉。年久老薪入爨炊,酒香薪香满一屋。今年种兰只一畦,白酒未熟开已齐。干枯入曲英入酿,其香尤烈甘如饴。从知化工本无物,眼前朽腐皆神奇。命妻两瓮分浓淡,切勿囵圄轻把盏。浓者力健粗人宜,淡者留为上客啖。我辈固多如水交,忘言对酌不知晚。肺腑恐难酷烈胜,反致红颜成白眼。我不能饮酒力加,开樽一酌眼生花。醉后亦醒醒亦醉,但见须臾两颊生微霞。

长至日偶成

数日寒无奈,重衾夜不温。一阳忽已转,觅句趁朝暾。群松激涛响,残菊蘸霜痕。呼僮市村酒,酒浅不盈樽。一酌复一酌,不觉红颜醺。

我兄修阴德,呼儿视荒村。教加一抔〔一〕土,悯此无依魂。

叹彼累累者，岂尽无子孙。良莠不可必，贤愚亦何分。各为其身计，衣食日驰奔。泽以五世斩，人谁百年存？生者不能养，况彼丘与坟。

校勘记

〔一〕抔，底本为"坏"，据诗意改。

后元夕一日同内弟林秀川赏梅月下

十五月正圆，十六月未缺。相将踏月行，空山春欲活。但闻梅花开，提壶入林樾。西风一霎来，满地霏瑶屑。花香月亦香，下此杯中物。薄云来翩翩，笼却当头月。却呼姑射仙，同寻水晶阙。举白共浮君，喜君具仙骨。三友齐竹松，岁寒尤奇崛。时节况方春，百卉谁先发？同君醉一壶，云天逾空阔。佳客出逋仙，主人惭松雪。天女最多情，散花满一窟。酒酣喝云行，娟娟一明月。

对　菊

一年不灌园，菊老蘺欲荒。败叶丛短干，犹放秋来黄。人言尔太懒，我谓人太狂。花自具彼性，人力何可当。灌之日已数，曝之乃易伤。遂其生植理，憔悴夫何妨。正气秉天地，傲骨撑风霜。辟彼贫家子，何有乳哺殇？饥饱并致疾，此义可共详。陶潜能达化，所以终徜徉。

六出梅

今年冬暖天未雪,一夜梅花开六出。雪花六出兆丰年,梅花六出却何说。欲索梅花笑,聊为梅花解。梅花瑞与雪花同,平章由我人休骇。雪为二麦瑞,梅为百花魁。从教脱尽寒酸相,九九寒消春便来。山人颠倒作奇想,名非其名象非象。还对梅花倒一樽,如丸冻日枝头上。

踏雪口占

曾否游仙到玉京,五城楼阁望中明。石丁空作蓉城主,开到人间更可人。

一双不借踏云根,喜我心胸朗十分。最好北风吹不断,银花飞傍发髯髻。

灞桥驴背冷萧萧,何似围炉酒一瓢。游罢饮醋还瞌睡,休教诗思涸良宵。

卷八　诗古近体

题《天山立马图》

　　我闻东山跨鲁邦，一登泰山小天下。又闻地势西北高，乃知东南诸峰登者所见为尤寡。行当尽收四海广轮入眼来，恨乏穆王八骏马。忽从图里见天山，公能登此真健者。天山之高高罕俦，为天之柱帝之丘。冈峦起伏雉堞见，相传此为古伊州。公当摄篆作少尹，胜日常为策马游。据鞍直上意气壮，下视名都广邑皆作芥舟浮。言从西出嘉峪关，八千道路何漫漫。九曲历尽黄河险，三峡经过蜀道难。穷站富站十有六，火川木垒森巉岩。虫沙绝域家乡远，到此风尘一洗颜。回部纷纷方构逆，卫青幕府抠衣入。盾鼻挥毫露布成，凯歌声喧屐齿折。酬庸不羡好头衔，且喜名山留宦迹。瓜代人来归便归，马前桃花马后雪。两袖携来漠北风，当头誊起关西月。谁欤图此志游踪？老迁之笔铁可屈。我披此图尚茫然，及闻公语始信焉。惜公归来何太早，不将须发画凌烟。喜公不恋此五斗，年来诗卷已盈编。自恨足迹滞片壤，咬文嚼字年复年。春晚一观龙湫瀑，秋来又坐鉴湖船。安得冰花三丈诗一寸，远海高丘随公快执鞭。

为人题王某《天山立马图》

君不见羊公登岘首,投碑东海祈不朽。又不读屈子《离骚》篇,阆风绁马何茫然。丈夫不能肘后相印悬六国,亦当远海高丘一放目。乃如钻纸之蝇辕下驹,自笑余生太局促。先生摄篆佐伊州,时雨行春月照秋。天下便欲马上治,策马直作天山游。天山山高天欲隘,俯视黄河裁如带。据鞍顾盼意气雄,龙媒嘶声彻上界。天山雪花大如席,先生驻马天山立。天山风色冷侵衣,先生盘马天山归。归来关陕摹碑碣,言赠尔碑定我集。携来好句欲惊人,最佳五古与七截。我生未行万里路,欲觅天山披绢素。为问图中倚马人,文章疑得江山助。

送画师解_芳莨臣归黔中

黔中山水是家乡,绮岁游情搅热肠。羁迹横湖将卅载,旋归已带鬓边霜。

身世浮沈九转丹,清平为福不知寒。巫江峻急钟奇士,枳棘何堪宿凤鸾。

羡君花管凤生香,写翠描红遍众芳。赠我满堤春几许,今携何物到家乡?

每因客里动愁春,今趁春归亦快人。四野暖风双岸柳,扑人到处有芳尘。

欲赠长征一物无，小诗聊学庾肩吾。怀人天末从今始，行过吴都又蜀都。

次王少尹燮友题所临岳忠武书两《出师表》拓本七十八韵

古今数伟人，天若植之骨。一去万千年，精灵盎纸笔。出师旧表文，至今何耿耿。碧血裹丹心，都作日星炳。彼此若为缘，时代何后先。汉相与宋将，正气共一团。王公奇伟者，临摹精且专。笔气参柔劲，腕力澈中边。断如渴骥下，续若怒蛇延。言记文正公，运笔作两股。疑是阴阳气，起伏成龙虎。龙起气为舒，虎伏气为鼓。齐向笔端来，蟠踞护军府。武侯志灭贼，大节照千古。少保志忠君，班师归旧部。正气谁可奸？师出与师还。师出魏未灭，师还桧已弹。为臣何真忠，真忠乃真愚。偏安业已定，六出复奚须？专阃抗君命，奚必归帝都。但尔忠臣心，自恕恐自诬。君召不可诺，致身敢爱吾。武侯既前导，少保循其途。两表具官箴，班师想赤忱。方意敌破竹，何期牌促金。江山剩半壁，寇虏未生擒。驻军拜祠堂。古柏郁森森。援笔书二表，和墨血涔涔。恨今五丈原，不逢诸葛公。虽无鱼水契，尽瘁且鞠躬。汉贼不两立，金魏将毋同。上表自撄心，写表空运肘。二圣辕未还，三足鼎何有？亲贤国乃隆，此言真不朽。谁知卖国人，君僚忍两负。欲为谢阙章，责躬谁引咎？慷慨笔自走，踟蹰首欲搔。如何皇宋运，厄更甚金刀。权懿多敌国，费董无同曹。黄天荡方扼，老鹳河又逃。金贼不卒殄，壮士为呻吟。子期不可遇，欲焚伯牙琴。写罢掷笔去，砚铁铿哀音。忠臣岂鲜济,汉宋运方终。何公丁盛时,宦情偏不浓。出关八千里,绝塞饱霜风。幕府挥盾鼻,狭巷短兵攻。未立天山马,先摧回部锋。伊州赞治理,两稔早回踪。岂学范少伯,鸟尽早藏弓。归来楮墨亲,遗拓搜凉肃。发箧披大文,栊触添衷曲。文辨齐梁诬,笔诛桧卨恶。磨墨拂瑶笺,胸襟一展拓。临池思古人,壮怀犹未足。正气如可干,盛名亦可托。论古逞奇情,中心转舻舳。我夜读公诗,长松声谖谖。学歌《梁父吟》,山林自往复,还读《良马对》,危坐心折服。五字登长城,一步一侼偬。《山石》疑歌韩,《繁露》等读董。公诗一气呵,我笔千钧重。诗才堪造凤,笔法更如龙。欲乞书绢素,玩赏壁间供。武侯有正气,生前相业崇。少保有正气,身后膺荣封。传神得妙笔,心性假陶镕。养吾浩然气,沛乎塞穹窿。恨乏公才器,驰驱西复东。能文亦能武,终古几英雄?

洪君谋九、陈君迂波避暑常乐窝,
余偕画师林君渭舫往访,遂宿焉

挈伴寻山趁夕曛,竹林清趣许同分。安排佛地容吾党,收拾炎威赖此君。夜气凉生浸槛月,吟身闲似出山云。都南香爇金猊鼎,坐到更阑乐可云。

消夏词

赤帝行天驾火龙,寻凉避暑笑匆匆。人人自惹忙中热,热上心来术也穷。

难寻雪窖与冰天,寻得翻嫌冷可怜。争似正襟危坐好,暑寒翻覆两无权。

土窗新长碧琅玕,六月能生一味寒。我不爱寒翻爱竹,虚心无处不平安。

孤篷短棹系垂杨,荷荡风来水亦香。莫道暑天人易困,苍苍也有好排场。

次训导童柘臣花山访林仲严韵

小筑名山近,梅花共一村。社荒泉谱韵,僧去鸟迎门。何幸高轩过,诗成古意存。寒林知有约,相与证灵根。

胜地宜佳客,闲云共出山。两家沆瀣气,数里竹松间。坛席开千古,文章见一班。何时重过访,笑黛拥螺湾。

童师柘臣以小泉村近花山,
易名为"消寒",因叠前韵

自锡消寒号,溪山别一村。芳馨流古社,春意盎柴门。九老踪堪继,三生约自存。崇祠何日建?大冶起梅根。

消息红梅露,村名雅称山。吟诗春十里,庇士厦千间。客是兰亭彦,人谁玉笋班。宗风提倡后,吟响满溪湾。

即 景

秋夜凉如水，重衾尚觉寒。草虫声唧唧，倚枕不成眠。

月色穿窗入，呼儿起读书。一灯红似豆，夜坐乐何如。

中夜不成寐，儿女声嘻嘻。推窗望山色，参横月落西。

题云阳书院

君不见有唐郑氏作司户，吾台文化开初祖。又不见有宋蒋氏作监仓，横湖学社开云阳。云阳兴废已千年，谁令栋宇起荒烟？承先之美开后学，里人叶子此其贤。叶子今年逾六秩，云阳土木工始毕。问渠经始在何时？正是乃翁强仕日。前后经营二十年，妙手空空欲补天。千金裘匪一狐腋，上栋下宇岂偶然。不有叶子能，孰绳蒋氏美？不有蒋氏开其先，叶子何以能继起？黝垩丹青一望都，叶子白发已婆娑。级砖盖瓦自嶙峋，蒋公灵爽此焉存。寄语学子须勉力，勿使房栊生荆棘。但得英少蝉联起浙东，缮祀名山应有日。

咏雪用苏子聚奎堂韵

书斋风定响纤纤，夜冷重闱扃不严。一色看成瑶圃树，千车齐覆太行盐。灯昏室暗明如昼，天曙云低欲近檐。冻墨乍呵诗未就，冰花已上兔毫尖。

勉邀毛颖乱涂鸦,三白欣占麦满车。腊尽忽明千里月,春迟早放一林花。蕉窗幻入王维画,布被寒深杜老家。万顷银山双不借,寻诗那辨路三叉。

余馆楚门之玉海学堂,春暮馆徒观剧未归,凡籁俱寂。有小络丝娘穿窗登榻,清响逼人。明日还集阶下丛蕉上,如是者数日

山城弦管正嗷嘈,羽舞霓歌奏六幺。一串珠玑檐外落,纤纤风格倩侬描。

雨丝新展绿天成,油碧房栊贮美人。莫道他乡春寂寞,一年偎傍属卿卿。

和戴梅枝女士辞馆韵

谁肩圣道济艰危,怒发常冲白接篱。闺阁多才还复古,文章变相但趋时。几人见鬼思涂面,我辈谭经谬作师。尔日颓波如可挽,好诗应共《女箴》垂。

除　夜

爆竹随风响彻天,梅花香里又残年。文章未卜他时价,诗酒聊盟隔岁缘。壶水暗回春刻漏,灯光寒照旧书编。苦吟且

了今冬事,转盼芳菲斗万千。

围炉觅韵愧难工,破纸疏棂逗冷风。债主到门双眼白,邻家守岁一灯红。囊无涓滴难沽酒,文有精神可送穷。昨夜故园晴雪里,红梅消息露墙东。

引被寻眠却不眠,重将心绪付桃笺。投怀女幼添新口,插架书多抵近田。鸳鸟多材宁识命,蠹鱼无劫可成仙。呼妻当酒权烹茗,闲对垆头袅碧烟。

吟罢更阑思悄然,明年事业变从前。诗编待我从头补,岁月随人转瞬添。卅载闲多非寡福,一生累少算无钱。来春但乞东皇宠,五色花开到笔颠。

寿临海秦明经某即送梗友左丞枏之四川任时在京中作

君不见巾峰双帻凌苍苍,黄华仙人游下方。又不见南极一星悬朗朗,光气直冲三台上。三台老人以秦氏,家教渊源在经史。青灯书味饱深宵,今日课孙昔教子。一家宝树接三秦,凤毛麟角起振振。有子成名翁已贵,九重宠命况新膺。文郎捧檄走巴益,正是乃翁杖朝日。天遣文星作寿星,大所发由厚所积。当筵莱子衣灿烂,桃源仙子胡麻饭。亲朋酌咒快跻堂,赤城霞彩觞同泛。嗟我回首椿庭空,欲亲遗耇瞻德容。蒻医邛杖待西至,期颐晋祝效华封。

冬至述怀 游闽作

吹尽葭灰又一年,悔将手版换青毡。宦途底是销金窟,身世防如下濑船。鬓发白添去岁密,头衔小愧几人先。个中早已安排定,搔首何劳去问天。

蓟门烟树系春愁,回道征尘认马头。避热却寻山外寺,浣烦曾觅酒家楼。藩封爱士空尘牍,宗匠抡才只拔尤。米大官儿金比贵,栖迟京邸尚经秋。

自摅情绪自敲诗,绣线添长我不知。愁思浣从寒雨后,吟情浓入晚钟时。苔岑同契来佳友,禺策无才负主司。握管中宵频起坐,夜灯炧后月临池。

八闽粳稻旧知名,旅食人来满一城。宦海锱铢持蚌鹬,蛮方风雨杂膻腥。谁将积弊厘财赋,聊假新诗答圣明。经国由来须远略,汉家桑孔枉经营。

和陈韵圃见赠韵即以留别

旧雨话今时,匆匆又远离。横湖寒夜月,千里照相思。

岁月销磨易,生平悔读书。赤松如可访,相约共谈虚。

一夜留人雨,榕城恣宴谈。长城聊比筑,争似美中含。

自笑天南北,终年走俗忙。三春晖莫报,含愧祝安康。

元夕大雪

一春风雨最无聊,花木园林两寂寥。为买笼灯烧短烛,笑看儿女闹元宵。

北风吹雪粲银花,灯市游人定已赊。不若山间风物好,珠林玉树望交加。

吟残稚子又催诗,兀坐拈毫得句迟。便欲拨云呼月出,冰天雪地慰相思。

龙山谣有序

龙山在新河所北,邑志称"镇岩山"是,头角嶙峋,俗呼为龙山。中有仙迹、仙床诸胜,族人于此祠祀节度公,祠前有堤,游人足成八景诗载入前谱。余以命名都涉元虚,非所以为宗人劝,故效《长庆集》体,并志之谱云。

少诵宣尼书,喜人尚践迹。我辈况中材,何事叩虚寂。闲云野鹤本无踪,炼汞烧丹徒幻说。惟步亦步趋亦趋,六经四子多层级。人若慕飞仙,铁鞋踏破无从觅;人若志圣贤,可以升堂可入室。作诗为语此中人,莫羡王乔来飞舄。右仙迹,勉践实也一床明月一床书，天外飞仙乐不如。莫道彭抟多寿考，长眠短觉复何为。百日习一经，三冬足文史。万卷图书腹笥罗，仙人应笑痴眠死。安居乐业便神仙，同床各梦本如此。我不羡黄粱，一炊天下变沧桑；我不服金丹，九转更比读书难。福地嫏嬛知不远，榻前休任别家鼏。右仙床，勖力学也

有龙山则灵，无龙山便丑。岂知灵气自天钟，龙乎山乎两无有。人名山亦名，头角供摹刻。人名山不名，顽石谁任忒。匪曰山川钟毓人，人名足壮山川色。不愿山成龙，但愿人成山。一篑九成功不已，须臾平地森巉岩。右龙山，劝立志也

朝餐风，夕饮露，有水蝉不饮，此井从何作？想自世上多贪泉，蝇营狗苟争相赴。特以风露遗，为彼清廉助。饮水尚思源，祖德遥堪溯，顾名当思义，物趣高堪慕。蜩螗沸羹无几时，天泉一洗清如故。右蝉井，惩贪污也

邵子先天理，水石居二行。苏子钟山记，水石成一声。二行天所付，一声物所成。阴阳气质互变动，水耶石耶皆分形。吾欲寻水源，罅漏千尺深。吾欲敲石髓，铿铿尽顽冥。谁知一泓擘石出，可以浴德可澡身。真髓真源此其在，千岩万壑皆孙曾。右流水岩，怀源本也

元元圣祖五千言，不言白日升青天。何自禅宗创诐说，欲上无梯空嗒然。乃知登天难，不如登山易，岩腰步步拾级升，直上巍峰旷无际。古人读书譬登山，为人同此上行志。成佛成仙两渺茫，卑迩致功在孝弟。右梯云石，尚近取也

祠成护以堤,祠在堤有主。谁知五十年,彼此异成毁。驵
侩务利便,周云弃如矢。丘木受剪伤,牛羊互成市。无以妥先
灵,曷贵有孙子。仲冬集畚锸,族人欢然来。旧阙不日堵,嘉
树逐春栽。祠乎堤乎两如故,登堂展拜颜为开。乃知创业难,
守成亦不易。堂有通津墓始庵,艰难规复旋成废。丘墓可以
千年存,愿尔后昆能继志。右南堤,言守先也

迁浦东流清且涟,高高下下多良田。禾黍同膺明德贶,谁
因灌溉思随刊。吾邑东南各竟海,潮汐冲突难为怜。畴使斥
卤成膏沃,台中行部来新安。筑闸有六此其一,厥利尽地功争
天。时宋嘉定乙卯岁,摩崖有字尚记年。历元而至明正统,吾
祖自黄此卜迁。沿流聚族事耕作,歌衢击壤声欢然。籯车用
满食用足,奚翅三百困与廛。我行此浦迁兮回,我临此闸拜碑
前。千载若无子朱子,安得宗人果腹眠。右北闸,怀明德也

和王簧山见赠韵

晴旭出高林,溪山破宿阴。听谁歌水调,于此见元音。人
比远峰好,春从别径寻。晓风杨柳岸,韵事未应沉。

新晴叠前韵二首

溜声隔夜断,晨旭漏花阴。远树绿如滴,幽禽巧弄音。客
怀随日朗,诗味逐春寻。坐听山泉落,流觞任醉沉。

天气重三好，朝阳荡夕阴。欢成修禊约，耳洗右泉音。野意含山润，花光隔水寻。东风刚识面，几日睡沉沉。

悼　亡

溶溶绿阴，交交幽禽。我怀如何，忽忽春深。尘生破镜，月照寒衾。抚枕不寐，大海石沉。

言思子归，我喝子于。朝颜萎风，曾不须臾。孤灯莹然，执手岂虚？庄蝶栩栩，同在华胥。

告余病瘵，过喜疑梦。女雏呱然，我亦惊恸，东风恼人，剪窗入缝。阒尔空闺，寸心万孔。

风声雨声，却倚空庭。与子不见，闲愁转撄。缣书断句，酒倒空瓶。子如我知，何以为情。

卷九　诗古近休

和王知事儒舲前赠韵

官方士习世谁珍，拔剑哀歌苦带辛。棋局掉翻新国手，浪花淘尽旧文人。行来世路方多棘，淡处交情绝点尘。腰囊萧然归便好，当年无负赋苹宾。

一曲歌骊倍可珍，尝来宦味莫辞辛。山深桂密风招我，秋老林疏月近人。半载诵弦瞻气象，十年燕汴悔风尘。而今幕府需才亟，燕雁纷纷已代宾。

和王簣山浙归被盗韵

桂花香里旧门庭，秋半归来景色新。长物家无诗尚有，吟成一曲一阳春。

钿合金钗一劫亡，非关造物忌多藏。缄藤重启世传宝，古画奇书足品量。

闻道绿林知李涉，世无豪客此应然。荒斋四壁心千古，自剔残灯照冷毡。

窃国无能但窃钩,如斯小物复奚尤。簏金那抵传经重,记取菑畬展远谋。

和王知事儒龄见赠韵

读遍山经海志来,花无迷谷照尘埃。长安市上谁知己,也放葫芦坐一回。

写出溪藤满幅来,广寒人物两无埃。辋川诗句兰亭笔,拥向青毡日几回。

重九怀王簀山东游

九日呼朋蚁共浮,怀人天末思悠悠。海云万里晴遮眼,明月他乡远赍秋。坡老诗成徒惜旧,仲宣赋就独登楼。天涯知己人多少,能否鏖兵破宿愁。

扶桑东望海云浮,说项攻袁几谬悠。蓟北关山明夕照,江南风角静深秋。休言斗蚁劳成垒,总为飞仙惯住楼。个里是非慵去问,生灵今日已无愁。

吴楚乾坤日夜浮,长篙短桨浪悠悠。湖山色变三军令,风鹤声惊两度秋。瀛海好储新国手,衡阳忆否旧家楼。息肩最是南方福,休逐人言一例愁。

补九日怀王簧山柬祗修

历法寰瀛统，今人惜古秋。囊萸添酒意，采菊到岩幽。忽忆旧来客，偏增远别愁。未知溟海外，故事可曾修。

一樽开竹里，旧迹尚依然。人尽题糕客，风来落帽筵。郊祁偏我愧，咸籍信皆贤。衣钵夸三叶，中流愧仔肩。

即事用蒲作英题新庵壁间韵

自锄明月补梅花，野径苍黄兔魄斜。九老风流今已矣，雨余汲水自烹茶。

家山补种万梅花，搓出新条向月斜。待得花开人未老，重寻旧社奠香茶。

溪桥几度访梅花，地老天荒坐日斜。野径苍茫人迹少，拾来松子自烹茶。

两岸疏林映野花，春来蜂蝶扑人斜。回头九老行吟处，雨过山农但种茶。

旧社荒凉藓作花，斋鱼粥鼓亦欹斜。闲吟迟日春风韵，剩有清歌答采茶。

和吴绣卿题壁韵

雨余林角漏朝阳,春入深山草木香。扫榻忽哦题壁句,恨无杯酒共相将。

倒叠前韵

影踪萍水未相将,子重诗成院壁香。一路草花千树叶,最堪爱惜是春阳。

和徐赞尧橘绿天原韵

脱离尘鞅便飞仙,莫道丹丘竟邈焉。奴隶千头棋一局,橘中风味已无前①。

好景江南记一年,风流苏子兴无边。园林自有清闲趣,不在几先在物先②。

堆泥种橘已成林,雪地冰天尽绿阴。得此岁寒心似此③,沧桑何问去来今。

香疑兰杜碧疑烟,丹实离离望灿然。赤手乾坤凭独造,娲皇炼石只空传④。

物物由来具一天,周莲陶菊各称妍。欲收一幅江南景,写作程朱观物篇⑤。

人心见异每思迁，谁似登峰直造巅。此物此心同化后，苍苍别有个中天⑥。

莫向霜林染指先，土宜物性两当然。成天平地功谁敌，悔我买山空费钱。

注释

①"已无前"，《思危楼诗文汇钞》作"自无前"。

②此首《思危楼诗文汇钞》作："绘出江南景一年，风流内翰兴无边。园林自有清闲趣，不在几先在物先。"

③"得此岁寒心似此"，《思危楼诗文汇钞》作"但得岁寒心似此"。

④"赤手乾坤凭独造，娲皇炼石只空传"，《思危楼诗文汇钞》作"赤手乾坤君独造，娲皇炼石只空传"。

⑤"欲收一幅江南景，写作程朱观物篇"，《思危楼诗文汇钞》作"欲收一幅江村画，写作儒先观物篇"。

⑥"此物此心同化后，苍苍别有个中天"，《思危楼诗文汇钞》作"一劳永逸从君负，悔我买山空费钱"。

⑦《思危楼诗文汇钞》尚有两首本书未录入，录如下："家园新种竹成堆，欲供清阴扫俗埃。远海近山同一碧，篝龙成长待春来。""人间名利总虚浮，静里光阴换得不？却笑几家纨绔子，黄金使尽反生愁。"

陈蕙圃就龙王宫结夜课，从者数十人，过此口占

平泉夜课结深村，震聩苏聋乐趣存。少长书声迢递起，溪风山月不黄昏。

叶简庵墓

山北山南两墓门，简庵姓字至今存。分明同托山灵庇，旧德先畴长子孙。

送梁君佑咸之官云南

一官慷慨走南服，铁轨飙轮秋辘辘。丈夫所志在四方，百里亦足展骥足。况是民邦初建设，半籍官方半民力。民智未普奚由沦？民生未遂奚由节？政府申令日不遑，可悉痌瘝在苍赤。小民役役苦输将，谁知国计燃眉急。县令最是亲民官，沟通彼此乃天职。君今占籍在边徼，文明粗启习惯少。人尽由来可见天，张皇补苴徒纷扰。我思伏波征南蛮，忠勤自励人无顽。又思武乡平南中，推诚相与疑叛空。英雄用武君用文，胸有积理丝不紊。肝胆许照滇池水，气谊欲薄点苍云。廿年读书兼养气，能以儒家通法意。有时儒法两不用，心境旷莽呈天趣。斧柯在手衣在笥，将毋不遑劳民事。毋虞麕杂多猓猡，负气含生天等视。君家叔敬不寻常，毛序一篇大义煌。折腰何辜男儿志，敢矜腼仕轻铜章。所愿大府针芥拾，酒赋琴歌恣所适。儒吏风流自不凡，且看牛刀试一割。新凉催趱行旌飞，我喜欲狂起捉笔。盘江循吏闻古稀，待君治行书第一。

补　梅

地老天荒树不花，溪山春事属谁家。骚翁去后鸿留爪，社屋颓余藓作葩。夹道两行全待补,迎人万本昔曾夸。名流胜境良堪慕,莫遣东风怨物华。

欲呼古艳照新诗,正是风前雨后时。月地锄鸦勤点缀,寒天招鹤共维持。新条看逐芳春长,旧路来寻老衲知。一柄长镵一樽酒,胸中早放向阳枝。

花天破缺唤奈何,剧土移根学女娲。香国重开新世界,闲身合署老头陀。春风卉草天无际,迟日江山韵共哦。有客过桥来觅句,白云深处冷馨多。

种　梅

踏雪寻梅梅未开,入山呼春春已回。春气先从梅根动,十株五株傍山栽。东风飘拂青条出,枝枝叶叶攒琼瑰。庾岭移苗孤山种,驿使送春满溪洞。雨前培植风前扶,罗浮一笑苏香梦。君不见康成种松龙鳞老,子猷种竹山阴道。癯仙不作三友孤,谁与岁寒倾怀抱?我学师雄但种梅,冰天雪地藏灵胎。空山转眼霏香雪,翩翩仙子来瑶台。

后补梅二首

胸中丘壑意中花,那辨诗家与佛家。老树独横三径月,夜灯闲课一经葩。檐前索笑春先到,雪里吟香句自夸。姑射仙人何处是,肯因黯淡陋风华。

种花未得且吟诗,春雪融时月满时。千载广平工写照,一枝齐已费争持。能疗病渴偿余望,待抱寒香问故知。如此园林如此景,冰天雪地几相思。

五月六日大雨寒甚

奥区占星多龃龉,灵均问天天无语。闲从野老问灾祲,能识炎凉知风雨。四月已尽天放晴,纱縠单衣被士女。一旦风雨相继至,索衾添绵无尔汝。乃知化工本难测,扪烛扣盘两无得。惟是愁风愁雨心,难苦清明鲜差忒。寄声当轴行新政,休改田家旧月令。乾隆几易天文台,伦敦空有望远镜。老农宣圣叹不如,先民还向刍荛询。古今测候多名家,那抵一篇《夏小正》。

寺前潴水为池戏成数绝

呼徒累石障溪流,一抹波光眼底收。莫怪淤泥淘不尽,工夫所欠在源头。

浅水滩头垒短矼,一泓清籁听淙淙。分明水墨徐熙画,但少浮波鸭一双。

云影天光一鉴储,由来观水胜观书。西风荡漾微波起,雾縠冰绡总不如。

岫幌重关水一方,蒹葭秋老望苍苍。个中消受清闲趣,流向江湖已著忙。

秋　夜

北风一夜作新凉,吹送秋声入纸窗。睡起挑灯闲觅句,助人清兴是寒蛩。

补重九

云雨阴阳翻覆手,揖让往来两何有。胸中块磊久难平,呼徒且作古重九。

山肴野蔌互登筵,西风吹放黄花鲜。世事纷纷不须论,衔杯乐圣称避贤。

九月十九日客至小饮即柬吴绣卿

风雨误重阳,经旬始举觞。溪烟和日暖,树色过霜黄。佳客兼亲旧,清沽佐稻粱。席阑人未醉,萧寺晚生凉。

菊饮娱佳日,可人期不来。刘糕随客署,蒋径为谁开。好句笼纱久,吟身入瓮猜。笋舆如见贲,商略共吟梅。

技　穷

多艺乃多穷,时俗论如此。我闻初不信,课余讨医理。医理讨未深,吾道已云否。尽日东西行,晚归深山里。暑热渴焦唇,雨寒湿沾履。跬步一不周,怨声腾地起。医人人便活,见者亦云喜。医人人不活,我心胡能已。身心两受役,活人恐死己。读书贵爱身,轻生固所鄙。浊秽恣饥驱,铁石亦销毁。愿天无病人,闲我花山里。

对　菊

淡白轻红菊几盆,一樽相对倒黄昏。杨妃醉罢西施笑,秋有精神月有痕。

移　花

拾来破盎自移花,泼水扦条拥坐衙。白雁叫霜凉月上,一枝一叶尽风华。

萧寺秋深不耐居,风吹落叶满庭除。夜来赖有当阶菊,酒罢《离骚》一卷书。

灯下赏菊

一檠绕砌赏黄英,金碧迷篱眼底呈。色相由来都是幻,却从花下悟禅因。

灯前月下美人多,雪岭才登诧俗夫。老眼看花花有幸,得糊涂处且糊涂。

和王心垣后凋草堂韵

未尝窥豹见全斑，领取高怀楮墨间。世局无常龙起陆，风云多幻鸟归山。轴薖愿适居偏好，台省人多虑不关。五尺榔桄三径月，苍溪溪上踏歌还。

腹有诗书便不平，天生傲骨况随身。辋川诗好居宜画，长吉吟成字亦峋。犹忆文风开燕粤，谁知烽火动淮秦。归来消受清闲福，定是羲皇以上人。

浊世衣冠巧换形，是谁遁迹等瞿硎。救时欲抗匡衡疏，避俗还寻费子亭。垂老光阴非草草，岁寒松柏自青青。河山非旧人如旧，留与他年作典型。

岁晚天寒气飒疏，忍冬吾亦爱吾庐。风吹雨打三间屋，酒后茶前一卷书。台乘高标名士号，襄阳欲访卧龙居。民邦宪典须耆宿，之武休辞壮不如。

辟　地

辟地将一弓，种茶得百户。喜随新雨活，行列了可数。春风催早芽，香雾遍山吐。嫩笋抽齐头，旗枪分三五。邈如碧琅玕，纷纷长元圃。采集命奚童，清泉活火煮。此地久芜废，收成一朝睹。但觉枝叶腴，忘却栽培苦。货恶弃于地，昔人非虚语。记取造化工，要待人力补。

开　馆

隔窗杂长蕉和竹,减却骄阳六月骄。分付馆童勤培护,任他蔽日与干霄。

次韩蕊园题壁句

名士名山两不虚,论诗何幸傍幽居。曷来古社春无恙,一勺清泉一卷书。

洞口春云拨不开,入山何处问寒梅。客来偏有吟诗癖,得句无劳击钵催。

再次韩蕊园韵

夕阳故社久荒虚,九老风流去不居。剩有诗名满东浙,今人犹读古人书。

清湍屈曲两峰开,满目榛芜换老梅。复社补花何日慰,不堪华发暗相催。

题金氏《鸿远楼书目》

兵燹风霜里,斯文几劫灰。简编当代贵,姓氏后人猜。独有程书癖,何惭汲古才。犁然纲纪具,著述重三台。

桑梓犹恭敬,传书况有君。旁分渠禄秘,直掩戚黄勋。纪事先提要,衣言在绍闻。楼峰高处望,奕叶演清芬。

不负牛腰富,劬劬手著书。穷搜瓯越界,统接汉唐余。引路资神鹿,开函走蠹鱼。乡邦文献在,买椟岂还珠。

一再勤搜拾,多君刲劂忙。赤霞标并建,桃渚墨余香。孤馆投书远,鸿篇引兴长。何当盥薇露,相与细评量。

中秋同人酝饮合乐即席

梵宇秋高夜气清,西风对酒擘红绫。月轮共道今宵满,饮兴都兼野趣呈。揽鬓霜华惊入眼,挥毫拇战幸成名。醉余拂拭吟笺道,洗耳笙琶试一听。

即　景

半轮霜月耿清空,风弄当阶菊影重。林静夜深人不寐,卧听泉响落丁东。

对　菊

破寺何人共冷毡,香香色色动人怜。梦醒欲借江郎笔,绘出风霜九月天。

祝　菊

萧斋种菊两三行,花未开时天已霜。为语众香摇落尽,好将晚节励芬芳。

护　菊

懒乞春阴护海棠,嫌渠有色却无香。东篱傲骨真堪惜,移向朝阳又洞房。

矮鸡冠

是本雄而冠,乃如雌者伏。一鸣恐惊人,篱根自咿喔。

红凤仙

种菊三两盆,婢学夫人长。黄花犹未开,纷纷列仪仗。

五十有二初度自述

笑向空林倒一杯,百年强半付书堆。闲中天地增空阔,老去文章怕剪裁。春意早从梅萼动,樽前犹对菊花开。渊明秫酿今初熟,记取阳春为发醅。

灯前拂拭旧头颅,古剑何堪复濯磨。对酒忽憎年老大,读书自悔计蹉跎。身如病叶惊秋早,愁似残丝触绪多。且向妻儿自慰藉,砚田硗瘠尚无波。

和金谔仙冬青书屋韵

重向名山醉六经,日新从此叶盘铭。参元历劫才堪白,大阮闲居眼自青。愧我襟怀徒落落,羡君物表自亭亭。欲携数剧苕生曲,坐卧浑忘物我形。

新开精舍着吟身,珠水旗峰两绝尘。野屋最宜常绿树,岁寒谁是后凋人?一空依傍存真相,重整书编付手民。文献台中关绝续,不须回首恨嬴秦。

自题忍冬书屋

打头矮屋及肩墙,岁晚犹闻草木香。避俗却寻牛背稳舍后有石牛,头角俨然,山所由名也,惊寒不觉雁声忙。闲中日月长于岁,老去头颅半已霜。一领羊裘丝五织,南荣小坐纳朝阳。

闭门深雪不知寒,睡起东窗日半竿。松竹梅花新眷属,诗书翰墨旧盘桓。尝来世味频年淡,识透人情百虑宽。斩棘牵萝居便好,赢他桃李满城看。

冰天雪地足吟赀,满目青林满纸诗。入户冻云偏耐冷,凌寒小草不知时。开槛看雪天花乱,呵冻裁笺夜漏迟。得句俄惊春满屋,门前万绿正差池。

敢从松雪侈家风,一曲冬青恨未终。晚节谁同松比劲,幽居何必栋斯隆。石盘夜月追踪近,古洞寒香入趣同。林壑未深人未远,不妨避世学墙东园中兼植冬青。

看　雪

佺色揣称赋雪难,评花手段试今番。庭前一夜寒威紧,都放千枝白牡丹。

戊午元旦

腊向残更尽,春从曙色回。远山含雨润,晴雪舞风来。儿女喧新岁,诗文佐旧醅。一冬寒已极,尚有岭头梅。

新春书怀

弹指年光半百过,春风又到旧吟窝。莫嗟镜里须眉白,自觉年来感慨多。世网渐随时政密,国防多赖近邦和。书生事业如云薄,拟买青山荷绿蓑。

元月五日郑颂国叶作民见过谈诗

大雅久不作,学者类俳优。谁知三日篇,绘尽东西周。世衰音乃激,理足韵自流。虽尔妇孺口,皆有君国忧。王迹熄板荡,继起在春秋。作诗何等事,乃以字句求。比兴失古义,不如樵者讴。两君得诗趣,谒我花山头。谈吐出风雅,文采谢雕镂。思探幽险出,欲作心肝呕。我见心为喜,诗教从可修。积习辟钉饾,原理探温柔。为道古人诗,诸美难尽收。试看善歌人,绕梁三日留。庖丁中肯綮,恢恢刃可游。此中具三昧,传神罕与俦。涉笔一粗浅,便如风马牛。鼓掌恣笑谑,妙理纷相投。仰见天际云,舒卷何夷犹。吾道只如此,难与俗人谋。

寻　梅

冰雪积一冬,山居索情味。把酒日寻诗,寒云缭短袂。鼻观忽闻香,蹑踪穷荟蔚。佳人在空谷,罗襦自掩蔽。但觉溪山深,护此兰麝细。忽觌罗浮仙,孤标迈尘世。如吹邹子律,春风满天地。闻声尚相思,识面良不易。对此倾杯斝,诗肠自鼓吹。仙子笑不言,溪壑增妩媚。浮誉失真机,俗语伤高致。涉笔易唐突,藏拙胜献艺。空山乘兴来,何必兴尽去。归读古人诗,欢哗如儿戏。蘧然一梦醒,顿失罗浮处。

梅　花

生傍花山五十年,品香赋色愧前贤。逋仙去后知音少,青帝归来得意先。但觉清幽满林樾,难将好句对婵娟。东风识面知无偶,痴立拈毫一惘然。

紫紫红红待艳阳,偏从冰雪显昂藏。一枝岭上惊先睹,千里江南忆故乡。岂尔心肠甘冷落,本来根气不寻常。广寒宫里前身是,尘世何堪与品量。

呼春示中儿

冻云在天龙在沼,春风未来寒未了。林间把酒日呼春,好音先报黄鹂鸟。昨夜羲和初整驭,飞廉不来滕六去。扶桑推出火琉璃,山河大地成和煦。我家小园新种花,阳光蒸动生槎枒。个中机括人谁识,纷纷歌哭杂咨嗟。岂知炎凉徒世态,如蚁慕膻蝇逐秽。骎然大气转洪钧,嘘枯吹生一謦欬。君不见朱门华屋成丘墟,昨日绮罗今卖珠。又不见断蔀画粥者,转瞬驷马腾高车。方信阳春真有脚,麾之不去留不著。记取无私造化心,毋过屠门恣哜嚼。

早春题新庵壁

古洞梅花故国春,一枝墙角见精神。樵苏剪伐开因晚,留与东风作主人。

山行口占

小雨酿寒罢,轻衫试暖风。禽声林上下,流水石西东。路熟归偏晚,吟悭悟易空。回头数行迹,十里野花红。

不尽溪山胜,幽探恣浅深。轻风翻麦浪,宿雨长松针。山写徐熙画,泉挑叔夜琴。我行殊自得,无复问知音。

赏菊题壁

吹到金风菊已胎，东篱觞咏日千回。世间谁是陶彭泽，也对黄花自发酵。

雪里桃花

戊午岁冬暖腊月桃花盛开。二十日忽下雪，平地深一尺，与花相映，惊为创见。戏成四律。

苍髯皓鬓拥华妆，十八新娘八十郎。大好风流开创局，偏从冰雪漏春阳。红颜薄命劳渳洗，玉屑银沙护色香。造化也从新历本，一翻旧样应民邦。

秾华先向冷中开，尚友贞松与老梅。万顷琼瑶凭点缀，一般蜂蝶谢倾摧。无言也抱冬心操，不速偏逢寒地材。摩诘芭蕉非涉幻，画图写出不须猜。

欲乞还丹驻少年，冰天雪地炼红铅。淡中设色春无价，绝处逢生冷可怜。轻薄浪遭时议久，夭韶独占物华先。阴阳愆伏徒剿说，妙极能栽火里莲。

不因寒色减南枝，最是园林得意时。天为东皇傅粉本，人从北地采胭脂。赍贫聊比红炉炭，养女无劳白傅诗。吟格倘标何水部，官梅臭味岂差池。

带叶梅

嫌将疏傲冠群芳,点染风华更大方。无意却抛霜露外,后凋应在竹松行。倘教人画春情盎,何怪题诗酒力狂。到底花魁无俗格,莫持旧例去平章。

有花无叶不精神,天为癯仙巧写真。住稳青山留本色,认来明月误前身。暗香浮动春风活,老树婆娑生意新。寒极尚劳仙鹤守,穷酸从此少人嗔。

叶自成阴蕊自香,广平赋笔费商量。贫无贬节方成傲,清若求名易惹狂。千古谁知花面目,一枝聊见雪心肠。罗浮仙向瑶台下,碧幛青幢步步张。

久伴孤山处士孤,别标品格炫夫夫。一樽醯醁香浮蚁,九斛牟尼绮结苏。墙角横枝添妩媚,水边疏影转模糊。经年未识东皇面,老学妖娆认得无?

想为当年聘海棠,还丹偷服鬓无霜。清樽约去和烟醉,好句吟来带叶香。高士卧看衫影薄,美人眉带黛痕长。一枝春入江南咏,纸价应教贵洛阳。

元日大雪

玉龙戏彩作新春,鳞甲飘扬万斛银。卧起忽惊风透胆,行来疑有月随身。喜占宜麦符三白腊底至今已下雪三次,盘合消寒荐五辛。书瑞书祲由史笔,何如实验在农人。

腊月南风正月雪,不堪元日已侵寻俗谚有云:"十二月南风,正月雪。"今果然。闲中布景天真巧,老去逢春感倍深。酒力多从寒气减,吟情未逐冷云沉。一村爆竹天花坠,稳趁新年乐事临。

山行口占

雨过僧房静,闲行引兴长。半林松露湿,一路菌花香。雅管参春课,晨钟罢上方。出山何所事,弥勒笑人忙。

雨　足

凝寒作冬燥,土膏冻不驰。苜蓿未肯长,菜荄麦欲死。一朝春雨足,三农交慰喜。对此沟浍盈,不觉宿疾起。枯根复怒生,新苗看蔚尔。三日霖未收,蔬韭满城市。登山试一望,平畴绿如洗。从知造化心,好生无已已。寒燠自循环,菀枯无偏倚。膏泽下崇朝,瞬息千万里。曾无向隅者,天下共衣被。杞人徒忧天,难与观妙理。

卧　雨

卧雨荒斋苦昼长,鹧鸪声里日昏黄。山疑写墨天如笠,灶欲沉蛙水上墙。栖亩粮多供鼠雀,下冈路滑顿牛羊。围炉引被寻消遣,愁见山乡似水乡。

孤　雁

疑是空群鹤,高飞过楚江。洞庭秋水碧,顾影自成双。

和临海赵友竹六十自述韵

对影吟哦晤六旬,郢中一曲和何人?小阳春到月圆后,道是先生览揆辰。

得交鲍叔已称奇,谁道生儿又白眉。纸券邮书来陆续,天涯争不惜光仪。

风光卅里漾明湖,招引文星入画图。写照有诗知已足,偶从光电显形躯。

本来色色即空空,着相难教识解融。镜里须眉湖上路,迥然一笑悟元同。

怕向临安话劫灰,河山故国久低徊。饶君携有生花笔,湖尾湖头日往来。

柬叶生作民即用《岁暮书怀》见寄韵

溪桥判袂易经年,冷落晨钟与夕烟。壁上旧题诗未褪,斋头少立思常牵。羡君生具凌云翮,顾我身同退院禅。台峤人来梅未落,山灵珍重约难愆。

衡文校艺岁千回,一睹奇尤眼一开。沙里拣金偏遇石,鸡群失鹤便无才。锥囊宜脱毛生颖,煨灶重扬叔夜灰。头角峥嵘少年事,异同何处判岑苔?

萧斋日拥破毡寒,燕去鸿来岁已阑。得鹿郑人空有梦,无鱼冯铗为谁弹?惊心世局横流水,回首光阴下坂丸。文誉如君知日起,每闻佳讯辄凭栏。

莫因择术漫踌躇,学剑由来逊学书。道在颜曾贫亦乐,澜翻潘陆古堪渔。真龙潜海徒踡局,良骥登程恣展舒。宝气烛天光射斗,盛时知遇未应疏。

林君子毅以瑞香见赠赋此

高士迈奇节,不因尘秽生。蕴蓄迥凡俗,爱护敢或轻。森然匡庐种,太紫储玉京。风雪偶见虐,根株萎不成。林子风雅流,种花心最精。未冬先荐盖,防湿慎瓶罂。遂令一树花,滋为数本荣。腊底持见赠,春态盆盎盈。叶作葳蕤绿,花争玫瑰呈。阳和真有脚,散馥满房楹。案头日夕赏,高烛烧短檠。一梦蘧然觉,疑在芙蓉城。

补次章一山太史己未冬日回海游故里韵

济塞同撑逆水舟，风涛如此且回头。陶家松竹荒应在，汉代衣冠渺若流。气吐长虹怜故国，帆开寒雨下皇州。少陵自有忧时泪，不为居闲洒不休。

蓟门烽火几番红，莫把崎岖诉碧翁庚子之变先生时已留京。万劫难磨名士气，九秋忽断大王风。上林赋就春难挽，重译材储使可通。莫道身如失巢燕，衔泥未忍玉梁空光绪季年先生曾上书言事。

十年踪迹等参辰，回首京尘识史臣。远海烟波闲国手，广寒明月认前身。世殊何碍渊源合，居近况兼文字亲。殉国一黉光氏族原注：明鼎革时，章氏有秀才出家者，得君良不愧先民。

台山东畔海西涯，古洞旌忠说旧家。解识匡时多远志，归来知己有梅花。客星不掩春陵榻先生与徐总统为故交，天汉虚回博望槎。我亦闭门弹古调，那堪世局尽如麻。

春　阴

阿谁辛苦惜垂丝，章上通明乞护持。过雨江山犹似梦，养花时节最相宜。贫家扫叶添薪急，老眼临窗作楷迟。莫道春光黯淡甚，出墙红杏称题诗。

春 晴

东风搁雨放新晴,矫首林端曙色明。旖旎柳边飞落絮,间关花底语流莺。重棉初解人添健,美酒宜沽客乍迎。吩咐祝鸠休唤雨,连朝有约作山行。

假馆棣花书院,院为林氏祠学,时竹坡林君修葺方成,故书此贺之

丹铅一席傍崇祠,黝垩重新乐可知。乔木新迁村带郭,鸿泥旧爪友兼师陈师穆甫、林君凤笙昔曾馆此。好山雨过青排闼,明月宵深白照池。闲读壁间箴诫语,家风诗礼见规为。

春 寒

荒祠怯冷拥重衾,灯灺更阑梦未成。似剪东风吹不断,深宵一片读书声。

品字莲

六月炎风入山屋,骄阳欺花花觳觫。瓦盆炼出一枝莲,琼胎涌水现台阁。天上五城十二楼,芙蓉仙人居者尤。倒卷乾坤入盆盎,婴儿姹女生并头。白云作质红云衬,众香万宝一囊收。包藏什袭辟暑溽,长盖青筒掇苍玉。粉面佳人绕绿衣,太真醉舞《霓裳》曲。芳香乍启通鼻观,水光荡漾添姿态。靓如

静女俟城隅,悄若神妃鸣玉佩。风前雨后自亭亭,烟火人间少此形。三十六相巧变现,分明我佛示真灵。花山道人本火居,火里栽莲当读书。得莲一柄花千瓣,栴檀散香满太虚。空山无人花自笑,对此灵台生众妙。物物同斯造化机,唯圣践形斯为肖。我闻濂溪有周氏,曾把荷花比君子。云天月地共追陪,太极真机悟从此。

前　题

两年种荷成三盆,夏来开出花一柄。自来美者本无两,王嫱西子谁与竞?青筒擎雨张高盖,胎出新花惊乍见。粉香乍如玉剖璞,仿佛美人露半面。芬芬籍籍日铺张,重重叠叠数难遍。我闻天上五城十二楼,对此如入芙蓉观。檀心久久透奇香,世间兰麝无足羡。风前自作回风舞,潘妃洛妃难步武。月明雨过影亭亭,又似蓬莱睹太真。世间奇物拟谁似?濂溪说是花君子。人爱君子貌,我爱君子心,人心未必如其貌,相见肝胆可共陈。此花此心恣芳烈,众香国里推第一。不将妖媚汩性真,薰德善良从可识。竟日看花花如故,正气不受秋风妒。明年多种千瓣莲,愿与君子共朝暮。

和陈襄臣五十四岁自述韵_{是年大水,民食恐慌异常}

马齿虚叨长一春,论交早识太丘陈。诗成各有千秋业,力竭偏怜百辈贫。告籴屡书驰电急,写怀无意入年新。空拳久怕谈时局,肝胆如君可照人。

时难年荒不算春，阗咽城邑少红陈。啼饥忍视秦人瘠，济困谁知鲁困贫。国有流亡棋再劫，歌成变徵调翻新。上书同甫工筹画，可是林林待命人。

题叶孝子《骊山庐墓图》

骊山山下白云飞，孝子思亲对落晖。楸梧萧萧乌夜啼，返哺不得乌心凄。乌心凄，母心喜，喜得佳儿伴蒿里。早年丧夫母所悲，谁抚孤成由母氏。添棉恤纬感焦劳，况闻盛德鸣人耳。孝子家住鸿溪边，扶枢衰绖来翩翩。暑寒屡易志不改，儿心恋母母安然。秋雨一灯寒螀泣，春来鹃花同洒血。夕阳朝日对荒茔，画师妙有传神笔。迄今已阅两庚子，后起闻风继前轨。从知叶氏世多贤，能开厥先斯为美。

辛酉新岁感事

五十六年驹过隙，春来白发又争新。偶翻黄历心偏怯，欲炼丹砂道未真。书卷仅存生命脉，灾荒又损国精神。流民载野谁堪问，但把新诗吁帝宸。

麦苗短短薯丝空，莫向东皇乞化功。历劫方知丰岁乐，言哀不让古人工。李桃枉自争春色，禾黍何堪问故宫。牢落余生重悲感，吟髭捻断夜灯红。

对　花

闽地多茶花，异种纷然出。购得数株来，花开白如雪。晚岁厌孤冷，对此增萧瑟。忽有年家子，识我嗜花癖。嫁接一枝来，条长叶密密。未冬已蓓蕾，渐绽猩唇赤。岁底繁艳陈，爱此胜拱璧。一树六角红，山阿破岑寂。

古　意

青青岭上松，落落涧中石。彼此两不谋，山阿抱高洁。卷地北风起，墨云催雨急。浊浪拍长空，面目疑丧失。风雨一朝止，曦阳换霜雪。桃李已不芳，百卉随摧折。彼耸孤姿秀，此励磊砢节。世宙长清平，忠佞何由识？

白云在天空，倏忽成苍狗。世情多变幻，所见谁能久？荆棘卧铜驼，不必千年后。厦成燕雀贺，台荒麋鹿走。当日东陵侯，今为种瓜叟。人知恶衰歇，恤躬宜顾后。非誉两非真，所信在自守。

巢许生中天，高隐乃蹈道。世局际多难，苍黄方颠倒。士苟志匡时，乾坤须手造。於陵李尽蟜，首阳蕨易老。伯夷仲子流，闻道苦不早。人生期有用，忍逐蓬蒿槁。

五陵游冶子，裘马千黄金。丈夫不炫耀，乃与舆隶伦。谁知苎萝女，终日耽荆裙。光美乃自见，入吴空妃嫔。举世尚皮相，谁能得其真？楚楚蜉蝣羽，生使凡目惊。

贵贱与大小，由来鲜笃论。人各羡所无，偶得称奇胜。太和日鼓荡，万汇相奔竞。鹪鹩安一枝，凤鸟击千仞。物情适所适，齐物物乃定。公侯与隶牧，饥来一饱仅。千钟岂为荣？一饭庸何病。

即　景

昼长少长教吟诗，酷暑薰蒸老不支。欲觅清凉新世界，芭蕉叶响雨来时。

太阳如火水如汤，农妇农夫获稻忙。岂我爱凉人爱热，盘飧都带汗珠香。

一觉酣眠一扇风，江亭水榭荡心胸。晚来却傍疏棂坐，看放墙边月月红。

题陈夏臣《桐阴试剑图》

相见尝恨晚，披图识乃公。闲情新月下，豪气壮年中。秋动横腰水，清生满耳风。王郎休斫地，从此已英雄。

《宝剑篇》曾读，登台力不单。风来桐叶响，秋入剑光寒。观国侪吴札，论交薄燕丹。楼兰方有事，休作画图看。

不寐

辗转匡床梦不成，索居心事太孤清。西风落叶萧萧里，听彻山城鹅鸭更。

京邸惊秋十四年，难搔短发问青天。笥中也有骄人处，诗卷新添枕上篇。

《秋水芙蓉图》题卷

一幅生绡一片秋，碧筒红意尚勾留。画师巧为开生面，游女迟来识并头，凉露跳珠香欲活，空波照影艳无俦。坡仙丈八塘边句，吟向西风韵更幽。

怕随仙子去朝真，摇落清秋绝点尘。禅到悟时空有色，笔从淡处妙传神。帝城应悔司香远，宝镜争看及第新。莫道采莲船已去，荒江奇艳尚惊人。

再题《秋水芙蓉图》

伊谁涉笔写芳莲，花映波心水映天。想自濂溪论定后，尘埃飞不到毫颠。

不住山乡住水乡，溯洄葭露尽苍苍。灵均一去谁知己，褪尽丛红尚觉香。

病起闲步 辛酉九月

病起忘憔悴,临流识旧颜。骨余前度瘦,发又几丛斑。得酒疑尝药,吟诗当养闲。笑看金样蝶,飞上半房山。

起卧连三月,辛酸亦饱尝。知医偏误我,却老岂无方?隐几魔神大,登楼足力惬。幸存吾舌在,刀匕辨微茫。

莫道经衰病,从今老上头。金刚须百炼,尊养喜双收。缓步添吟兴,抛书了怨愁。胸怀空阔处,往事付悠悠。

弥月舟车步,尊生道反轻。身如熨斗赤,火转药炉青。阶冷蜗呈篆,堂虚鸟说经。忙来花社友,几度访林垧。

岁　朝

岁序重更合有诗,勉支瘦骨写新词。寒深方觉春来暖,晴久翻嫌雨到迟。宿疾喜随春气减,穷愁惟有夜灯知。世间万事花花甚,独向空山寄遁思。

春日书怀

拥书又过一年春,淡饭粗衣称老身。家入山深忘岁月,人经病久损精神。种松未作龙鳞长,对镜惊看鹤发新。回首昔年京汴事,风前几拂马头尘。

南北崎岖枉着劳,十年僵卧失朋寮。陈书莫发苏秦箧,起舞空操祖逖刀。涉世甘为龟曳尾,谋生拙似燕营巢。五陵裘马翩翩是,揽鬓何堪已二毛。

且向东风日掩关,千秋事业托名山。文求投俗聪明误,诗未成家骨力孱。展卷眼光犹卓荦,上楼足力已蹒跚。从今努力耽文史,世局纷纭付等闲。

高卧山南学守株,韶华虽到却如无。风前乔木欣欣长,雨过流莺恰恰呼。对酒忽嫌心冷落,雠书不厌目模糊。缥缃十叶知谁荷,手泽春来待执觚。

杏　花

数日不涉园,杏林红意驰。万蕊簇风前,色色露霞绮。山人雅好梅,胸次绝猥鄙。林麓郁孤清,对此亦心喜。阳和次第回,千枝红旖旎。如行山阴道,应接无暇晷。我但贵所稀,人还艳所美。春色压江南,长途亘十里。遂令沿街卖,鬓边饰娟妓。不言蹊径成,何独桃与李。谁知色身幻,娇宠曾有几。新雨卸残妆,茵溷惟所止。嗟彼在势者,乘时乌能已。

山　行

一夜东风收宿雨,策杖行山日三五。丈夫当有志四方,安能毕生守处所。君不见夷吾一出江左安,岂徒东山有赌墅。

又不见真氏《大学衍义》成，奚止西山羡高举。尚友古人不可得，戏呼松石作尔汝。朝日一编松阴阴，暮日一编石楚楚。十年一领破羊裘，踏破空山无俦侣。

闲　眺

雨霁凭高望，村涯尚积阴。山容因石瘦，林影隔烟深。炊火知朝暮，溪流自古今。近承贤宰意，疏刷免淫霖。

过林少秋果园

买园才一年，种树盈五亩。阳春相鼓荡，生意满林薮。勾萌甲者拆，枝叶相纷纠。共有林居想，君擅造化手。百年计树人，树树曾何有？巍巍夫子墙，桃李成阴久。暇日豫安排，菟裘待老守。吹嘘大地春，直接陶朱后。我来行畴间，心胸吐尘垢。欲得数弓园，相随作农叟。

馆　归 时有足疾

晴日归家山，强步二三里。旧病去若失，胜赏来未已。松柏郁古秀，李桃炫新美。彼此自怡悦，好恶任殊指。东风吹花开，蜂蝶逐香起。不待蹊径成，纷纷委逝水。造化何为者，颠倒逞奇技。谁能谢世荣，岁寒免摧毁。篝灯书所见，冥然契至理。

风雨中观诸生赏右军帖口号_{时壬戌七月二十日}

风雨撼荒祠,屋破头欲打。董生帷已撤,颜氏瓢亦冷。纷纷鸟投檐,哀鸣声若梗。我亦因感动,绕床增怅惘。诸生正欢然,得意遂忘象。赖有兰亭书,来共群人赏。虎卧与龙跳,颠倒生奇想。风驰雨骤中,心目益旷莽。丈夫贵自豪,意气薄云上。不能一善名,徒为万劫荡。感此怀古人,篝灯自晃晃。乌衣巷久墟,兰亭遗片壤。剩有永和记,初写已无两。持语后来秀,盛名不可强。

水月叹

一秋萧飒风兼雨,浙民十九成疮痏。馆徒尚敞中秋筵,不须赏月还闵水。三日淫霖溜如注,城乡男女居无处。处处摇船入市廛,蛙产灶瓢猿失树。前月长官批示来,赈饥买米米成堆。米方出口水上岸,熟区转瞬成奇灾。低田禾败谁收拾,高田禾头白而瘠。糠秕萁秸度将空,一年枉费三农力。登山一望白漫漫,沧海桑田不可识。矧尔未雨风先至,屋破墙穿难缕计。一朝遇雨更何堪,泛宅浮家藏无地。仳仳有屋怒飙竞,薮薮有谷洪波浸。帆船十艘一朝空,更从何处求身命。浩歌未已月正圆,愿圆无缺傍欢筵。月缺复圆人共喜,圆将复缺休皇然。圆圆缺缺寻常事,主宰分明总在天。我闻风水应潮潮应月,嫦娥对此应羞出。岂为民间风雨愁,故放圆光开贝阙。月满潮高水自高,月亏潮落水亦落。民间莫便叹斯饥,登场庸有过冬谷。

赏　秋

无限秋光好，楼高得月先。水天同一色，风露冷无边。菊瘦撑诗骨，樽空动酒涎。忽闻邻笛起，一雁语寥天。

盗　警

倾筐倒送一堆书，白璧黄金总不如。最是关心梁上客，犹劳夜火照幽居。

博洽我方惭李涉，惟知豪客已知音。相逢不必相回避，世上于今尽绿林。

老少年

人间何处有还丹，如此风霜历炼难。少壮辛勤忘老大，绮霞那不驻仙颜。

一片娇红一色秋，如君晚景足优游。人人都道红颜好，争得红颜到白头。

诞日自述

行年五十七，未老已先衰。目似重云翳，霜从短鬓催。驻颜大药少，得句好怀开。甲子毋劳问，生辰记岭梅。

小儿不解语,识字复何年。呼对青灯下,愁添白发边。易成猿失树,难共鹤谋田。笔砚吾家物,随兄及早研。

感　事

太息年来学术非,中华文物日衰微。也知弩末难穿缟,不道涓流竟溃堤。身世浑如巢幕燕,功名生等触藩羝。床头宝剑蒙尘久,不逐时豪舞晓鸡。

不　寐

漏尽浑无睡,寒声满枕边。月高猧吠影,风急鸟投檐。瘦体爬搔惯,愁肠辗转牵。思量月日事,夜柝罢街前。

枕上怀林啸山伯岳

不寐怀诗叟,中宵索句忙。移灯常就榻,泼墨当焚香。娱老书千卷,传家锦一囊。半船楼上夜,回首已苍茫。

寒假别诸生

一枝鹪借又三年,领队呼群遍海天。胜友远联瓯越地,文坛重启竹松边。闲中风味花为课,老去生涯砚作田。岁历催成离索苦,风流云散总堪怜。

云山风物两无差，莫道梅花胜棣花。一水一桥才出郭，半乡半邑易忘家。晨钟雁市人初集，晚课牛山日未斜。唱到骊歌徒侣少，空遗泉籁起平沙。

判襼临歧感慨多，青年岁月漫蹉跎。文能造福非关命，道不求真易着魔。爱国无多惟所学，回天在我信匪佗。兵争南北纷纷是，何日中原许止戈。

即　　景

斋头昨夜春风动，尽日追寻却渺然。微雨一天庭草绿，眼前春色已无边。

癸亥重馆花山

重寻佛屋拨春云，咫尺溪流数道分。新出里闾猬吠客，乍晴风日鸟呼群。登堂僧侣晨星没，绕砌泉声夜枕闻。如豆一灯人未睡，自翻筐箧检遗文。

氄氄头颅又上坛，十年仍拥片毡寒。如鸡断尾为牺惮，学燕将雏补垒难。秀起小生推上席，出泥新笋称加餐。佛灯也有重来㸌，一面梅花三面兰。

前　　题

山泉数道晚奔腾，重扫经房对夜灯。满枕溪声半床月，院空林静剩雏僧。

孙三记昔曾来学,能读花山几首诗。尘世苍茫浑如梦,相逢我已白头时。

春日偶成

经年病足怕行游,春去春来恨不休。且向石盘高处坐,溪光山色望中收。

雨过山光绕郭青,逢时卉木尽伶俜。禽声也解林泉乐,故弄珠喉教我听。

凡籁何如天籁工,雨余空穴忽来风。嗡呟一作万山响,误说禅林已晚钟。

杏桃能得几年红,学醉妆娇引蝶蜂。争似一般山踯躅,岩凹石罅尽春风。

枕　上

寺当山阙水当窗,山静人稀息吠龙。一夜东风吹水动,耳边清籁听淙淙。

首夏新晴

荒斋偃仰类羁囚，争得明曦破暝愁。乍暖乍寒天四月，疑晴疑雨日三秋。高松旭丽烟岚净，野爨香清饼饵浮，春去莫嗟人老大，索居心事尚夷犹。

溜声听断便登楼，草树连天绿似油。赴壑溪流争奋迅，出林禽响自钩辀。木棉裘卸身增健，金缕歌残恨未休。如此余春良可惜，吟情霁景况相投。

温岭东南被灾竹枝词

癸亥六月廿五夜，潮势排山倒海来。八荡居民存者少，田庐顷刻已成灰。

长山山下潮犹涌，撮屿山前尸乱横。鸡犬猪牛同积叠，可怜生命一朝轻。

几家人缚茅蓬死，几个儿随襁负漂。死里求生求不得，风高月黑手空招。

东奔西突势如雷，浪说潮声逐鬼来。千万生灵同日尽，恨无强弩射潮回。

家家骨肉乱漂离，父在东兮子在西。收到尸身同窀葬，既无棺敛更无衣。

遗骸积潦臭难堪，到处池塘水似盐。败栋析薪瓜作食，欲炊无水更熬煎。

南始余萧[一]北蔡洋，潮通二十几村庄。灾情况又风兼雨，已遍山乡与水乡。

仓箱已逐洪波去，衣被都随潟卤亡。留得几人仍旧死，天寒风雪苦虽当。

校勘记

〔一〕余萧，底本为"余霄"，按应作余萧，今石桥头地。

语　蕉

石镥种蕉不肯长，秋雨三日才上墙。炎歊毒雾卷不尽，得此斋阁生微凉。我与蕉语蕉且听，世途莽莽尘沙亘。与君愿作忘形交，挹取清芬助幽兴。蕉闻余言若点首，明月上窗风入牖。清凉世界此间存，呼起山妻出斗酒。池莲已谢菊未开，披襟相对且衔杯。樽前如见绿衣女，轻裾长袖舞徘徊。

秋日馆中书怀时连被风灾、水灾，东南海啸，漂没尤甚

重携笔砚到僧寮，瓦破垣颓百不聊。佛殿灯昏饥鼠出，村居人散乱鸦噪。心因历劫情怀淡，诗到成家格调高。馆课尚虚吟兴发，商量述作继风骚。

旧游三五共昏朝,抚景成吟意自豪。时雨犹滋多病菊,暖风新展半枯蕉。闲中袜履行山湿,愁到苍黎内火烧。水后田庐谁可问,东南百里付漂摇。

馆徒未集爨烟销,薪米纷拿仰代庖。村妇笑声猩出谷,先生行止燕休巢。荒庵积秽难容佛,野树经风欲问樵。山径微茫行蹭蹬,寻诗懒过旧溪桥。

雨过花山暑不骄,安排铛钵话良宵。形容渐逐年光减,意气还因辘轲消。卅载生涯随逝水,满腔牢落涨秋潮。楼头弦管翩然起,月黑云深未寂寥。

秋日花山怀古

溪烟步尽洞云幽,仄径颓垣想旧游。佛屋几更前度社,泉声犹作数人讴。孤山有幸栖逋叟,地主何人识伯修。韵事销沉花寂寞,斜阳荒草自成秋。

莫从杖履接名贤,木落天空思邈然。国弊中原犹斗蚁,寒深高树但闻蝉。君臣义想方王外,林壑踪追绮夏前。太息斯人不可作,小桥流水自年年。

空留诗卷在人间,正始风流迥莫攀。坋壁苍蝇休乱雅,登坛功狗许趋班。樵归野唱连云动,林暝聋僧放牧还。闲我溪头自来往,晨烟夕露访禅关。

学禅月远公咏用山谷韵

饮陶渊明有美酒,送陆道士过虎溪。持戒何如忘戒好,回头往事尽如泥。

后中秋五夕即景

沽酒呼朋待月来,中秋已过尚衔杯。宾罗瓯越缘非浅,地近溪山胜可推。珠露浓滋闲草树,金飙净扫旧云埃。可怜南北干戈动,话到中原半劫灰。

山　行

萧斋新雨后,缓步迎朝阳。地僻人烟少,秋深竹露凉。折枝林吠犬,量谷石成羊。引我登临兴,遥天雁一行。

幽寻心不尽,下陌度阡忙。人语谷声应,僧庵树里藏。仰天如写笠,听水欲成章。不觉午钟动,归来百感忘。

祝　菊

风雨蠹园菊,苗条转眼差。秋深扶不起,灌溉尚尔加。养兹今日本,待见来年花。我今为花祝,毋徒风雨嗟。成毁各有数,所赏匪荣华。惟此生生意,凡卉无敢哗。但得根柢固,及春自萌芽。滋以花山泉,培以清溪沙。傲霜君所长,生意正无涯。饱饫冰雪气,岁寒何疵瑕。贞元转天地,红紫纷猗那。此君独恬逸,不以早达夸。含此芳烈性,谢彼桃李葩。骄阳作炎暑,睥睨出篱笆。

络 纬

绿衣女侍紫衣娘,切切凄凄伴夜凉。莫道精蓝寥落甚,秋来尚有好排场。

一声流转一声沉,贫妇缲丝坐夜深。倚枕寻眠眠不得,萧然秋意满园林。

次王簣山过访不遇韵

枉却高轩过,僧房掩艾萧。人题凤字去,谁与话良宵。

怀林仲严

廿年前此共栖迟,泣鬼惊人笔一枝。觅句每因新雨后,论文曾共夜灯时。烟云半榻宵如昼,风骨双清道可师。剩有方山游迹在,深崖绝壁遍题诗。

和王簣山《泉溪四咏》

戴 山

重整词坛鼓与旗,三唐以下久无诗。石屏一集洸洸在,风雨名山忆往时。

戚小将军庙

狼笎军前血已殷,谩言忠孝两全难。而今香火平泉里,戈甲旌旗夜不寒。

披云山

为镇浊泥因铸铁,披云山下见曾经。新安箸述宗名理,风角何书许乞灵。

二女井

一般同有君亲感,巾帼须眉讵不齐。指点凤山山下井,崇碑亭障护香泥。

梅雪吟

雪里寻梅甘冷淡,梅开见雪更精神。雪花飞舞梅花笑,不是寒深那得春。

梅雪判事

选色征香久惹尘,开门梅雪又争春。我今怕下平章笔,雪与梅花两可人。

梅雪又判

诗人浪下平章笔,梅雪支吾直到今。色色香香成底事,一般同有岁寒心。

卷十　诗古近体

甲子开馆

雨雨风风伴索居,花朝五日赴行庐。冷云三径争迎面,晴旭一轮初上除。旧种李桃齐放叶,闲糊窗壁乱堆书。算来甲子从今换,老傍溪山可奈余。

知非伯玉十年迟,尚抗颜行作导师。到眼文章花样变,回头岁月隙驹驰。寒深布被孤灯夜,风度书声晓枕时。苦乐此中谁共证,临流莫恼鬓边丝。

花山春霁,读许盥孚重阳两律,即和原韵柬沧社同人

老去情怀百事非,强携杯酒对春晖。寒深小院花初放,雨过遥山蕨乍肥。故国宫墙丛棘满,昔年师友晓星稀。樽前听谱钧天曲,流水高山识指归。

花山松石郁峥嵘,独步林坰趁午晴。草浅耕牛初放牧,林曦时鸟乱呼名。身因离索吟无赖,溪为奔流响不平。千里海天时极目,商量谁订鹭鸥盟。

闵　雨

一雨十日，草木皆死。农夫咨嗟，天如充耳。匪天耳充，人失岁功。造物好生，岂乐尔穷？尔惰尔游，何有岁丰？东邻有妇，牟麦盈仓；西邻有子，苜蓿盈箱。时若不失，年胡不穰？

新　晴

雨脚乍收云气散，羲和驭日出早旦。开门如见洞里天，目朗眉扬心花灿。出林禽鸟亦知时，格磔一声上高枝。枝头自炫羽毛美，不知树底来鹰师。嗟尔鹰鸠同气类，休因巧拙恣戕害。薰风暖日任飞鸣，一杯来伴山人醉。

自题《见猎集》

旧作成唾弃，偏逢见猎时。聊因三日雨，补录十年诗。灯火吟怀畅，茶瓯苦趣知。推敲浑不解，留作覆瓿资。

三百风人旨，千年已阒然。邯郸空学步，骚雅自经天。恨处元明后，不生魏晋先。荺菲如欲采，蛙蚓满阶前。

闻　雷

大雷山头云翻墨，雷声殷殷动岩谷。山人午睡正蒉腾，贯耳仿佛如破竹。匡床跃然起而坐，密雨敲窗听簌簌。炎歊顿歇几席清,败蕉病菊都如沐。古人闻雷知所畏,今我闻雷足所欲。恐惧修省在平时,岂待阿香时迫促。但此暑热逼人来,得雨清凉满斋屋。雷动雨随草木苏,雷收雨散溪涧涸。记取当头霹雳声,奚啻钧天闻广乐。

喜　雨

十日骄阳菊不鲜,忽闻急雨催雷鞭。东篱西落一时起,如病得药无后先。东南去岁遭淹没,斥卤栽禾禾畏日。根枯叶萎望泽殷,一朝得雨喜何极!人力所至偏且薄,东阡灌溉西阡涸。曾不崇朝遍天下,余润尚能及草木。山人爱菊如爱稻,终日抱瓮愁易老。高田禾黍已芃芃〔一〕,始信菊苗今不槁。

校勘记

〔一〕芃芃,底本作"芃芃",据诗意,当为"芃芃"。

萤　光

宵行愁月黑,流星忽如雨。谁知萤火光,万点散郊墅。闪烁出林坳,庚横映田水。令我心目炫,怪似青磷聚。耀耀幽所歌,明夷易斯取。居晦贵能明,理岂殊微巨。荒蹊野径间,照人无尔汝。俨向杖藜翁,分光抒行旅。惟尔好冥游,大雅少称许。阴阳各互用,处幽乃其所。朽腐多神奇,何事求全毁。杜陵太溪刻,余地无相处。岂知横渠言,万物皆吾与。憙兹一隙明,至道容可语。凉风入襟袂,依依若俦侣。相送尽一程,到门免艰阻。回首认归途,溪山森宝炬。

大雨早起

溜声才尔尚倾盆,一阵凉飔褪墨云。秋老却添红意思,金灯开上孔家坟。

破石崩崖势似雷,僧寮夜静雨风摧。推窗莫怪滩声急,无数黄龙出峡来。

雨过行秋

吹到凉飔褪墨云,水边山际见秋纹。几家晚爨烟初动,一杵疏钟响乍闻。溪路泥深犹着屐,峰头霞绚欲成醺。萧萧柳色斜阳外,引起行人兴几分。

闻 变

传闻风鹤起萧墙,杀气秋来正混茫。室有干戈儿女哭,人皆兄弟海天长。触蛮战起蜗牛角,鸡鹜粮争文物邦。到底河山成粉碎,从军子弟莫惊慌。

淮蔡骄横战斗成,谁云裴李少长城。军容未必真无敌,士气如何久不平。收拾杯铛浇磊魂,分明弓剑等棋枰。从今一派长江水,北去南来只耀兵。

护 花

天晚尘沙刮地来,篱间秋色易倾摧。雨旸慎下盆中水,枯落休谈劫后灰。夜静犹怜随月影,寒轻敢信傲霜才。愁中不待金苞启,日向西风立几回。

飞来钟

山县何来万石钟,曾凭传记说奇踪。飞空欲学剑冲斗,入水不随梭化龙。百八杵余春梦觉,两三朝事市谈供。疑经靖难宫悬改,爱傍忠魂避逆锋。

闻道双飞等莫干,一归泥淖一依滩。九州到此开城邑,万里来应惜羽翰。奋迅风云金跃冶,主张晨暮职当官。不鸣鸣便惊人也,休与蒲牢比类看。

二色凤仙重开

花中雏凤女中仙,炼得还丹返少年。别有菁华回造化,肯因风雨失婵娟。几番狼藉[一]天难问,一样玲珑月再圆。闲倚阑干数红紫,风流真不减从前。

不用秋风怨落花,返魂香里灿流霞。忽惊羿后回蟾窟,终见王嫱返汉家。月下风前看不足,绛唇翠袖认无差。一樽为订三生约,莫遣繁华转眼赊。

校勘记

〔一〕藉，原误为"籍"，据文意改。

前　题

秋老山空鬓欲苍，幸凭羽客伴僧房。无端风雨添萧索，入化丹青付浑茫。几日重看新粉面，一樽相对旧霓裳。得君根气深如许，那信园林晚不芳。

紫紫红红满压枝，再相逢处最相思。织来锦费天孙巧，梦觉春生江管迟。色色空空空色色，离离合合合离离。荒畦抱瓮勤防护，道是秋园得意时。

补题金柏铭留楼

高曾创制到今留，乔木苍苍长素秋。锡以嘉名宜叠韵，助兹逸趣在清讴。百年基构关先泽，几度氛祲却郁攸。人自好闲天惜物，为劳呵护待登楼。

隔岁邮诗走足催，遥仪居止忽心开。春风棠棣枝分长，秋雨梧桐梦乍回。花气下帘常馥郁，月痕到槛几徘徊。琳琅四壁诗千首，老怕登坛敢论才。

种　柳

空山春雨足，随路多栽柳。邻童负锸前，学子随我后。溪岸极高深,易生蹉跌咎。杖策既无功,栏槛尚恐朽。青青夹道生,功成一举手。根结土弥坚,叶密枝无丑。人行绿阴中,一步一回首。会待楼阁成,相送入户牖。有客听莺来,双柑共斗酒。东风弄长条,金梭抛左右。能织天然锦,匪直声求友。九老多种梅,生使清芬受。但慰岁寒心,青阳何所有,愿得窈窕娘,伴此清癯叟。万本羞雷同,垂垂被冈阜。我读必简诗,清芬常在口。同作江南春,化工何可否。

意 中

商量复社补寒葩,楼阁空空鬓已华。林下好藏溪屈曲,竹边应露石碨硪。剧山辟圃添佳植,累石成桥隔俗哗。赖有中行贤起后,闲闲装点免纷拿。

翠微乞地缀幽亭,镌壁题辞道性灵。以外稍留花位置,于中兼树石模型。冬来对酒海梢白,春到吟诗柳眼青。桃李门前看已满,墙阴著录□□□。

歇绝风流五百年,待看后启景前贤。文章江槛精灵在,道义新安统系连。莫道遗珠空买椟,须知获粟在耕田。卅年栖止花山畔,慰藉区区此数椽。

自笑生平作计迂,从今满志尚踟蹰。安排文酒联师友,整顿山林长果蔬。土瘠应教民好义,地闲雅合屋藏书。他年绝壑深林外,也有陶唐与有虞。

题《凝翠楼诗》

冷冬夜半检遗诗,体格岑高偶得之。自是荆钗裙布女,不因脂泽始生姿。

怕餐蔬笋学枯禅,开出骚坛自在天。陶写性真随处好,低昂差比玉台篇。

曾因摹拟陋隋梁,妙解清词宋与唐。赖有纵横一枝笔,裁红刻翠也无妨。

周旋瓯北与梅村,近世船山亦所尊。老去更无工拙计,珠玑沙砾任评论。

和裴牧斋六十自寿韵

夫妻双起复双眠,笑说流年六十前。少日居游成梦幻,中年哀乐托诗篇。点经晓露研朱锭,课读春风破冷毡。颜作绮霞头尚黑,羡君火里善栽莲。

安居美食足长年,心不求全福自全。辟谷无方惟淡泊,种花有诀荷传宣。乘龙婿至人皆雅,挽鹿车同爱不迁。晨起一竿河畔坐,期颐便至也由天。

乐天池上已成篇,花木诗书两有缘。诞日休嫌迟古佛,醉时有意学飞仙。耕渔放牧生涯富,松竹寒梅益友全。人世沧桑慵去问,高吟以外只清眠。

尽日花边与竹边,凭他直撞与横穿。发书人入山阴道,近岸家如上水船。秋老登盘饶橘柚,客来把钓有鱼鲜。心多乐意身多寿,何假昌阳服引年。

乱书堆里祝生辰,生悔王家误作宾。眼易重花三日别,诗能写照十分真。一家咸籍谁同调,二仲羊求许结邻。马齿终叨十日长,最难学得是清贫。

和郑生辉南过新庵见寄韵

泉溪西畔石牛东,琴筑当年兴未穷。故社重新梅乍放是冬余募修故社已成数楹,清川无恙月方中时十一月十五夜也。尽多野趣收林壑,不碍精蓝妒雨风。剥复何常真宰在,曷来那不乐融融。

黄钟瓦釜久争鸣,厌世嗣宗眼怕青。老去空余皮骨在,闲中羞乞简编灵。江河日下风谁挽,桃李春深露不零。何只旧游离索感,山人还惜发星星。

叠和前韵

吾学川流折必东,溪山穷处赏无穷。香通梅信春何限,统接松山乐在中社学绍述紫阳者,实得郭松山之传。别派忽传诗弟子,骚坛偏仗佛门风九老以来诗社皆假设僧寮。昌期五百从今转,儒墨将无水乳融。

敢矜道大叩斯鸣,潦倒词章供杀青。千载横渠通鼻息余有《正蒙浅注》,一编江槛见精灵潘伯修先生文,最所服膺。霓裳旧部随云散,杞梓新栽待雨零。昨夜斗牛光气动,东南从此兆文星。

三叠前韵

燕飞西去伯劳东,谁共昌黎赋送穷。眼底枯荣抛世外,老来事业在盘中。雨余梅长青青干,春到人披霭霭风。静夜朗吟新岁韵,闲愁俗虑尽消融。

络绎篇草号善鸣,高怀常对一灯青。酒拼醉罢杯无算,诗到豪时笔有灵。求学每愁佳友少,钞书犹惜故编零。长风破浪男儿志,休逐桐江向客星。

除 夜

过了今冬廿九夜,已成六十二年人。一生所幸在藏拙,万事何烦太认真。历尽炎凉知世态,种来瓜豆信前因。曙鸡听唱晨光动,童孺争来贺岁新。

和陈德升《听山楼隐居》韵

意气元龙百尺楼,此心却为古担忧。静参时事天难曙,慨咨心期水共悠。绕砌竹阴宜负夏，出林桐叶易惊秋。桃花旧种红如许，已是玄都前度刘。

和湖北陈汉丞继平见赠韵

君自乙酉选拔，嗣登乡科，寻应经济特科试，以内阁中书用，因荒乱奔走闽浙。丁卯夏，持刺谒余，余喜其谈论甚豪，且能诗，亦工书法。

谁怜粉碎旧山河，劫后衣冠狼藉多。世变方来庸有幸，文人结习总难磨。相逢歧路天难问，欲俟清时老奈何。衣钵能传君可庆，不堪世界尽风波。

风尘识面动钦迟，等是鹪鹩借一枝。厌乱凭谁培国脉，养兵到处竭民脂。孤怀落落谁携手，俗眼纷纷只相皮。一幅珠玑一杯酒，湖天万里证新知。

次郑生辉南《秋兴》韵

雨过凉飙生，林壑动秋意。蕉桐心早枯，余滴迸如泪。胡然悲秋士，感时失真契。炎凉自世情，淡泊存至味。愿言师泉明，吟诗养道气。

次郑生辉南《天马写望》韵

君从天马来，我自居牛岭，可望不可即，云烟隔深迥。开函见君诗，仿佛接声影。能探造化藏，取用良无尽。冈月与山风,近趣收清静。佳哉赤壁游,中流放孤艇。末学事幽险,镵凿逞奇警。谁知吟咏道,微妙由神领。登高始自卑,终当涉巅顶。吾子果好游,超然悟诗境。

和毛震伯《冬日游花山展谒九老祠》韵

高轩一过便裁诗,展读春生九老祠。遥想梅花得知己,溪头多放一枝枝。

楼傍僧居山面楼,商量啸侣命同俦。谁知时难年荒并,心事悠悠两阅秋。

临溪疏影自横斜,上客清吟两不哗。坛坫主盟知有属,愿君无负岁寒花。

游踪江槛尽相如,避寇西来吊故墟。名士名山终有待,岂容长隔水云居。

附录一

先严梅隐公自定年谱

长男乾沐手补录

丙寅　清同治五年　公一岁　十月廿六日生于耕云别墅

丁卯　六年　二岁

戊辰　七年　三岁

己巳　八年　四岁

庚午　九年　五岁　从石牧公住城过目成诵

辛未　十年　六岁

壬申　十一年　七岁

癸酉　十二年　八岁

甲戌　十三年　九岁　受业诸葛哲生夫子

乙亥　清光绪元年　十岁　从石牧公馆箸横　虐作

丙子　二年　十一岁　从石牧公馆石门

丁丑　三年　十二岁　仍

戊寅　四年　十三岁　受业叶彬士夫子

己卯　五年　十四岁　受业江竹宾夫子

庚辰　六年　十五岁　仍

辛巳　七年　十六岁　受业陈子冶夫子于继善寺

壬午　八年　十七岁　梦吞丹篆

癸未　九年　十八岁　问业张璿卿夫子

甲申　十年　十九岁　是夏病暑几不起

乙酉　十一年　二十岁　受业张璿卿夫子

丙戌　十二年　二十一岁　受室林氏

丁亥　十三年　二十二岁　受业梁岑朋夫子

戊子　十四年　二十三岁　仍

己丑　十五年　二十四岁　受业陈子冶夫子于鹤鸣书院凡四年

庚寅　十六年　二十五岁　居父忧

辛卯　十七年　二十六岁　仍

壬辰　十八年　二十七岁　受文宗陈颐知入邑痒

癸巳　十九年　二十八岁　应省试

甲午　二十年　二十九岁　馆花山

乙未　二十一年　三十岁　仍

丙申　二十二年　三十一岁　仍

丁酉　二十三年　三十二岁　长女梅儿生

戊戌　二十四年　三十三岁　应省试

己亥　二十五年　三十四岁　仍馆花山　著《四书经世绪言》

庚子　二十六年　三十五岁　长男乾生　问业郑若愚先生得医学　七篇《序义》初稿成

辛丑　二十七年　三十六岁　与林仲严等结社花山　秋应省试被荐

壬寅　二十八年　三十七岁　仍馆花山　是秋迁馆鹤渚

癸卯　二十九年　三十八岁　中式浙江乡试

甲辰　三十年　三十九岁　应礼部试于河南不第　《论语序义》成

乙巳　三十一年　四十岁　司教邑官学堂

丙午　三十二年　四十一岁　司教玉环玉海学堂

丁未　三十三年　四十二岁　以浙藩保荐入都考职以盐课大使游闽一月而归遂不复出

戊申　三十四年　四十三岁　重修本宗谱牒成

己酉　清宣统元年　四十四岁　司教邑中学堂

庚戌　二年　四十五岁　丧妻　是岁十月居母忧

辛亥　三年　四十六岁　居母忧

壬子　民国元年　四十七岁　续娶蒋氏　七篇《序义》再稿成

癸丑　二年　四十八岁　长邑鹤鸣校　主孔庙祭

甲寅　三年　四十九岁　仍　建鹤鸣教室十楹

乙卯　四年　五十岁　还馆花山

丙辰　五年　五十一岁　仍　著《易象管窥》未完稿

丁巳　六年　五十二岁　仍《诗古义后案》成

戊午　七年　五十三岁　仍《〈张子正蒙〉浅注》成

己未　八年　五十四岁　仍

庚申　九年　五十五岁　次子瑞鹤生　是秋迁馆棣花书院

辛酉　十年　五十六岁　仍　著《尚书管见》未竟

壬戌　十一年　五十七岁　仍　著《周易二读随笔》未完稿

癸亥　十二年　五十八岁　还馆花山　三男瑞禾生

甲子　十三年　五十九岁　仍　自编诗稿《见猎集》

乙丑　十四年　六十岁　募建九老祠

丙寅　十五年　六十一岁　四男瑞虎生　编纂《玉环县志》

丁卯　十六年　六十二岁　九老祠落成 纂《花山志》成

戊辰　十七年　六十三岁　家居养疴 著《原生篇》

己巳　十八年　六十四岁　是岁七月八日卒于耕云别墅

后　跋

　　先严梅隐公,毕生致力义理考据之学。其于《诗》《易》《论》《孟》诸经,皆能融汇汉宋,别具手眼,有所撰述,足以示后,更以余力治诗古文,亦务尚谨严博雅,有当于经旨,而无唐宋门户之见,故人咸称其诗文之工。而其所以工者,或未尽知也。

　　当其二次还馆花山也,尝以其诗稿授郑君丙生,而告之曰:"从吾游者能诗莫子若,知吾诗者亦惟子,其为我编年而厘订之。"郑君辄为依次誊录,时阅岁余,每有疑必处决于公。公又尝手编其文,而病晚岁应酬之文过多,欲别为内外集,既又以取舍不易,分类繁多,梗而中辍。旋于己巳岁溘然逝世。

　　乾与郑君适同寓城,遂共同整理遗稿,钞录一过,邮寄金山高吹万先生请序,乃书至之日,其地忽遭兵燹,高先生移寓海上,藏书丧失殆甚,公之诗文亦与斯劫,隔岁寄还仅残文二卷,余与郑君惟付之浩叹耳。

　　迨丁丑岁,徐翁子骐自首都宦归,以尝受业于公也,思有以继其志事。既为募修九老祠,刊行《花山志》,更欲斥资梓其诗文。郑君旋复得高先生书,有允序意。乾与郑君乃重加搜集编次,郑君尤力任校雠之苦,阅一寒暑,始得就绪而付手民,计文凡九十八篇,厘为六卷。前三卷为论辨、记叙、铭状,大率皆有关世道人心之作;后三卷为传述、寿挽、骈俪,应酬之文,时有羼入,以是为先后,其亦无悖于公内外编之初意乎。诗凡三百九十八首,则仍为编年,虽略有补葺,大抵皆公所手定。

至署签曰《石芙蓉馆》,署地曰"旧太平",亦悉沿公之旧,未容稍易者。

呜呼! 自公之殁,垂二十年,乾日困于酒,厄于穷,累于室家儿女,碌碌市廛,无以绍承家学,清夜自思,将何以为人? 今幸得徐翁、郑君之力,成斯快举,俾公之流风余韵,长此得以震襮人寰,而乾不肖之罪,亦可因而稍逭,其可慰忭者为何如耶!

中华民国三十六年闰花朝后一日,长男乾谨跋

附录二

序

吾邑名孝廉赵佩茳兰丞先生殁后十六年，其门人徐君人骥等集先生诗文，将付剞劂而问序于余。

余谓儒者之学，在修之于身，施之于事，见之于言，是三者皆能不朽而存也。施于事矣，不见于言可也；修于身矣，不施于事，不见于言，亦可也。孔子曰："文莫吾犹人也，躬行君子，则吾未之有得。"亦足见修于身者之可贵矣。

先生生清末世衰文弊之际，乃能不拘牵于时文，不驰骛于新说，好古敏求，始终自守，一举于乡，遭逢鼎革，隐居花山，授徒明志，及门之士莫不有成。晚更出其绪余，以医术活人，身受者至今乐道。尝作《花隐传》以自况，作《原生篇》以发明人道，佐以三解惑《论》，其为学本末略具于此。今先生往矣，亲炙之者，尚不乏人。读斯遗著，当益信先生为言行相顾之君子也。然则其可传，固不待于诗文，况诗文尤有可传者乎！其不朽而存也奚疑！

中华民国三十四年冬月　后学胡大猷谨序

赵孝廉兰成先生家传

自余粗解文字,城中诸友可与谈文论艺者实无几人,而莫契于赵孝廉兰成先生。先生与余生同岁,仅先十有二日,而学识过余远甚。余遇有疑义,必就正先生,而先生有所撰述,亦辄过余商榷,以是两人成莫逆交。先生以今岁夏历七月八日归道山。余痛失良友,时常往复于怀。其门弟子杨君挺洲乃诣余,出其令子立民所为行状,请为之传。其文不繁称,不溢美,雅健俊伟,酷其父。有子如是,吾友为不死矣。为文以传,固后死者责也,其奚辞?

先生赵氏,讳佩茳,字兰成。以清光绪癸卯举于乡,闱艺经聚奎堂刊行,传诵一时。而先生则语余:"吾文何足取?先世自吾父石牧公以上列黉序者,累十余世不绝。某祖造诣尤精邃,乃亦困于一衿,吾幸获隽,殆先人郁极使然乎?"其归善祖先而自谦也如是。又尝述石牧公处境之艰与其诒谋之善,谓:"当咸丰间,以避粤难,自城东徙石牛山。辟蒿莱,刈榛莽,踞崖小筑,挈眷栖止。身外出授徒,藉馆谷以自给。恒夜归而晨返,于教课一无旷废,劳瘁特甚。吾有三兄,皆以贫辍学。迨吾之生,家始稍稍裕。以吾质性颇不钝,督教之严,而期望之亦殷。比吾游庠,吾父已不及见,惟当益勉于学,冀得慰安于地下耳。"其不忘先德而自励也又如是。

所居故在山巅,逼近南郭,然须攀陟而上,远绝尘嚣,颇极幽胜。先生寂处其间,朝挹晴岚,暮餐翠霭,万家烟火,俯拾即是。左图右史,恣自浏览。间或邀约知己,联袂登临。坐宅后岩石上,纵谈今古事,逸兴遄飞。至日将西下未已,辄留宿以为常，余亦与焉。彼时俱在壮年，豪兴雅怀，亦复相似。既而多人物化，余则日就衰颓，独先生高捷秋闱，健步如昔，芒鞋布服，儒素依然。时来城枉顾剧谈，出所撰著相质证，盖虽老而不废学也。其说经也，举汉宋之各标一帜，及朱陆之互相聚讼，悉融冶于一炉，而邮通其说。于是有《论孟序义》《易象管窥》《尚书管见》《诗古义后案》诸书。文则宗尚韩、欧及清之惜抱、湘乡。诗则取法李杜，参与近代名家，于是有《石芙蓉馆存稿》。盖先生天分故高，益以学力，故于书无不读，凡有所作无不工。且旁及于医卜之学，而亦致其精，往往运用己意，治人怪病，为所救活者，不知凡几。至遇人之疑问，则令举一字就画数之爻象，而立判其吉凶。然则先生固合儒林文苑而一之，而兼以技术名也。

性恬淡，不慕荣利，不习与官府近。自其壮时，文名已大著，远近从游者日益多。及领乡荐，司教邑中学，长鹤鸣高小校数年，并经浙藩保荐，赴京谒选，以盐课大使分发到闽，复膺聘主纂《玉环县志》各年余，究以设帐花山为最久。花山者，明九老吟社所在，今已就湮，先生景企遗徽，尝征集文献之有关于花山者，为《花山志》九卷。继思恢复旧规，于前岁偕余及同志出外劝募，诸巨室素重先生，踊跃乐输，巨资以集，经营缔造迨落成，而先生心力交瘁矣。先生居心忠厚，接物谦和。所为诗古文词，久经脍炙人口，凡遇有喜事，急欲得其一言以为荣。其殁也，闻者莫不感喟太息，而深致其痛悼。况及门诸子之亲承教泽者，宜益追慕之不已，亟思有以永其传也。

元配林氏，生子乾，即立民，女三，均适士族。继配蒋氏，生三子一女，均幼。

友人林玮黻曰：吾邑僻在台南，科名不振，士习亦极萎靡。

胜清之季，幸得名列乙榜，否或资望稍隆，即无不奔竞趋承，结欢令宰，藉渔厚利以快己私。先生素性端谨，畏事如虎，不轻涉足公庭，虽至亲密友，有冤累事，求为代白其诬，亦必转倩他人，而不屑径自晋谒。此其志行纯洁为何如者。余传先生，余且进语杨君暨其诸友：如先生之学问文章，由其姿禀之优，不尽关乎人事，造诣固不易几，若其制行之正，立品之高，则尽人可勉也。诸君恪承师训，其亦于此加之意哉。

中华民国十八年十二月　同里知弟林玮黻拜撰

重刊《石芙蓉馆集》序

《石芙蓉馆集》是温岭乡贤赵兰丞重要著作。

赵兰丞(1866—1929),名佩荘,字兰丞,以字行,号梅隐,清太平(今温岭)县城小南门村人。清光绪二十九年癸卯(1902)正科举人,是县内晚清最后一个举人。

兰丞出生于书家,曾受业于叶彬、陈子冶、张璿卿、梁岑朋等,家教甚严,"不忘先德而自励","老而不废学",于书无不读,"并悉融冶于一炉,而邮通其说",除经学艺文外,还旁及医学。自其壮时,文名大著。"性恬淡,不慕荣利,不习与官府近。"(以上引文均出自林玮黻《赵孝廉兰成先生家传》)光绪三十三年(1907),应浙藩保荐入都对策,以盐课大使赴闽就职,越月余,因母病而返。遂弃仕途,执教于太平中学堂。民国二年(1913)任职鹤鸣校长,主祭孔庙,建鹤鸣教室十楹。后又还馆花山,从事教育和医学工作。他重视中华传统文化,积极参与或主持地方文献整理工作。曾重修宗谱,编纂《玉环县志》,修复花山九老祠;创建吟社,主编《花山志》九卷。还有遗稿《内经点勘医案》《尊生随笔》《六经管见》《易经刍议》《石芙蓉馆集》等。

《石芙蓉馆集》全书十卷。卷一,论说经义;卷二,记叙赠与;卷三,箴铭碑状;卷四,传略行述;卷五,寿言挽词;卷六,韵文骈文;卷七至卷十,古近体诗。一至六卷,计文九十八篇;前三卷皆有关人道之作,特别三卷《质斋十箴》,对修身很有启发。后三卷为应酬之作;七至十卷,录诗三百九十八首。书首有胡大猷序,序作于民国三十四年冬月。又有林玮黻撰《赵孝廉兰成先生家传》，作于民国十八年十二月。又有其长子赵乾（立民）《先严梅隐公自定年谱》，书后有赵乾作《后跋》，作于民国三十六年。

胡大猷《序》称："吾邑名孝廉赵佩茝兰丞先生殁后十六年，其门人徐君人骥等集先生诗文，将付剞劂而问序于余。余谓儒者之学，在修之于身，施之于事，见之于言，是三者皆能不朽而存也。……先生生清末世衰文弊之际，乃能不拘牵于时文，不驰骛于新说，好古敏求，始终自守。一举于乡，遭逢鼎革，隐居花山，授徒明志，及门之士莫不有成。晚更出其绪余，以医术活人，身受者至今乐道。""今先生往矣，亲炙之者，尚不乏人。读斯遗著，当益信先生为言行相顾之君子也。"

赵乾（立民）《后跋》言："先严梅隐公，毕生致力义理考据之学，其于《诗》《易》《论》《孟》诸经，皆能融汇汉宋，别具手眼，有所撰述，足以示后。更以余力治诗，古文亦务尚谨严博雅，有当于经旨，而无唐宋门户之见，故人咸称其诗文之工。而其所以工者，或未尽知也。当其二次还馆花山也，尝以诗稿授郑君丙生，而告之曰：'从吾游者能诗莫子若，知吾诗者亦惟子，其为我编年而厘订之。'郑君辄为依次誊录，时阅岁余，每有疑必处决于公。公又尝手编其文，而病晚岁应酬之文过多，欲别为内外集，既又以取舍不易，分类繁多，梗而中辍，旋于己巳岁溘然逝世。乾与郑君适同寓城，遂共同整理遗稿，钞录一过，邮寄金山高吹万先生请序，乃书至之日，其地忽遭兵燹，高先生移寓海上，藏书丧失殆甚，公之诗文亦与斯劫，隔岁寄还，仅残文二卷。余与郑君惟付之浩叹耳。迨丁丑岁，徐翁子琪自首都宦归，以尝受业于公也，思有以继其志事，既为募修九老祠，刊行《花山志》，更欲斥资梓其诗文。郑君旋复得高先生书,有允序意。乾与郑君乃重加搜集编次,郑君尤力任校雠之苦,阅一寒暑,始得就绪而付手民。"

《石芙蓉馆集》于民国三十六年刊出,距今已有六十二年,由于各种原因,至今遗书稀见。后得悉林亚风存有该书,并交赵飞白保存。经飞白推荐,和市档案局(馆)领导商议,他们愿出资重刊,经数月校点,得重印供各界阅用。

温岭地方遗献整理工作,已取得了一定成就,已出版有志办蔡宝定等校点《太平县古志三种》(1997 年),林家骊点校《谢铎集》(2002 年),吴茂云校注《戴复古全集校注》(2008 年)及张可求编《戴复古全集》(2008 年)等。我希望乘此大好时光,陆续出版更多乡贤遗献,给后代留下宝贵的地方文献,尤其是一批已够条件,可出版而未出版的遗献,这是历史职责,希引起有关领导重视,并望有志此事业的同志共同努力。

吴小谦

二○○九年十月写于鸣远陋室

四书经世绪言

序　言

　　《四书》一书也，而可赅千百书，盖经世善俗修□[一]治人之大纲，亘千古而未有易也。

　　孔子生当周季，有心行道而大莫能容，且所游历凡数十国，其于人情风土政治得失之大，靡不周知，其为圣人，当时已知而信之矣！不得志，退居讲授，与其徒明王道，删诗书，订礼，赞《易象》，修《春秋》，考论二帝三王之治，至详且悉，七十二□□[二]耳闻而受之，熟复于心，笔之于书，贯串三古□□□经。未有孔子以前，与其书，可以治；既有孔子之后，离其说，必不能一日安也。

　　孟子去圣未远，所居又近，天姿明敏，足以私淑圣师而发其所未言之秘，因时立说，黜异端，抑功利，本仁义，以正人心。颜氏早亡，衍泗水之传者，其在此乎？然非子思明性道，曾子明学术，微言已绝。孟氏虽服膺圣人，亦无由遽登圣域而哜其胾也。自三子继圣人而起，而教道、□道遂以大备，后之圣君贤相、文人学士，可以无事他求矣！

　　故自秦汉以来以至于今，兴亡之故，得失之微，无不吻合，是《四书》之传，将与天地而无终极，其道之大，其言之明，虽愚夫妇可使与知，而其精深之蕴，贯天人，通性命，虽极古来笺疏讲解、格致穷理之儒，皆无以得其全体。

程、朱晚起，肆力精研，折中众说，学术心法，推阐尽致，而一归于平近，其为功于《四书》，亦云巨矣！恨不登其堂，以质疑而问难焉。然得程、朱而《四书》之□□□，由是达之于用，以经国家、定社稷，治幽明，扬□□，圣君贤相，兴教于上；老师宿儒，匠成于下。天运有变，世教可以常新。乃自有宋以来，圣言日尊，圣道转隐，四子之书，童稚皆能诵习，而叩以作用，虽明公巨儒，鲜能效其万一者，则又何也？

盖自八比既兴，人所家弦而户诵者，不过藉以猎科名，求闻达，一行作吏，此事便废，其童时所习者，亦止于详训诂，明句读，与身心既毫无关切，及其壮也，挟高头讲章□大卷子，以挟策呻吟为学，以词章藻缋为文，以利场屋、揣风气为事，于《四书》之实际，教者未之及焉，学奚由进？体之不立，用何以施？一旦拾青紫，登台辅，宜其茫然于何以致泽也，甚且藉以文其奸贪，执古法以病民，作大言以欺世，其不为孔孟之罪人者几何？

茌幼服庭训，颇得端绪，稍长从事制举，渐失本来，但于此书，信之独深，好之独笃，终不忍舍而他适，以至所嗜愈深，所操愈拙，踯躅名场，如水投石，固其宜也。山居无事，惟抱一编读，夏则就阴，冬则就阳，如彼候虫时鸟，自鸣自止，稍有会心，辄用自幸。窃思王道不外人情，人心根于天命，圣贤垂训，昭如日星，果能扩为治功，虽以致大一统不难。中原多故，大道未湮，尚何事拊膺长叹为哉！爰以管见，胪之篇端，知我罪我，以俟后之君子。

      时大清光绪岁在庚子八月之朔，书于拜经山房

校勘记

〔一〕此处缺字,疑当为"身"。

〔二〕此处缺字,疑当为"弟子"。

四书经世绪言卷之一

心　术

　　人心，一太极也。善此心，则为学而人极立；推此心，则为治而皇极尊。由是而会极，而归极，散为万殊，合之复为一本，莫非以此心为归宿，故首明心术。

　　心者，身之本，善恶之所由分也。有善无恶为道心，可善而亦可恶为人心。同此心也，害心者，心也，养心者亦心，是以感于外，则为情；动于中，则为意；主于内外之间者，则曰志；制于动静之交者，则曰思。由是顺其生之理，而为性，得其心之安，而为德。古今圣功王道，皆从此心做出，孔曰"克复"，孟言"操存"，其义一也。然《论语》言德言性而不言心，而《七篇》专言心者，何也？德、性，道也，形而上者也；心，器也，形而下者也，道虚而器实，虚者难知，实者易见也。《论语》诱人心之本明，故言德性，《七篇》嗔人心于既失，故言心胸。胸者，心所位，可指名者也，若德与性，不可指名者也，实则孔子《大学》之教，亦以"正心"为中枢，何尝舍心而言德、性哉！天下之人，苟知心术不可受病，善为保存，则莫如养心；苟知心境之易为回惑，则莫如求放心；格非心存赤子之心，即可大人知物欲之来，皆其后起者也，故读书首宜唤醒心官。心者，万事万物之本也，以一心宰万事，则必正；以一心应万物，则必明，诚则体正而用明矣,此《大学》言"正心"所以归本于"诚意"也。

《孟子》曰:"心之官则思。"思者,心□能也,故曰"有思则为善"。物交于外,欲累于中,人性之善,每受驰于不觉,思之思之,则善道于兹见矣!故不思而中,惟圣者能之,自非生知,安行之?圣则无不待思而得者,《大学》所谓"虑而后能得"是也。然而用思之道,率有两病,一是涉远而荒,而一是多疑而惑,故必戒之以慎思。惧其骛高远也,则有时位以定之,大易六十四卦三百八十四爻,求位之道也,致其思于位之内,则事近而易明,道近而易守,孔曰所谓"近思"是也;惧其致纷纭也,则一再以制之忠恕之道,推己及人之心,制思之防也,制其思以再而止,则非不思而妄行,亦非过思而致蔽,孔子曰:"季文子三思而后行。"孔子曰:"再,斯可以。"是也。由是见贤则思齐,祭则思敬,丧则思哀,思修身不可以不事亲,思事亲不可以不知人,思知人不可以不知天,□躬行,至禹思天下有溺,犹己溺之;稷思天下有饥者,犹己饥之。以及文王之亲民,如伤武王之不泄,迩不忘远,周公之思,兼三王□治道隆,是以思而不得,则夜以继日;思而得之,则坐以待旦。古人之知行并进如是,由其学之已懋也,故曰"学而不思则罔",言学必继以思,若徒思不学,则近于佛氏之"真悟",此孔子无谓无益也。古文"思"从"囟","囟"即脑也,见思之为事,心脑交用也。汉宋以来,言心而不言脑,近之言脑者,又复举脑而废心,此末学之陋也。

《尚书》:"诗言志。"《说文》从之得声,故汉说以志为心之所之,吾得从而引伸之曰:"志者,心之善之主名也",故《论语》曰:"士志于道。"又曰:"苟志于仁矣,无恶也。"忿懥喜怒之易偏情也,而非志;声色嗜好之多私欲也,而非志。所谓志者,心与善凝合而成之者也,小之则言必信,行必果,专于自守而有余;大之则参天地,赞化育,施之天下而无不足,孟子曰:"志,至焉。"又以志为气帅,孔子曰:"匹夫不可夺志",皆是说也。然志每夺于情而隳于欲,人必有以扶而植之,而志始以立焉。孔子于志多言立,正本清源之道也;孟子于志专言持,抑情制欲之方也,实则"敬以直内,义以方外",《易象》二语尽之矣。人之道德事功皆基于志而成于志,故不善者,不可谓之志也。圣门之诏,言志屡矣。兵农礼乐,志事功也;无伐无施无憾,志道德也;至圣之安怀友信,则又统道德事功而一之。孟子论志曰:"梓匠轮舆,将以求食,毁瓦画墁,不得谓志在求食。"亦有善无恶之说也。

性近习远,自是性学的论,原不限于气质,上知下愚,即是人所自就,非必授权于天,而谓赋气成形,便有此区别也,自天命不明,人心易失丧其本然之心,而义利分,善恶出矣,故孔子于性不言善恶,明乎天赋人受,纯然粹然,无所谓恶,何所谓善?尧命舜曰:"人心惟危。"危乎后起之间,其本来外诱之,耗其内美耳。性即是道,心即是赤子平旦之心,物欲虽□,不能搀入性□,但一寓于人,而天之权失矣。孟子言性善即是为失心人提唱,实则性之善,无待言也。《中庸》"天命之谓性",于性字分际最道得切□。仁之于父子,义之于君臣,命而性者也,故君子引命而归性,耳目之于声色,四肢之于安佚,性而制于命者也,故□不以为性,反性而从命。宋儒因以义理之性、气质之性分诂两意,实则性而天者,可谓之性;性而人者,不可谓之性也。告子之不知性,即由于不知天不知命,故其以生为性,此虽望文生训,揆之制字得声,似为达诂,而昧乎得生之理,则性而人者也,至如杞柳湍水之喻,不可以言性,并不可以言心，宜其为孟氏所深斥也。夫学者读书穷理，知性为善而人修谨，知性之无待言善而天命彰，《大学》言"知止能得"，见性之功也；"齐治均平"，尽性之学也，《书》天"惟皇降衷，厥有恒性"，恒性不失，而尽己性，尽人性，尽物性，扩而充之，位育中和之道见矣。

德□得心，人失其心，则为下愚，为小人，为自暴自弃；得其本心，则为上智，为君子，为有恒，蔽交物引，如水火之不敢蹈，如穿窬之不忍为，由知而好，由好而乐。自古贤圣只是先得我心之同然，而志道，而据德，而依仁，而游艺，而立礼，而兴诗，而成乐，皆□行所固然，不假勉强，颜子之欲罢不能，正有日进无疆之意，孟子所谓"仁义礼智，非由外铄也"，故言德之全量，修德之全功。四子六经，无非崇德之教，而论下手工夫，则莫先于知德而执德。知德奈何？曰在"省端"。执德奈何？曰在"用力"。曾子之言"三省"，孔子之言"三戒""三愆""九思"，皆为反身合道之方。而尤深切著明者，则莫如孟子"四端""三反"之说。知恻隐、羞恶、辞让、是非之同具，则足乎内者，无待乎外，而知不迷矣；知仁礼忠敬之未足，则失之人者仍求之已，而力不分矣。由是而居德而行德，即是推己及人，此忠恕所以为一贯之道也。孟子之云"善推"，云"扩充"，皆此意也，莫不以已为本位。故孔门论学，首□克己，己私既□，便有欲仁斯至景象，否则如子张之好"难能"，子贡之务"博济"，为圣人所不许，以其于立本工夫有所未至也。孟子曰"仁者如射，正己而后发，失诸正鹄，反求诸己"数语，实括论德之全功，自此义不明，以泛骛为德，则为墨子之"兼爱"；以私己为德，则为杨子之"为我"，则皆鳌乎执德不宏之说。孟子更甚，其□于无父无君，盖爱无差等，势必反疏其所亲；而善不及人，势必用夷而变夏。许行之言"并耕",白圭之欲"二十取一",皆其蔽也。

《中庸》曰:"仁者,人也,合而言之,道也。"其体大,则于人无不容;其用全,则于物无不通。天覆地载,方全得仁字□量;爱亲敬长,已是仁之根荄;怵惕恻隐,已是仁之发现。充极而言,必极之如量,此孔子所谓"尧舜犹病"也,然而仁道至大,求仁自近,审理欲之界而仁存,化人己之私而仁见,全在不忍之心扩充而至,又必于其中,权轻重,审名实,不失天地自然之道,以□吾心固有之□。故离仁无以为人,而人亦卒鲜尽仁者。圣门论定时贤,于仁独少所许可,非以其道□也,恐诸贤求仁之量,或至狃于一偏,则终无以尽仁,顾于器小之仲□许之者,盖学问中未必有全仁,而功名气节乃易流于不仁,为己立名,不仁莫甚,不若□天下立功之为愈也。

"仁义"二者,孔子多分言,孟子多合言,何也?孔子论性,以仁为至,言仁原赅得义;孟子之言仁义,盖本配阴阳刚柔而言。二气运行,无阴则阳不生,无阳则阴孤不长,人心之仁义,亦犹是也,离仁,无所谓义,舍义,亦成不得个仁。盖仁主存而义主发,发即发其所存也,由是为赏罚,为恩威,为爱敬,为知能,仁在而义即在焉,而礼与智亦莫不在焉。孔子专言仁,已赅得四德;孟子言仁义礼智信,亦赅于仁义;告子不知,遂有"仁内义外"之说,此其蔽也。

天地之道曰"阴阳",人之道曰"刚柔",得阴阳之正者,曰"健□",得刚柔之正者,曰"仁义",而皆本于一气,由一气生二气,二气备而天地分、人道立矣,故言心则人,言性则天,而人唯气则通,天人无分气者,理所恃以行者,□故凝于道者为正气,存于人者为夜气,皆其纯乎天者也。至一蔽于人,则为客气,为暴气,为昏惰气,气动于内而好恶夺于外,而人心之出入遂莫知其乡矣,故孟子言气必根之志,譬而言之,气是动力,志其发机处也。孔子言志不言气,以志实而气虚也;孟子言气亦言志,以志静而气动也,曰"持其志,毋暴其气",只是动静各正之道,存者存此,养者养此也。孟子生当战国,儒风靡然,欲导人以有为,故倡为"养气"之说,陆王泰安之学,实始于此。至论养气工夫,则由于"集义",则与孔子"知耻近勇""仁必有勇"之说,仍是一辙。孔门论德而不语力,故于仁智之道言之綦详,而于勇第以类及,或且从而绌之,所以杜力征经营之弊也,得孟子之说力为阐明,而所谓"三达德"者,遂为古今中外所共甄,则洵乎孟氏之为孔子功臣也。

或问:不动心是何学问?曰:是即《论语》而不惑之说。然则告子之"不动心"与孟子何异?曰:孟子是养中,告子是制外;告子是勉强,孟子是自然。然则由勉强可几于自然否?曰:勉强工夫要先用在养中□,告子不知养中而徒欲制之于外,则不可也,夫人心自是动物,所以要不动者,以动失其正,故持之以正,使复动耳,若告子所云,则清静寂灭而已。

礼智信之于五常,犹水金土之于五行也。五者之内,原少不得此三项,然此三项皆由前二项变合而成,实则天地之用,水火而已,人心之道,仁义而已。仁义之体则为礼,仁义之用则为智。以礼智运仁义,而务尽其实,则为信,实皆人心所自具之理,而刚柔动静之各得其当也。然礼或主于接人,智或主于烛物,信或主于复言,此由三者之用偏言之也,合仁义而言者,举其全也,以仁义言则仁义自为体□,合五者而□,则仁义为体,礼智信为用,以三者而言,则礼体而智用,信兼贯于体用之间,亦犹阴阳五行之不可一方求也。

"求放心"为为学大要，孟氏所特发者。人惟良心放失而不知，故有本善而流于恶者。孔子称颜氏之不违仁，亦此意也。

忠恕一贯，是一是二，然一贯之道，究从忠恕做起，盖己私未化，便有许多畛域，才有畛域，便不成个公道，果能尽己之心而又推以及人，不欲勿施，所恶勿加，由是而胞与，功立达宏，而尽己，而尽伦，而尽物，只是一路做去。

四书经世绪言卷之二

学　术

　　周子曰"主静，立人"，极《易》之为道，吉居其一，而二吝悔，吝居其三，凡以示人慎动寡过而已。学者致力于静，以善其动，明体之□也，心体不明，则不能识是非、知得失，以是施行于事，鲜不失者，故次明学术。

　　愚观三代以上之书，鲜言学者。然尧舜禹相传之心法，即学派之所自起，而十六字之即为后世言学者所□宗。《论语》曰："尧则天。"则天，学也。《中庸》曰："舜好问而好察迩言。"察言好问，亦学也。嗣是天下日治，圣人日生，治教之道，日趋于文明，学即因之而大备，圣贤尚不废学，何论凡庸？愚柔尚可为学，何论聪颖？由斯以谈，人之不可不学，居可睹矣。然孔子辞生知，而以敏求好古自居。而孟子则以不学而知为良知，不学而能为良能，何也？敏求而好古者，诱人以当然之道，良知而良能者，诱人以本明之心，惟知其心之本明，而明善，而诚身，学即由兹而起而尽，人不可废学之旨，亦因而愈彰，此是孟氏阐发圣言第一妙处，与孔子实沆瀣一气也。否则以学为外来之物，以教为父兄师友督过之端，仲氏疑民社为所学，告子以杯棬喻仁义，未必非此之过，盖离心兴学而仁之，便有扞格而□相习之弊矣。

　　学何始？始知过；学何终？终寡过。孔子曰："吾未见其过而内自讼者。"此知过之说也。又曰："假我数年，五十以学易，可以无大过矣。"此寡过之说也。然由知而寡，中间一大段工夫，多在改过，而改过一大段工夫，又多在见过。吾人持躬接物，出言制行，无往非过，改过则为君子，文过则为小人，故有自谓无过，而过以滋多者；有日以见过，而过以渐少者，此曾子所为日〔一〕省以三也。盖人禀秀灵之气，以处乎伦常日用之中，为孝子，为悌弟，为忠臣，为信友，内而格致诚正，外而修齐治平，皆分所应尽，应尽而未尽，皆谓之过。此是自己错了，不似他物之可得可失也，亦非舍此一途，别有可以假道而托宿也。世风日下，以孝弟为美名，以□身励行为奇节，以公物共财为大度，故人虽耻下流，而亦有信道不笃，思中立于美恶之间，以为本分者；有好名矫饰，以动人观听者，则皆不知过之弊也。诚知过矣，则不善即恶，不义即利，不是即非，便不可为人。还观古昔圣贤，真如金追玉琢，有质有文，风吹不灭，雨湿不坏，而其所以立教垂世者，却又平近易行，而其道理，又近在眼前，尽人可以做得，那得不信不好，信之既深，好之既笃，虽有丝毫小过，亦如深渊薄冰，一一改过，若此其庶几乎。然非致知力行，析义之精，以至于化，则无过不易言也。故有有心之过、无心之失，往往去过愈力，见过愈多，积理愈精，信心愈少。孔子曰"假年学易，可无大过"，蘧伯玉寡过常若未能，可以睹矣。故特为表，揭□左方，聊以自检，后之君子幸匡余之不逮而辱教焉。

　　人欲寡过，不先明心，气诱物化，随境而蔽，将无以见过，何由而能改过？故欲去人心之累，须识吾本然之心。心者，理所涵；性者，心所具。孟子所谓"万物皆备于我也"，知心之具众理，足以应万事，而有放失斫丧其心者，其皆心之故，皆吾不能自明其心之故也。孔子诲仲路以知，孟子言扩充其良知，《大》《中》之言格致明善以及博学审问慎思明辨，皆以求明其本然之心也。既明其是非，又必度权其轻重长短，然苟或析义不精，见义不果，知之一境犹未尽也。夫四端之良，人所同具，而人之克尽其仁义礼智者卒鲜，心未明也，故必多读书，多穷理，克己去私，使湛然灵台，毕照事物，或因己心之本明，以求其放失；或因人之不善而因以自省，随地随时，省审端用力，而后有以复吾本然之体焉。孟子曰"先觉觉后觉"，觉者，明之谓也。

学以求知求能而已，而用功全在知一面。儒先明体达用之说，亦归重于明体，盖知得十分便行得十分也。其知而不能行，非不能行，不能知也，苟其知之既精，则如水火之不可蹈，穿窬之不忍为，自无知而不行，知□不可行而复行者矣。

孟子养气之说，差无等级，故宋儒以为难学。自蒙以观，则明心以后事也，时至战国，人心好利日甚，使之格物穷理，体验入微，人必畏难而不肯从，孟子欲□使至道，故以良知立义，知其不皆明，则求之赤子，所以求知者不一端，则括之以仁义；所以蔽知者亦不一事，则统之以利，实于彼此名实以明可否决去就，则知既已明矣，知□既明，由是而知言，而知人，而知命，而知天。直养无害，养此也，此□孟子私言也，孔子曰"吾未见刚者"，虽不言养气，而养气之道见矣。曰"我欲仁，斯仁至"，曰"道不远人"，曰"施诸己而不倦"，此□志之说；□曰"人之生也直，罔之生也幸而免"，此直□之说也；曰"三军可夺帅，匹夫不可夺志"，此志至之说。此惟气粗而理精，气虚而理实，故孔子不言气而言礼。礼即理也，即气所附以行止，虽人□日失，而二气之流行于人者，终未尝少息。故孟子□举以显明道体，而孔□不恒言，实则仁不忧，智不惑，勇不惧，岂有异于七篇之所云哉！

朱子训学为效，盖谓效法古人，即孟子"先觉觉后觉"之说也。实则学之为义，孔子尝自言之曰"孝、悌、敬、信、泛爱、亲仁"，此学之正鹄也；曰"博学、审问、慎思、明辨、笃行"，此学之纲领也；曰"兴诗、立礼、成乐"，此学之赞助也；曰"志道、据德、依仁、游艺"，此学之范围也。时习而说，朋来而乐，不知而不愠，欲学者之度其心；信必近义，远必近礼，欲学者之衷诸道；既切而复磋，既琢而复磨，欲学者之精以道也。推之全部《四书》，□悉心体验，则一章一句，皆具千孔百窍。或圣贤如是言，与吾学有相印□者；或本未如是言，有可因□悟彼触类旁通者。至学之为义，则尽于践迹二字。孔子之云"孝友"，朱子之云"效法"，胥本此义。盖天下有当然之道，吾身即有确然之则，而古之圣贤人及良师益友，又有以导我于先，策我于后，大道无歧，半途□尽，日进不已，而升堂，□[二]入室，方完得践迹之事，而词章训诂之不足为学，不待言矣。

学以学为人之道，道原于天，而其于人人知体道，其为学已庶几矣！顾道大，而或狭而求之；道近，而或高远而弃之，道之体自微而显，学道之功自显而微，不此之讲，而驰骛于高深，揣求于形迹、琐细之间，而反遗之日用伦常之地，虽穷年矻矻，苦心劳思，终无以造于圣人之域。是故志学必先明道，明道首在反身，身所履，道所寄，身所安，道所□也。敬爱始于亲长，立达取诸己心，仁在是，道即在是矣。孔子曰："谁能出不由户，何莫由斯道？"孟子曰："道，若大路然。"其可坦然共由，即此□见，而清虚寂灭之旨，"为我""兼爱"之说，何所容其假托哉！

《书》有之："惟天生民，厥有恒性。"又曰："维皇降衷下民。"性者，天所赋；中正仁义，亦性所涵，是故圣人以至德而配天下，学亦必从事于体天，盖离天无以为性，即无以为人也。《中□〔三〕》言"天命之谓性"，言诚者天之道，思诚者人之道，思诚即所以体天也。孔孟立言，必据依于天，曰"获罪于天"，曰"欺天"，曰"天厌之"。且明屋漏，确然如见之，诚身之功，所以不可及也。而其尤著者，则莫如顺天逆天之说，即《尚书》所谓"惠迪吉，从逆凶"也。孟子所言，虽为为国者发，而穷通寿夭有其数，得失成败有其机，衰王否泰有其时，消长盈虚有其理，此其中盖莫不有天焉。理具于天而吾心之天即妙于应之，则一切功名富贵利害死生之见皆不足以□之，而一循乎天理之正，吾心之安。吾心安则人心安，而天下之人皆安，故曰"修己以敬，而极之以安百姓"，又曰"诚者非自成已而已，所以成物"。盖敬者所以□天之法，而诚者所以合天之道，人苟自思天何以生人，人之受生于天者，何以异于禽兽？则一食一息一言一动，何以无愧于天？为子为臣为弟为友，何以有补于天？始则期于合天，终则可以配天矣！

校勘记

〔一〕日，原稿作"目"，据文意改。

〔二〕此处缺字，疑当为"而"字。

〔三〕此处缺字，据文意当为"庸"。

四书经世绪言卷之三

治　术

士为天地立心，为生民立命，则贵心术，为往圣继绝则[一]学，则贵学术，为万世开太平，则贵治术。古者帝王师相，莫不本所学以为治，是以政教大行，风俗纯美，《范》云："敛时五福，用敷锡厥庶民"，此皇极所由建也，故次明治术。

圣贤明性道以统治天下之人，明学术以治治人者之人。学术者，所以求适于治之路也。孔子曰："学而优则仕。"孟子曰："夫人幼而学之，壮而欲行之。"又曰："修己以安人，修己以安百姓。"又曰："王如用予，则岂徒齐民安，天下之民举安。"春秋之时，司徒之教久废，而世官世禄之制又不可行，故孔子讲学洙泗，以培养治才，与颜渊论治道，称仲弓以南面，皆学成而仕之明验也。孟氏当游士纵横之时，斤斤言治人治法，此为为治之的，有人不可废法，有法亦不能无人，断断然也。

舜有臣五人，当治世也；武王十人，当乱世也。世乱则需材孔亟，而士之得以见才者遂多，此其大较也。然天下之才统于相，而相之任□于□常，则登明选公；太宰执其衡变，则扶危定倾。百官总于己，故首辅不可轻也，舜举皋陶，汤举伊尹，而不仁远，孔子尝于樊迟言之"举一直可以化诸枉"，故亦可以错诸枉也，孟子亦曰："尧以不得舜为己忧，舜以不得禹、皋陶为己忧。"见古者百揆之设，阿衡元公之任，以冢宰冠百官，所以一其权也。君委其权于冢宰，冢宰委分其任于百寮，然后兵农礼乐，各尽其长。观孔子之所以论由、求、赤者可知，观孟子所以论禹、稷、契、皋陶、伯益者又可知，后世置相不常，秦汉之相，多出筐箧刀笔，汉武以来，以吏治责三公，又以灾异免三公，用非其任，此治道所以不古也欤！

治而承天，至矣。《孟子》："位曰天位，爵曰天爵，禄曰天禄。"明乎是爵位者，诸侯不能私，天子亦不能私也。故曰天子一位，公一位，伯一位，子男同一位者，王畿之制也。曰君一位，卿一位，大夫一位，上士一位，中士一位，下士一位者，此侯国之制也。自封建废而帝王承天之治不明，自井田废而颁禄之等差莫定，然三代之善治，尚可证之圣贤论说之中。孔子曰："下学上达，知我其天。"及论羿、皋之死，禹、稷之王，帝所以帝，王所以王，卿相之所以卿相，此其中皆有天焉。得天之道，守命之常之谓尚德。裁成天地之道，辅相天地之宜之为君子。天子子天下，君子者为君，子其民以治天下者也。孔子不得圣人，而曰"得见君子，斯可"，可其躬行至善，有以扶翼也，教也。由是孟子遂以天民自居，以大人自任。天为一大，大人为二大，盖亦以君子自居焉。因当时人君不仁好杀，遂大倡其尊天之说，曰："顺天者存，逆天者亡。"则篡弑淫虐之福可以□；曰："乐天者保天下，畏天者保其国。"而大小强弱之势可以均。而且生斯民曰天，降大任曰天，尧舜揖让，汤武征诛，民之所为，一皆天之所为。而圣人即以人事继其后，其拂乎天则曰"作孽"，其戾乎天者则曰"获罪"，其戕贼其人心之天者，则曰"自暴自弃"，天视民视，天听民听，直将天人说得混合，浅之为福善祸淫之理，深之兴亡成败之源，小之为乱臣贼子之防，大之为夷夏中外之界。此天道也。自秦以降，任人而治，任法而治，而天道浸以不彰，而汉世君臣尤兢兢于灾变，盖六经之教孔孟之道，至此已复明矣，虽得末遗本，已失圣贤言天之正而日蚀地震，暴君妒后犹知自惕，犹以知天命为可畏。去古为未远，惜董、贾诸儒言天不详，而杂于谶讳，不为无憾，而后世则以推步言天者，则又求天于形器之末，以交食为有常，而并祸福升降之理而疑之，其去一孔之见几何哉！故汉者，天人之界也。

井田、封建，以世异者也。三代以上，其民朴者多，生齿不繁，地亦广荒，故井田之法，承而用之，封建亦半因其旧。三代以下，不能用也。学校、选举，则通古今而可用者也。秦汉以来，以郡县治，官之迁徙不常，仕官之进身不一，治之所以日下也。孟子生战国时，去古未远，则思复井田，孔子则不以为言，以见井田其名不若井田其实。什一取民，上下各足，观有若之对哀公者可知，孟子言夏贡、商助、周彻实皆什一，此取民之法也，井田之遗意也。

学校之法，虽恃司徒之教而行，而书之司徒，升之司马，掌之司空，兴贤之道，即具于其中，其法致为详密矣，故周亦未能果行，盖封建既定，各君其国，各子其民，即各用其士，故有命士命大夫之取于王国，未闻诸侯贡士于天子也。惟学校之制，周道虽衰，亦未遽废。孔子曰："百工居肆以成其事，君子学以致其道。"见国学乡学犹在也。孔子之于洙泗，子夏之于西河，皆因其旧也。至孟子之时，学校一空，故曰："设为庠序学校以教之。"盖欲战国之君，祖三代之遗法也，复明其义为孝悌，揭其旨曰明人伦也，与《论语》其为人也章有子所言，如出一辙，此学制之明澄也。

选举之论，莫详于孔子之告哀公，子夏之语樊迟，曰"举直错诸枉则民服，举枉错诸直则民不服"，盖举人之权操之上，所举之人公之民，与孟子之论"进贤"者，同此定法也。仲弓之宰季氏而诏以举所知，子游宰武城而叩以得人，见书升之典虽不符于《春秋》，而下进之上，陪臣进之大夫，大夫进之诸侯，观孔子之论臧武仲、孔文子，犹得《周礼》之遗意。自诸侯相搂伐，而各私其士，士亦争以游说取宠，故借材异地者居多，而选举之途遂以终塞，郡县者所以复选之权制者也，而惜其奉为具文也。

农工商贾，治世所不废，初亦未尝畸轻畸重于其间也，或乃以不对樊迟稼圃之问，及以子贡之货殖为不受命，遂疑圣贤之教，专于士为右袒，何其谬耶！夫士表四民，其得志也，大人不亲细务，亦固其所，若穷而在下，子夏之芸瓜，宰予之昼寝，何不可为？多能鄙事，圣人尚然，第所重不在此耳。孟子分仕者商贾行旅以验政，已见四民并峙矣，其下梓匠轮舆于士者，犹孔子不对迟赐之意，农曰"老农"，圃曰"老圃"，是重农也；曰"谷不可胜食"，是贵粟也；曰"征商自贱丈夫"，始见三代商民皆平视也。古其未有货财泉刀，故交易以为市，至周季犹然，孟子言"以粟易械器"、以械器"易粟"，是邑业、野业之无分也；曰"关市讥而不征"，市廛而不征，法而不廛，是本业、末业无异也，夫布之征，不毛之罚，彼此互用，何尝厚农而薄商哉！自汉世商贾逾侈而商律行，而重农抑末之说，遂附官礼而起，要岂圣王同仁一视之道乎哉！

耕织者，王政所首重也，故天子躬耕，以供粢盛，王后亲蚕，以为祭服，以此为下民衣食所从出也。孟子曰："上农夫食九人，中次食七人，下次食五人。"又曰："五亩之宅，树之以桑，匹妇蚕之。"皆以阐明王政,以为家给人足之道。工商非尽人所能,而耕织则户可为而人易习,衣其家,食其家,有余、不足,则以交易,而即商所自出。自邠国《七月》之诗不陈于后世,耕织之事,虽人自为之,久而不废,而惰窳者无为惩,简陋者无与教,而国遂以弱且贫。孔孟立言,专以民时民事为首重,曰"不失",曰"不可缓",其矜慎为何如哉!

畜牧者,亦生财之大道,孟子曰:"五母鸡,二母彘。"又曰:"受人牛羊,必为求牧与刍。"见古者家必有畜,亦有雇人畜养者矣。孟子语其常,故曰:"鸡豚狗彘,无失其时。"孔子防其弊,故曰:"伐冰之家,不畜牛羊,畜马乘者,不察于鸡豚。"然不畜者,必于大家,则其沿门阖境皆有牛羊可知;曰畜马乘者不察,则其他至纤至悉又可知,此老者所以养,宾祭所以供,而皮革、齿牙、骨角、毛羽之贡之所自出也。以孔子之为委吏,知国有掌牧之官,而民自为畜者,亦其所不禁也夫。

地方自治之制,孟子多附井田而见,实则井田在而其法易行,井田废,其法非果难用也。孔子谓:"民可使由,不可使知。"如读法饮射之礼,皆所纳民于轨物而不自知,盖上倡之,下油油然率而从之,所谓"观于乡而王道易易"也。孔子吉月而朝,饩羊之爱,此读法之遗规也;揖让而升,下而饮,此乡射之大略也;乡人饮酒,出后杖者,此乡饮之古风也;澹台灭明非公不至,此士君子居乡范俗之法式也。孟子所云"制挺以挞秦楚",推之即后世之团练;出入相友,守望相助,疾病相扶持,体之即后世之乡绅。法有度而道无废,由此而行,虽百世可也。

贡赋之法,代各不同,而同于什一。而孟子独以助为善者,以其不病民也,丰啬无取盈之患,多寡无划一之规,听之天,输之民,而自无不足之理,孟子之驳白圭,有若之对哀公,上下各足之道也。以今观其大貉小貉、大桀小桀之论,及君孰与不足之言,知必以什一为常制。孟子之别野于国,改用九一,赋若加重,或因滕地过小,不得已而变制,抑以在野民暇,期会征发稍少于国中耳。后世赋税少于什一而取于民者,不啻倍称,几举布缕粟米力役而并用,其视孟"用一缓二"之说,轻重何如?况杂税病之,讼狱追呼又病之,民之不莘且离者几何?孔子曰"听讼,犹人,必使无讼",《大学》以此章释知本,盖明其政教,正其赏罚,使民自生畏,隐情怙恶之人,自无所遁于礼法之外,以欺其仁恕之君。上无聚敛之官吏,下无游惰之小民,国家闲暇,易耨深耕而又有生众食寡为疾用舒之经,使民生财于不自知,而人给家足,正供之赋之乐输于其上也,宜也。况沐君之教者,又有以生其仁义之心,未有义而后其君,未有仁而遗其亲,未有府库而非其财,有断断然者。

"道德齐礼",孔子之论政如此,而为治者,每舍德礼而用政刑,孟子亦曰:"明其政刑,大国必畏。"岂世风日下,孟故舍本而丰末欤!夫政刑,本以济德礼之穷,自唐虞命皋陶作士师,是士师之官,无代无之,而政之分掌于百官者无论矣。然政之为正也,刑亦所以正民之不正,椓黥劓刖,故为其严峻,将以防民,非以苦民也。民知性则导以德,民知教则齐以礼,民或陷于匪僻,则绳之以刑。治外者之不讳兵,犹治内者不废刑也,故君子怀刑,小人犯刑,怀则不犯,偶犯者亦冀其不终犯也,故刑期无形,杀以止杀,虽为严法者所假托,故设而不用,刑之所以为祥也。进乎此,主德既至,民自化之,上天之载,无声无臭,声色且不必用,而况刑乎?

孟子生当战国,称仁道义,非不欲以德礼化天下,而一时诸侯,急于强国,修德政刑乃其治标之法,而拔本塞源之道,首在攻人主之邪，故欲明刑以正天下，先以不刑之刑正其朝廷，曰"五霸，三王之罪人；今之诸侯，五霸之罪人"，此欲以礼德正其君也；曰"善战者服上刑，连诸侯者次之，辟草莱任土地者次之"，此欲以德礼正其臣也。正朝廷以正百官，正百官以正万民，安在异乎圣人德礼之说乎？

因革损益，政家之通论也。自论治者好言复古，而政以趋于敝；自论治者好言维新，而政愈趋于敝，皆夫孔孟之旨。孔子之论夏殷用礼，曰"因革损益"，居可睹矣。孟氏亦曰"因民之利"，又曰"故者以利为本"，相时之宜，穷天之变，以求俯顺众民之情，利之至，因之至也，因则民无所扰，利则民无所疑，无扰无疑，民斯教，政斯行焉，乌乎变，又乌乎不变？孟子曰"由今之道，无变今之俗"，非复古也，以救敝也，又曰"生今之世，反古之道"，舜之不兴，孔子犹亟称之，彼以凿为智，在其能窥见万一乎？

春秋战国之世，盟会征讨日繁，而学校之制浸废，故孔子以学之不讲为忧，而孟子尤斤斤于设学校、申孝悌，虽其规制之详不可得知，要可证之邹鲁旧闻者，盖辟雍頖宫之遗泽，孔孟犹以时地之近，耳濡目染，犹形于论言之表也。其曰"弟子入则孝，出则悌"者，家学之章程也；其曰"子夏之门人，当洒扫应对进退"者，小学之体制也；以文会友，则为社学之权舆；朋自远来，则为游学之本始；告颜子夏时殷辂周冕虞韶，则法制学也；语鲁太师以翕纯皦绎，则音律学也；诵诗专对，不辱君命，则外交学也。圣人之道，广大精微，灿然毕具，故从之游者，莫不身通六艺，波流所衍，百家方技，或亦窃其绪余。若于经世之大端，无不兼综而曲尽，求善足民，则深于理财之学也；由使知方，则长于将兵之学也；孟子之求日至，则天文之学也；

辨肥硗，则地质之学也，由是以推，金重于羽，重学之所推演也；水搏而跃，力学之所发明；知风之自，按之即为声学；知微之显，推之即为光学；东山小鲁，太山小天下，则测绘之学也；片言折狱，必使无讼，则审辨之学也；不食馈餲，馈药不尝，则卫生之学也；规矩准绳，方圆平直，言制造者不能逾其巧；本末大小，轻重长短，言格致者不能轶其程。而圣贤之教，初不以此为重者，本不在是也。故言则诗书执礼，教则文行忠信，学则四科，道则一贯，而又戒其小而图其大，示以博而返之约，一□繁剧之法，琐碎之理，或引而不发，或谢而不为，所□□[二]道可观而致远恐泥也。后之论者，虽谓九流百家，皆出孔氏之门，未必信而有征，而道之大者，无所不赅，亦于此可见矣。孟子所述三代国学乡学之制，可以补鲁论所未备，实已括于官礼之中，岂俟圣人颂言乎哉！

校勘记

〔一〕则，或为洐字。

〔二〕□□，当为"谓小"两字，"所谓小道可观而致远恐泥也"。出自《汉书·艺文志·诸子略》。

尊生随笔

金祖母平素阴虚,服冬地等有效,夏初过服滋补,痰滞气闷,不思饮食,旧病眩晕复发,加以体热气粗,展转不安,脉象俱弦滑,时大时小,知为暑热,微邪为补品所伏,即与疏通淡利加以芳香二剂而安。

苦杏　滑石　茯苓　明麻　郁金　泽兰　竹茹　米仁
通草

横山车户某,至五六月间出乡籴货,颇感劳倦,越数日而病作,则不思食,口渴引饮不多,热不退,旬日投以辛凉罔效,余诊脉六部俱濡弱,左关稍大,初服淡渗芳香,热退能食,惟手指抽搐,家人疑为伤寒,医者或谓内风。余知其不然,试以鲜桑枝、钩藤加入仍无效,改用桂枝、滑石二剂而愈。

初方:苦杏　水夏　茯苓　滑石　藿香　前胡　钩藤
竹茹　后加桑枝　竹沥
二方:桂枝　滑石　米仁　茯苓　水夏　通草　秦艽
橘络

王妇病湿瘰发,他医骤进燥湿,杂入芪、术,头重身肿。余诊脉大而数,问曾食鸡致此,知系误补,湿邪化火之故,因佐以苦寒去湿解补,二剂而安。

川朴　竹叶　茯苓　米仁　黄芩(酒炒)　知母(酒炒)
银花　花粉

　　叶郎病暑寒热,时当初秋,面目黄浮,知为挟食,因与苦辛
通利小愈。迁延十余日,仍不忌口,更加便溏,进茵陈四苓稍
效,令禁食甜酸诸果,数剂而愈。

　　苦杏　竹茹　水夏　茯苓　淡豉　焦栀　滑石

　　邵妇中秋前患痢,腹痛吐泻,医者初进香燥不效,继进甘
辛补赋愈剧。余诊脉俱弦迟,询知头痛腹寒,泻下不滞,红水
似血,知为风痢,辛温解表一剂而减,再剂而愈,用和血调气
而安。

　　荆芥　桂枝　防风　前胡　谷芽　通草　青皮　茯苓

　　县前某食鸡后病似疟,不食神倦,时有谵语,家人以为伤
寒。诊脉濡滑,右关较大,尺肤稍热,知为湿热,用草果知母稍
效,适遇秋燥,韩医授以鲜地、大黄,燥气稍平,谵语不休。余
再诊之,改用清宫汤,暑湿将发,加积滞助火,因非攻不可,攻
后失于调养,亦能克有济。

　　初方:滑石　连翘　竹叶　草果　知母　通草

　　二方:竹叶卷心　莲心　麦冬心　元参心　连翘心　石
菖蒲

　　韩方:鲜生地一两　大黄一钱　柴胡一钱　甘草(生)
一钱

重身受暑,产后十日始发,腹肿为箪腹蛊,半月许青筋绕腹,身热如疟,疑为多食鸡蛋所致。初服破血导滞不应,继服燥湿消积又不应,令延他医治之。

某妇感寒误服小金钱汤,右乳坠下,咳嗽多痰,面浮足肿,是寒邪内闭所致,宜辛温解表。

荆芥六分　桔梗一钱　杏仁二钱　半夏一钱　前胡六分　茯苓六分　通草四分

大雷陈某患痢,口干舌燥,此系感寒失于解表,以致内陷。初投芳香淡渗,佐以解表稍安,继以辛凉而银翘入口,便清如故。余诊脉沉涩而弱,知非甘酸化阴,温摄下元以收效。

茯苓三钱　广皮一钱　木香(煨)三分　淮药(炒)三钱　麦冬二钱　五味六分　青皮六分　灸草六分　煎　送四神丸一钱

某妇壮热,实患痢,色滞渐红。服葛、朴痛止而积未消,再进香、连二剂,因中秋食芋等复发,再用消食导滞始愈。

葛根　秦皮　头翁　木香　川朴　川连　次剂去连无效　又:茯苓　水夏　川朴　槟榔　腹皮

秋凉疯症,辛凉微温得热可愈,时医误投温补,遂作呃忒,见病治病,遂投重镇,病势益甚,转进发散则汗多,予刚燥则烁液成痰,斯时宜投甘润理肺化痰,倘厄由药伏者,当自止矣。

京杏　旋复　竹茹　藿斛　枇叶　甘草

林亲阳虚多湿，稍有伏暑，深秋寒热间发似疟。选用青蒿鳖甲饮，热伏而为痢，改用香、连加茅、术，滞下黯色血，此症成之候也。舌本粗厚，知为湿热下陷，仍服香连加葛根、茯苓。

葛根　黄连　川朴　木香　茯苓　广皮　楂炭

山下金姓，秋燥嗽痰，服甘润清肺后变寒，食米糕嗽复大作，稍加辛温而愈。

京杏　沙参　紫苑　姜夏　茯苓　竹茹　枇叶
又：京杏　象贝　前胡　竹茹　桔梗　枳壳　紫苑

江妇，产后瘀攻加以伤食遂成郁冒，稍愈而寒热大渴，知为胎前伏暑，阴亡热壮，进玉女煎而愈。

下河某，自去冬来患痢。春初不愈，复作加甚。余治时诸医早已束手，病家自度不起，诊右脉洪大，寸关大甚，其左三部俱涩，苔黄口渴，且云春间大便下物如泥，目前嗽痰中有黑血，知暑热内陷，兼有瘀血，拟急涩中焦，佐以理血。

粉葛　黄芩　川朴　焦栀　桃红　归尾　红花　赤芍

金某，余中表也，二月间患痰饮气壅已月许矣，右脉涩，余俱濡滑无力，知虚入[一]表邪未清，与辛温理肺透表，大汗如洗。越日人事不清者已半夜，邀余再诊，至门皆云已死，勉强入诊，尚能强坐，面色亦非惨白，知非亡阳，投以补脾肾药，则能知人矣，再进此方，平补脾肺肾三剂而愈。

西洋　归身　杞子　五味　茯神　枣仁　水夏　竹茹

张妇病崩漏不愈,医者多进温补(参、芪、术、草),间用腻补(冬、地)愈甚,而小腹肿胀,筋脉振动。余诊两尺涩而有力,右寸关濡滞异常,进以行血数日不止,而脉较和,乃与归脾去耆,数剂而愈。

红花六分　归尾钱半　桃红一钱　枳壳五分　赤芍钱半

饼师某,痰嗽腰痛如折,诊脉虚濡,两尺尤甚,进温肾纳气,二剂而愈。

杞子　小茴　杜仲　续断　茯神　枣仁　白术　灸草
胡桃　巴戟

病疝者,每多怪症。尝治温岭某,年老而健,向有疝气,冬日受寒病作,饮食入口辄吐,吐血气带粪臭,家人延诊,初当讳言,但云食入即吐耳。余诊左关弦紧,右关滑大,气粗舌降,医者药以消食和中破气,皆不效。余断为疝,受寒气而胀,压住大肠所致,拟用升降法,一剂而愈。

柴胡四分　槟榔四分　小茴八分　青皮一钱　金铃子
钱半

服后畏见灯火,家人大骇。余断更时大便若下,病即可愈,不必再诊,已以果然,加以调补遂安。

某伟躯干,妇马氏素充实,忽萎黄称病,请诊者再,是血海伤也，与温摄奇经，二剂而效。

海螵蛸　杞子　苁蓉　熟地　当归身　续断　杜仲
炙〔二〕甘草

小泉某妇，病奔豚，脐下坚大如盘，发则气喘，时见寒热。
初治不效，后询知为受惊而发，以李根（酒炒）煎饮一剂而愈。

东生李根酒炒煎，亦可入奔豚药内，此古方也

妇人夜梦鬼交，只是肝肾虚耳，尝治金姓一妇，大补月余效。

庆和店伙病痰饮，医者以为内伤，询知腹微痛、寒热、夜多
汗，即小建中汤当愈。

桂枝　白芍　炙草　饴糖

下水洞某氏，患伏饮，自心以下连背热如火燎，身热时下
白带，舌中无苔，诊右脉沉弦无力，左平，此系气虚所致，询知
恶寒甚少，双足初冷，通阳稍效。予补中燥湿，微见燥象，与清
润，痰饮呕出，再与四苓辅杏、夏、黄芩，冀饮从小水分别，或可
小愈，再行议补。

　　初方：螵蛸　杜仲　续断　黄柏　南术　炙草
　　次方：文元　归身　麦冬　姜夏　茯苓　广皮　白术
炙草
　　三方：杏仁　水夏　桂枝　茯苓　猪苓　泽泻　黄芩
白术

某妇，产后四五月，发热嗽多痰，不能食，服此二剂

贝母　京杏　枇叶　丹皮　竹茹　沙参　灸草

梁君以酒病痰结膈间，状似癫狂，后生疮疖，下身尤多。予刚燥则面赤，予参芪则火升而狂甚，服柴胡四逆散，下胶痰月余，近谷道旁生疮，脓血不止。补脾安神稍效，投以芪、术则呃不止，别直、沉香入补脾药二剂稍安，而他症尚如故也。

葛粉　黄芩　白术　枳实　茯苓　灸草
服后疮发至头。

柯某患腹胀身热，脉时濡时滑而数，舌苔前白后黄，医者予以柴归则鼻衄。舌苔脱若无皮，初拟先清里热，逐瘀导滞，大便下黑血成块，腹胀稍减，应手软软，而脉已大虚，起而昏晕，医者予六味加减，脉濡弱愈甚。予补气（如参、地）则胀如故，拟用槟、枳、术、朴半消半补不果，近未知如何。

赵某病风热，目赤开，开久则白，神昏谵语。初予疏风通利稍愈，误食粘滞，病热加甚，渐有热邪入里之象，以五心汤加减稍安，而舌上灰色，乃有一种粘痰。盖食物遇火而成，急以芩、栀、枳、栝[三]诸品化之，仍服甘凉，数剂而效。

某妇病温挟湿，神昏妄语，面赤口干，卧床已经半月。邀余诊之，先以清热诸品稍愈，食亦少进，而舌色转白，陡然发狂痰多，知为痰扰中宫，仍用芩、夏加沙参、枇叶、枳壳而愈。

一妇清苦，猝病风湿，身热数日稍退，而白带夙病复发，心背牵引下注，注则带下，医者仍用通利，愈服愈甚。余断为内湿未尽，阴阳并虚所致，即为议补，兼用夏、曲、苓、橘利气，归、芍、杜仲固下，而以柴胡加参升提，一剂而效。盖拟方也，服初即欲呕，知为有湿，仍用升阳除湿法。

王某病风热，服药稍退而神呆目瞪，若不知身之所在，而行动饮食尚不失常。余诊右脉细滑无力，而左关尤滑，时见其体肥痰粘，知为上中二焦痰滞所致，仍以杏仁、苓、夏，一剂而效，次方稍加安神通窍当愈。然此人正气已虚，中阳不运，非大加温补，痰症复见，疗治最难。

张童在校肄业体弱，其于体育，颇为勉强，冬日患感，邪微而正不足。医者温于表泄，颊赤心烦，卧则妄语，时冬过暖，迁延不愈。余以丹皮、斛等微益其阴，俟天气转寒当愈。但宜调补耳。

长沙某，年逾弱冠，素患虚热，寒热胸前痹痛，过劳即发。询现证知为中气内虚，予补中敛阴，稍退。忽连日下虫十数条，皆赤色通死，知从前痹痛寒热，皆此虫在肝膈所致，再加乌梅、史君[四]救虫诸品当愈。

周某湿热下陷，身热滞下，月余不愈。余诊两关紧盛，知有宿食，而舌白而灰，温热所化，稍滞尚多。急与透发阳明，一剂而大便减十之八，重坠亦愈。但云此病自暑月探亲后，辄如饮茶，每夜须五六碗，知为暑热内陷，前方酌加滑石，再剂而愈。

南术　粉葛　茯苓　青皮　赤小豆　槟榔　豆卷　枳实（炒）　滑石　防己　米仁

季某，头痛如擘，耳鸣痛甚，痰多，知为风热。自云腹饥，俯治葀粉，后遂头胀，大便久溏，予辛温发表，稍愈。耳前风块累累，原方加白芷、川芎，服后病增，间不思食，动则眩晕，知为虚而风湿乘之。

羌活　蔓荆　防风　米仁　茯苓　南术　藁本　细辛僵蚕　明麻　杭菊　水夏

孔林氏患腹饱，饱似症瘕，经闭者七月矣，二三月前患便秘。医者下以硝黄及九龙丹，多至四五剂，始泻一二所遂止，而腹渐膨脝，青筋蔓绕，脐已突出。医者又以为蛊，而便秘如故，又以猛药下之，仅得燥粪下，而食稍进，而肿胀更甚。医者又以为虚，服补脾肺，肺胀更甚。余诊之左浮右坚牢，而两关皆滑而无力，知为痰病，以真阴太虚，不敢骤攻，稍与调中救阴，十余日而青筋稍退，痰稍见矣。因忆余言，请再诊之，坚牢已少而浮滑如故，与旋复、芥子等一剂而痰涌出，经亦随至，稍加调理而痰霍然矣。

内亲林四海患暑痢，医者误下硝黄，下纯血粪如红曲，日三四次，热不退而人已困倦卧床。余诊脉右寸关浮数无力，左脉皆细涩而数，初疑暑邪未尽，予进连翘清血等品稍安，益以清暑固中者无效。越日肛门垂下一物，越日连血下出，则肠之内层皮也。约长五寸,中带花纹,其半黄腐有黑者。因忆古书有截肠疾,云三见必死。盖由以猛药暴下,暑邪蕴于肠间,以致内层被腐,大肠厚处不过近肛尺许,三见则腐及薄肠,万无生理。医者六气不明,遇痢即下,每有此病,俗人不知有"烂肠瘟"之称。余见病势已重,改与固阴。越日而二截又下,余甚恐慌,赖病家素知余,曰:"姑作死诊,总须再酌一方,以背城借一。"余以病虽深而形体尚未甚衰惫,知非大队峻补真阳以护肠胃不可,即于一甲复脉汤合黄连最佳者,令日投两剂,又越日热平,越五日而痢止,而面色痿黄,进食甚少,再为调理脾胃,半月而起矣。

同时邻人丁某,亦误服芒、黄及甘寒凝滞之品,遂致不起。其子与父,先后并作,病症若同。延余诊之,云已市大黄三钱,幸尚未服,即与清暑清热,佐以芳香一剂而愈。

同时徐万法,住近内家,就诊林氏,血痢病同,而未服攻下之药。与连翘、赤豆及清痢诸品,霍然而愈。

林某妇,秋初病发,大热大汗,诊脉洪大有力,知挟天行邪热而发,内蕴暑湿未清。与白虎加杏仁,便结不下如故。命以大雪梨斤许切片,和冰糖食之,撒下热屁,便尚如故,而谵妄稍愈,已能安眠。令服至宝丹,以价多不果。自予清宫汤稍安,六脉稍平而涩甚,知宜急于救阴,改予复脉,三剂霍然而起矣。

林某患饮消瘦,与小建中二剂而愈。

王某,病略同林妇,而脉大无伦,汗气薰蒸,房室污秽。如法治之不效,脉浮大无伦,知阴不从阳,即予白虎救护真阴稍愈,方谋补阴,已延他医,仍用疏表,遂致亡阳。惜战!

西门外某右,年甫逾壮,体壮面赤,口苦苔黄而腻。自云被内火焚烧,诊脉均沉弦微滑结涩,全无火象。伊执定是火,云始自脐下冲上至心胸间,作盘旋状,或自两腿至背至手,且指臂上斑痕,云火此出。视之微焦灼之状,素怕风,恶闻人物声,行走则稍安,静时即发火,发时若不可忍,手足至腕独寒,知是痹病。细叩初来病因,则由于郁后受惊,无偶独居,常若怕惧,盖由气火郁闭,龙雷合而妄行,拟先用解郁顺气,继用镇惊,而后继以填补真阴,镇摄兼施,方能取效,惜其人不能多服药也。

郁金八分　川贝一钱　乌药钱半　山栀三钱　香豉钱半　竹茹二钱　桂枝三分　黄芩三分　灸草一钱

横山郑妇,体素怯薄,劳则病作,或腰痛或胸痹,面黄身瘦,脉无表证,初见疑为内伤,且两目不能久视,久则无光,心一瞬而始复。夏初胸次胀痛异常,邀余诊之,照胸痹常法,用栝蒌[五]薤白白酒汤,两剂稍解,然病势尚未已也。诊时觉脉沉闭而涩,服药后,乍见弦象,知为有虫,而病家不信,次日果吐一虫,始服所见之真。投以枳[六]术、黄连、桂枝等味而安。此病本有虫气,阻隔肝胆上升之路,故其目不红不肿,不痒不痛。尚治一妇病亦相类,但彼胸下结而有块,痛时即厥,盖虫蚀肝也。

　　路镇一妇咳嗽痰多失音已两日矣,来城邀诊,化痰补土数剂,音已回复,稍加滋补,痰多失音如故。询系气郁之后,多服白木耳、燕窝所致,遂加导滞疏通之品,除去补腻,病乃稍安,然未全愈也。

　　肖村金氏,年弱冠,以石工作劳绍兴有年。绍属苦人,多以滚水冷水冲和而饮,兼之石矿阴寒,日渐月积,遂患湿,身肿面目黄瘦。医者以为内伤,多进补品,病势骤增。余诊治半月皆以渗利通降,病已减半。

　　林某,适中司前,患经闭,由于湿阻,遂致懒食懒言,面黄肌瘦,年余始来求治,但云有带,初白后赤,经事日少,遂至于断。余诊两尺稍弱,而未甚无力,右濡滑,而左涩细,知由奇经大虚,血液衰少所致,为处一方,数剂而经来矣。

　　螵蛸　归身　杞子　生地　川芎　丹皮　杜仲　茯苓
夏曲

　　吴氏子,生方六月,患痰嗽,身热气升,夜分加甚,手纹紫色由虎口直冲命关,医者束手。余询知产母少乳,多恃米糊糕饼补助,以致食痰化热,与消食化痰而气稍平,然夜热犹未退去,酌与枳[七]术丸加黄连数剂,病势稍平。因积滞化热以成疳证,又用消食和中方,加入芦荟热当自已。

　　香店某翁,年及耳顺,秋半身热体倦,舌苔黄腻,小溲赤黄。余曰此伏暑也,幸发时在处暑,予渗湿消暑,廿余日始愈。

蔡亲母，寒露后病暑身热，每一咳嗽，便见遗尿，明阴虚湿热下陷。前医已用葛根一剂，已见微汗而炘热如旧。余诊舌根黄厚，非升发不可，仍服葛根不汗，汗知遍身，身凉日余复热，于祛暑除湿方中略加黄芩、知母，热方退而遗尿如故，家人急于滋补。余知小水气秽异常，知系膀胱伏热使然[八]，改用导赤散，两服稍安。

法院长郑某，自履新以来在省已病脑昏耳鸣，盖由体虚积劳，感受风热，予桑菊饮加菖蒲、石决明，一剂而安。

警署长内人，新凉感受寒气，腹痛不能俯仰，作止有时。余曰寒气内闭所致，即与杏苏散，二三剂而痛愈。

程某子，因跌仆中风，肢冷语塞，不省人事，而脉濡伏，右关较大，知其内有伏热，感受外寒所致。予葛根、羌活等，一剂而手脚温，惟苔焦黄，已成灰黑，人事亦尚未清。再与苍术白虎服后稍醒，而卧必内面，不食便溏一二次，仍不语。三诊后始知内之伏热，实系暑邪，故终日渴不解，因于清营透热方内加至宝丹一颗，人事始清。诊脉左右俱大，知里热尚盛，连日间用黄芩、知母，犹咽燥便结，改用连翘散加知母，服之汗大出而愈。

洪君谋九，主办旅沪会馆岁余。八月因病归里邀诊，状似水鼓，腹膨肤紧，面目手足皆然。在沪已越数医，药皆罔效。诊之脉皆浮滑，肝肾稍见弦细。余以病脉不合，正在踌躇，欲令转[九]商他医。洪君则谓数月前已有病状，每对画写字，目前若有黑影一片障住。余曰："此肾虚不能排水。"因予阿胶猪苓汤加木瓜、槟榔、防己等。次日余适赴乡，嘱但服一剂，越日如得水行，再行诊治。越两日再往诊候，小腹已空，肿处已退过半矣。据云初服头煎后，一二小时大便滑泄，二三次再服亦然，至次夜则小水大通，日夜十数次，病遂退矣。余意此病已久，服药必多，方能取效，乃一剂而愈，且初服时大便先利，似非常理。询知腹急时，他医曾令服银花露所致，则药证皆对矣。即于滋阴药中稍加通利，以开水道。惟两足及目如前，再加滋肾，两目明，惟两足尚未转便，想药力未到耳。

林君子毅，秋燥伤风，挟湿肠鸣漉漉。已更数医，初予温开，尚末甚非，惜用苏叶、卜子分两太重，劫液而咳嗽加甚。易医连服桑皮、栝[十]蒌多至两许，邪滞肺阴，间日而夜嗽愈甚，嗽则热发弃衣烦躁，幸有微汗，邪终不解。足冷，足背浮肿，如是者十日，大便时闭时溏。邀余诊之，议用葛根、川朴、黄芩未服，改用杏、橘、荷叶，又去桔梗，初无甚效，但大便稍闭，而左关洪数，恐其见血，其家人则云今早痰中有血。是咳破肺络，邪从血分出矣。再诊肝脉已平弱，复咳嗽减，寒热较轻，惟恐热盛血升，辅以黄芩、知母，如此进退三剂，病已大减。他医进青蒿、丹、地、芩、夏，寒热顿止，或邪当退然也。

林雨秋内人，年逾四十，痰咳寒热，经年不愈，以正气已虚，医者每进参、芪、术等，初若有效，连服即见壅滞，诸医束手。余曰痰系虚疾，而热皆痰所致，再加壅滞，必成痼疾。予以小柴胡加西洋，酌加蒌、贝、竹茹、枳壳三剂而病减脉和。

林某寡居，秋暖湿泛不食，如是者半月，口燥饮热亦少，脉见濡弱，身热甚微。初予桑菊不效，改用清燥救肺法去除石膏，两剂而瘳。

老幼体弱之人，升降攻下，用药太骤，邪退之时，每有厥脱之象，医者不可不知。邮局一妇，秋燥挟湿，身热面黄，不解者旬余，前医服补之后，改用柴胡，多只数分，不效弃去。余承其后，诊脉诊症，亦无以一异。以其湿热已致发肿，决非辛苦寒万不可，略更前医方法以连翘饮加茵陈、川朴，稍多其分量，服后稍安。次日热将退，起如厕，厥厥欲脱，急返卧床，目瞪不语，气息甚微。夫郑君亲自来舍，神态恐慌异常，余细省方药，回想脉证，知系病机旋转，升降反复所致，因谓之曰："邪退时当有此象，不必疑虑。"明日往诊，已霍然矣。

吴某之友，以在乡催收陈粮，受风痢作，日夜五十多次。邀诊之，但云头痛欲脱矣，至则颓唐异常，须臾不能安坐，头倾体顿。诊脉左右俱乐浮弦，知系风病，且目赤鼻涕，风象益明，拟用败毒散，恐药力过峻，以荆防加香连丸予之，一剂而愈。

警所长吴素，八月患痢，状似噤口，恐甚。邀余诊之，两关濡弱，知为暑痢，清暑而愈。

徐童三龄，患热经年不愈。各医持论不同，有谓阳虚湿陷者，有谓血虚者，然投阴药则舌白，投阳剂热加，不时有汗，身有水疮，刚剂稍过，上至头顶浆水迸出，延及两耳，项间结核垒垒，累百余剂而热终不退，左关渐大。议用羚羊数分，热稍退,而左关平右关复大,别医投丹、栀、地、芍、茯、草,更用柴胡三分,意欲引邪外出,且谓邪不能解,热终不已,诊甚有理,一二剂后左关渐见弦涩,而热时作时止如故。邀余再诊,余令再服前方一剂,冀其作疟,然尚未可必也。

夏童四龄,出声迟钝,不能连道二字,家人恐成喑哑。邀诊,余见其面色虚惨,语有痰声,余曰此痰病也。询其平日,以乳少之故,常以猪脂和饭喂之,以致积食成痰,堵塞肺胃。用消食除痰,三剂而能言,然痰滑而未出,议用吐法不效(肆中无瓜蒂散),而便滑痰下,仍用补脾和中,稍加除痰以善其后。

王妇悲伤之后,音哑声,有微热。初议宣肺化痰解郁不效,再议补略效,而身间一二日必发热,饭食稍减,然尚能行走,后延他医治之。

张某连日观剧,间以房劳发热,舌白。医投五苓加参,热遂内陷,左脉大而右脉微涩,口不大渴,面赤神昏谵语。余知其病将入营,急投清宫汤,热退面色亦平。家中误进他药,中有归、苓、桂、芍味[十一],热势复加,语无伦次。余仍议清营加参,他医适之,不果服。

小儿诸病之难治,多夹夫疳也。

小儿脾虚伏暑,往往变成水肿,有消导太过而死者。此症口渴身或热,小便多秘,治当清热利水。

沿海春初每多瘟痘,小儿殒身十之八九,总由痘科执着古方重药劫之,不知此症亦当与温热诸病大同小异。但当开首辨明因寒因热,因热多因上冬过暖,阳气不潜;因寒者则以风寒入肺,遇暖而发。一系伏气,一系本气,治法遂不能同,总以清透芳香为主,柴、葛诸忌,非不得已,尚不敢用,况感寒若羚羊者乎。治疹者,不得不慎。

因寒:桔梗　荆芥　连翘　牛子　象贝　甘草　僵蚕前胡

因热:银花　连翘　牛子　薄荷　竹茹　桔梗　枳壳

斑疹由内陷非透至鼻涕见疹出,虽少愈,迁延数日,有不治者。今岁春间较寒,此病屡见其误犯苦寒者,往往不救,至目闭不欲开,鼻红粪清不可为矣。然以柴胡、葛根加参透之,有一剂而愈,有延至十数日始愈者,疹病本轻,寒凉一过,致患如斯,可不慎哉!

伏暑之脉,右关尺每濡弱,伤暑则右寸关先弱,此一定之理,用药不能离去青蒿,惟湿重难用。口渴多汗不恶风者中暍,便溏口渴多汗或呕者阳暑,恶风筋掣,无汗不渴,脉弱而沉弦无力者阴暑也,治中暍易治,阳暑亦易治,阴暑较难,阴暑内伏为寒痢。发早能食者不死,寒痢发迟不能食者难治。

噤口痢是热伤肺胃所致,古方五汁饮,三黄等功用之妙能去热救阴,故热痢噤口可用柴胡、黄芩、黄连等药。柴胡得黄芩伐肝而不伤肝阴,葛根得黄连清肠胃之热而不伤胃阴,升麻得黄柏能清下焦湿热而不伤肾阴。

秋初以来,食鸡连遇八九人皆挟暑邪而发病,热甚重,本家以为伤食,医者或谓时疫,往往祈祷交至,费钱甚巨。不知鸡性本温,专补脾肝,暑热已受,复为食物所壅,其发安得不骤?惟瞭其原理,清暑后以消积,迟迟自愈,或以有寒遏以热劫之,伤阴自所不免〔十二〕也。

己未春,邑多中风者,自上年十一月已发,至本年五六月犹然。此理诚非易解,患者以童男女及妇人为多。初起恶寒,头痛项强,三五日后即不知人,目直视,手足不举,身重异常,误投寒凉滋补及羚羊诸品,多数不救,服羌、防辛烈之品,有致十数剂者,须刺风府,半月一月始愈,总系寒邪深伏所致。

秋冬之交,天气太暖,则湿不化,风燥之气乘之,每湿多有痰嗽寒热诸证,有痰多风邪侵入而便秘者,有湿多而便滑者,有误表过度伤液者,有误润太早而湿滞者,总宜先用辛凉,如竹叶、石膏、杭菊之类。然后燥多清润,湿多渗湿,其有夏日伏暑,迟至寒露而发者。若作疟痢,则如伏暑无疑,若似疟非疟,似痢非痢,则通为风湿病,惟寒痢、风痢尚在例外。

春间小儿多病风热,有传变白喉而死者,一由早服寒凉(如硝、黄)、刚燥(如枳、朴),风热内陷,神识不清;一由用牛黄丸、羚羊等重药,抑住风热,遂致大便青黑色如桃胶,口干鼻燥生煤,有四五日死,有延至十四五暑。林伯瑗之侄亦然,起时脉尚洪散,失药次日即内陷,多寐目不欲开,与首所见吴某子脉证皆无小异,稍迟当有白喉诸症,但与银翘散全方一剂而鼻涕出能乳食矣。细思此证诸童,手纹皆见斜飞作青黑色微带紫,见证似热,初起实因风寒,故皆挟吐泻,银翘散中若除去荆芥、桔梗,断难见功,日久寒邪下闭,上见假热,不得其本,宜百方不效也。

小儿疳疾,每诊目而知,有二岁至十五六岁者,发时多在盛夏,虫多者春时亦有。余皆按《金鉴》疳证治之,无不愈者。大约肝脾不和为多,热甚脉七至者,投以石斛,其效如神。余所治愈者,以今计之,不下五六百人,此余所自信者。

白术　茯苓　淮药　乌梅　槟榔　史君　石斛　贝母
丹皮　枇叶　谷芽　芦荟　西洋　湖莲　黄芩

麻疹后最多阴症,麻久不回面赤目肿者,只作热诊,其有因食凝滞者,只通其气,气通自然透发,其有初失升发,不透不回者喘咳,或可用麻黄、石膏等。惟将回未回之际,麻毒未撤,体气已虚,必加升、葛,佐以桂、芪,方无流毒,若只用清解,反致郁抑致危者。亦有七八日麻已透发,正气虚极,误用升透,麻反立闭,遂至身热阴亡而不起者,亦有误用阴寒如鳖甲等数致麻毒深陷,发热不休而危者。此病情余皆身历,往往束手,用药宜忌首在半夏,以其燥烈有毒,术性固闭亦不可轻用。偶见发呕吐,不可遽作胃寒,胃汁干燥,每有此症,然投以苦寒如知母、黄芩,辛凉如竹叶、石膏而仍不应,因苦能化燥,辛凉亦不生津,不如石斛、麦冬、花粉为宜。大都以闭而死,以津燥而毒不化而死,以郁抑不流通而死者为多,其因正虚而死者亦十之一二,不可不慎也。酸品亦在所忌。

春夏多寒，麻疹并见，日恒数十人，其发而未透，身热神昏，急宜升麻轻剂，未能见功，热者可用麻杏石甘汤，便泄者可用葛根、升麻，目闭面赤咬牙者，可用羚羊、杭菊、钩藤、明麻。余则荆芥、三春柳发之，见点后不过薄荷、连翘辛凉开发而已。

身孕有病，虽然苍笃[十三]亦不果死，用药不效，不妨暂停数日，以待转机。

妇人产后，瘀血伤食十居五六，虚者亦一二见症，寒热往来多系肝阳不和，有汗易愈，无汗者血必燥。脉见浮大，须防阴竭而脱。

瘀血不清，即成郁冒，症见背腰不伸，腹痛足腿膝痛，或脚腰红痛，寒热喘汗，证状似乎危险，实皆积秽未下之故。

妇女诸病之难治，多兼郁也。

校勘记

〔一〕入，原作"人"，据文意改。

〔二〕炙，原作"灸"，据文意改。

〔三〕栝，原作"括"，据文意改。

〔四〕史君，据文意，此处当为"使君子"，因后文方中亦作"史君"，故未改。

〔五〕栝蒌，原作"括篓"，据文意改。

〔六〕枳，原作"积"，据文意改。

〔七〕枳，原作"积"，据文意改。

〔八〕然，原作"热"，据文意改。

〔九〕转,原作"传",据文意改。

〔十〕栝,原作"括",据文意改。

〔十一〕芶味,原作"芶、味",据文意改。

〔十二〕免,原作"勉",据文意改。

〔十三〕苍笃,不知何意,故存疑。

花山志

花山志　卷上
花山志序

　　辛未归自汉皋,拜赵孝廉兰丞先生墓于邑花山九老祠后,松楸飙动,宿草凄凉,唏嘘久之。作而言曰:先生生长于斯,讲学于斯,殁而葬于斯,其与花山相不没已乎?尝慨清季邑中前辈沉溺于八股之文,视为心身性命之学,孝廉独湛深经学,不习时尚,而力追于古,故其平生撰述无愧作者。鼎革后,遂绝意进取,既募建九老祠于花山,又取少壮所作《花山事略》,分为山水、人物、古迹、艺文各编,名曰《花山志》,其旨趣隐然今昔同轨矣。夫花山一峡岬之奥区耳,非有奇石、灵水、伟殿、穹堂足供游客之流连光景者,自有林居恒先生辈九老人结社于此而名始显。自有孝廉作志,而名益大显,其可知矣。孝廉于世落落,与花山若有宿契,每客至,津津道花山事不去口,客有异闻,必相与折证考辨,其文章有涉及花山者,必手疏之,至老不倦。而花山于有明一代,邑中文章巨公歌咏颇鲜,而地非孔道,名流游辙亦所鲜经,迨逊清中末叶,始有踵事增华之举,然皆思附花山以传,非所以传花山也者。昔苏允明讥史迁之书,割绣绘锦縠以为美,然则孝廉之志将裂褐以争华者乎?甚矣哉！孝廉之为功之勤且艰也。孝廉既殁之十年，同里徐大令子骐募修九老祠，既竣，并梓斯志，以予九老裔也，嘱为序。昔孝廉曾序吾先子诗矣，又切平生文字之感，故不获辞而序之，亦以慰孝廉泉下之灵也夫。

中华民国二十九年九月同里后学王薰拜撰。

凡　例

一、本编仅志花山之形胜风物，故规模视邑志为小，纪载转视邑志为详。

二、本编首列先正年表，为全书檃栝，以明花山学派之渊源，及流风遗韵所被之远且久。

三、志例有图，本编亦载其一，全山形胜大略于此可见。

四、本编所叙山水，凡邑志所未载者，必询诸故老，附以案语，以明命名所自。

五、邑志名胜、古迹合为一卷，本编古迹仅列社庙、寺院、坊、宅、桥、墓等，其余天然名胜均附于山水志下。

六、本编人物于道学、经师、高行、诗人外，兼及游客、著姓。本邑诗人未与社吟者，亦系之游客。

七、本编艺文、诗文兼收，各分为三编。以清乾隆以前为正编，同治以前为续编，以后为后编。凡与花山学派有关者属之内编，附以著姓；外界投赠者属之外编，游客系焉。

八、本编所载诗文作者，仿《方城遗献》例，于姓氏下概附有略历，以便观览。

九、本编所载诗文，有异文讹字，必依据各本详加考正，或拾长舍短，或两存之，其有缺字无考者则付缺疑，以昭慎重。

花山先正年表

	道学	高行	经师	诗人	游客	著姓
宋						
乾道	林伯和与弟叔和求师二陆,得象山之传					
淳熙	文公朱子行部至台,讲学樊川,郭磊卿出其门。从子勉中、从孙友直家庭之间自为师友。畅轩为友直孙,秉承家学而益著。 按:畅轩名槶,卒,门人谥贞成先生,为花山学派所自出。 同时,林伯和兄弟皆受业于文公。铭可,其裔也					
淳祐			黄岩陈绍大以性理之学自任,后为潘伯修所师事			潘应桂成进士,自柏都迁淋川。案:伯修、松溪同出淋川
元						
大德丁未			何明远生			
至治壬戌	郭畅轩生					
天历己巳		林居恒生				
至顺壬申		何双槐生				
至正辛巳		丘蓬屋生	林铭可生			

续表

	道学	高行	经师	诗人	游客	著姓
丁亥		丘慎余生				
戊子		潘伯修与曹新山主讲东坞延绿书院。 方国珍兵起,浙江行省朵儿只班帅师至台,欲尽屠沿海居民,潘伯修诣军前力争乃止				林玩、潘从善并举于乡。 按:玩字柏径,仁本从子。从善祖裎,大理评事。父柯,绍兴路教授。弟源,蒙古学录
庚寅		潘伯修宿天姥岭				
辛卯						潘从善成进士
壬辰		何东阁生				
癸巳		潘伯修与李时可同客柔川				
甲午		潘伯修卧病柔川				
丙申		潘伯修元旦有诗,时避兵柔川已五载矣。 潘伯修说方国珍降,复叛,且入郭仁本之谮,使盗杀伯修于途				
明						
洪武辛亥	郭畅轩用御史李时可荐,为饶阳知县。三年,邑大治		何明远召对御边安民策称旨,授浙江市舶提举,于商户一无侵渔,四明人欲为立祠			
壬子						潘时显贡与许伯旅同升太学。试文华殿居首,授吏科给事中
癸亥	郭畅轩卒					
永乐甲申		林居恒等九老人结社花山,分韵赋诗。 林居恒卒	林铭可司训台州			
戊子		王听竹卒				
寅庚			林铭可致仕			

	道学	高行	经师	诗人	游客	著姓
丁酉		丘慎余卒				
庚子		丘蓬屋卒				
洪熙 乙巳			林铭可卒			
宣德 丙午		何东阁卒				
丁未						丘庆贡入太学
乙卯						丘庆奉命巡察四川，卒于井陉官次
正统 戊辰	程成趣题葵旸室。程成趣题处士赵葵旸墓					
天顺 辛巳				林竹仙生		
成化 己丑						太平立县
嘉靖 丁亥			王云贡。云邃于理境，有《题太极图》一首传世，与戴给谏筠溪、邵长史史咸友善、沙角徐玉成、南塘徐冕、高浦王光皆其高弟。学者称梅关先生	林竹仙卒		丘植补国子生。 按：植字元立，号云冈，心泉七世孙。 丘云鹤贡。 按：云鹤字元腾，号九皋，慎余五世孙
万历						丘渊倡义修葺学宫，疏河修城。 按：渊谱名承渊，号方溪，慎余六世孙
清						
顺治						赵宜圣入赘泉溪郭玉明家，遂自周洋徙居焉。 按：公宋宗室，先世居黄岩东浦，鼎革时避兵铁场。祖葵旸与九老程成趣友善。至公始迁邑北城，今其子孙皆居花山左右

305

续表

	道学	高行	经师	诗人	游客	著姓
雍正戊申						丘梦筠贡,授景宁训导。 按:梦筠一名从祖,字昌序,心泉十二世孙
嘉庆庚辰					阮培元游此	赵馨吾购地花山东北,筑耕云别墅
道光甲辰				五月冯蕊渊、李少莲等六人结社花山,章鲁庵后至,与焉		
丙午					冯蕊渊等已结社花山,黄潏壶舟、弟治今樵、林茂涵紫东、陈寿璋二峨、黄岩令吴樾西桥、僧德芳戒庵咸往来唱和	
咸丰辛酉						赵石牧避乱别墅,遂家焉
同治丁卯					蒲华游此题璧	
光绪壬寅					童赓年游此,有与林逸唱和诗,并以消寒名其村	
癸卯					王东曦和蒲华题壁韵	
甲辰				林简、陈江藻等五人结社新庵		
丙午	潘伯修《江槛拾遗》成,付刊	陈云墀重修梅花社屋		林丙恭刻《九老诗存》成		

　　茳案:古今学术之分,不专系乎师承,往往有师承同而所得异者,大抵视乎其人,人同矣则又视乎其时,非若汉儒传经必确守其家法也。花山学统以郭贞成为初祖[①],其学一宗朱子,然其子退庵已骎骎乎趋入上饶矣。陈氏成甫之学[②],虽同

出紫阳门人,一传于伯修,已有"知行合一"之趣,方之宋代关学,颇为近之,实则梅溪之学已流布于东南。伯修濡染其间,是以谋道济时莫不勇于自任,已开姚江学派之先。听竹冲和似明道③,梅关高朗似濂溪④,二丘至性过人,宛似心泉⑤,而叔卫私淑新安,朝宗则已异矣⑥。何氏双槐似横渠,东阁似象山,虽不名所宗,显然为永嘉树帜⑦。成趣先生则超乎其外⑧,以入于平易之途,文章不尚浮华,教学不标宗旨,日雍雍乎道德之林。观此,益知贞成之教为二陆所不屑为,实非学二陆者所能为也。惟是气象光昌、忠义奋发,不若伯修、心泉辈耳。究之在天为阴阳,在地为刚柔,人得之为仁义,由统宗而分见者,要不出此两途。得阳刚之正者,坦然与人以共见,随知随行者也。得阴柔之美者,油然示人以易从,先知后行者也。随知随行以任事,则力而易于见过;先知后行以赴事,则安而难与图功。自有此二者之殊,后世分门别户,吾道斯裂,而时位之不同,因而拂其所性者亦所在而有,中行之士无所矫激倚毗,循循然日事其事,复乎弗可尚已。

注释

①郭贞成:郭槻。

②陈氏成甫:黄岩陈绍大,治性理之学。

③听竹:花山九老之王崧。明道即程颢。

④梅关:王崧的曾孙王云。濂溪为周敦颐。

⑤二丘:花山九老的丘镡、丘海。心泉即丘应辰,为丘镡之祖,著《忧忧集》《井田论》。

⑥叔卫:丘镡。新安:朱熹。朝宗:丘海。

⑦何氏双槐:花山九老之何及。横渠:张载。东阁:花山九老之何愚。象山:陆九渊。永嘉:叶适。

⑧成趣:花山九老之程完。

花山志卷之一

山水志

　　称四皓必冠以商山，语六逸必系以竹溪，论人物者往往根据山水，由来旧矣。唐王氏勃序滕王阁，特破常解而曰人杰地灵，则钟毓之说又不足以尽之，有四皓而后有商山，有六逸而后有竹溪也。花山，一部蝼蚁垤耳，得九老人吟咏其间，而一花、一石、一丘、一壑遂脍炙人口，士宜知所自树矣。纪山水。

叙　　山

　　花山环邑南诸山而成，九老社吟之地，则石盘东支之尾闾也。山绝小，大山宫之①，窈然深阻，林木蓊翳，山泉数道瀿瀿出其中，汇为巨流，曰小泉者，别乎县治大泉而言。当九先生社吟时，夹溪傍山多种梅花，人缘溪行如入洞天，故有梅花洞之称。其外民居数百户，自成村落，则消寒村②。绾以孔道，区域天然，自此入山转引转胜。故论此山形势，非备列天马、石牛二干，则位置不明；非根据小泉，则界划不定。

　　石盘山　从雁荡蜿蜒而来，高数百仞，山脊平衍如盘，为县之南屏，花山之鼻祖也。山中泉石竞胜，元徵士林铭可读书于此。南走为天马、覆泉，东折为石牛、雁鸣，两干混合处有岭通三山巡检司,曰石牛岭。西南出六珠,东北下达县治,东南突起巅顶,曲折而下,状如游龙,至麓,横沙回护作小结聚,溪流缭绕,间隔内外,若别有天地焉。

石牛山 为石盘东干,连崖负险,起伏不一,山冈突起一石,高二三丈,翘然东南面者,形家目为牛头,相传其上有"览胜"二大字,今已漶漫不可复识。岭道初自东下,出花山前,后设治所于大泉,以北下为便,故道遂废,而石牛东支遂与鹤鸣山混。吾家居此旧矣,结庐处适当其下,北则祖茔在焉。此山自起首有石,前后皆石脉纡绕,故吾家门户水道莫不有石,其尤胜者曰石芙蓉,游人于此作登高宴,俯视花山,了了目前,山下有山圆若覆釜,先君子曰:此九老看梅处也。

天马山 为石盘南干。邑志云:自石牛分支者,据岭言也。山高处两峰骈列若马鞍,为县堂之外屏,马首东尾南,腾骧夭矫宛然龙种。其北为旁支二,为花山之右幛,渐近渐短而低,与石牛南支二作拱揖状,为花山之护卫。其中林壑夷阻不齐,乔松修竹四时苍翠,夷而旷者则原隰衰聚、田畴鳞比,幽而阻者则涧谷深邃,狼狈之所出入,鹰隼之所巢穴,故有大虫坑、老鹰窠之名。

雁鸣山 自石牛分支,迤北而东,连珠而下,下有大远桥,大泉溪合流而出于山北,其南与覆泉对峙,若蟹螯虾须,花山之外户也。山嘴旧有塔曰雁鸣塔,有街曰雁鸣街。后邑人建鹤鸣书院于南城,此山面之,遂得鹤鸣山之名,或雁、崔字形近而讹。山势平远,登高一望,才如一道横沙。山尽处有庙,庙后峭崖之下,水潴为小潭,盖汍泉也[3]。有紫藤缨络其上,花时烂漫,游人坌集入花山者,以此为入胜初步。

覆泉山 自天马分支,迤逦东行,平折而北,又回而西,成一矩形。登山一望,为花山天然屏障,山有八姓丛葬地,故又称八公山。小泉溪身内高外低、内分外合,故于高低分合之交,流响激烈,至此地势平衍,泉流潜伏。支流分泄山外之小河头,其出瓦屿者溪亦愈小,水亦愈微,盖如河流之伏行于盐泽蒲类者,故曰覆泉。覆即古"伏"字也。邑志称其回流澄素,静夜恒有清响,其以此欤?

　　按:《戚志》称,花山在天马、鹤鸣两山间,但举石牛之东支,未统举两干言也。山之起顶,正值两干混合处。而天马南支、石牛北支又两两排比,重重包裹,参差璀璨,俨如花瓣;九先生社吟之地,其蕊珠也;石盘发脉之所,其萼柎也④。鹤鸣山上承石牛,不得与天马并列。《戚志》云然者,由明季岭徙而北,云石牛者仅举北支而遗中支也⑤。山末有井,正出而为槛泉,清冽胜常,甚旱不涸,或曰此花露也。故此山宜称花山。结社之初,辄以命题分韵,确有可证,不若梅花洞名由晚出,必俟之夹溪种梅后也。

注释

　　①宫之:围之。

　　②消寒村:旧称小泉村,学师童赓年易今名。

　　③氿泉:侧流之泉。

　　④萼柎:花蒂。

　　⑤石牛:疑为"鹤鸣"。《戚志》指鹤鸣山,"鹤鸣"二字方合句意:"仅举北支(鹤鸣)而遗中支(石牛)也"。

叙　水

　　斗里坑　本称砥砺坑,小泉支流,出石牛第二支山,山有磨石圹,亦称磨石仓坑。磨刀之石古称砥砺,"斗里"其转音也。坑势诘曲，激石啮土，蓄为沚，泄为涧，抵社而为溪。上有土阜，可结茅者数区，相传为九老倚杖听泉处。面社有山若葫芦，两水夹之，会于社左右，风动籁发，潺湲不绝，昔人琴操所谓幽涧鸣泉，雅为近之。

徜徉坑 小泉支流，出天马第二支山，亦九老盘桓处，故名。或曰坑中石很如羊，爰名藏羊，不知常羊、徜徉、相羊古同一义而殊写。此水与砥砺坑夹社而前，为第一会合，其命名尔雅或出九老未可知也。坑上有庙，祀宋边将杨无敌父子①。

六潭坑 小泉支流，出石牛第二支山。坑流较大，为九曲形，潴为潭小者六，最下一潭大可径丈，亦名小六一泉。已乃作之字形出梅花洞，桥坑身宽不及丈，而深者至七八寻，其所潴泄颇难思议，或谓旧为海之港汊，故山半之石皆作水啮痕。坑其龙所出入者，故亦名龙遁坑。陵谷变迁，理果然耶？

问朋坑 小泉支流，出天马第一支山，来水之高与六潭等，而延长过之。上有瀑布，自天马分擘处停积而下，其山作三垂，形若钗钏，与石牛第一支同出一冶，彼大此小，两相对峙，皆非常目所睹，而此以飞瀑特著。相传黄久庵②三至其地，故有"三至水"之名。水流自此渐趋山麓北行，九折而会于龙王宫，与六潭之水合，此泉溪上流之第二会合也。问朋之名，莫详所自。

茶园坑 小泉支流，出天马山，山南为郭岙，彼此排比，同为东行正干，土气深厚，产茶绝佳，与产郭岙者齐名，故村人多莳之，为园可二三百亩。坑绕园而东至五来山下，饭鱼坑入之，抵荷花坟始与龙王宫之水三合而成小泉。小泉旧出戚将军庙北之杜家桥，今改从庙南自荷花坟东少北行，凡里许抵庙，又里许而抵瓦屿，始与官河合。

按：邑志叙水仅载小泉，支流繁碎，义不容及。此编专记一村山水，义又不得不详，故旁搜乡论，勤咨故老，久而始成。但以地僻一隅，文献莫考，不无臆度；至其形名必详、必实，以为后来征信之具，非敢妄为杜撰，以美一时之观听已也。

注释

①杨无敌：杨业，并州太原人。雁门关一战后，辽兵不敢与战，号杨无敌。

②黄久庵：黄绾，理学家。王阳明受诬陷，黄绾为之辩白，并保护其子。

名胜附

古社　当花山之麓，潘氏之墓庵也。临溪负山，溪多巨石，含牙交午，水流喷薄，终岁有声。隔溪一丘，圆若覆釜，陟丘一览，横湖七十二峰如在目前。永乐二年，里人林原缙等九人结社于此，分韵赋诗，程完为之序。序曰：

古人谓上寿百岁，中寿八十，下寿六十，然自中古来，淳风既散，民生多夭，有自下寿以上至于七十，则乡里交庆，以为古稀。吾里居恒先生林公，与谷礼王公，及斋、直斋两何公，慧斋、宗斋两丘公，实斋翁公，常斋狄公八人①，其于古稀之寿或过之或未及，皆鹤发童颜，有长生久视之道，他日由古稀而跻中寿，由中寿而跻上寿，殆未易量也。永乐二年甲申正月下旬，会于里之花山精舍，欲继唐白乐天香山故事，某于诸公年最少，亦许预会，以备九老之数。而居恒令子韶民，则亦从其父而至焉。肴核既陈，盏斝既行，于是诸公更起为寿，相与乐甚。酒酣，取少陵"迟日江山丽，春风花草香"之句，分韵赋诗，且命某序其事。窃惟古来人之跻于寿者固难，而能享康宁之乐为尤难，不为忧患饥寒所累，则汲汲于功名富贵，老而不知税驾之所，其能有一日之安，以乐其寿，此乐天香山之会所以为当时盛事，而九老之诗传诵至今。今诸公优游于桑梓之中，燕嬉于升平之世，虽人爵之贵未及乐天，而雅怀高致，诚亦一时之所尚，其视乐天果何如耶？夫有生而寿，寿而乐，乐而能宣之歌咏、著之金石，是花山之会信无异香山，而乐天不得专美于有唐矣。某幸从诸公游，知诸公之乐为深，遂不辞而书。直斋，及斋之侄，宗斋，慧斋之季云。

庵本面北，后地僧惑于形家言，徙而西向，旋圮。邑明经陈云墀重修之。

溪桥 距社半里，累石为桥，过桥即抵新庵，乔松古柏蔽荫天日，人家烟火亦自此渐稀。每届初冬，溪烟漫白，木叶翻红，诵古人"贪看梅花过野桥"句，此情此景不觉悠然神会。

明何希鼎入庵书感诗：梅花高咏羡当年，今日无花景尚妍。人事仓皇风物改，溪桥流水自依然。

梅花洞 据石桥两岸而言，非真有洞也。社吟时，临溪傍山种梅多至万本，夹桥而前，花时人行其中，如入洞天。

明邑人陈彬诗：梅花洞口夹深溪，九老当年任品题。今日青山不容隐，五桥车马自骄嘶。

九老看梅处 当两庵间，有山圆若台，登之溪光山色尽收眼底。相传花时，游人骚客纷来赏玩。

小六一泉 在六潭坑，坑身盘旋，外流冲激而成六潭，至尽处成一大潭，雨天上受诸潭之水。上下有平方石数处，可坐、可立，仰视幞头、纱帽两岩，黑如写墨，不啻登庐陵之堂矣。

纱帽岩 在石牛山前，双石骈叠，色黑形方，宛如纱帽。

自岩而下至麓，则成趣先生墓道在焉。

幞头岩　在石牛第一支，与纱帽对列稍低，山下一石亦类幞头，相与俯仰，若落帽然。

石牛　在新庵后，北距社里余。山顶有石如牛盘状，翘首云外，作东南向，鼻孔容米升许，今蚀其一，形迹犹存，上有铁线篆书"览胜"二字，赵氏耕云别墅正当其下。

何愚诗：崔巍一石立山巅，头角峥嵘势俨然。苔藓作毛因雨长，藤萝穿鼻被风牵。经年不食村中草，何日能耕陇上田。恨煞牧童鞭不起，数声长笛夕阳天。

案：此诗当作自明末。观末二句，可知九老诗存本，何氏家谱收此恐误。

鹰窠尖　天马内支也，山尖最高，登之，东南海涛历历如在目前。

林傅诗：海天茫茫海涛白，山高去天只一尺。褰裳蹑屩凌其巅，眼底烟云荡空碧。但觉潮来天地青，雪山万叠撼苍冥。望洋未免兴长叹，只缘沧海未曾经。一霎腥风紧吹浪，无限涛声远奔放。神游象外意悠然，忘却身在白云上。斜阳忽挂岭头树，令我低徊不能去。去时平楚色苍苍，振衣直下千仞冈。

瀑布　在天马南，距社里许，飞泉自高而下，可五六丈，雨后尤大，每当秋霁珠沫溅空，涧草岩花更形幽秀。以黄久庵尝三至其地，故亦称"三至水"。

天马　花山南干，高次鹰窠尖，而山顶平旷。邑人九日作登高宴，不于石牛必于此，以其形势空阔，足以极目东南也。

赵佩茳诗：我家家在花山巅，石牛磊落傍云眠。才人览胜寻古迹，秋来为敞登高筵。骑牛向天天无边，菊酿芳烈牛流涎。矫首云天一阊辟，天马横空来自天。丹枫黄槲错满鞍，络

头羁靮随风烟。藤萝挂石扶空磴,落叶蘸霜铺锦鞯。还沽山
庄一樽酒,呼徒着屐跨其巅。海潮南起欲到前,浊波浩淼万顷
连。西北诸峰争蝉联,石盘秀削冠一偏。锦屏璀璨向东悬,樽
前辉映失百千。众山奔起尽如马,此马形势尤高骞。举酒酹
马马不饮,对酒看山山增妍。茱萸遍插香可怜,马乎山乎是何
缘。我闻穆王有八骏,八荒腾踏蹄欲穿。又闻骐骥服盐车,太
行欲上空迍邅。惟尔栖托远尘境,捷足肯争凡马先。神龙有
种缮真性,不受人世箠与鞭。重阳佳节人来往,秋草秋花年复
年。眼花耳热众宾散,直欲乘之访费仙。日暮归来牛背望,夕
阳山影乱乌鸢。

注释

　①居恒:林原缙。谷礼:王崧。及斋:何及。直斋:何愚。慧斋:丘镡。
宗斋:丘海。实斋:翁晟。常斋:狄景常。

花山志卷之二

人物志

班固著汉史,创人物表,意为去取,遂开魏晋流品之先。论者惑焉,顾世往风微,古之所谓不朽者,往往为滥窃时名者所假借,道之不泯于天壤者仅矣。故推既往、纪将来,合数世以观其世,合前后数人以观其人,而后可以知人,可以论世、纪人物。

倡道五先生

潘伯修 字省中,仕骥从子,居淋川。少负异才,从陈绍大习举子业,后游林兴祖之门,林大器重之。诗文与陆居仁、蔡余庆齐名,尝两_{或作三}举于乡,以不得志于春官,决然隐居教授,通天文、地理、历律之学,黄中德、应道元并出其门。所为诗文皆寓微意,曰:"文章不关世教,虽工无益也。"才名为泰不华、达兼善所重。不华镇黄岩,兼善帅台州,皆咨访焉。元至正戊子,方国珍兵起,先生从祖义和与乡人应允中等纠众与战而死,先生屏居花山先人墓庵,转徙玉环柔川,间馆东坞赵氏_{与曹新山主讲坞根延绿书院},主赵师间、西乡黄氏。浙江参政朵儿只班统兵至台,将尽屠边海居民,先生率父老诣军前力争,谓:"倡乱者方氏耳,吾民何罪?"乃得免。又尝挺身说国珍降,冀纾国难，国珍许之，左丞答纳失里奏其功，请授国珍流官，使纳战舰，散其徒众，而令伯修为文树碑宣德。已而，国珍复叛，据有台温，开府庆元，同郡名士朱右、詹鼎多往依之。劫致先生，欲令长幕府，力辞归。郭仁本嗛国珍，使盗待诸隘以杀之，年仅四十有三。应梦虎哭以诗，有"嵇康^[一]未必轻钟会，黄祖何曾惜祢衡"之句。其徒黄中德欲走婺州，请兵复仇，会国珍降明，不果。林公辅《黄岩志》作黄云泉，今从《海峰堂稿》曰："潘先生，莫邪大剑也，其光铄然，足以动星斗，其锋锷然，足以破坚珉，而不能无缺折之患。然终不害为千金之宝。"可谓深得其人矣！子卣，字元彝，知崇明县；元贞，从寓玉环。孙良友、良交始归淋川。著《江槛集》，从祀乡贤。

论曰：士生斯世，祈有补于天下之安危而已，故曰：无求生以害仁，有杀身以成仁。先生遭时不偶，不得志于科名仕宦，于其时之休戚利病，未尝不恻然于心，少试而效，乃进而图天下之安，天不祚元，故其成功也少，而卒以自罹于不测。《万历志》谓其不能苟全于乱世，亦已谬矣，况又诋其依违方氏、进退失伦，则于郭贞成《宣德碑跋》已为破读，乌足以知其大哉！

案：郭《跋》"依违不受朝命"一语，明系归罪国珍，于先生初无贬语。惟主抚、主剿，朝论不同脱脱，文臣昧于当时兵力亦未可知。先生主抚，其奖帖里、左纳而抑脱脱，亦固其所。使如朝秦暮楚之徒，亦何患不富贵，而驰逐南北，反以戕其身乎？

丘应辰 字咏圣《黄岩志》作泳性，号心泉，泉溪人。博极群书，与叶本初、应景裕为友。元贞间，举青田教谕不应，隐居著述，集曰"忧忧"，今所传《正异上下》及《井田论》，皆关世教、切时弊之言。晚年卧病家居，闻州里官使之贤，辄投书抗论，惟恐政不及施,民罹其患,有古君子忧世之意。元政不纲,州县吏贪污,不胜漆室之忧,故著论多愤时疾俗,诗亦然。《续明妃曲》寄托深远,犹能出人意表。其和赵师度韵云:"庭草尚春色,霜风有岁寒。万家晨汲苦,三月溜声干。"用心可想见矣。明初,御史毛某过其墓下,祭以文曰:"学究天人,才优经济。晦迹一时,曙光万世。"后从祀乡贤。子文鼎,孙叔廉辑其遗集,郭公葵序而亟称之。

论曰:丘为吾邑著姓,未立治所时已然,至今绵延弗替,知数百年之前,早有以开之。陈德永跋先生集,称其辟阴阳祸福之拘,以愍亲丧之不葬;斥佛老淫祠之非,以伤世教之不振。至论原盗、恤灾伤、均食盐,皆有功于民生。先生不膺一命,而忧世之心形于撰著,历疾痛呻吟,而不渝论者。或谓其疾恶过严,孰知时实使之然哉。

郭槚 字德茂,号畅轩。高祖世卿,右正言磊卿兄也。磊卿游紫阳之门,与方山、南湖二杜公为友,家庭授受相承,学有源委。子勉中、孙友直、曾孙敏夫,咸以儒世其传。先生敏夫子也,从世父宽夫自仙居徙邑温岭之松山里。少勤问学,为诸儒倡。燕居独处,衣冠修整,与人接,和气满容。比壮,益有所悟,由伊洛上溯洙泗,求圣贤用心处,祁寒暑雨终日危坐,箪瓢屡空晏如也。其所造诣静中工夫为多,终元之世隐居教授,邑人士多从之游,程完私淑其道者也。其为教也,必先收放心,方见得斯道端倪,即圣贤言语亦有归著;又曰:惩忿窒欲是学者大切要处。父没,会兵荒,久不克葬,茹蔬抱戚未尝破颜,及既窆,始进酒肉。母患末疾,衣不解带,亲为沃面、浣衣、涤席,凡六阅月,手指湿烂成痈,终不以人代。与兄笃友爱。洪武初,用御史李时可荐,授饶阳知县。值岁饥,旁令噤不请,槚上其事，得旨蠲赈，泽及九邑。有省檄不便，民甚苦之，樌又执奏，廷议韪其言，德被八府。在任三年，劝农桑，兴学校，均田赋，平力役，表节义，毁淫祠，境内大治。五年夏旱，旧俗聚龙象以祷，樌命焚之，秉诚默祷，天雨，平地深一尺。以从兄事坐免，逻者察于途，搜箧中，惟所著《易说》《诗文稿》及爪发一束。以闻，上嘉其清白，赐纱幞、银带、宝钞，以旌之归。号台南兀者。洪武十六年卒，年六十有二，门人私谥曰"贞成"。有《畅轩稿诗文》数十卷，《杂评》一帙，《易说》未成。从祀乡贤。子熙，号退庵，博学笃行，叶黼尝从而受业焉，门人谥曰"文康"。曾孙玲，号笃心，克世其学，辑有《郭氏文献录》《郭氏遗芳集》。

论曰：伊莱演道，闾间闻知；孔孟传薪，不遗私淑，学有渊源尚矣。成趣先生行修言道，卓然人伦师表，以之陶镕后起，衣钵一出于贞成，则成趣先生为花山所出祖，而先生则又为祖所出，道德事功炳于有明，腾于江右。松山里之于梅社所居又近①，渐被为尤切矣。

林仍达　字铭可，其先为闽人，宋天圣间，由温复迁珠溪。祖父以上俱以儒显。兄传达以老人献诗，授贵州知事。先生序居四，天性淳朴，孝友慈仁，善赒人急，有贷粟者，虽遇餐沐，必辍而与之。族某蔬圃当其檐外，为编篱护之，不使狼藉。其立心之仁厚如此。永乐甲申，以明经辟本府司训。初从石门陈铿翁先生学，刻苦自励，日记数千言，以致诚为修身之本，忠信为行己之方。及膺冠带为千里师，行其所学，躬率诸生先之以孝弟，次之以文艺，以及尊主庇民之道，四方学者翕然听讲，士风丕变，李士恭、于琥皆出其门。七旬致仕，杜门乐志，深尊雅管，徜徉山水，无世俗毫发累。宗族有争，作睦族文以谕之。所居曰石盘山，学者因尊为石盘先生。子衮、骈、蛰俱能诗。

曾孙倩,号竹仙,尤负时名,为王侍郎东瀛所重,有"他年林下重相见,不道诗仙是竹仙"之句。卒年六十七,叶海峰表其墓。倩子凤仪,号月航,有《悠然集》及《袖韵唐音南叶》。

论曰:先生与伯和、叔和同一氏族,徐潜叟、叶海峰两先生表述一未之及者,以其清德美才足以自见,无俟引重于人也。石盘晚翠当花山巅顶,隐居教授,道谊岸然,于社吟诸君子影响尤深。叶氏于竹仙墓表称其学凡三变,始为制举,一变而为风雅,再变而为威仪,明德达人于是乎在。

何明远一作鸣远　字文仪,号愚斋,泉溪人,通《春秋》。元末,两征不起。洪武初,郡县交辟,召对御边安民策称旨,授浙江市舶提举,身在利薮,于商民一无侵渔。未几,引疾归,四明人议为立祠。里居无儋石之储,讲学论道,后进化之。所著有《愚斋稿子》及以诗名与会花山。

论曰:出处之间大节存。元代以专经取士,至其末造贿赂公行,先生以经术显于当时,弓旌屡逮,僩然足以自守。至圣明定鼎,始以对策得官,亦复介然自克,不久而归,论学讲道以启牖其后进。如斯人者,岂易得哉!

社吟九君子

林原缙　字居恒,一字彦恭,北山人,素性严毅,动循规矩,而尤笃于孝友。洪武初,先生与父及弟以非罪被逮,臬司欲罪之。先生曰:"父老、弟少,有罪我合当之。"由是谪戍南宁,虽著伍,吟咏自若。戍归乡里,尤以名德重之。先生则诗酒优游,深自韬晦。永乐二年正月,与王听竹、丘慎余等九人,会于里之花山,修白香山故事,时号"花山九老",以年德推先生为社长。子达民、韶民俱能诗。

王崧　字谷礼，号听竹，一字礼斋，丰城令瑜之孙。自幼读书举口成诵，援笔成文，长遂博通经史，厌习举子业，喜游名山大川，海内高士占盍簪焉。元末，自黄岩徙居泉溪，与丘氏、何氏邻。洪武间，长、次二子相继卒，季子又遣戍灵山，时诸孙皆幼稚，先生以教以养，俾各成立。晚年惟以吟咏自乐。

翁晟　字子桓，号鱼渊，别号实斋，有才识，隐居不仕。与林齐民、李长民以学行相砥砺。晚岁于大泉村筑屋数椽，读书咏诗，以乐其志。

丘镡　字叔卫一作惠，号蓬屋，青田教谕应辰之孙。早丧母，事父至孝，父年高无齿，先生取鱼肉之精美者，制为丸饼以进。比卒，遗命葬祖茔之侧，茔去家百余里，值岁歉，费颇巨，先生悉力经营，卒如命。林学正昂赠诗有"圣门至孝推曾子，商岭高年羡绮园"之句。修撰王叔英为传，其事上之于朝，诏旌表之。生平讲明理学，私淑朱紫阳，俱见郡志。

丘海　镡从弟，字朝宗，号慎余。少年负才喜侠，性最豪爽，无书不览。避乱自新罗坊徙居泉溪，以去亲远，筑望思阁，绘明伦图，以致思亲之意。清苑李尚书题句所谓"看云每作还家梦，为客难望陟岵忧"者也，以是名重一时。张士诚专使征聘先生，逊辞谢却。后明祖见其辞征书有颂扬语，坐戍辰阳，子锡请代行。先生从此娱意林泉，往来九峰、天马间。临溪建环清轩，宾朋常满，唱和不绝，诗格老而逾进。子庆，字用孚，孙震，字廷范，皆明经修行，能世其业。

何及　字德韶，号双槐，浙江市舶提举明远长子也。性方介，不苟取。与事亲尽孝，居丧尽礼，既祥而禫，不饮酒、不茹荤。每读《诗》至"哀哀父母，生我劬劳"，辄掩卷痛哭。少聪慧，习举子业，屡试不售。尝自叹曰："使我不能为天下苍生造福，斯已耳。"遂终身不治生产，专意属文赋诗，乡人尝曰："有是父，宜有是子也。"弟子俭，性慈善，好诙谑，能诗善画。

何愚 双槐犹子，字起直，号东阁。自少敏捷，涉猎群书，过目不忘。长益磊落不羁，与李长民、林养民、学民、齐民友善，讲明出处大节，以古豪杰自期，慨然有揽辔澄清之志。其文学为许给谏介石所重，后以愿与时违，退然自废。诗文追法盛唐。卒后，有司屡举崇祀乡贤，竟以中寝，士论至今不平。清节懿行详见《尊乡录·文苑传》②。

狄景常 字公宪，号独松，别号常斋。自幼孝友出于天性，为乡里所器重。性恬退，生平以学自高，不乐进取，讲求圣贤之学，于格物致知之要，多所发明。门下多闻人，诗格清新，步武开府。

程完 字德充，号成趣，评事敬斋元孙。评事居官十稔，恪守四知，退老后，更以积德裕后为事。先生幼承家学，气和行方，博涉经史，为文有典有则，一时物论归重门下，著录之盛与叶拙讷相等，渊源并出于贞成郭先生。其教先行后艺。九老中，先生年最少而名德最重，卒祀乡贤。团浦沈元圭、长屿李存清、夹屿闻轩、珠村林士从，皆文史自娱，不求仕进，以先生为之导师也。

论曰：终南以卢氏而贻讥，北山以周子而腾诮，假途托宿以营禄仕，其为识者羞无论矣。然或生际盛平，躬系物望，可以出而有为者，亦务于高蹈而绝俗，亦非君子之道也。惟时可为而不可为，身不可隐而可隐，其晰义也精，斯其守道也力。以九衰白垂尽之士，存君臣父子之统于几希，以躬行孝友，以愧夫当世之骨肉忿争者。若林、程、王诸君子为不可及矣，矧观二丘则天下无兄弟而花山有兄弟，观二何则天下无叔侄而花山有叔侄，彼欲效周公辅成王而不得者③，有不闻风而知感者乎？风雪一花，朝夕一咏，置其身于天地之外，仍纳其心于伦理之中，以视洛阳耆英、香山诸老④，人所艳羡而效慕者，尚未免有富贵功名之说淆乎其中，九先生独夷然不与，且淡然而若忘，相提而论，花山足千古矣。

修古七诗翁

冯芳 号蕊渊，邑南城人，岁贡生。博赡能诗，七人中最负盛名。家居教授，门下称盛一时，罗萝村学使调入诂经精舍肄业。晚年结修梅吟社于花山，饮酒赋诗，陶然自得，著有《自怡集》一卷，《渔唱集》一卷，《孤愤集》一卷，《哀丝集》一卷，有仁和周向辰、天台张梦璜、临海江培及黄潘、陈沣、门生陈琛等题词。

陈寿璐 号雪逵，北城人，明经瑞图子，好吟咏。所居与李少莲隔一垣，窗前旧多花木，因名曰"借绿山房"。与诸文士日夕唱和，晚岁结社花山，著有《教经楼诗钞》六卷。

李汝皋 号少莲，北城人，中己酉副贡。杜门吟咏，诗格清雄，尤好作长短句，才气横溢，不让宋人。著有《百千山房诗草》四卷。

杨鸷 号香生，西城上司前人，岁贡生。制举之余，尤耽吟咏，诸体皆备，气格圆畅，似得力晚唐。最善作联，随笔肆应，妙境天成。有医士诸葛姓者病故，同人索书一联以题其墓，即伸纸而书曰"他日定书扁鹊传"，见者颇以属对为难，不假思索下联亦成，则"夕阳长吊卧龙冈"也，一时众口喧传，惊为神速。著有《夺绿吟馆诗钞》及《隐香楼杂存》。别号香史。

林蓝 字璧人，邑廪生，中城人，所居庐后有池曰"琴池"，因以自号。少美丰仪，读书不事刻苦，一览了然，工书，善画兰竹，弹琴围棋并臻其妙。尝与冯蕊渊、杨香生、章鲁庵等结修梅吟社，诗酒自放，有谪仙骑鲸之气。兴酣，泼墨作水墨图障，云烟满纸，甚为艺林所珍重。林施溥秉铎婺州，蓝随之出游，才名大噪。后历越州，游兰亭归，寻卒，年未中寿，闻者莫不惜之。遗著有《琴池诗草》一卷。子号鸿卿，亦游庠。

林傅 号肖岩，西外人。少美丰神，工制举。膺贡后，与冯蕊渊辈结社花山，诗境益进。性修洁，能饬边幅。门下聚徒岁十余人，删改诗文确用楷书，所易字数必与原文相当，有点铁成金之妙。

章淳 号鲁庵，岁贡生，渭㵲人。诗骨雄健，与冯、杨诸老旗鼓相当。著有《醉一作酣墨楼诗钞》二卷，王瀚为之序。

论曰：社非为诗也，而有时乎为诗。清室自纯庙以迄嘉、道，边境敉平⑤，民物蕃庶，咏歌升平，此其时也。七先生者，既以隽才长技逍遥于桑梓之乡，角逐于文酒之会，一日登高选胜，道性言情亦固其所，又得二三先达以介绍贵游，招徕方外，更唱迭和，各逞其才。然则前之社也以忧，今之社也以乐；前之社而吟者以孤行其是，今之社而吟者以共畅其天。故虽有苦学之士，至此而兴会淋漓，与富贵者无少异焉。曾文正⑥有言："时乎安乐，不能作无事之颦蹙。"观此，不益信哉？

补梅五闲客

林简 字居敬，号仲严，中园人。自幼敏颖，制举之暇，益留心古文辞，为诗雅慕石屏⑦，文境清腴，为雅俗所共赏。年甫弱冠，辄已游庠，为学者所师事，连馆花山者二十年，七应乡闱，膺荐者五，备中者二，门下著录者几百人⁽二⁾。生平勇于任事,闻善辄行,有王门"知行合一"之道,故争宾兴、复乡约、修二女井、刻《感应篇赘言》。卒时,年甫四十,而所成就为特多云。

陈江藻 字道文,号义补,三元桥人,岁贡生。能文工诗,尤善骈俪,得力于六朝者居多,故出语工雅,非寻行数墨者所能。及中岁颠沛,得疾而愈,豁然开悟,文境大变,所著有"颠语颠颠语颠语,颠以谐语谈名理",思致清远,为古人屦齿所未到。好为排律,五七言连篇累幅,层出不穷,又创墨宝体,句中自为回转社文。花山与林仲严等议复古社以祀九老,手为联语十数皆古雅,为他手所不逮。

方乐 号洵成,横街人,岁贡生。

林玮黻 原名丙南,号伯瑗,南城人,廪膳生。

赵佩茳 号兰丞,花山人,别号花隐,癸卯恩科举人。

论曰:余家去故社为最近,岁时登临,见墙角老梅数本开冰雪中,恍然如见九老人于花下竹边而亲承其謦欬。久之,梅花零落,存者愈稀,始与林子仲严、陈子义补,有修复古社之议,以家故兼农耕,略谙树艺,则以补梅自任,然岁植其一二,又为樵牧者所侵害,则所云补者,仅付之空言。二十年来,林、陈二子相继殂谢,而伯瑗、洵成两君方从事于教育,述作日富。余衰病侵寻,年力日微,方岌岌焉,有驷不及舌之虑。嗟乎,花之荣枯开谢,虽不与社为轻重,百十年后,社既不复,花亦无复存者,好古之士登高凭眺,将欲求古人之踪迹渺不可得,其他更何问乎,更何问乎!

游　客

山明水秀,箐密林深,寻幽选胜,裙屐翩翩不知凡几,大都乘兴而来,兴尽而返,踪迹不可罄书,兹录其可考者数人,以供谈赀。

桑调元 号弢甫,清余姚人,以经学举,召对授主事,喜游览山水。雍正间,徐括庵宰太平,司训朱嵩龄其同窗友也,至台相访。爱天马、鹤鸣之胜,留竟月,多所题咏,邑人亦承其指授。

许伯旅 字廷慎,号介石,泉溪人。明洪武初,由选贡官刑部给事中,有诗名,时呼为"许小杜"。林公辅尝见其《漫兴》诸作,问得何法而然?伯旅曰:"法可言也,法之意不可言也。上士用法,得法之意;中士守法,得法之似。吾诗几用法矣。"识者以为不妄。著有《介石集》,集中载《赠式古》诗,知亦往来花山者。

阮培元 字笃材,黄岩人。祖明昊,父文焯,皆诸生,以忠厚传家。培元生而颖异,有神童之目,及长,学问该洽,根柢宏深,为窦、齐两宗伯所器。领己卯乡荐大挑二等,借补嘉兴训导,勤于造士,汪如洋、史致光皆其高弟。乾隆季年,嘉郡大饥,布政司知公廉能,檄委稽查清册,县令某因渔漕利,赂改册,不允。寻有旨复除租税,收漕设厂给粥,郡守嘱司其事,全活甚众。会以病归,有"官在粥糜,官病粥稀"之谣。历官二十余年,以老乞休,门人祖道三十余里。归以授徒著书为事,创翼文会以赈宾兴,发潜会以扬贞烈。卒年七十余,著有《天文纪要》《河洛图考》。道光辛巳,禾中绅士请祀名宦。

蒲华 号作英,秀水人。同治甲子以游幕来台,工书,善画竹木花卉,诗品清奇。尝与邑文士游此,题诗新庵壁上,笔法清矫,至今尚存云。

应峻 号次白,县城太平桥人。性至孝,早丧父,事母能得欢心。母在殡，寝食与俱，衰麻不去身者十余年。居枕后溪，光绪己丑大水，墙坏水入，柩随浮动，峻抚棺长号，哀恸吁天，旋止旧处，论者以为孝感所至。性孤子，不谐于俗，惟与广文陈殿英、孝廉林儦赏、廪生王穰年历久无间，盖以书画相契合也。所画草虫花卉皆有生趣，尤工写竹，或拉杂满纸，或简淡三五笔，皆能令人一览不尽。终身不娶，有朱扉、韩置之风。

著　姓

本境氏族以潘、丘、程、赵、陈、黄为最古，潘氏迁自柏都，程氏迁自坞根，丘氏迁自新罗坊，黄氏迁自洞黄，陈氏迁自峨山，吾赵氏则迁自东浦。初皆为黄岩人，明成化间分设县治，始隶太平。他若孙、若梁、若谢、若杜、若施、若林、若戴、若季、若方、若洪、若彭、若叶、若尤，则以施、杜为最古，梁、孙、谢次之，叶、戴次之，林、方、洪、尤又次之。以今考其版籍，后来居上者固多，而故家遗族浸以式微者指不胜屈焉。兹举其最著者如左。

潘从善　字择可，号松溪，世居小泉村。宋时有评事永年、秘教起予，皆其先也。登元至正辛卯文允中榜进士，累官承直郎，同知制诏兼国史编修，终福建儒学提举。尝被谪，携犀盏银瓢为扉屦资。已，宥还，故物仍完，林铭可为诗以贺。年最寿，家居为搢绅领袖。《逊志斋集》有《与潘择可书》，观所云，盖于方正学为父执也。长子时冈，邑诸生，号鹤亭，亦能诗。

潘时显　择可从子。洪武壬子与许伯旅同升太学，试文华殿，而时显居首，授吏部给事中。

校勘记

〔一〕嵇康:底本缺"嵇",据文意补。

〔二〕著录:底本为"箸录",据文意改。

注释

①松山里:在温峤。

②《尊乡录・文苑传》:谢铎著。

③效周公辅成王:指朱棣篡政事。

④香山:白居易。

⑤纯庙:乾隆。嘉、道:嘉庆、道光年间。敉平:安抚、安定。

⑥曾文正:曾国藩。

⑦石屏:戴复古。

花山志卷之三

古迹志

古者，今之积也，今以前此者为古，后又以今为古。古人所建设者，非善为保存，无以贻之后人；今所凭吊者，非善为掇拾，亦无以上慰古人。羊叔子、杜元凯登岘首，以前世之无闻，感而泣下。人既如此，物亦宜然，一瓦之覆、一陇之植，前人之灵爽，实式凭之，有心人所以对此茫茫百端交集也。纪古迹。

花山社学　设新庵，原称梅花书院，旧社芜废，以山水之胜来游者恒息足于此。道光间，里人结修梅吟社李少莲汝皋、杨香生鸶、冯蕊渊芳、林璧人蓝、陈雪逵寿璐、林肖岩傅，章鲁庵淳后至亦与焉，凡七人。而经师假馆而来者，五六十年相寻不绝江云亭翰青、裴诗藏灿英、陈山屏翰藻、陈穆甫廷和、郑渡梅尊祥、林凤笙逸及其从子简、陈义补江藻、郑梦树作霖，先后设教其间，学者亦多驯雅士。林仲严简馆此凡二十年，与陈义补江藻尝有修复故社之志。时余亦来往其间，相与上下议论，久而未逮，徒与林伯瑗玮黻、方洵成乐五人社，文及诗社曰"补梅"。后余比年馆此，遂有今名，志以联语："来学廿余人非古非今，心事问梅花知否；近家一二里有山有水，风流比竹垞何如。""溪山讶昨是今非，阐发幽微时共僧徒谈九老；儒墨去同源异派，沟通学理欲呼弟子礼三尊。""此经非白马驮来，见性明心也有香花来讲座；吾道已木鱼打破,返虚入浑休教梵呗乱吟声。""人与佛为邻立地见功,覆篑成山师孔氏;我如僧退院现身说法,点头有石即生公。"

先后游客若黄岩令吴西桥樾、临海宋心芝经畲、秀水蒲作英华、山阴童柘臣赓年、黄岩阮笃材培元、邑人黄壶舟濬及弟今樵治、林紫东茂涵、王燮友东曦暨僧戒庵德芳,各有唱和。

黄濬《集雪逮乐吾斋赠同社诸友》:"夜半天南聚德星,争从灯下试青萍。洞箫隐隐传方响,太华峰峰擘巨灵。七碗茶余花吐舌,九还丹熟月当棂。笑余白发盈乌帽,却荷诸公眼共青。"黄治《柬社友》:"城南旧社久荆榛,韵事销沉数百春。草泽之中谁国士,花山以外少诗人。仅余两集传双鹤,可许千钧系□缗。云散风流徒感慨,所期大雅有扶轮。传闻百里聚贤星,片石韩山乍发硎。大抵呕心皆李贺,不辞荷锸作刘伶。轻衫小扇风斯在,流水高山曲可听。千载梅花如解语,寒香深处觅芳馨。"蒲华《题新庵壁》:"空山春尽忆梅花,呼伴登楼日已斜。一勺清泉消酒渴,顽僧为煮雨前茶。"王东曦《和题壁韵》:"步上梅山日已斜,梅花不见见桃花。相思三十年前事,曾共先生此品茶。"

棣花书院 在小泉村,林氏族学也。附设苍亭公宗祠,祠后累石为山,山下东西有池,池有亭有轩,亭曰"半房山",轩曰"墨庄"。丛竹长松蔚然深秀,登高一览,禾田千顷,锦屏、瓦屿诸山豁然眼底。旧有八景曰:碧沼垂纶、狮峰远眺、蕉窗听雨、竹坞纳凉、松坪月影、曲沼荷风、石鲸喷雪、梅洞霏香。道光间,祠圮于风,其裔孙湘云葺之,工竣,集饮有诗。林茂辰《自题宗祠》:"撷毛嘉荐出明溪,感叹东平冢树西。累代读书勤训鲤,一家为善起鸣鸡。沈沈廊庑观瞻肃,簇簇衣冠拜舞齐。谁是老莱年七十,思亲犹作小儿啼。"王瀚书赠云:"崇祠卜筑水云乡,山色飞青上画廊。卅载雨风倾栋宇,一朝丹碧换门墙。
牙签插架朱云宅,琪树当檐绿野堂。人事莫先隆报本,羡君此
举独光昌。""棣华书屋最清幽,琴剑樽罍古色留。苔藓也含文
字意,烟云时共墨花浮。水澄碧沼供临帖,石累奇峰当卧游。
为语谢庭佳子弟,好将勤学演箕裘。"

前书院 在溪东,近桃园林氏、潘氏之家塾也,今废。

潘松溪故居 在小泉村,今称大道地是。邑志云:前临溪
水,老松疏篁四时苍翠。今溪徙道而南,形迹尚存。有巷名潘
家巷,有黄谏议恪及洗马仍,吊赠其先人墨迹,《戚志》称其犹
留壁上。

潘时显第 在小泉村街。与棣花书院隔一路,地凡十亩,
缭以周垣。今为柯姓,有坊表犹存。

望思阁 孝子丘朝宗建。《戚志》称在泉溪南,今小泉丘
氏居也。

晚翠轩 在石盘山。元季,林铭可隐居教授其间,环屋植
松,大小千百株。隆寒雪霰,草木不蕃,乃嗒尔凝坐轩中,览松
之苍翠以自怡,题曰"石盘晚翠"。吉安张廷望为之记。

耕云别墅 在六潭上,当石牛岩下,旧有赵氏别业。清咸
丰间,先君子避洪杨难,挈眷栖止,后遂家焉。修篁茂树俱系
先植,墅北先茔在焉。环山多石,望之若黑牡丹,其胜者曰纱
帽岩、望梅石、石芙蓉、仙人弈棋石。其平正高耸可勒摩崖书
者不一。近居有芥圃、石田,竹中天有记及诗。

赵慕清自记:余结茅处时有闲云停止,空谷无名,因以云
封名之。上有巨石若牛俯首,形体略具,盘踞山巅,因思旁下
有岭曰"石牛",或以此名欤? 询诸故老无知者,岭亦去山较
远,未敢遽定。近得考古家言,此岭前从东下当梅花洞前,俗

所谓香火岩乃其故道，今虽茅塞，砌石尚有存者，迹之果然，殆由改道而北，故遗其地并佚其名耳。然幸一隅瓯脱，足当菟裘①，初亦未暇深考也。古石牛之而不以为石牛，今云封之而未始不以为云封。昔人有云：呼我牛者以牛应之。余尝以自况，山灵有知倘亦以为然耶？但既有其名，不可无实，考索之余，可见昔人命名皆非悬构，庶几岭赖石而实著，石因岭而名彰。以彼之牛耕我之云，若有相取为用者，因更名之曰"耕云"。牛耶？云耶？是耶？非耶？抑亦自信然也。

铭曰：吾邑之西，崛起牛岭，厥岭之东，惟兹寂境，径僻人稀，林幽地静。依北陇而为垣，藉南山而作屏，爰寻旧径，乃辟新畬，编茅为屋，挈眷偕居。人不我可，我诚晏如，远堪放牧，近可扶犁，扫花呼稚子，汲井嘱山妻，无不足，复何傒？幸绿树之当门，为吾远障；教白云以谢客，为我深迷。其乐如何？虽劳罔悔。未能世上争雄，敢诩山中作宰？欣丘壑之我容，岂贸迁而他改。试观秦堞犹存，还问魏台安在哉！

诗曰："鞭起石牛耕白云，林泉事业在山民。成羊一叱寻常事，长笛休教怨夕曛。""凭高四望策奇勋，鞭起石牛耕白云。春草满前眠不得，川原无限待锄耘。""采蕨不逢西山逸，拥书欲傲南面君。梅花洞边春光足，鞭起石牛耕白云。"

联语："谁报平安，静听绕庐千个竹；自知冷暖，闲观当砌一枝梅。""欲呼明月问千古，且与梅花住一村。"

藤花小榭　在雁鸣街，距社二里为。自城入山，初步榭前为萧帝庙，庙西陂下有泉，侧注为池成半月形，上有古樟万岁藤缨络其上，春夏之交，紫花烂漫。前十余年，文士林树琪、陈选青依山为榭，为娱老地，余亦与焉。

联辉坊　为元进士潘从善及其从子明给事中时显立。

状元坊　为潘从善立[②]。《戚志》以此为其从子时显,坊额毁,重修时误为从善。

急公好义坊　清道光间,为恩贡林茂崐立。

乐善好施坊　清道光间,为附贡议叙县丞林茂沅立。

贞孝坊　一在八公山下,为石上松未婚妻陈氏立。一在小泉村街北,为林克宽未婚妻张氏立。

林苍亭祠　在小泉村街北。

黄久庵祠　在小泉村街北。

程氏家庙　在下戏棚。

梅花庵　即九老社吟处,俗称老花庵。

继善堂　即新庵,亦名梅花庵。有僧德芳楹帖,佚其半。

联语:"禅定月常圆,摆脱尘心耳畔水声皆活趣;僧闲云共住,流通法性眼前山色即真空。""晨起莫迟迟,山寺数声钟警我;夜眠休急急,经窗几度月窥人。""日暮惜经残,还须启牖邀新月;山深来客少,不用呼僮扫落花。"

兴善寺　在覆泉山下。清咸、同间,僧徒称盛。

赐福寺　在雁鸣街。

杨无敌庙　在五来山。

杨无敌父子庙　在社后。

龙王宫　在溪桥外。

戚小将军庙[③]　在小泉村街。相传戚帅出师剿倭,将军回顾其父,遂以军法诛。后地底忽起石笋,村人始共为立庙。赵佩茳诗:"狼筅军前血已殷,谩言忠孝两全难。而今香火平泉里,戈甲旌旗夜不寒。"

萧圣庙　在雁鸣街。

大远桥　在雁鸣街北。

杜家桥　在小泉村。溪塞而桥存，所称杜桥头者是。

施家桥　在小泉村。民国十一年毁于水。黄岩王文灏重修，改题"永正"。

潘家巷　在大道地北。

赵家井　在上戏棚。

黄家井　在施家桥外路东。

潘伯修先生墓　《戚志》称在小泉村，今无考。

潘式古墓　在社后，东向，省元子也。阡表久堙，淋川潘生来学花山，访墓至此，告之宗人掘土数尺得之，岁修祭祀，来者百余人。并为省元先生改位僧寺。

潘宗公墓　在继善寺前横沙上。庵盖，以守此墓者。

潘提举松溪墓　在小泉村。

程成趣先生墓　在章庵北，有墓门，人称为乡贤坟。

翁子实墓　在章庵。

程思睦墓　在章庵，上有墓门。

程　　墓　在章庵东，上有墓门。

叶简庵墓　在新庵后西，上有墓门。赵佩苼诗："山北山南两墓门，简庵姓字至今存。分明同托山灵庇，旧德先畴长子孙。"

陈凤飞墓　在新庵后。

金竹友墓　在老庵东。

林玉舟墓　在章庵东。

林仲严墓　在新庵前东上。

陈义补墓　在章庵东。

注释

①瓯脱:古代少数民族屯戍的土室,泛指边地。菟裘:泰安东南古邑,喻退隐之地。

②状元坊:乡间传方国珍立宋取士,潘择可为状元。戚学标撰《太平县志》以此为潘择可(从善)从子时显立。志载,潘时显于洪武年间殿试第一,故称状元。

③戚小将军庙:据《戚少保年谱耆编》,事在嘉靖三十八年,戚继光三十二岁,所斩为其亲兵。

花山志卷之四

艺文志

韩昌黎氏曰"文以载道"者也，故文存斯道存。士人占毕穷年，或竟无所表见，或小施之用不获竟其所藏。岁月所渐磨，师友所讲，肆其精神志趣，每流露于一篇一句，掇拾而存之，后有兴者从而求之，古人之心见，道亦因而并见矣。志艺文。

文正编外

方孝孺明宁海人，字希直，一字希古。从宋濂学，工文章，以辟异端为己任，名书室曰"正学"。洪武时为汉中教授，建文时为侍讲学士。燕王入南京即帝位，使孝孺草即位诏，不从，被杀，夷十族。

与潘择可先生书[①]

顷以先人之故，获接绪言于执事，执事盖有意于开之，赠以文辞，拟诸古之君子，而望以贤者之道。既而执事以官满去，某亦以先人归。继欲有请，而各以事维无由相迩。近者至郡城，去执事为未远，谓足以偿私愿矣。又迫于诬构，无须臾之闲，是以心虽不能暂忘，而未能奉一书道旷缺、谢不敏，此宜得过于长者无惑也。今者执事不惟不即弃绝，且因士友赐之书，上见先人交与之义，下嘉其所守，而抚存之意气闵闵加于畴昔，且惭且感，不能自胜，然后知君子之量出于恒情，非妄意所及也。

然窃有疑焉，交际之崇卑，称号之轻重，固有常礼矣。非尊而尊之，过也；非称而受之，愧也。故君子之于名，必使尊之者无过，受斯名者无愧，而后可。执事于年则倍蓰也，于德则前进也，于分则与先人仕同时也，若某之少且愚，字之已过矣，于字加称号焉，于称号加以先生之称焉，于礼得毋不相似乎？此其为愧也甚大，虽感盛心之厚，不敢受而居也。执事言行为学者视效，不督教以所不及而嘉之，不遇以后进小子之礼而过称之，则某安所容乎？苟默而不发，非惟非某有请于执事之意，执事始欲开晓之者殆不若是，是以重有说焉。不宣。

注释

①潘择可：即潘从善，字择可。

张廷望明吉安人。

石盘晚翠记

物之贞者不离乎物而异乎物，士之贞者不离乎人而异乎人，盖其赋于天者同，而全其天者独也。是故贞松生于涧壑，柯叶蔽天，根柢蟠地，然而灌木翳之，栋梁之材未见焉。花柳争春，冰霜之操未著焉，匠石未之顾也，寻尺未之度也，于时虽有松莫能以自异，人亦莫之异也。及其秋冬摇落，雪霜荐至，气归而群物变，昔之争荣于春者，至是而不胜摧抑凋瘁殆尽，而松于是时始苍然郁然特立挺出，然后信其岁寒后凋，虽不求异于物，而自不能不异于物矣。夫君子之在治世，亦与众人无异，不矜名案：此下有脱文而彼非君子者，用其智术肆其奔竞于时，虽有君子莫能以自见，人亦莫之知也。及其临利害、遇事变，众皆易其所守，而君子出当其时，则讦谟在社稷，劲气沮金石，可以尊主庇民，可以托孤委命，岿然岁寒之松柏，屹然中流之砥柱，其所养所守越人远矣，临大节而不可夺，虽不求异于人而自不能不异于人也。而其所以然者无他，赋于天者同而全其天者独也。

黄山林铭可先生，其能全其天者欤，其不离乎人而异乎人者欤，其可谓君子人欤！尝隐居教授，屋傍环植以松，大者数十株，小者千百计，每隆冬盛寒，雪霰既集，草木不蕃，先生乃嗒尔凝然逍遥轩中，览松之苍翠以自怡怿，因题其楣曰"石盘晚翠"。永乐甲申，先生年六十余，受聘而出司训郡庠，以余有同官之雅，属为记之。余惟天以一元之气化生万汇，形成而理亦赋焉。得气之偏而理亦偏者，物也；得气之全而理亦全者，人也。人惟万物之灵，可以正君臣、亲父子，可以参天地、赞化育，岂一物之所可拟伦哉？然君子之德性，往往托物以自见，是故灵均之于兰，渊明之于菊，濂溪之于莲，王子猷之于竹，盖非物于物，特寓意于物耳。先生之"石盘晚翠"殆犹是欤！且先生之晚出也，有类于松者，故以自号欤，余何以记之？范鲁公质之诗曰："灼灼园中花，早发还先萎。迟迟涧畔松，郁郁含晚翠。"请诵此以为先生赠。虽然，"河图出而八卦画，洛书锡而九畴叙"，古之圣人不以物视物，而以理视物，故能远取诸物，近取诸身，范围天地之化，曲成万物之宜，道济天下，利及后世，是所谓全其天而异乎人者也。今先生必以理观物，近取诸身，益坚其冰雪之操养，其栋梁之具不为异而自不能以不异,以全其所赋之天,则"石盘晚翠"将犹图书为世之祥,岂但若兰若菊与莲竹之比而已哉!

黄友义明人。

饶阳知县郭公行状

公讳樌,字德茂,号畅轩。其先东阳人,五代时为永安镇都监,因家焉。永安,今仙居也。传八世至宋朝请大夫讳仲珉始大,仲珉生琼筅安抚宗之。宗之五子,曰森卿,夔州通守;曰明卿,湖南总干;曰世卿,两浙都兵马台州路分;曰嘉卿,以朝请大夫致事赐号继一处士;曰磊卿,右正言赠金紫光禄大夫谥正肃,皆以风节振厥家声。世卿生太常寺丞勉中,勉中生左右司员外郎友直,是为公祖,娶乐邑桥亭刘氏,生公父敏夫,始从伯兄参知政事宽夫,迁黄岩松山里。公天性明敏,迨壮,独有所悟,由伊洛上溯洙泗,求圣贤真实之学,燕居衣冠修整,危坐终日。与人接,和气满容。闭门扫轨,箪瓢屡空,晏如也。其涵养专用静中工夫,言动一循礼,士大夫莫不尊仰之。初,公父没,兵荒不克葬者十余载,公抱戚未尝破颜。迨营冢,或以左道沮,公不听,曰:"阴阳家祸福之论不足信,得先人入土,死无憾。"奉母杜氏极婉愉,晨昏温清出至诚。长兄梁多子累,有所需,力为营,慰母念。母患风疾,奉食进药,不敢离左右,亲为沃面、澡身、浣衣席,久而指湿烂成疮,终不许人代。比卒,哀恸,水浆不入口者累日。袭含衾绞遵古制,尽诚尽慎,四时祭祀必请长兄主之。兄贫,欲以先业售于人,同署券,略无吝容,亦不分其直。饥寒扶济不待告也。又收兄次子寿教之,族姻间恩义俱至。教后进收放心曰:"心收,方验得圣贤言语有归著。"又曰："作诗写字，误了天下多少英俊。"又尝论治道当法三代，效汉唐则下，须力扫积弊更张之，不然为治皆苟而已。洪武四年，同里李御史公时可，荐试吏部，授饶阳知县，县隶真定府之晋州。下车日，县人望见威仪，窃相谓："是岂肯私我者耶？"在事，日察兵站，革豪户夤缘，以伦理开导僧道使有偶，倡优俾从良。立分数法，均田赋；设方同令，平力役。真定卫议选军料，本县五百户，责流民未土著者充之，公以民户凋瘵，招集未遑，复选以充军，岂所谓民之父母？力争于卫。幕官周矜其恳款，止以二十五户少壮者入军，余遣还，民甚德之。既而，军中著刷民间驴匹，公以民倚以当差给食，即申答罢刷。五年夏，旱，乡社聚设龙王像以祷，命焚之。默自诚祈天，即大雨尺深，民益惊信。秋，聘授同考试官。越明年，旱蝗洊作，民食木皮草实。公上其事，上敕尚书刘公赈之，仍免田租、弛力役，旁及晋冀武强、安平、南宫、新河、武邑、枣强等处。继遇派办军装，令民出布，官酬直，公又争。其以身体民、不顾利害类如此。七年秋，解饶阳任，新令左以公贫，僚吏馈绢一车为道里费，追运至京师，辞不受。以从兄学士获谴故，放还。巡事者察于途，囊无长物，惟得所著书与诗文一箧、爪发一束。以闻，上亦素知其忠清，加赐纱幞、银带及宝钞一百贯旌之。公念平生所学弗克少展，遂更号"台南兀者"。洪武癸亥四月卒，年六十有二。从子煜泪诸友人翰林修撰赵新，考论公之德，相与私谥"贞成"。先生有诗文数十卷，杂评一帙，其《易说》未就。卒葬温岭西原。配徐氏与公相敬如宾，公德之成实有助焉，先公八年卒。子男二，熙、烝。孙南、辈。友义与公为忘年交，且熟闻其世系事实，兹从熙请，掇其大者为状，俟立言君子铭于不朽云。

徐潭字升甫，号北野，明团浦人。居后峰，与沈巢云、江敦义、陈听泉结东瓯诗社，有《漫兴》《待芟》二稿。

石盘先生行状

先生姓林氏，讳仍达，字铭可。其先世自闽徙温，宋天圣间，远祖肇迁珠溪，宗族繁衍，而雅望伟器不能备载。曾祖琰、祖思、父景环俱以儒显，母吴氏。兄仪达、儒达，力学隐迹不仕；次兄传达老人献诗称旨，任贵州知事；先生居四也，天性淳朴，孝友慈仁。兄弟无闲言，周急而补不足。人有贷粟于先生者，虽遇餐沐，亦必辍而与之。族人有蔬圃在先生檐外，为之编篱护之，不使狼籍，其立心之仁皆若此也。永乐甲申，以明经辟为本府司训，初从石门陈铿翁先生学，刻苦自励，日记数千言，其学以致诚为修身之地，忠信为行己之方，经阐蕴赜，理造玄微，为文章纯朴典实。及其膺冠带为千里师，行其所学，身率诸生，先之以孝弟，次之以文艺及尊主庇民之道。于是，四方学者执经问业，翕然听讲，士风丕变。若门生李士恭、于琥辈相继登科列为显官者，不可枚举。永乐八年间，先生年及七旬致仕还家。杜门乐志，游息山水，深尊雅管，徜徉自得，无世俗毫发累心。遇宗族争竞，先生作睦族文以谕之，一族赖之以安。所居为石盘山，学者因尊之曰"石盘先生"。有《石盘晚翠稿》，尝自题其像云。病革，姻族来问候，先生曰："死生亦大矣，千古之别其在今日矣。今而吾知免罪戾矣。"先生生于元至正元年二月十七日，卒于明洪熙元年九月十四日，享年八十有四，以是年十一月十日葬于珠溪东奥山之原，配前陈陈氏，继室前奥周氏、锦屏陈氏。子男三，衮、骈、蛰，皆敏睿清修，雅尚儒术。女一,适泽国钟贵坚先生。孙男七,杭、烜、滂、亶、术、遇、级。孙女二。衮、骈请余为状,以昭先德。余忝通家,知之甚悉,故不辞而书之。呜呼！人之生也有来,死也有归。先生应召释褐,于以泽敷士类,荣亦大矣,天命有终,启手足而无愧,可谓生得其道,死得其所矣,尚何言哉！故状其行,以备立言君子择采云。

叶良佩字敬之,号海峰,镜川人。明嘉靖癸未进士,历仕刑部郎中,奉□无私。罢归,修《赤城郡志》《太平县志》,自著书尤富。

潘省元文集序

潘省元文集五卷,旧无刻本,予世父东野君得写本于其先师缪守谦氏[①],曰《潘先生文集》。闲以视余,俾序之。

序曰:先生胜国时人也,以诗文鸣东南而尤长于诗。夫谈胜国之诗,必曰虞、杨、范、揭,其在吾浙则杨铁崖廉夫其尤也。铁崖序《两浙作者集》,于吾台取二人焉,曰丁复仲容、项炯可立。嗣后选刻元诗者,台独取陈孚刚中,而皆不及先生,予不知其何说？或谓先生宦游未甚显,当路诸公皆莫之省识。噫,其然乎？往予闻诸先辈,元一代之诗要当以刘静修、虞邵庵为称首,其次则杨廉夫在伯载、德玑之间,揭曼硕殆弗如也。乃若吾台,则当以先生为最云。先生古诗、长短句有李谪仙骑鲸之气[②],其序记、碑铭则模范昌黎,顾其才力,骎骎乎足以达之也[③],惜乎遽死于方国珍之难,犹未见其止尔。初,国珍寇海上,胜国即行省命将合数郡兵讨之,不能下。或曰,非潘先生不可。于是礼请先生款其门,说以逆顺。□寇即日敛戈甲,受命于朝。会方氏之党郭仁本辈素不乐于先生,遂相与谗之国珍,使盗待诸隘而害之,士林懊恨焉。或以先生处无道之世,不能囊括沉几以自蹈于难,为先生病。予独谓不然,昔嵇康之在魏晋也,盖尝散发岩岫以避之矣,而竟为司马氏所杀。要之,正人在野,固奸雄之所不便也。然则先生之遭害于方氏,固命也,又岂智者之所能周防而豫免之也哉?善乎先达林公辅之论曰:"潘先生,莫邪大剑也,其光芒上逼星斗而不能保其无阙折之患,然不害其为千金之宝也。"此可以为知言矣。先生名伯修,字省中,黄岩大澧人,尝三举于乡,为省元,已而试于春官辄不利。死时年四十三云。

注释

①缪守谦:缪恭。

②李谪仙骑鲸之气:李白醉酒捉月,骑鲸仙去。

③骎骎:马跑迅速状。

明遗逸竹仙林先生墓表

吾邑有遗逸君子曰竹仙先生林公,讳倩,字应美,其先闽人也。初徙温平阳,再徙台黄岩之珠溪,今隶太平,先生遂为太平人。始祖讳得中,官至翰林院学士。曾祖讳铭可,号石盘,授台训导,以文学名。先生之学凡三变,始童时学举子业,文成辄惊其师。稍长,从谢文肃公游,公器之,命为县学生。督学吴公伯通阅试得其文,则又器之曰:"生才思若流水,异日当以文名。"先生自是益演肆为无涯,渟今涵古,造次可数千言,一时业举子者,多诵习其文。既而累举于有司辄弗利。时有同好者曰陈养斋氏,方以诗鸣远近,持贽币来征诗者踵相接,先生旁观之,意不能无动,因喟曰:"举子业儿技耳,固不如学诗。"乃弃其旧业学为诗,沉漱风雅,钩玄陈奇,不三四年声名遂与养斋相上下。时月必醵会为豪吟,传写万态,不极其所欲言不已。每一诗出,必流诵,士林为之喧沸,先生亦啧啧自赏前无古人。一日,予伯父建宁府君偕先生、养斋,相会于府城水家洋,秉烛论诗至夜分。俄有一人自外来窥诗,先生曰:"吾方有诗思,子何为者?"其人应声曰:"公不省有弥明乎?明日投一诗相訾謷。"时哄然谓:刘侯相聚论诗,故弥明复出。既养斋以攻苦得疾,一夕捐去舍。先生曰:"天夺吾钟子期矣!"为之痛哭,焚其砚,不言诗。久之,益知诗为靡文不足学,乃闭门坐一室,取六经诸史,次第读之,至《仪礼》《礼记》,复喟然曰:"礼者身之具,吾所赖以生者也。顾薄俗逾佚滋甚,何以为世?"遂慨然倡始乡约,与进士邵君一元,讲求士相见、冠婚、燕射、投壶、丧祭诸礼,参用朱文公《通解》、温公《居家杂仪》,定为章程,率诸生日肆习之。尝宾予冠字而祝之若严师然。遇四时家祝,必沐浴斋戒,将事唯谨。客至,虽畦蔬市沽,必留与共饮,饮必命仆童子侑歌《嘉鱼》《匏叶》诸诗,或弦且管之以为乐。县大夫就其家,礼请乡饮宾,辞。即居常而与后生讲说,征引载籍遗事滚滚不穷。余与江君时修,咸以故人子事先生如伯叔父,时时往见,坐旁席,听先生讲礼,退必相顾怃然,兴蜡宾之叹①,盖礼文缺坠久矣。所著有《经传类考》及诗文若干卷,然于礼发明居多。先生病且革,一元君亟往候之,先生曰:"已矣,不得与诸君复讲礼矣。"既乃顾谓其子凤仪、凤双曰:"即死,必礼葬我。前进士叶敬之知吾详且信,宜请以吾铭。"再越日,遂卒,时嘉靖丁亥十一月一日也,享年六十有七。

呜呼!今世时文之学,先生所云儿技者,非耶?顾登第荣达以柄用于时者,皆是也。先生一变为风雅,又一变为威仪,庶几有贤者之具矣,而竟弗用以死,俾国家失礼乐之臣。惜

哉,先生之卒也。余方守官贵溪,是以铭不及其葬。后三年表于其墓,既又作诗以系之曰:

林为著姓,初始自闽,于温于台,弈世有闻。翰史之孙,维石盘翁,先生继起,文誉益隆。髫童脱颖,实惊其师,战艺词场,厥声四驰。载捷载颙,用昌厥诗,霞蒸月吐,岳海奏奇。天夺其媲,闭门却扫,绍述威仪,一变至道。吁嗟先生,胡姮弗施,我以表墓,潜光在兹。

注释

①蜡宾:年终祭祀的助祭人。

文正编_内

潘伯修详卷二《人物志》。

送张鸣文序

五经未遭秦火,《书》已坏乱。古《书》自帝魁而降,盖三千篇,仲尼断取其纯全,定得百之二,存于今者,断烂错简讹谬又若干篇。《书》者,古群帝为治于天下大经大法,凡礼乐、征伐、歌咏、龟筮书于众籍,将无所不该亦无所不贯,而最甚坏乱,其业之也实难。由蔡氏而上,传《书》者又百余家,朱子悉除去,独取吕氏传,振其纲条举授之蔡氏,蔡氏传成而朱子已没。其后,《书》有《王氏疑》八卷,金氏《表注》二卷,许氏《丛说通》一卷,别有程氏《辨疑订误》、余氏《传疑》、郑氏《禹治水年谱》类,其为说,非章取而句为之也,其大者上取于《典谟》,下取于《贡范》,其他训、诰、誓、命之文,因以叙帝之王、王之霸而终之耳。比见世之业《书》者顿弊于攻击,而遗大经大法之所陈，非圣人意也。

曩仆年十二，受《书·古文蔡氏传》于乡先生，当时同受业者八九人，今张君鸣文其一也。业《书》二十年，科举复不能自拔于有司，去将食太学而又不能如所志，忽忽焉还，枕之以待老，是何业《书》之难而售之不易如是也。夫《书》以道政事者也，张君学古而不遗乎今，能文而兼综于法，志强而不过言，柔而有立，亦可谓疏通而知远者矣。八月之吉，奋而东游，故凡所往还者，相率为诗以送之，仆敢叙其少之所学并其为人，以备卿大夫之所择。

文释 赠金华吴履

文者，道之荣也。夫道之有文，犹火日之有光，草木之有繁泽。道之大无所不居，故文无所不著，太虚得之以为天文，水土得之以为地文，草木鸟兽得之以为草木鸟兽之文。其在于人，灵气之所昌，菁华之所被，大之为经纬礼乐之盛，垂之为《易》《诗》《书》《春秋》之常；载之于身，则万物衣其光；措之于言，则万世食其实。若其后世之所谓文者，古为之史，于道为臣妾，非所谓道之荣也。且文何从兴？昔庖牺氏王天下，仰观于天而取其文，俯察于地而取其文，旁观于草木鸟兽而取其文。取其文以为文者，八卦，历世之共载，为文之祖，而陶唐氏端以文称。仲尼曰：巍巍乎！荡荡乎！焕乎，其有文章！陶唐氏之文冠于书，其书之文非所谓陶唐氏之文。有虞氏《文明》、夏后氏《文命》，皆不自为书，书之者史。谥始周，周始西伯，西伯于谥为文王，公旦于谥为文公。凡《雅》《颂》之兴，卿大夫士与庶民杂为之，而西伯乃独以文名，仲尼亦曰："文王既没，文不在兹乎！"如仲尼之所谓文，则又取《易》《诗》《书》《礼》《乐》

《春秋》而考定之。世言《春秋》，盖笔于圣人之手，然犹曰"其文则史"。其他传论尽出其门弟子也，孟氏亦然，然天下后世不谓百王之文，不统会于天子。故文莫古于庖牺，莫尊于陶唐，莫盛于周，莫宗于孔子。王道衰，圣人熄，于汉司马迁、相如、枚皋、王褒、扬雄、班固，于唐陈子昂、李白、杜甫、元结、韩愈、柳宗元，于宋欧阳修、曾巩、王安石，苏洵、轼、辙，往往以自擅于世，华丹其毛皮，佐力于舟车之下，皆所谓道之臣妾。如相如、褒者，又臣妾之巫优者也。独韩愈氏能近于道，数数以文自诩，惜也能起八代之衰，而不闻群圣之绪。顾乃尊元于雄①，尊史于迁、固②，尊歌咏于甫、白③，而后之作者视而决焉。周子曰：轮辕饰而人弗庸徒饰也，笃其实而艺者，书之。故《通》所以赞易也，表《中庸》所以致唐虞也，箴铭所以准《抑》之诗也，《纲目》所以续麟经也。兆礼于士，正乐于律，所以继周也。而无极以宗之，性命以精之，德义以涵之，神明以出之，日月不得不明，阴阳不得不变，鬼神不得不幽，而万物又谁剥之生也？故曰：文者，道之荣也，犹火日之有光，草木之有繁泽。盖至于此，而后人始不敢擅虚车。作《文释》。

注释

①元：玄。雄：扬雄。

②迁：司马迁。固：班固。

③甫：杜甫。白：李白。

樗暗说

凡木之材，莫不材于樗，故樗之木无所名于材，而名之曰樗。何名于樗？茎叶脱干，其肯綮之间，若有肖于樗蒲子之目也，而还名之。噫！宜匠氏之不一顾也。名之无所施也，一至此末与？潘先生曰：善哉命名，夫其枝叶去矣，独其干存矣，夫然后可得而名。故君子之观于天也，每待其定；其观于人也，每即其所安。条枝繁泽，木之所为庇其身也，而不足御于霜露，慎之哉。毋多言，毋多仪，实之繁者披其枝。名之于人，固有系于肯綮之微者矣。古训有之：君子之学非为通也，为穷而不困，忧而志不衰也。慎之哉！彼庄周氏不能知也，故其徒曰：樗其臃肿而不中绳墨，卷曲而不中规矩。

寄谢泰秘书书

十月一日，伯修顿首再拜大卿先生阁下：

岁五月，友人王君伯宏归自京师，来致阁下之命于仆曰：先子之命，将必有铭也，余不释于士大夫之日久矣，请题其首曰云云。旧纸一通篆七文，外缄以小楷书曰潘先生云云，皆公手笔也，子谨视之。

仆奉书而读，拜且泣曰，先君之途五年于兹而未之能启行也，况于碣。阁下不察其孤之不孝而辱命之，将天所以宠先君子之灵欤？嗟乎，先君子行事，不肖之孤犹能记忆，猥以穷陋幽远，不获一伸于宗工巨人之前，以图不朽于后，不孝之罪其何能赎？伏惟阁下以肺腑之英，抗缝腋之表，载天运之文明，追前修之名节，海内之大有志之士视犹斗极，可望而不可攀，顾乃垂荣于弗曜之德，加轸于无施之材。位尊而泽益下，道大而心愈降，德之所召，至愚如仆者亦至忘其穷陋幽远，窃欲自附而莫知所报称焉。

往仆年十七八时，每自以为天之所以予我者，亦惟我而已，沈之为精，发之为光，郁之为机，锐之为锋。将天下之至幽者，惟所烛也；天下之至坚者，惟所达也，又况于文章宜无谁何者。因稍随时世,习举子业,守《书·蔡氏传》者余二十年,颙颙焉譬犹童奴之从马也,其主怠且息矣,独不能试身其上,暂一据鞍而加策耶。辄不自料,每欲表章《鸿范》一篇,使读书者咸识二帝三王之大经大法,当不止如传注之所陈而止耳。不图不幸门户多故,将忧患之百方,先君子幽光潜德湮没之是惧,岂天之至理,不妄以属非其人耶?何仆之不遑宁息若是也。迩来困悴益甚,神观渐改,而筋骸气血亦浸不如前矣,盖此身之神明政亦有限。继今而往,惟欲使吾具众理之意每有余,而不使吾应万事之机有不暇给。冥心而坐,起而行吾分之甚平常者,一二年间,坟垄就绪,东西南北经营一碣,旁筑小区,揭周邵朱蔡诸图于其内,以求古人之所用心,以全吾性与所命于天者,使无憾于肝胆百骸之官,而他亦有所不复计。暇则放意山水,衣木叶,食草实,趺坐盘石之上,使光风湛露通透于八万四千窍之间,与世相忘而已耳。顾老母在上,年岁就晚,方丈一室,葺火之余,族无大宗,岁事草草,弟妹无聊,儿女复长。旧时躬耕潟卤之墟,不旱即水,聚徒而教,力学者少,反视其身腐甚草木,固天之所以予我者耶?蹴然怀思,毛发为立,搔首瞠视,精芒消沮,庸是耿耿此心大惧槁死,使先君之所凡教诲其躬者,不得一二复命于九泉之下,不但死耳,生斯世年几四十,受阁下方新之知,设仆之所以自信其天者,终不能以一善得名而止,方且内辱先君子之训,而外累吾阁下知人之明矣。是仆之一身若死若生均受重负,一降一陟鬼神鉴照,早夜栗立图所报称,茫无涯涘。虽然,道之在天下者堂堂如也,岂人之所能加之意哉?仆之所为报称于阁下者,亦无所容心而已,无所容心而已!惟阁下察之。

潘从善详卷二《人物志》。

重修何氏宗谱叙

何氏远有代序，大宋初，有拙隐公者自汴梁徙居泉溪，簪笏芳风，世传诗礼。至是，十四五六等世，亨颜、宁一、宁二、贡元公、儒士方远公，皆举世才英，盖何氏中兴之势骎骎矣。见族有隆替，以宗谱来征言于余。余忝同里姻谊，作而言曰：此人道之纪，孝慈之本，仁人君子所乐与也！夫自高曾而至云仍千百人，可谓众矣；自一世而至数十世，可谓远矣。循其序而求之，子孙虽众，其初本一人之身也；世虽远，其初本一世之分也。嗟乎，以子孙千百人而知出于一身，以数十世而知本于一世，则知谱之作岂徒然哉。故曰：仁人，君子所乐与也。不然，祖裔流波如涂人矣。盖长而慈之谓之仁，幼而顺之谓之孝，庆吊而笃之谓之义，履之斯谓礼，乐之斯谓乐。《乐记》曰："乐，乐其所生；礼，不忘其本。"非此之谓乎？世之为子孙者，或漠然昧所从出而夸诬者，或附会阀阅以为高，求如何氏不忘水木本源之义者鲜矣，况其后尤能世继其贤，故序使传焉。时元至正十九年秋八月下浣。

重修致庵记

墓有庵，所以修馈荐、备展省也。赵氏世居大坞，由所居而南一里曰江山，自七世祖而下多葬焉，右曰"一庵"者，已毁于宋季兵燹矣。由"一庵"之左登峻阪，数百步外峰峦回翔，林木丛茂，又其曾祖考制属公与仲氏学谕公之墓在焉。二公之子尝结庐于墓下，曰"致庵"，翰林承旨赵公孟頫大书其扁，复为记，曹南主一吴公用隶法书"云山深处"四字，揭之于庭。岁月几何，陵谷变迁，亦化为瓦砾荆榛之场，外有池塘，皆污塞莫识。一日，赵氏之彦师轲谓从子瑾曰：二庵废坠，子孙责也；吾与若等先致力于"致庵"，由亲以及疏，旋图修葺可乎？于是，辟地筑庵，堂宇丰洁，室庐静幽，一如旧观。其旁则辟为居守之所，洗涤旧池引泉注之，皆揭以旧扁。经始于至正丙午秋，讫工于明年冬十二月；驰书抵余，求记其事。闻诸《祭义》曰：致爱则存，至悫则著。著存不忘于心，夫焉得不敬？此前人名庵义也，承旨公记之详矣，复何言哉。虽然，余闻诸凡物兴衰成败固有其数，而举废坠以缵前绪则系于人也。兹庵之创几百年，而灰烬于强寇之手，又不十数年复其旧，则赵氏世泽之未艾可知矣。今其子孙馈荐于斯，展省于斯，必相谓曰：今之桄槛，昔蓬莽区也；今之池台，昔狐狸穴也。若不思继述先志而一新之，则虽有致爱致悫之心，将安所寓乎？而今而后，漫漶必修，圮坏必修，且朽蠹必易，则兹庵可保永久，而尊祖敬宗之心与之无穷矣。姑书此复之，以告来者。

郭槚 详卷二《人物志》。

跋《潘省元宣德碑文》后

宣德碑未树，而方谷珍[①]遣盗杀潘省元伯修，依违不受朝命，复遁入海，至我朝始纳款。予得碑文副本于李知白先生，每读，未尝不为省元挥涕而三叹也。则僭书其后曰：国家之气运在君相，庶事之康瘼在宰臣，一俞咈取舍之间，而成败兴亡之机决矣。帖里左丞、御史左纳二公之招谕谷珍也，初未得其要领，决其诚伪，而遽以乞降上报，请授流官，使纳其战舰，散其徒众，二公度能制谷珍之死命否乎？言何容易也。于时，脱脱为右丞相,执不许,请遣兵征讨,章留中,不报。及脱脱为元主所忌,受命率诸将讨徐州贼,定住方居中用事,竟可二公之请,由是损国威而张寇势,元之国祚至不可救云。一宰臣之用舍,而国家之成败遂复然悬绝如此,后之任相及柄国者可不视为龟鉴乎?元之事已矣,独惜省元以清庙瑚琏之器,乃倒持莫邪、干将失其用,以自殒其身。兼碑文褒贬稍失实,奖帖里、左纳而抑脱脱,非当时实录也,应梅魂及知白皆有诗悼之②。予非不知省元者也,惜其遭时不偶,又其文必且传后,恐后人以帖里、左纳之计为果可用,故书所见以质省元于九泉,如其有知也,其且为予扼腕而三叹也乎,恨梅魂、知白之不得见也。

注释

①方谷珍:贬称方国珍。

②应梅魂:应梦虎,黄岩人。知白:李知白。

何及详卷二《人物志》。

祭王听竹先生文

维永乐六年岁次戊子月乙卯日癸未,老友何及等敬以清酌之奠,昭祭于听竹王先生之灵曰:呜乎!先生六十而长子亡,又十一年而仲子逝,季子戍临山。诸孙皆幼稚,先生抚字之,课以书,勉以农,婚有室,俱负成人之望,而又丁家艰,泛应庶事各适其可,人称之能。故忠信立于朝,言行式于里,不寥寥于志,不翘翘于项领,绰然其宽,薰然其和。我辈从之游,年俱老,时谓先生之德并于居恒也①。居恒先仙游四载,痛泪未干而先生又溘而往,讵料哭居恒之泪而哭先生也耶,呜呼哀哉!华山之乐,拈青履翠,欲求先生释韵赋诗可复得乎?华山二至之燕，觥筹交错，欲劝先生之酒可复得乎？或咏歌于风前，或送迎于月下，觌先生之面而执先生之手可复得乎？先生存得其寿，殁得其正，固无憾矣，然三子不一奉终②，能无憾焉？呜呼痛哉，死者不复得，生者不可念欤！今洁其卮，楚其豆，哀其词，临风一醉而先生鉴乎不鉴乎？写先生之情止矣，寓先生之哀曷其有止耶，先生知乎不知乎？

注释

①居恒：林原缙。

②三子不一奉终：谓二子早死一子戍，无人送终。

何愚详卷二《人物志》。

送郑弘范会试序

黄岩治南百里，其地曰泉溪，延邃夷旷，四山环其外，流水注其中，风致幽雅，实为兹邑最。故历世多彬彬文学之士，居台阁、登进士、贡太学，其扬翘振采者不止以十数，吁盛矣哉。兹岁甲午，由邑庠荐起秋闱乡试登明经者联三人，郑氏弘范其一也，今将覆试于春官，上道有日，乡之士友咸赋诗以壮其行，诣予叙其端。予于宏范先君有宿好①，固辞不获。尝谓宏范之为人也，□而伟，介而和，才敏而志大，嗜学而攻苦，克继先君之遗业，益大其家声，斯亦难能矣。当今圣天子在上，混一海宇，昭文明之治，抱是才也以往，庸有不遇合者乎？虽然，予犹冀宏范勿以见取于人者遽自足，当以未信于心者益自考，异日跻膴仕、膺显爵，殆未易量也，又岂止荣于身，抑且俾前修有光，宏范尚懋勉之。时永乐十二年甲午冬至前五日。

注释

①宏范:即弘范。

程完详卷二《人物志》。

洞山黄氏宗谱序

洪武丙寅①,余尝抵洞黄黄氏之居,二老苍颜古貌,出而肃客,斑衣四人者从之,跄跄焉,济济焉,俨然王谢家风致。入门寒暄毕,乃知二老者,其伯子安氏而其仲则子范氏也;四人者,其二子安氏之子,谷春氏、谷时氏②;而其二则子范氏之子,谷斋氏、谷恒氏也。已而觞客于"集怡"之楼,二老从容笑语,而四人各执所事以侍终席,礼无违者,父子兄弟各尽其道。余固爱其孝友之行无愧古人,而赋《集怡楼》之诗以美之矣。

越三十有九年永乐甲辰,而子安氏之孙尚斌③,持其所修族谱以示余,且请为之序。时二老去世已久,四人者亦相继殂谢,惟尚斌之尊翁谷时氏仅存,而其年已七十余,因相与共叹日月之易迈,而人生之不可恃如此。

详阅其谱,则始自都监公,公善于事亲,兄弟同居,庭无闲言云云,是其孝友之传既有所自来,宜子孙之盛至于今而弗替也。自都监公至尚斌十四世④,而尚斌之下又有二世,历年且百数,亦何待乔木之昂霄耸汉,而后识其为故家也哉。尚斌之请不怠,余无以辞。然洞黄之所以得名,黄氏之所以得姓,与其人物之班班见于史及谱者,温峤拙讷叶君已于首序著之,兹不敢赘,姑述其孝友传世之美,以塞其请焉耳。《书》曰:"惟孝友于兄弟,施于有政。"尚斌能推其祖父孝友之心,施而为一族之政,则其族无患于不睦,而无负于修谱之意矣。尚其勉诸。

注释

①丙寅：1386年。

②谷时：黄尚斌之父，黄孔昭的曾祖父。

③尚斌：黄孔昭的祖父。

④都监：即黄绪，洞黄黄氏的始迁祖。

水洋金氏宗谱序

古立宗法之意，所以分支派，辨昭穆也。降自秦汉，其法遂废更，宋濂洛诸大儒而不能复然。至今，士大夫犹得以知其祖之所自出，与其族之所由分，秩然至条而不紊者，则以谱牒之明故也。夫万物本乎天，人本乎祖，故天者万物之始也，祖者子孙之始也，不幸或遇疾病，则未有不呼天而号父者，其可为人子孙而不知其祖乎？苟能知其祖，则凡同出于祖者，或自流而溯源，或由根而至叶，虽百世之远，可以坐而知也。然则宗法既废，谱牒之学尤不可以不讲，谱牒既明，则孰本孰支、孰昭孰穆，皆在其中矣。乃或承祖父之遗泽，藉富贵之世赀，惟知其家珠玉之为宝，而不宝其先世之谱牒，至弃而不修焉，及问其祖宗之出处，得姓之远近，族属之多寡，支派之亲疏，茫无以答，不惟多可羞，亦将何以为人耶！今观金氏家自始祖至今凡二十有七世，上下不啻六百余年，苟非有读书好古如庐陵欧阳氏、眉山苏氏者，安能世世而续之，人人而著之，若是其久而且明哉？是故谱牒之举废，子孙贤否之明征也。果贤矣，续而修之，则虽百世，分支接派犹可保其了然灼然，何止于二十七世乎！若不贤矣，则虽一二世，犹未免于上下侵渎，大伦紊乱，况二十七世乎。既能保其二十七世之谱牒于既往，则能保其百世之谱牒于将来矣。余于是知金氏之族世不乏人也，岂非植本固而浚源深之所致欤？

金氏之二十一世孙如璧尝从余游，请序其家乘，义不敢辞，故论古人之宗法及今人谱牒兴废之概，以复其意云。

宣德七年壬子十月既望，泉溪成趣程完撰。

祝抚松陈先生七秩寿诗序

余观古人之所吟，有慕乎前贤者，道同气合自然默相感召，故其世虽有先后，未尝不神会于千百载之远也。若孔子之闻《韶》，三月忘味，南国睹其甘棠而不忍剪拜，其感慕为何如哉？余邑峨山陈公宾叙，号抚松，其生也与晋陶靖节先生相去千载，因读《归来辞》，有抚孤松之句以自况。人于百里之邑、五斗之禄若可恋也，而靖节先生视若浮云，无一芥蒂，宜其有得于孤松而盘桓也。夫松之为物，其操则能御冰雪、撼风雷，其材则可以柱明堂、栋大厦，靖节先生之爱之也，诚有契于心，而非徒形之于《归来辞》也，岂以人物之异而有间哉。宾叙之效之也，亦诚有契于心，而非徒形之于"抚松"自号也，岂以古今之殊而有间哉。

宣德甲寅十月廿八，乃陈公初度之辰，而其寿适七十，其婿林从秀会其亲友相与赋诗以庆之，而求序于余。余思昔善祝者莫若《诗》，《诗》曰："如南山之寿，不骞不崩。如松柏之茂，无不尔或承。"兹寿诗也，夫亦此志此物也欤。

明处士金公南坡墓铭

公姓金氏，讳亨宗，字用嘉，世居黄岩之云浦。曾祖讳虎，字伯威；祖讳来生，字叔甫。考讳在，字景存，有子六人，公行居四,生七岁而孤,鞠于妣安人施氏。兄弟俱幼稚,惟长、次两昆理其家,由是累世之赀产顿废。公年既长,克自树立,悉复其旧物,后且过之。当元之季,濒海兵起,公以才授海道巡防千户,既而弃官归家治生,而家以益裕。性简而直,雅不好为华靡事,人有过,面诘之,亲朋莫不敬惮。教诸孙读书,必延四方有名士。用财可与,与之不少吝;遇不可与,一毫不妄与也。晚年,委家事于诸子,优游田里,去所居西五里许,旧有浮屠氏庐,然废已久,公以其地当往来之冲,便设义浆,躬督僧徒复之,其费皆出于公。治桥梁修道路,略无厌倦意,平日所为有益于人者类是。

公生于元泰定乙丑[一]闰正月二十七日丑时,卒于本朝永乐辛卯正月十七日巳时,享年八十有七。公未卒时,预营寿藏于繁昌乡木鱼山之原,与配安人屠氏异圹而同垄,屠氏先公三年卒,既葬,而公亦感疾不起。至次年壬辰十二月十八日,其孤世谦等遂奉枢合葬焉。生三子,长世谦、次世良、三世纲。女二,长适峨山陈伯揆从弟伯岑。孙十一人,锜、铖、鑫、铤、鍴、镉、镭、镛、钘、鉼、钫。曾孙四人,泓、湛、溢、洼。将葬,其孤世谦等泣请余铭其圹。呜呼,公生于元之将衰,长于元之既衰,而老于太平之世,其卒也,启手足而无愧焉,窃惟《洪范》五福始于寿而终于考终命,世之有生而寿如公者鲜矣,寿而考终命如公者尤鲜也,岂非积德之所致欤?是宜铭之曰:

幼而失怙,长有成兮。一起邃伏,脱簪缨兮。童颜华发,享修龄兮。启衾无愧,全所生兮。善积于躬,厥报益兮。青乌叶吉,掩佳城兮。爰刻兹石,庶以为铭兮。

永乐十年十二月望后二日,泉溪程德充撰。

校勘记

〔一〕乙丑：原文误为己丑。

金施氏墓志铭

安人姓施氏，讳秀，字守真，台黄岩繁昌乡人，世居施庄，庄之得名由施氏居之也。父讳文明，母蔡氏女，娠安人几十四月而生。少以孝闻，父尝有疾，刲股作靡以进而愈。长归同乡金君敬修，事舅姑如事其父母，复刲股作靡，以愈其姑之疾，乡人惊叹。待妯娌、抚童妾无贵贱，咸得其宜。以己无子，为夫纳二妾，亦无出。时有同母女弟在室，日往父家请，父察其诚，许之。已而，金君连举子女八人，而出其女弟者五焉。安人自归金氏，而施氏兄弟日以不振，安人赒穷恤匮，婚姻丧葬无不善为之谋。其疏族孤女为乡人所收养者，将以配下俚，安人闻而止之，虽厚币不顾，卒择婿嫁焉。乡有孤贫，生者给食，死者给棺，岁以为常。有以田庐来售者，偿其直已足，必又私与钱谷若干，以慰其心。贷财于人，未尝责其立券，曰："我在，人固不负我，死则就以惠之，毋令子孙挟以相索也。"金君与其族以外姻累，当逮赴法司，家赀尽为逮卒所掠，安人怅然曰："今道路之费已尽，行者势必殍死，安望其造讼庭以自白乎？"壮者既拘在官，幼者又不足为计，即自奋诉之于官，官感其言，为追还其赀。同行有被掠者，安人皆辨其物还之，无纤毫私。由是，数十人咸赖以济。母蔡氏从弟于安人为舅行，为仇者所诬，亡命不获，追捕者以金君其姻也，迫之，舅不忍其急，将自赴官，安人筹之曰："舅出，必无还理。不出，我家不过累费尔。"赀而遣之，卒以无事。金君之事祖父以孝，待兄弟以友，而兼获誉于乡党朋友者，人以为安人实有助焉。安人生于元至正戊戌七月,卒于本朝宣德己酉三月二十三日,年盖七十有二,金君已不幸先卒十余年矣。男五人,鍴、镛、鈝、钜、钫。镛出侧室童氏,钜出张氏,早卒。女三人,长早世,次适古城孙伯玉,次童氏出,适桐山陈文志。安人初未有子时,尝劝金君养其兄子鍼,抚摩教养,不以其后有子而异,为之娶而后遣还其宗。至是,鍼以邑庠生私服犹子之服以报。嗟夫,妇人之德以不忌为先,此《周南》所以为《风》始也。晋贾充位三公,王曾官宰相,皆以其内暴悍嫉妒而无后;视安人,生而男女养之,死而男女哭之,不啻己之自出,而金氏子孙日以繁盛;其贤否得失何如哉?宜其孝义仁闵,才识非寻常妇人所能及也。粤稽安人之善行,其述于状者甚备,特以刻石字画宜大,字多则字不能容,故惟举其大者铭之,以纳诸圹。后之子孙欲知安人之详者,则有状存焉。

铭曰:施庄诸施,传世于久。安人是生,光前裕后。为女为妇,孝感足称。刲股愈疾,天鉴其诚。由孝而推,散为众善。济弱扶危,无间近远。为善既众,固难备书。逮下之德,又其大与。诗咏螽麟,美溢章句。子孙振振,原于不妒。吁嗟安人,德则似之。有孙有子,孰曰非宜。横屿西边,金氏旧址。葬附夫茔,终古弗毁。

宣德五年岁次庚戌闰十二月六日,同里程完撰。

景节堂记

为大丈夫而忠义,为贤妇人而贞节,秉史笔而书之以垂于后,俾后人见之莫不叹美,景慕思见其人而不可得,所谓高山仰止,景行行止者也。呜呼,闻人之善犹若此,况人子之于其母乎!珠溪林君子谋之母金氏,生君才数岁,遽丧所天,而能不以死生易其节，抚子至于长成，可谓难矣。且妇人既嫁从夫，夫死从子，此孔氏之遗训。金氏夫死矣，子稍长而复远戍隆庆卫之军，母倚门而望子，子陟屺而望母，关山万里音问莫通，乃能执志愈坚。天生孝友，堂弟楣代子谋军，后放归家，母子相见欢天喜地。不数年，竟以寿终，合葬夫茔，得古人同穴之义，视共伯之妻、夏侯之女何愧哉。

余尝闻人之为善，固不欲求人之知也，苟有意于求人之知，则其所为虽善，亦出于伪而已。然为善者固不求人之知，而闻人之善则不敢隐之，而必欲扬之者，岂非秉彝好德之良心欤？若夫金氏之节，盖亦自尽其所当为者尔，而为子者则不敢以母之所当为而忽之，故皇皇焉如有求而弗及，羹墙之见不忘于怀①，此景节之堂所以作，而金氏之节遂传于人人也。金氏贤也，林氏又贤也，是宜记之以俟秉史笔者之书焉。

永乐十八年孟春晦日，泉村成趣程完记。

注释

①羹墙之见：追念前辈。舜仰慕尧，坐见于墙，食睹于羹。

永思庵记

世人于忧乐之事，其始遇之也，必倏然有感于一时若不可忍者，稍久则靡然而止矣。唯仁人孝子之于其亲，色不忘乎目，声不绝乎耳，心志嗜欲不忘乎心，未尝以久近而有异。《诗》："永言孝思，孝思维则。"此之谓也。淑西金君敬益，自其父南坡翁营寿藏时，尝预创一庵于其侧，且置田令后世子孙耕之，以给岁时祭扫之费。翁寿八十余卒，而君继之辟庵前地，广于其旧筑，周垣缭之，复高大其门以通出入，其制视翁时有加。以其曾祖及伯叔父兄弟诸墓皆去此不远，遂令其子若孙各出田助之，并旧田凡一十五亩，以合祀于庵焉。庵成而未有名，以问于余。余请名以"永思"，而又为之言也。

古之有田禄者祭于庙，庶人祭于寝，三代之后始有墓祭，墓祭非古也。然墓者亲之体魄所寄也，亲亡而色不可得见矣，声不可得闻矣，心志嗜欲不可得奉矣。求亲声色与心志嗜欲，安得不凄怆怵惕，彷徨踯躅于其体魄之所乎？夫父没而书者父之手泽存焉，则不忍读；母没而杯棬者母之口泽存焉，则不忍饮。而体魄之所寄，视手泽与口泽之所存尤重矣，春秋霜露而过之，其情当又何如耶？是则墓祭之礼虽非古礼，以义起亦岂可废哉。后之子孙能心君之心，则祠宇必不至不修，墓田必不至不耕，祀事必不至不举，而孝思将愈久而不忘也，谓之"永思"，谁曰不宜？

花山志卷之五　艺文二

文续编外

黄濬字睿人,号壶舟,凤山人。道光壬午成进士,历知萍乡、雩都、临川、东乡、赣县、彭泽六县,署南安府同知。被诬,谪戍乌鲁木齐,旋赐还。曾主讲邑宗文、鹤鸣两书院,述作甚富。

林君璧人传

林君蓝,字在麟,骨格秀异,有卫玠风神。人以"璧人"呼之,因自号"璧人"。父石芸公,君未冠,即弃养。生母朱孺人怜爱之甚,虽既婚,惟嘱在家读书,不使片刻离膝下。道光壬寅,年二十九始出就试。县令刘素重士,拔置第一。逾数月,罗萝村侍讲视学至台,文及杂艺皆首选,入郡庠。癸卯,补廪膳生。是秋,乡闱榜发见遗。假寓灵隐僧寮,具牲醴谒孤山处士墓①,遍探六桥、三竺之胜,复掉舟鸳湖,入震泽,登虎丘暨金、焦、北固诸山。拟渡江入河,上黄金台与燕赵间豪士游,一吐胸中抑塞磊落之气,接家报,知妻亡,始束装归。筑书舍数楹,榜"小兰亭"。舍后穿池如琴状,即名"琴池"。聚古来图籍、金石文字,日以词翰自遣。书初摹二王,转入褚、柳,锋棱内敛挺劲,中仍见圆秀。画最喜兰竹,善用长笔信手泼墨,一种跌宕超逸之趣坌溢楮上。诗兼罗并包,不名一家,合汉魏晋唐宋明共炉而冶。尝偕杨香生、章鲁庵、冯蕊渊、陈雪逵、李少莲及从子肖岩结"修梅吟社"，更唱迭和，继前朝九老遗轨。故时人举其生平所长，称为"郑虔三绝"，非虚誉也。所交皆知名士，邻邑中，如宋心芝明经、傅少笙茂才，尤与投契。丁未，从兄砚农广文司铎金华，挈之往。郡守张某钦其才艺文，宴无虚日，彼都人士以笺素求写作者甚多，君不胜其烦。约山阴郁君廷瑞，越钱塘抵会稽，一观世所传禹穴者。游既倦，取道天台而返，至家甫五日，忽婴重疾，竟以不起。迨郁君来践旧诺，欲作南皮瓜李之会，而君已不可复见矣。存年三十有四，配蔡氏，续配颜氏。子一，贤传，女二，皆蔡出。

壶舟生曰：余少壮之年，与石芸翁交最莫逆。翁倜傥不羁，怡情诗酒，终岁游，不问家事，而笃于孝友，宜璧人之式谷似之也。顾吾乡文士率牵谨无豪宕者，独石芸父子落落不以拘，所谓蕴藉异时辈者，非耶？璧人受岁又不及其父，伤已！

注释

①孤山处士：林逋。

黄治字台人，号今樵，凤山人。潚弟，廪生。著有《卍云斋诗钞》等多种。

教经楼诗钞序

余出门久，曩所与文字交半凋谢矣。岁丙午，自轮台归，求谈文字之友如畴昔者，亦不可多得。雪逵表弟，二舅氏州判公哲嗣，素心折者也，予叨长十余岁，见舞象时①，质性聪颖。续予随宦豫章，屡邮书问讯，期其远大。顾落落不遇，遂援例佐藩，退而杜门教子，日以诗酒自娱，凡人世可欣可羡之事一无所动于中,其品之高为何如哉? 甲辰之夏,与章鲁庵、林璧人、杨香生、冯蕊渊、李少莲、林肖岩诸君结"修梅吟社",此倡彼酬,积久遂夥,近裒全集若干卷,属予注定而序之。

予谓雪逵之诗出入汉魏骚选,下逮唐宋名家,大含细入,无所不有,盖由胚胎家学濡染既深,渊源自正,非率尔操觚者比。且藏书极富,校雠精核,故发于诗歌醇茂古朴,不染俗氛,益叹舅氏过庭之训为不可及也。惜乎遭世多故,不能远游以博其趣,倘历名山大川,则其诗境又当一变。亦遇之有以限之,惟能多读书撑肠拄腹,以抒写其苍凉郁勃之气,恬愉闲适之怀,捃经摭史之腴,问竹浇花之兴,正如杜老无一字无来历,东坡所谓百读不厌者可以移赠。今年富力强,有进无已,初稿如是,乌能测其所至哉?

读既竣,爰述予两人中表之情,心知之雅,合为斯篇而附诸简端。至于格律清高、才华俊逸,固无俟予赘言也,请以质世之善读《教经楼诗》者。

注释

①舞象:男子15—20岁时。

陆锡蕃 号蓉卿,萧山人,举人。同治十一年间,任太平县学教谕。

林肖岩先生六旬寿序

三千珠履,有客竞称介寿之觞;百万金钱,何人可买安贫之趣。非神凝秋水净洗襟怀,梦醒晨钟摆开利锁,则胸多蒂芥,影共寒酸,安能当年有杨柳丰神,晚岁尤竹松潇洒乎?

恭惟肖岩先生,泉溪望族,沧水华宗,品早擅夫琼林,艺亦推为珠树。曾祖潜庵公廪贡生,才储鸿而焕彩;祖纯翁公附贡生,室治燕而养和;考智泉公国子监生,督建祠而誉噪辟雍①;伯甘泉公贡生,碧川公增广生员,喜为文而芬扬艺苑。先生华联棣萼②,较薛凤而余三秀,出荆枝媲卜龙而居四,蜚声卯岁③,标颖觽辰④。吟丈冯香谷耳提,两三载巾箱启悟⑤;邑侯张雨农心赏,十四龄纨扇褒荣⑥。从冯侣笙明府游,薪传佩服⑦;应陈硕士文宗试,芹泮来歌⑧。词赋擅长,不愧后生领袖;文章入妙,悉遵先正典型。着破蓝衫,年年头责;餐余红粟,岁岁舌耕。诱人讲席宏开,返已卧碑恪守。在庠偕几辈远噪才名,咨部已廿年久标优行。老文场而鏖战,名屡列乎前茅;厕胶序以通经,香特分乎贡树。素耽情于蠹简,兼主讲于龙山;溯少长之从游,举后先之获隽。萤窗讲学,尽多香撷鲁宫;蛾术课功⑨,不少饩餐虞廪。或投笔以娴韬略,或奉檄以赴仕途,或奏部而分铨部之荣,或循例而擢圜桥之秀,莫非夙蒙化雨共坐春风。饮水思源,宜瓣香其日祝;抠衣立雪,羡多士之星攒。而肖翁深抱云情,淡知水味;房开十笏,书拥百城。修梅社六士联吟,擘诗笺而吮墨;灵泉山一僧作主,讲书法而飞觞。结伴会文曾赴奎联之约,携孙课读屡登岚翠之楼。倚半窗,诵管宁,言阅六秩,偿向平愿。子四如王家名玉,媳四如孙室称香。孙儿六如李兆龙骧,孙女三如懿占凤吉。总之,承先芬于累叶,善积庆余;勉后学于方城,德修获报。行见爵膺外翰增荣而堂喜集鳣,从兹庆衍曼龄祝嘏而觥欣酌兕。谨序。

注释

①辟雍:璧雍,形如璧环,四周有水,为"天子之学"。

②华联棣萼:即棣华联萼。棣华喻兄弟,《诗·小雅·常棣》:"常棣之华,鄂不韡韡。凡今之人,莫如兄弟。"

③卯岁:幼年。

④齠辰：童年。

⑤巾箱：置头巾的小箱，借指小开本图书。

⑥纨扇：细绢团扇，亦称宫扇。

⑦薪传：柴燃尽而火种留，喻学术相传。

⑧芹泮：泮水喻学宫，芹泮此指中秀才成县学生员。《诗·鲁颂·泮水》："思乐泮水，薄采其芹。"

⑨蛾术：喻勤学。《礼记·学记》："蛾子时术之。"蛾即蚍蜉，其子学蜉蝣以成功。

文续编 内

冯芳 详卷二《人物志》。

方烈女传

烈女氏方，邑叶王庄□□□女也，幼父母见背，兄贫，外学艺事。凤山庄陈思舜妻为女之中表姨母，女自少往依焉。□□庄重勤纺绩，年及笄犹未字也。邻元五者，素无赖，一夕窥妪他往，突至女室迫之，女惊且詈。五恚甚，捉菜刀胁之，女詈并急，遂掷之中颅而仆，负出，缚石尸诸河。时道光二十五年三月三日夜也，女生于道光庚寅年二月初一日，年一十有六。於戏，烈矣！陈妪求女不获，而菜刀血痕缕缕，集邻人视之，皆大骇惑。越五日，尸浮出，面如生，村人鸣于官，不得主名。五忽夜惊逸去，不逾旬，迷路而返，若神褫其魄者，众执之以送县，一讯吐实，杖而下之狱，寻瘐死。邑侯邬公为申大宪，请于朝发帑荣旌，丰碑屹立。嗟乎，人谁不死，独女不死于孤贫而竟死于刃与水，遇亦蹇矣。卒以贞烈显，不可谓非天玉其成也，亮节清风不容泯没，行道相与感动太息，以视贪生背义者,贤不肖何如耶。贞诸石觉,扶舆正气^①,毓此婵娟,不让曹娥独有千古云尔。

注释

①扶舆:扶摇,盘旋升腾貌。

李汝皋详卷二《人物志》。

武义都尉署理太平营参将瞿公先仲去思碑记

吾邑自经寇乱,劫掠四起,望治甚急,而能治者卒鲜。壬戌闰八月,参戎瞿公至,甫下车,稔民疾苦,先其所急,辄易装徒步杂稠人中,遍访之得实,或单骑往,或率所部往,所至必获,先后得地匪四五十人,表暴其罪状而置之法,虽侦探悬赏累巨赀,不少吝惜。于是,莠民敛迹,而道路之梗塞者通。俗好私斗置器械,公谕之,悉销镕无迹。无赖者,蹈近时习气,束发结大辫,公示之禁,人引以为耻。焚香会盟,结死党横行乡曲,慑公之威,无复有此事。石塘,海盗出没之所,号称难治。公整军而出,歼其渠,捣其巢,焚其舟,沿海居民得安堵如故。黄岩、玉环界吾邑,守土者请诸大吏,俾公兼理之,故其治旁及于邻邑。两载之中,公昕夕经营,不少休息。而吾邑之为士、为农、为商贾者,得以安居乐业,民风一变。

瓜代之日,民岌岌然惧公之去,思攀留公,公禁勿许。因举治绩之彰著者书于石,志不忘也。公名光仲,湖南乾州厅人,生平慷慨有大节,多智谋,善决断,励操守,严纪律,遇士以礼,爱民以诚,得治之源,故能事半而功倍,既为之记,乃系以诗曰:

水火斯民,匪伊朝夕,畴起疮痍,而登衽席。我公莅止,福

我太平,寄兹专阃,屹若长城。公来伊始,民有忧色,泽戒萑
苻,道防荆棘。公去之日,民已安居,街充巾卷,户集篝车。公
来何迟,公去何速,吾邑无公,谁其拊畜。梅岭苍苍,萧湖汤
汤,维公功德,与之俱长。

杨鸷详卷二《人物志》。

林孺人墓志铭

道光己酉之岁,余以骈体文为孺人题照,粉态脂香流溢楮
墨,盖尝博画中人一笑口开也。而孺人年亦方三十余,乃忽忽
数寒暑,而空花逝水杳然去人间矣。夫国学生马君寿田,含涕
来嘱余志其墓。余维孺人邑治前巨族林出也,祖补授永康学
训导,讳乔丰公;父附贡生议叙八品衔奉旨建坊讳茂沅公;长
兄廪膳生讳芬,次兄国学生议叙部寺司务名菁,三兄增广生名
若,与予为累世通家。孺人且少余数岁,故得知其详,斯又何
敢以不文辞。

按,孺人性闲淑修雅,甫生时,母王太孺人甚爱惜,不忍寝
诸地,后虽育于乳媪,而每日啼笑必亲保抱之,抚摩之;稍长,
则华服盛饰靡不备然。孺人孝谨娴礼教,言笑不苟,举止端
庄,而于女红针黹之属勤且精。年十九,父疾笃,私吁天刲臂
和药进,尤其所甚难者。历三载,终父丧。归新河城马氏,国
学生□□公子即所谓寿田君,一时奁具彩绣及金玉珠翠之侈,
邑无与匹,而孺人悉能自敛抑,节服食,修容功,家人亲族无间
言。如是者七年,而忧劳之疾以起,会大饥,流丐填集于门,索
食喧呼无虚日,里中群匪亦相继加横逆出恶声,为□夺□。时
虽无敢一语及孺人者,而孺人亦卒莫能禁,乃举家徙治城居

焉。寻买宅三宅街，遂改隶为城籍，一再播迁，家渐遭落。间又为夫纳小星，为子女谋婚嫁，而疾更以怫悒深致不起，即于咸丰丙辰七月廿四日酉时卒，计生自嘉庆乙亥三月廿九日未时，年止四十有二，哀哉！遗子二，长秉成，娶右庠生林秀□女，次秉桦，尚稚。女二，长适邑西城滕寿南，次字莘塘吴□□。兹于丁巳冬祔于九都里燕山马氏祖茔之侧。

铭曰：其质莹莹，女之英兮。其被僮僮，礼之宗兮。胡兰之荣，而忽悴兮。胡月之明，而倏晦兮。嗟瘗玉与埋香兮，渺九泉而千载兮。吊红颜于黄土兮，历古今以同慨兮。惟孺人之流徽兮，共遗容而宛在兮。

章淳详卷二《人物志》。

林香谱先生传

南城林氏自澹园、漪园、紫东公昆季三人，以硕学鸿文负乡里重望，一时群从之秀雅者类，无不知读书取科名，而独罕有练达干事之才为桑梓谋利益，今乃于香谱先生见之。先生讳玉章，字景宋，一字赋梅，香谱其号也。漪园公子四，先生行居仲。少读书有志上进，以家饶于赀，亲年垂老，所入钱谷听其自为生长，终非持久之计。伯兄逸楼既病不出户，叔弟漱六、季弟鹤岑皆有声庠序，家学不患无传。于是，弃举子业不事，而独力操门户，权衡轻重，生息益饶，增构巨厦，拓置膏腴田数千亩。邻里乡党以困乏告贷者无虚日，遇歉岁出米平粜多所全活。邑中要公如建官廨、兴社学、补常平仓粟，长吏无不惟先生是咨，先生亦无不捐助首倡。琅奥距邑城东去三十里许，两山夹峙，河流所从趋海处也。每岁秋间，潮水盛涨倒冲而入，腴壤几成斥卤，农弗便甚。戊子冬，先生相度形势为筑一闸，时其启闭而害以免，大府请奖得八品衔。壬寅修葺城垣，慨输数千金，复议叙以县丞用。纪录二次，并准为先人建"乐善好施坊"。此外，列在祀典之神宇，若城隍庙及东郭文昌阁，一木一石皆躬自督造，他人得一即援以矜诩，先生要为不足道。先生性孝友，内行敦笃，与人交谦而能信。卒年五十有八，配王氏，簉室张氏。无子，以弟艺子则俊继。女三，一殇，二均适西乡金氏。

赵慕清号石牧，花山人。

芥圃铭

芥者，介也，天生此物以惠廉介者也。有离世芥、春不老及冬芥，诸种家园植此。自冬徂春，以当一蔬之用，爰为之铭曰：

厥名为芥，厥义为介。占介石之可贞，惟食贫之攸赖。植在秋初，食经春尽。旨蓄御冬，厥惟斯品。卫以藩篱，培以灰土。采叶留株，生生可数。留地步于有余，岂天工之无补。蘸霜斯紫，濯雨斯青。畦间胪列，拾之可欣。或剥或烹，食之无疆。或蔬或羹，用之至长。或晒或藏，取之多方。以介景福，离世至宝。以介眉寿，长春不老。为馈贫之佳肴，义亦通于介绍。亦有冬芥，芳烈胜常。厥叶加密，厥根逾香。皆宜栽之绵上兮，或种之首阳，严一介之取与兮，为我辈之堤防[①]。

注释

①堤防：提防，防范意。

花山志卷之六　艺文三

文后编_外

陈明园_{松门人。}

《花山九老诗存》序

九老之诗之所以存，与夫吾友林子爵铭之所以存九老之诗者，赵孝廉兰丞言之当已。

顾吾谓，九老之志不在诗，诗其抑郁无聊之所发也，存之可，不存亦何必不可。若以存其诗者存九老，存九老者存花山，是花山无九老不复知有花山，九老无诗不复知为九老，小花山亦小九老矣。不知流而不可止者，风也，风虽往，而人人知风散而不能聚者云也；云虽去，而人人知云非必风遗其韵，而知其为风也，非必云留其影而知其为云也。天地间无日无风，无日无云，九老际靖难之秋，其气节之磅礴乎古今者，一风云之在天耳。父老传之，妇孺识之，今数百载重其为九老，安知几千万年后不较今之重九老者，更重九老耶？

九老之诗何必存，九老之诗何必不存。林子爵铭，积寒暑穷采访，则汲汲然惟恐九老之不存，并其诗亦遂不存也。且恐九老之诗之不存，即九老亦无复忆而存之者也。仿遗山^①《中州集》及《山左诗钞》体例，既次其诗又传其人，行其《小雅》恭敬桑梓之情,以著《大易》硕果不食之志②,使九老之精神境遇流露于吟咏间者,不与石火电光以俱泯。是可以不存者,林子尚锐意存之,彼不可不存者,林子又何如存之乎？盖将以存九老之诗者,愧天下之不为九老也,为九老也为九老存,实不为九老存九老可不存。九老之诗不可不存,九老之诗存,谓九老至今存可也,谓九老之后不止于九老亦可也。语曰:"可以兴,可以观,可以群,可以怨。"③九老之诗即无多,梓而行之,其有裨于兴观群怨者多矣,岂独为吾邑光哉。

光绪三十二年大暑节陈明园叙。

注释

①遗山:元好问。

②硕果不食:《易》剥卦上九。

③可以兴,可以观,可以群,可以怨:论诗的美学社会教育。出自《论语·阳货》。

林丙恭字爵吟,水沧头人。

《九老诗存》论述

自元纲不振,方寇猖狂,吾台之遭痛毒者,笔难罄述。迨明祖龙兴,一我土宇,方谓可乐我升平矣,不意故家豪杰、滨海著姓因而赤族戍边者又数十家;乃方下赦罪之诏,旋兴靖难之兵,士大夫之赴义而死者又比比皆是,呜呼,生斯世者不亦可危乎哉！九先生历丁其厄,卒能免于其难,以兼善天下之才,敛而独善其身,结社花山,衔觞赋诗以乐其志。《诗》曰"既明且哲,以保其身",《书》"曰攸好德,曰考终命",九先生有焉。虽然,其身虽隐,其名已彰,越今五百余岁矣,读其诗如闻其欸唾,亲其言论风采。如九先生者,岂惟媲美香山已哉,虽谓之百世之师可也。

文后编 内

陈江藻 详卷二《人物志》。

爱梅说

牡丹,富贵人艳之;菊花,隐逸人高之;莲花,君子人慕之。此三者,濂溪周子尝著其说矣。予少读濂溪文,独怪其不识梅花而莫之及。梅花,花之真品也。其骨格清臞,能令冰雪皆香,孤芳傲世,为高士眷,宜隐逸;其神韵灵动,能令水月活趣,丰标迈俗,有雅人致,宜君子。况当阳和,一脉地气初回南北,连枝冠冕百花头上,而和羹鼎鼐,华实并臻,又未尝不与富贵相宜。吾知爱菊者亦必高其节,爱莲者亦必慕其品,即爱牡丹者亦莫不羡其管领繁华。见天心于数点①,所以彼诗人说到今者,亦非为林家处士独有孤山耳②。昔子猷爱竹③,尝云:"竹解虚心是吾师。"余亦云:"梅展素心为我师。"此我师王子猷而师梅也。或有疑者谓:"师王子,何为爱梅不爱竹,不爱竹于王子乎奚师?"予起而谢曰:"此正我之善师王子也。竹与梅友,何竹非梅?惟素能虚,惟虚能素耳。乃我本无心以得师,固而爱竹谓虚心乎?心不虚,爱竹非所以师王子也。虚乃心,爱梅即所以师王子,师其师竹之意。虚以受素而行,何必竹并何必梅,亦何必子猷其人也,意焉而已。"

注释

　①见天心于数点:即"数点梅花天地心",出自邵雍"数点梅花天地春,

欲将剥复问前因"。剥、复是六十四卦中二卦,以揭示事物变化。剥卦坤下艮上,一阳压五阴;复卦震下坤上,一阳承五阴。

②林家处士:林逋。

③子猷:王羲之子徽之,即后称之王子。

林简详卷二《人物志》。

乡约小志

自乡约不行,人心风俗渐趋偷薄,岌岌乎有江河日下之势,而官斯土与生斯土者,复视为具文而置诸缓图,致令厌故喜新之徒,得以投间抵隙,乘吾教化衰息之时,大肆鼓簧以炫惑斯世,无惑乎人心日益陷溺,风俗日益败坏。然则居今之世,所以挽回而救正之者,诚不可以无术也。术恶在?在于实心实力以举行乡约而已。乡约之设,原本《周礼》,六官员数约五万余人,而乡遂官居其大半。故三年大比,则考其德行,以兴贤能,所谓出使长之,入使治之,教化行而争讼息也。汉制,每县十里有亭,亭有长;十亭一乡,乡有三老,掌教化。又有啬夫,职听讼、收赋税;又有游徼,巡禁盗贼,亦皆以乡人为之,此即后世乡约、保甲之权舆①。隋唐以降,此义浸废。自宋子朱子出,以一代大儒创行乡约,而其大旨主于德业相劝,过失相规,礼俗相交,患难相恤,无非使在约之人,勉为□乡之善士,以自治而治人。明儒吕惺吾先生师其意而推广之②,是以有乡甲约之议,今其书具在,可取证也。吾邑国初以来,乡约、保甲非不一律举行,乃洪杨难作③,迭遭兵燹,良法美意荡然无存,盖乡约不举已百年于兹矣。教化不行,争讼日亟,此固吾邑人之不幸,而识者恒戚戚然,引为人心风俗之忧,良有由也。今邑侯孙公叔平以名孝廉来莅斯土,精明干练,有利必兴,有弊必革,计自下车以迄于今,所施善政美不胜书。顾当百废具举之日,而乡约为教化所由出,阙而不举。尽美未尽善,何憾如之?

吾友赵君兰丞、陈君演九两孝廉惓惓时局,慨然有兴复之志,引手相招,以简为得与斯约。窃谓君子作事不难于观成,而难于谋始,始谋不臧,则其事虽善必难于持久。况乡约之废历年已久,一旦创所未经,稍不慎重,人易视同儿戏。为今之计,惟有各持实心,勿骛名,勿责效,勿恤人言,立定脚根,不随流俗为转移,而后能转移流俗。余持此言以献于两君,两君闻而韪之,爰于本月初旬邀集同人妥商壹是。

按《朱子乡约》,每月只举行一次,故约正、约副外,另有值月。而吾邑从前讲约,则以三六九为期,一烦一简未适其宜。今拟变通其例,改值月为值旬,逢三宣讲一次,则是讲者不至惮烦,听者亦不致旷功,行之久久而谓杳无成效,吾不信也。虽然事无大小,成否视乎其人。乡约之举,事近迂阔,非得强有力者以主持其间,复有一二品端学邃之士坐镇。雅俗众望未孚,空言奚补?是以君子作事谋始,不徒以言为轻重,实以人为轻重也。两君既见及此,先期敦请郑若愚、吴幽农两先生,按期轮为约正。此外,如陈云墀、陈艺圃、家菊生、家俊甫四明经④,陈渠成、叶少毂、方洵成、家咏笙、家秋生五上舍,叶梧斋、叶慕陶、陈心缄、蒋朗珊、陈邹侣诸茂才,及房祖爵铭暨邑中知名士⑤,分任存肩,务期行之以忠,居之无倦,独善兼善,同我太平,斯固与约诸人之幸,即我阖邑生民之幸也。月之十三日,系举行乡约第一期,虽百为草创,而提纲挈领,规模固已粗具矣。是日,并请童、俞两广文暨张少尹以监其成,拟演习一二次,俟仪节稍有可观,当请之邑尊躬亲盛典,以为观成之券。至于宣讲仪注、值旬姓氏,赵、陈两君已有详细章程在兹,特就乡约缘起并两君所以兴复之意,表而出之,以告邑人,俾知人心风俗所赖,以挽回而救正之者,初非有异术也。作《乡约小志》。

时光绪三十年甲辰仲秋之月,略斋林简书于古梅花社。

注释

①权舆:萌芽。

②吕惺吾:吕坤。

③洪杨:太平天国农民起义的领袖洪秀全、杨秀清。

④家菊生:林菊生。家指本家林姓。

⑤房祖爵铭:林爵铭即林丙恭。房指本房林姓,林爵铭于林简为祖。

半船楼诗序

自有宋至明,吾乡诗学之盛未有伦比,最知名者,石屏戴氏之外①,厥惟白峰林氏②。洎国初以来二百余年,惟林明经鹤巢、戚大令鹤泉、黄大令壶舟后先相望③,振兴风雅。嗣是以往,老成徂谢,此道亦少衰矣。求之于今,希声而嗣响者,其惟我啸山林先生乎?④先生白峰裔也,少好学,即耽吟咏。长习举子业,冀有所遇,然数奇,一不售辄弃去之,乃益肆力于诗、古文辞。居近市,筑楼数椽,额曰"半船",昕夕讽咏其中,历寒暑而不辍,市之人争非笑之,先生不顾也。忆丙申岁以事抵沧水,闻房祖爵吟学博⑤,道先生事甚详,因请为先容,得谒先生于斯楼,古貌古心,蔼然和光扑人眉宇。谈次出所著古近体诗数卷示余,且自言读诗之法:短篇五百,长篇倍之,必使横竖贯串于肺腑间。盖其浸淫于诗者深且久,故其发为诗也若嘲、若讽、若诙谐,又若自道其胸中之垒块,凡夫耳所闻、目所睹与一切人情世态、可惊可愕之事，一一皆达之于诗，而清奇浓淡无美不臻，不啻直闯唐宋人之室而夺之席。自有先生，白峰瓣香于今不坠矣。噫，如先生者，使得遭际盛时，珥笔侍从，雍容揄扬以鸣国家之盛，何难与班马邹枚颉颃千古，乃竟不得志以布衣老，岂非命耶？然其诗则固卓卓可传矣。今年春，先生以书抵余，属为之序。自维鄙陋，岂足以传先生之诗，而先生之诗之传，其即可以余言为左券也夫。是为序。

注释

①石屏：戴复古。

②白峰：林贵兆。

③鹤巢：林之松。鹤泉：戚学标。壶舟：黄濬。

④啸山：林舒，字啸山，太平诸生。著《半船楼稿》四卷。宣统辛亥后卒。

⑤爵吟：即爵铭，林丙恭。

赵佩茳

《江槛集拾遗》序

南去治五十里曰淋头①，聚族而居者诸潘为独盛，皆元省元省中先生后也②。先生尝谓"文章不关世教，虽工无益"，故其生平忠烈之操，至老而不移。所著有《江槛集》诗，《戚志》称其与文俱已梓行，今以问其子若孙无知者，而邑之藏书家又无其本，盖已失其传矣。先生有祖墓在泉溪之花山，与程成趣先生墓相望③，去余家仅里许耳。墓有庵，九老所因而社吟者。林君爵铭既茸《九老诗存》，因而推其屋乌之爱于先生之诗，乃广搜《元诗选》《赤城诗集》《三台诗录》、潘氏谱牒及乡先正集，得其遗诗若干首，文若干篇，都为一卷曰《拾遗》者。林君之心若憾其不传,矜而重之,以为爱惜之至也。独慨先生以德行道义为世所推重,卒死国难,亦云穷矣。然使洸洸大集流布人间,则于人心世道不为无裨,先生之心亦因而少慰,胡为至今不传耶?叶郎中海峰序先生文云④,步武昌黎骎骎乎及之,则不专工于诗可知;又谓其长短句得谪仙骑鲸之气,则不专于诗而其诗之足传又可知。乃未千年,诗则亡失莫稽,而其文之存者亦寥寥数篇。先生平日之所云云者,亦第得之人而不获寓之目,先生之不幸亦后起者之不幸也。甲辰岁,余方与林子仲严、陈子义补,议建九老祠以复梅社之旧,林君以诗来⑤,请以旧社为祠,祀先生。余谓,先生业已附飨乡贤,祠可不必;而欲演花山之诗派,自当以先生为初祖,祠九老辄不得不传先生也。故以林君嘱,序而归之。且因而进之曰:"先生之文若诗,纪目于《浙江通志》及郡邑志者炳炳如此,海峰叶郎中之序之也又啧啧如彼,以吾子之悉心搜讨,全璧必将复见。倘得之,速以归我,俾得朗诵数过,以发吾堙郁之志,而快吾愿见之情,是则吾之厚幸也夫。"

里后学赵佩茳次芳谨序。

注释

①淋头:淋川。

②省元省中:潘伯修。

③程成趣:花山九老程完。

④叶郎中海峰:叶良佩。

⑤林君:林丙恭。

《花山九老诗存》序

士不能职柱下,亲掌故,网罗旧闻,传之不朽,而于梓桑文献之可存者,不忍其或不存,固生斯土者之责,亦为斯世者之事也。鹤泉戚先生之修嘉庆志书也①,既以此为亟亟,间又荟萃郡国人文,裒为别集如《三台诗文录》及《台州外书》,为之锓板行世,盖以重其文若诗者,存其人也。同时长山李氏②亦尝采宋元以来邑人诗,而有《方城遗献》之刻,其体制于人地尤详,盖以重其人者存其诗也。以古人之可存而存之,存之者后人,所以存者仍在古人也。不然如林居恒诸君子,徒自其外以观,与凡为老者未尝大异也,僻处山陬海澨间,无名公巨卿为之提挈③,朝一吟夕一咏,姓字胡藉藉至今耶?或曰,以其地则必如泰华之高而可凭,匡庐衡岳之幽阻而不可测,而后隐者以成名,巧者以引誉;以视花山,萎然薾然若儿孙,若部娄,若蚓、蠰、蚁、蛭,乌足以存九老者?然则以其诗,诗洵足存九老矣。然而风霜兵燹,传者无几,或且孤章剩句如千钧之一发,又乌足以存?噫,是岂其子若孙不善宝藏,久而散佚欤?抑无留心文献者先后于其间,从而裒集之剖劂之,而失其传欤?此林君爵铭《九老诗存》之刻所以汲汲也。顾自余以谈林君能为戚、李两先生之所为,其志则可嘉矣。若九老之存不存,有其大者、远者在,诗不足云也。

　　方靖难兵起时,吾太之募兵者④,以不济而死矣;吾台之仗节者⑤,以不屈而族矣。九老人洁其志,韬其光,以徜徉山水间,盖有郁郁于中而不可告人者,诗其寄耳,故为之不多;甚且恐罹苏子乌台之议⑥,故与倡和者亦鲜。此诗之存者所以寥寥也。以九衰白垂尽之士,一卷之山而社、而吟者,名以显于天下,传于后世,鼓钟于宫,闻声于外,夫岂无所树立而能然哉?

　　已承林君意⑦,为之序且论之曰:存九老者,九老也;九老之存者,九老之诗也;以诗可以存九老,即从而存之,戚、李两先生也⑧;以九老之诗存而犹恐其或不存者,林君也。林君方搜讨《太平内外集》劬劬不已,积岁所得厚恒指许,桑梓文献之赖以存者将未有艾。余虽不文,不容不以辞劝,俾得竟其绪而就其功,此区区者特其先导云尔。

光绪三十年岁次甲辰重阳后三日,里人赵佩茳书于横湖学堂之人镜芙蓉室。

注释

①鹤泉:戚学标。嘉庆志书:《嘉庆太平县志》。

②长山:长屿。李氏:李成经。

③巨卿:原作诅卿,误。

④靖难兵起:朱棣发起的靖难之役。吾太之募兵者:王叔英为建文帝赴广德招募勤王兵。

⑤仗节者:方孝孺。

⑥苏子:苏轼。乌台之议:文字冤狱。

⑦林君:林丙恭。

⑧戚、李:戚学标、李成经。

《夺绿吟馆诗》序

丁巳之夏,积雨无聊,万感并集。叶君伯葵以邑人杨香生先生诗见寄①,读之如睹帆樯阵马,心目为之一开。既又得吾友郑君尊祥所为《传》以告曰:"今有议刻先生诗者请,曷序之,可乎?"余为首肯,因叹先生雄才隽藻,一时无两,诗名继九老而起,宜也。

顾作诗难,论诗尤难。吾邑近百年来,卓然称诗人者,壶舟大令以下数人而止②。而先生与冯蕊渊尤负盛名③,相与结社花山,至今犹称于世,刊而行之,诚不容已。独念汉唐以来,诗出汗牛马处充栋宇,几乎不能遍读,然三百之旨、赋比兴之义浸久浸失,建安七子风骨遒上复乎不可尚矣。初唐之气体情韵,中晚已不可复追;流极既衰,宋之苏、黄思有以振之④,乃偏求之力与韵之间;明诗力不逮宋,而胜之以趣;元人句雕字琢以仿佛唐宋之形似,风斯下矣。有清开国,二三君子尝断断于气息声采,祈反本而复始,间或得之,然自以科举取士试帖盛行,诗道已如弩末,比兴两义,通儒耆宿亦不复讲,所为炳炳琅琅者,大抵一赋体而已。故五言、八六韵诗皆沿从前场屋陋习,题首概标以"赋得"二字。呜呼! 此诗道所以日芜,风人三百之旨所以为硕果也。

先生诗亦多赋体,盖风会使然耳。然能以力使韵,虽若有意锤炼,自足矫元人靡曼之习而上反之宋,以出入范、陆间⑤,可谓一时能自振拔者矣。先生诗凡□卷,题曰"隐香楼稿",已载邑志。今本同,而题"夺绿吟馆"者,或从其始名未可知也。余生也后,恨不见先生得睹其诗,有以知先生之功力矣。故以己意疏其大略如此。行实已备于《传》,郑君为先生女孙,当有以知其详,故不赘。

注释

　　①杨香生:杨鹭。

　　②壶舟:黄瀋。

　　③冯蕊渊:冯芳。

　　④苏、黄:苏轼、黄庭坚。

　　⑤范、陆:范成大、陆游。

友人林仲严传

　　先生姓林氏,讳曰简,字居敬,仲严其号也。以名诸生馆于花山僧寺者垂二十年,门徒一时称盛,以今岁之秋日卒,门下士哭而奠之,乞为文以传。余辱与先生交且厚,辞不获已,因叙其生平以归之。

先生早失怙,与兄及弟同居以养母。自幼嬉戏为群儿雄,余一见辄避之。稍长,折节读书,通经史大义。家贫,恃馆谷为岁入,故自游庠后,即为学者所师事。先生示以绳准,莫不得其益以去。是以四方来者日益众,寺屋十数楹皆为之满,其高第弟子因而驰誉文坛,蜚声黉序者,毋虑数十人。授课之暇,与二三知己社而论文。陈君艺圃、方君洵成及其从弟伯瑗凡三四人,余亦与焉,相与谭今论古,听水看山,每谓明清五百年来不可无此雅集,而先生方欲复故社以祀九老,其志趣可以观矣。然胸次廓落不可有一物,意稍不合辄形诸辞色,事过随忘,未尝芥蒂于中。师弟朋友之间,知其人者得以久而益笃。平居寡谈名理,而所行动中其节,与言事初若无可否,而自信既笃即履之不疑。尤好奖励风化维持士类,奋然而起不可以复沮,若有得于王门"知行合一"之旨者。故虽以博士弟子终,而率性而行,有落落足数者。明修撰王叔英殉节时,二女闻难,趣井死,井在邑南之亭岭下,旧有碑已仆,先生剪荆榛起之,复故井,别镌碑以纪其事,近道为樵牧者所侵害,不数日折而两,先生觅贞珉复镌之,周其亭障,置守而后已。于铁樵太史《感应篇赘言》以义理谈因果,通儒不能议也,先生憾其流传不广,集资锓版印千余册,庋几上,好者辄以一编赠。其与人为善之心类如此。尝谓余曰:士不可无任事力乡里义举,善者孰为存?不善者孰为劝?邑宾兴月课为寒士进身阶,士受其赐者多矣。壬寅岁,直省开办学堂,时停止科举未有明文也。宰是邦者,急于兴学,拟拨两项若干充办学经费,事已缮详,先生毅然争之,率合庠请之上宪,事得中止。吕新吾方伯《乡甲约》以保甲附乡约而行,最为民治之善,余有志焉未逮也。先生闻之,辄与邑诸君子立时修举,缮章程,集讲义,虽剧疾必至,至则必司其职,则不惟张士气,并以端士习,虽或成或不成,而先生之心为已至矣。

会科举停止,先生以进取途绝,无以大展其所为,因得幽忧疾,恒斋卧,家人问之则曰:"无恙也。"疾棘,始谓所亲曰:"余固知如是,然不欲伤吾母心耳。"沐浴趋就正寝,遂于是夕卒,卒时笑声闻户外,观者以为得大解脱。余则嘉其得正而终也。慨自士行不修,教非所学,习非所用,秀士作事如鸟兽散,诮笑天下久矣。先生之所自为如此,教人者可知。青毡一席而人之乐从者如此之多,一介寒畯①而事之可以告人者如此之众,使不厄以遇而假之年,所谓断断无技、休休有容者何以加兹?即不然,德以积而日进,气以养而日纯,其所成就当不止是。乃九赴乡闱,膺荐者三,备中者二,竟以额满见遗,时也,命也,夫复何言!然师若弟晤对溪山间,修脯以养其亲,诗文以道其性,其生也得徒,其死也得正,盖亦有至乐存焉。配金氏,受聘后即得废疾,先生优恤之异常人,早先生一岁卒。兄少子幼慧,先生视之如所生,尝谓人曰:"此吾家千里驹也。"金氏卒时,命服衰成礼,今即为先生后云。

注释

①寒畯:贫穷的读书人。

花隐传

有山人焉,居东之大荒,不详其姓字,或曰汴宋裔也。伯颜氏之兴,其先埋没,氏族流离蓬颗者垂百年。明清两世,始稍稍复出，为郡县诸生，至其身累十余叶矣。

其居自乡而城，旋又舍城而山，择其土之瘠者艺焉。其生也于山，故性绝疏野，酷嗜花。所居多石少水，他植不蕃，惟梅为宜，岁种其一二，遂因以为号焉。好读书，然泛览无涯涘，不屑屑于章句。稍长，游庠序间，及观国家所以试士法，率皆教非所习而学非所用，心窃憾之，乃反之于古，求其宜于作养子弟及可措为治者，综而笔之，日恒数十纸。会朝政改革，废八股，试士以策论，始以一售。以时游中州，历大河南北，旋又溯江汉而上以至都，南下循海而抵闽峤，以母老归省。逾岁，武昌事起①，遂不复出，授徒花山。花山者，明九君子林原缙、程完等结社种梅处也，今已鞠为榛莽，山人乐之，每值愁病交攻，徜徉其中，廓然若失。故非远游，辄与此山伍，晨夕一卷，甚自得也。聚徒讲学之余，征引古籍，作《原生篇》以发明人道，佐以《三解惑论》，为学本末，略具于此。既隐于花，遂说以号于人。或曰："世之所争趋者，名于朝，利于市，子何郁郁久居此也？"则笑而谢之。或又曰："子信以花自乐乎？曷益莳众卉，使与名称？"则又笑谢之。暇则缵述古书及先世所遗者，旁及医药、卜筮、种树、养生凡十余种，人疑其博而寡要，则曰："余无善及人，此人生日用所必有，往往为术者误，故略为条正，以质其疑而观其通。"隐者之所为，固如是也。晚乃一意于经子，病笺疏之纠纷，圣人之微言大义浸以失其真也。诸儒之言立体也，本以达用，或不知用而并遗其体，乃稍撰述秦汉以上书，兼采宋明以来儒先之学说足以羽翼斯道者。既而废然曰："以身教者从，以言教者讼。"返而息心冥坐，邵尧夫先生所谓"数点梅花天地心"者恍若遇之②，益觉前此之纰缪，从而引绳焉。

山人少慧，以病故遂善忘。弱岁，梦一道者授以丹篆，携入一室，饮以物清冽芳美略似花露，遂能于静坐卧寝知未来事。其所为文凡数万言，诗数百篇，皆随手肆应，不自贵惜也。读书五十年，居花山者将十年。每当阳月之杪，南枝先放，则举酒相属，谓此吾所从生也，辄孜孜以喜。后不知所终云。

野史氏曰：梅得气之先，其花五出，天地之中数也；然芳馥而不污，洁洁而不媚，故不周于用。山人慕之。虽学务博综而能见诸施行者盖鲜，或于乡里偶一为之，少不合辄拂然以去，岂如庄生所云"以无用为大用"欤？抑其身之察察不能受物之汶汶欤？

注释

①武昌事起：1911年辛亥革命。

②邵尧夫：邵雍。

修复花山九老祠小引

盖闻兰亭宴集，逸少撄心；梓泽丘墟，子安兴喟。惟古人之踪迹，实后起所追寻；而韵事之销沉，亦吾侪之担荷。

邑有梅花洞者，山接八公，社传九老。当骚雅联镳之日，正燕师构祸之年①；锄明月以种梅，步溪桥而索句；投簪远逝，分方正学之清风②；挈榼偕来，仿白香山之故事；其人其地，已足千秋。矧复祗父恭兄，林居恒罔渝患难，则僩然邹鲁之礼教也③；先行后艺，程成趣足备楷模，则翘然伊洛之宗传也④；信友诚身，王听竹不求闻达，则超然黄绮之遗徽也⑤。二何则德饶、东阁，咸籍继美于竹林⑥；二丘则叔卫、朝宗，轼辙齐名于苏氏⑦；固已殊标卓卓，大集洸洸，作领袖于骚坛，实名家于理学。他若翁氏实斋、狄氏常斋，吉光片羽⑧，传者虽稀，空谷足音，跫然自远。凡在联吟之侣，俱征潜德之光，匪惟楮墨流传、足动桑梓恭敬已也。乃者事阅两朝,山空一片;诗人去后,旧社狐凭,老树不花,名山僧占;访遗迹则荆榛莫辨,缅前修则诗卷长留。风雅所遗无可考也,登攀之顷良用盡然⑨。

窃念,推少陵为诗史,庙或误为"十姨";妥静学之忠魂,并且修夫"二女"。扬清激浊,吾党具有同心;阐幽发微,诸公无嫌好事。愿复僧庵,重归社地,就营祠宇,藉妥吟魂。九先生既有专祠,乡先正皆堪附飨。瓣香未坠,夹道仍种以梅花;高士来游,沿溪可寻夫桃洞。庶几五百年基构重新一统,志挨张未缪是所幸也⑩,岂不休哉。

注释

①燕师:明朱棣靖难之师。

②方正学:方孝孺。

③林居恒:林原缙。倜然:自大。

④程成趣:程完。翘然:特出貌。伊洛:程颢程颐之理学。

⑤王听竹:王崧。黄绮:商山四皓之夏黄公、绮里季。

⑥德饶:疑为德韶,即何及。东阁:何愚。竹林:晋竹林七贤。

⑦叔卫:丘镡。朝宗:丘海。轼辙:苏轼、苏辙兄弟。

⑧翁氏实斋:翁晟。狄氏常斋:狄景常。吉光片羽:神兽吉光小块毛皮,喻极珍贵。

⑨盡然:悲伤痛苦。

⑩挨张:浮夸。

石渠记

家山最瘠而少水,花木不蕃,蕃惟石,磊磊砢砢,荦荦确确①,自西趋东,若庂之绵,若椒之衍,若徐熙水墨之画。遍四旁几无罅隙,其稍平衍者东南余家之,西北祖若父先茔在焉。茔负石若蟹螯,至圹,擘而两,若二螯夹茔而前。前左右三面有石田数十小方,若喷沫然,轮廓皆石限之。茔旁两跪伸出可十余丈作夹护状,亦皆石。茔之后累石而上至巅,戴巨石横卧若眠牛,邑志所称"石牛"是也。牛尾北首南,头角崭然,有两鼻孔,蚀其一,一尚存,藤萝络之。相传其上有"览胜"篆文,顾漶漫不可辨[2],其下则先人之敝庐也。庐后高处一石俯而伏,石牛下顾之作舐犊状,先君子曰:"此石犊也。"由是上下前后无非石者。自庐而下,水从石罅出,余家所从汲也,泉颇甘而其流不大,不可为潢污陂池以蕃菱芡,不可为风亭月沼以恣游观,虽有水若无水也。井以上作两道,一汲道,一则出入由之,亦皆有石。界道者削若壁,当道者层若级,位置天然。

东北为县治,出治历二溪,登鹤鸣山凡二里抵于家。将近舍,有两石对峙,途出其中若关隘,曰"岩门"。折而南有"纱帽岩",石黑滑;迤而北曰"石蝦蟆"[3],石磊聚,彼以色名,此以形名也。由石蝦蟆三折达余家。其一折有石当道,途出其上,上一小石累大石若狮子蹲下,一石圆瘦多皱则若球焉。稍进又一折,上有数石若群羊奔而下,一石颇高可登,望海浊波弥漫隐隐自山缺现;界道稍坦,一平石方广丈余,可作簟曝物;道下尤多石,卓岩在焉。约二十步又一折,有石若阶,旁若几,上有覆釜,登阶而至余门矣,此余家之门径也。卓岩者,圆而平,径六尺有咫,可团坐十余人,九日作登高会,以当一卓之用。旁有石若席若床,席有茵,床有枕,皆石为之,可以坐可以卧。侧一石作小涡,可容斗余,雨过水聚,可沃可盥,惟不常得水,艺一花无以溉之,游息其间,颇以为憾。

岁冬无事,往来丛石间,锄其榛莽,意想所至,异境顿开。石忽而花,花而菡萏,筒实茄叶了了可辨。六瓣眉列中有心,其作卓形者花侧面也,其有涡者花反折瓣也。其右有三石,平尖者,莲房也;其仰若盂、俯若盖,可立、可卧、可坐百十人者,花之叶也;一叶承花,筋络摺皱仿佛毕肖。噫,奇矣!夫石而蟹,而牛,而群羊,而狮子,而几席器物,惟形之肖,人能名之也。若石而花,非人能名之,天实划削之也④。昔周濂溪先生于花中独爱莲,推为君子。余山居,此花少所睹,植之或不蕃,蕃矣而开则可乐,谢则可哀,未见其可爱者,故惟爱石。君子之交,久而不变,其在斯乎?

　　石为我花,我将为石渠。渠不宜松,我松之;渠不宜柏,我柏之。藤萝薜荔生于石,不生于渠,我亦不芟刈之,将以顺物之性也。渠有舟,舟,石也;渠有桥,桥,亦石也;实皆花之枝叶扶疏,可以行游其上也。每当月夜,空波满山,涛响出谷,俯视松柏,影皆作荇藻浮,山虽少水,而得水之趣者多矣;况复牛饮上流,蛙出浅渚,爬沙有蟹,饮谷皆羊,山惟多石,而得石之助者多矣。何必渠,何必不渠,故作《石渠记》云。

注释

①磊磊砢砢:端人正士不受绳束貌。荦荦确确:骨节突露瘦硬。

②洇漫:模糊。

③虾蟆:蛤蟆。

④划:铲削。

二女井碑阴记

　　陆龟蒙曰:"碑者,悲也。"古者县而窆,用之隧道;今以旌德行道义峨峨者,遍当途焉;而于女子之贞烈者尤夥,是表而非悲矣。里人之醵金碑二女井,悲二女也。女无墓,井其墓也。悲二女之死得其所,有合乎古忠臣孝子之为也。夫全贞仗节视死如归,事亦非易,然犹曰为身死也,为夫死也;女以夫为天，为夫死，犹为身死也。若以其身死君亲，难矣。故女子而仅为身死，其行可表，其志未足悲也；后人无足悲，以死者之犹未甚悲也。二女悲矣，女父王公叔英，以靖难师起，募兵入援，不济自尽，母亦寻瘐于狱。悲父悲也，悲母悲也；孤忠效节，而吾君之存亡未可知，以悲君者悲父母，转以悲父母者悲君，尤悲也！于是悲，于是死，是以身死君亲，以心存忠孝也。

二女之志既悲，后人从而悲之，宜也。谓女死锦衣狱井者，误也，既系狱，出入羁絏，无从得死所也。果死狱井，则必改葬他所，《明史》及郡邑志皆不详葬地；明死斯井，即葬斯井也，碑之宜也。忠孝义烈如二女，荒陬海澨闻其风者，犹将尸而祝之，况此为公故里，里必有井，为乡父老所征信，二女之志节，尤当世所共悲者乎！则以碑之者悲之，亦宜也。旧记略焉，特揭二女之可悲者以为言，以明碑斯井者，其犹行古之道也夫。

募建花山九老祠记

花山者，明逊国之变，九高士社吟地也。社为潘氏墓庵，守以僧。固有梅社而吟者，益爱养之，夹溪傍山遂大蕃殖，花时，人行其中如入洞天，故又有"梅花洞"之称。迄今五百余年，人往风微，守庵之僧继承推廓，遂有继善、赐福两禅堂。问故社之踪迹，无复存者，荒烟野蔓之间，破屋数椽、老梅一本而已。

故友林君仲严[①]，假馆继善堂者凡二十年，尝与陈君艺圃及余议复故社为祠[②]，祀九先生，以艰于费，不果。曾几何时，林、陈两君先后作古。余亦浪游南北，所至无成，挈挈而归，屏居故山又将十稔，每念旧约辄呼负负。

去冬,陈君杰生、徐生子骐来余馆次凭吊溪山,辄以修废起坠相督,过且谋集赀。事闻邑知事李瑞年,并为怂恿,今春始以举事,阅两岁而成。为屋五楹,正殿祀九先生,上皆架楼,奉九老父师及地主乡贤凡五人,九先生主则镌之青珉,祈垂久远。且谋添置东庑垣墉而丹漆之,墙下隙地多植花木,以为恢复社学地,游客亦得憩息焉。千百载下,闻九先生之风而兴起者,文章道义将何以无忝前修,而思所以继承而光大之,则此举为不虚也。工将竣,以其余材并修旧庵,共为一院。一以复潘氏以僧守庵之旧,一以存九老即庵为社之真。仍以僧一人居守之,稍置社产以备支应缮修。僧人之良莠,董斯社者得以与知而进退之,将以善其后也。

呜呼!方靖难兵起,九老人不膺一命,西山薇蕨之歌忽起于南都,冠盖之外③,翛然而作④,跫然而止⑤,以寄迹于一丘一壑,若与方、王二老同一鼻息⑥。至今思之,其咏歌謦欬犹在小桥流水间,其独有千古宜也。论者乃以为步武香山,抑亦浅矣。

注释

①仲严:林简。

②艺圃:陈江藻号义补,即艺圃。

③冠盖:官帽、车盖。

④翛然:超脱。

⑤跫然:脚步声。

⑥方、王:方孝孺、王叔英。

花山志　卷下
花山志卷之七　艺文四

诗正编_外

黄仍洞山人,宋治粟都尉祯子,纯质尚义,为叶水心所器。尝应词科,辟官太子洗马。

挽潘秘教起予

诗书真世泽,门第几登科。云路迟吾到,恩波及子多。官斋三日病,旅槔一程途。家老临江泣,尘沙暗□□。

黄恪字居笃,仍从弟,尝从叶水心游。宋绍熙间以孝廉举官,至谏议大夫。

赠潘评事裡

水心心上易,同悟到元真。灯火泉村雨,飞腾翰墨春。我餐遗世菊,君忆故乡莼。白首瞻依地,又为观化人。

应梦虎字彦文,元黄岩人。诗工近体,尤长咏物。游京师赋《梅魂》诗,虞伯生、杨仲宏见之大叹赏,呼为"应梅魂"。家贫,有清节。黄晋卿、陈众仲交荐之,不起。

哭潘省中

秦楼月色夜吹笙,尚忆江湖载酒行。石室不题招隐赋,侯门空有曳裾名。嵇康未必轻钟会,黄祖何曾识祢衡。渺渺游魂归未得,岭头春雨鹧鸪声。

牟若畯字子南,号南轩,又号青荣子,元黄岩人。以明经累应举不利,著有《嘘聆集》《击瓯吟》。

挽潘省中

晓猿失脚伴虫沙,谋国谋身事两差。问信若为凭北客,读书应悔记南华。赤丸走电无寻处,碧血埋尘不见家。独有巢云旧知己,山阳笛里日西斜。

金茂潜字延深,号蒙斋,元泉溪人。

送潘松溪先生春试

把别江亭酒一卮,东风解缆日迟迟。长安此去花如簇,折取高枝慰所思。

谢敬铭号芥舟,泉溪人。明洪武初官经历,与林公辅为友。

山中怀潘文学

莫吝论文对酒觞,老怀倾倒最相忘。别来只听雨鸣屋,睡起独摊书满床。谁信烧丹能辟谷,自知煮字必无方。闻君已促趋庭驾,雨榻兴怀夜未央。

林公留字耕民,号丹丘,北山人。弱冠默诵五经,负才有气节。元至正间,征浙东宣慰司照磨,不就。年三十一卒。

寄呈潘松溪①

道谊深情胶漆如,蒹葭况复得相于。非关别后音书少,自是从来礼法疏。薄酒亦堪供客醉,高轩无惜过吾庐。寄言休负梅花好,转眼光阴逼岁除。

注释

①潘松溪:即潘择可。

林公與字学民,号盘所。与兄耕民,弟养民、齐民俱工诗,为潘松溪、许介石所重。

送丘慎余还故居①

黄山两嘉士②,曰容懒慎余③。如于沙砾中,见此古璠玙。妙年负奇气,并驾四明车。纵交豪杰士,吐论雄千夫。金鞍坐骏马,踏地红氍毹。三千六百日,击鼓吹笙竽。为乐夜未央,白日升太虚。幡然理归榜,即我泉溪居。慎余近碧山,容懒临通衢。轩窗相隐望,来往成欢娱。贱子幸承接,游从连簪裾。溪风柳阴钓,山月花间壶。相逢辄倾倒,往往忘所趋。频年逢数奇,尘网相萦纡。两君力排解,义岂鲁连殊。誓言永为好,桑梓长相于。岂知故园兴,决若东溃潴。容懒不可留,新罗寻旧庐。子又舍我去,去与容懒俱。交欢契凤好,展拓伴新图。我怀抱离索,郁郁当何如?天寒岁云暮,霜月梅花初。写言不尽意,愿效蛮驱且④。

注释

　①慎余:丘海。

　②黄山:黄岩。

　③容懒:丘镡。

　④蛮驱:形影不离的异兽,喻友谊。

　　林公存字养民,号醋云,公留次弟。明洪武间,以才荐,会国恤事寝。永乐再征勉出,试事地官,岁余归隐。

同诸兄送慎余

　　经年同里巷,一旦赋归与。素履红尘远,清标玉雪虚。临歧那忍别,得句未能书。尊酒绸缪处,舟行月上初。

　　林公治字齐民,公留第五弟。却征不仕。于所居之南构轩,植佳橘。与朱蒙轩、潘松溪、许介石辈吟咏其中,自号橘隐。

送丘君慎余

　　十载交游处,兹辰不可留。鹓鸿知有待,猿鹤已深愁。棹发花山月,诗吟桂子秋。九峰无百里,回首思悠悠。

　　李毓字长民,号药所。本林姓,以大父出后长山舅氏,循姓李。明洪武中,三举明经不出。以子茂宏贵赠官。著有《药所稿》。

和亲翁丘慎余见寄韵

　　百年余几日,今日又逢秋。天地身何补,江湖性转浮。亲知烦翰札,病目怕云楼。风外谁家笛,愁时复送愁。

送潘时显赴成均并柬赵御史起潜①

卧病无凭不出村,强攀杨柳送夫君。船头野水天光近,马上云山树色温。此去金闺酬素志,几时石室听清论。霜台若见赵公子,为报慈亲亦倚门。

注释

①成均:国子监。

许伯旅详卷二《人物志》。

奉怀潘松溪先生

壮日劬书尽五车,攀龙曾上太清家。老归栗里惟耽酒,官满河阳尚有花。岁晚骅骝知道路,天寒鸿雁啄汀沙。英贤出处关机运,亦欲东溟理钓槎。

怀式古生二首

伏枕仍羁旅,登高只故台。角声城上急,山色雨中来。生事存弧矢,悲歌仗酒杯。楚江东入海,舟棹几时回。

岩邑幽栖地,泉溪十里村。夕阳山在屋,秋水月当门。隘巷无车辙,传家有瓦盆。百年尘外意,寥阔共谁论。

王叔英字原采,号静学,亭岭人。洪武二十年,与方正学等同召,中道辞还。后应仙居训导之辟,改德安教授,升知汉阳县。建文初,召为翰林修撰。靖难兵起,曾奉旨募兵广德,旋闻都城破,自经于祠山元妙观。明末追赠礼部侍郎,谥文忠。

和答丘慎余先生

故交零落尽,吾道竟孤贫。屈指论三益,如君复几人?客窗连夜雨,山酒一杯春。重会知何日,东西任此身。

谢铎字鸣治,号方石,桃溪人。明天顺甲申进士,官至礼部侍郎兼祭酒,赠尚书,谥文肃,详具史乘。

待隰盗潘伯修之死由方氏也

鸱枭张①,悲凤凰;麒麟伤,恣犬羊;嗟嗟先生今则亡。君不见棘门盗,能杀春申黄②;又不见宝应盗,能杀辅国王。吁嗟尔盗何不解,杀枢密郭③,更杀丞相方④。枢密郭、丞相方,千载与尔谁流芳,呜呼先生今不亡。

注释

①枭:鸮。
②春申黄:楚春申君黄歇。
③枢密郭:郭仁本。
④丞相方:方国珍。

李岳字尚镇,东关外人。明兴国典史俊子。

游潘省元梅花庵①

出门十里见梅花,古木含烟起暮鸦。漫向荣枯论桃李,河阳千古属潘家。

注释

①潘省元:潘伯修,中过省元。梅花庵:在温岭太平小泉村,原系潘氏宗祠,后为诗社驻地。明初,花山九老即聚集于此。

林公韬字秉耀,号少溪,珠村人,铭可五世从孙。

次陈月塘沈龙石梅花洞韵①

寻幽重喜到仙源,玉宇金坛半藓痕。流水萦回随断岸,白云缭绕护重门。狂歌不觉风吹帽,纵饮还怜菊满樽。落日孤村试回首,寒鸦飞尽万山昏。

注释

①梅花洞:在梅花庵旁的溪涧,溪旁遍植梅花,溪涧似洞而名。花山诗人常聚溪畔吟咏。

张绍龄字汉有,号沛三,县城人,清乾隆庚子贡。

梅花山

花开雪满枝,花落云盈坞。九老渺难追,溪山自今古。

阮培元详卷二《人物志》。

客平泉二月,偕门人出游南郊过兴善寺

步出东郭门,芳郊送春目。溪路草芊芊,新柳舞山麓。几树小桃红,花光绕佛屋。阶前积翠多,仰见檀栾竹。泠泠钟梵声,风泉互起伏。行者笑迎宾,颇亦世故熟。引我三径行,盆卉列芬馥。四壁悬擘窠,诗句不厌读。小坐参茶禅,浮瓷香可掬。只此足寄情,何必栖深谷。自来旬月余,闭户作书簏。不与共佳游,虚负春光速。况当好雨过,青葱遍广陆。仡立二麦登,农民欣率育。更以慰我怀,兹游非碌碌。

诗正编内

潘伯修详卷二《人物志》。

拟古三首

孰称生民初,大略有十皇。典册既莫陈,岂必皆荒唐。巍巍庖牺氏,承运握龙光。礼乐授六帝,征伐更三王。秦汉播层阴,浸浸蚀亢阳。陵夷超南纪,统以僭乱亡。中原五云兴,元魏缉纪纲。唐功缵汉绪,宋德迈周邦。于以洙泗还,濂洛俨相望。滔滔东流水,天行何茫茫。无往不有复,嗟嗟复何伤。

芙蓉裛秋水,中夜生清露。乞君白玉盘,明珠已无数。虽无白玉盘,月在水中央。莲房脱紫菂,种在浮泥香。仙人蹑素麟,吸此秋月光。岁晏淡忘归,天际肃微霜。谁能为此曲,高歌水云乡。稽首无极翁,可念不可忘。

先秦多古书,焚烧不知名。其能仅存者,历落如丹青。吾陶取其醇,犹足佐六经。世儒恃白日,欲废月与星。长夜政漫漫,途行但冥冥。宣尼玩大易,编绝犹不停。阴阳足微眇,物理有至精。好古何常师,曲学安小成。谁哉备于我,参赞极幽明。

古　意

空中望海水,日暮动微澜。神州何逼仄,半落烟霞间。少小戏嵩华,南鱼落星湾。七泽一朝枯,我亦非朱颜。道逢两白鹄,欲下昆仑山。写书寄西母,早遣君王还。

起坐叹

丈夫七尺躯,而无一金资。内怀千年意,外有万里思。终朝闭关坐,辛苦不敢辞。身长不肯屈,何以慰亲慈。

隙　月

隙月不可揽,写此床上衾。中有无眠士,内含明月心。秋水正无风,寥天色深深。挥手谢鸢鱼,无劳尔蜇湛。

君子有所思三首

海日萧条云雪冈,追锋百里逐天狼。云罗四面伏不动,金错旌竿风籁扬。侍臣结束鸿雁行,玉阶鸣鞘立翠黄。君子有所思,雕弓既彀姑置之。

天青海绿黄金闺,明堂绣户弱柳迷。阳春从中荡八极,花迎剑佩黄鸟啼。万方献寿来侏鞮,吉云宝露榑桑西①。君子有所思,羽觞重持姑置之。

黄衣洒扫明光宫,银床玉井牵铜龙。风帘如烟不可极,水殿晚立秋芙蓉。美人吹笙明月中,曲台央央兰露红。君子有所思,云和欲御姑置之。

注释

　①榑桑:扶桑。

永嘉谢郡守周贤公送剑兰

栽兰动盈畹,岁晏茎叶稀。兰生怀古心,不愿粪土肥。朝衔青冥露,夕饮明月辉。为君吐幽香,翛翛弄云霏。凉风下庭绿,交柯乱琼玑。上愧国士知,下惭霜露违。

九月二日游灵岩分韵得杪字

秋高云物变,水退川途㝡。古殿曷回薄,阴崖上虚窅。峥嵘垂素溜,陂陀生碧筱。颓垣清献余,石室空明小。龙眠墨潭底,鸟蛰青枫杪。桂子含朝露,芙蓉落清沼。登临思九日,怅望穷南表。郊原郁回互,海气白浩漾。送远撷幽芳,乘高立颠嶕。愿言骑黄鹤,一去紫烟渺。

留别泖中诸友

袅袅泛青蘋,细细带横荇。波摇鱼背晚,日浸蒲根冷。云岑对寝席,枫林缆归艇。念子不能忘,秋高江路永。

前有樽酒行

忧端齐南山,上摩青天不可干。南山一朝盖覆了无迹,君看秋雨云漫漫。前有一樽酒,能与云分功。能摧胸中至高气,划荡六合成鸿濛。大风扬沙窅冥,昼晦无所睹。三百一作三日五日黄雾,四塞咸阳宫。耳鸣喧啾百鸟碎,眼眩拉杂千花红。肠如黄河走春水,愁冰淅沥吹条风。问愁复几何?云浮四无踪。天崩地陷不管汝,灏灏直与元和一作元气通。舜因三苗饮百槛,尧为洪水挥千钟。禹疏仪狄岂大圣,焦劳两胫皮毛空。商家臣子长夜饮,亦知家亡国破愁不可奈。姑尔涂其聪,不然何以靡靡乐,师延自投濮水中。乃知酒力强,稍饮春融融。有时神奸发顽钝,疾风驱涛,击山荡壑,云沸雷汹汹。君不见鸿门怅饮风云酒,酒酣拔剑撞玉斗。千古英雄泪满襟,破除万事吾何有?

结客少年场

黄金千,白璧双。东燕市,秦舞阳。西咸京,张辟疆。舞阳言死即死耳,执策驱之类犬羊。辟疆任智持两端,为虎傅翼加之冠。汉廷诸老失措手,大节为之久不完。英雄俯仰伤今古,成败论人何足数。我今绝交谢少年,西山拂石卧秋烟。丈夫未遇亦徒尔,渑池奋翼龙鸾骞。由来万事付天道,为蛇为龙身已老,结屋青崖傍林鸟。

麦青青

大麦青青三月中,东邻欲尽西邻空。几人忍死待麦熟,麦方掉头摇晚风。嗟来麦语汝:天已一月雨,麦今不自保,况乃未秋先易主。岂不闻二月卖新丝,麦苗典尽秋无期。

石龟潭

柔川有潭名石龟,石潭见底行斑鱼。中有小儿累十余,爷娘困剧弃黄口。不忍面儿疾返走,脱儿饥火著水中。宛转呼啼亦何有,儿幸俦侣众精魂。未能消散作飞虫,上树木,黑为谢豹黄鸥枭。爷娘语精魂,毋烦啄我脑。三日五日吾当来,共汝相呼春树杪。

甲戌再下第京师别诸乡友

风缭客怀乡思起,吹作长云行万里。蛟龙春归恋窟泽,虹
霓昼动含阴雨。忆昨路绕彭城来,酒酣独上歌风台。青天无
云野草白,高帝事业安在哉?丈夫挟策干一命,忍耻随人作奔
竞。道上宁无屠狗人,戏作悲歌君莫听。

灵 山

玉环诸山灵山深,环以大海根太阴。空青水碧澹相映,散
为风露来萧森。嗟予赋命落台雁,调笑鱼鸟成滞淫。南游华
盖动连月,胜地在近徒歆歆。风帆径渡不再宿,绥里长剑携青
琴。种榆琼田中,吹笙玉山岑。吾将于兹养年命,岐路四断谁
能寻。

玉环山—作观海

海气兼天赤,山云捧日黄。波涛开霁景,岛屿极清光。南
下思秦帝,东巡忆武皇。弓刀清似水,神物敢跳梁。

送裕上人归清凉寺

渡江不用楫,一苇又来东。城郭千年寺,山河六代宫。登
临喧鸟上,趺坐雨华中。龙去春云断,风烟晚自通。

南　雪

南雪先多意,繁云此夜漫。纷庞糁溟海,惨澹貌冈峦。暗见江河走,深知柏栝团。无声余过鹘,未觉尔高抟。

南雪俄盈尺,江都暖欲销。晴林梳日气,阴壑舞风飙。望极遗清霭,光寒动紫霄。云霾挥斥尽,黄鹄正扶摇。

万岁山

龙首冈前玉树林,丹青万点紫烟深。广寒宫殿秋如水,太液波涛晚向阴。西北云山凉冉冉,东南星海气湛湛。麟帘不卷空良夜,水鹤翛翛警露心。

积　水

白鹭群飞积水寒,怪鳞收雨渐泥蟠。冲风自散凉波上,落日犹明高树端。晚色无人聊伫立,秋声何处起丛攒。他年幸愿青山筑,拄杖穿云戴鹖冠。

忆昨四首

忆昨西陵桥下路,彩舟初试一莲红。菱花妆镜春鸥里,杏子单衫玉笛中。郡国三年烽火入,楼台万井劫烟空。江湖何预人间事,沙合重洲不遣通。

灵岩好在涵空谷,图画天开两洞庭。云日长天摇积水,蛟龙九月弄飞霆。舟归范蠡江湖远,兵压阊门草木腥。欲就吴王借金剑,砚池星月洗秋萍。

二十四桥寒草绿，广陵无复见人家。解将明月金盘露，相劝春风玉蕊花。城苑西颓余斥堠，衣冠南渡浑泥沙。登临俯仰千年迹，流水孤村属暮鸦。

金水年来通太液，妆成金屋绕龙池。宫衣湿露生花气，琐闼含风入柳姿。玉碗传头明素手，红鳞饮羽擎生丝。病身历历燕山道，卧对征鸿有所思。

燕山秋望三首

西山木落向高风，万壑千崖出梵宫。翠幕遥看银榜合，金精虚逐火轮空。勾栏静立翛翛上，冠佩飞行荡荡中。何日龙船移棹晓，露房云水四帘通。

辽海东空鹤不归，平芜遥际极凉霏。寒天霜静雕鹰没，沙苑秋高牧马肥。落日美人歌玉帐，西风猎骑拥金羁。豪猪猛起当前立，曾冒鸣弓脱晓围。

北落师门霄汉间，阴云粉沸夜漫山。水声乱趁龙门道，月色斜窥碣石湾。剑卧古台星郁郁，筇凝幽草露斑斑。千秋万岁沧浪面，长照君王入近关。

庚寅宿天姥岭

夜宿天台最上头，四无云彩众星秋。金庭鳌背东南重，玉几莲花左右浮。过客跻攀成欲老，巅崖辛苦未知瘳。不眠起看涵波日，赤气轮囷映十洲。

江 槛

四十无成鬓欲皤，题诗江槛慰蹉跎。雨余蛱蝶垂花并，春到菁芜落絮多。富贵失身怜鬼仆，文章得意等天魔。年来收拾心情坐，转奈云山绿水何。

癸巳冬至李君时可同客柔川，追感永嘉旧游以诗为赠

当己丑岁会永嘉时十月桃花盛开，气如春半，识者忧其不祥，既而果然，就用前韵因并及之

江城十月桃花发，小至看花半已残。香点客衣惊岁晏，醉烧官烛坐更阑。鬓毛茌苒风霜急，云物萧条海水寒。犹有黑貂能当酒，老来分手向君难。

甲午元日感怀

春色年年出帝京，河冰未解柳还青。东华正拥如云骑，南国空瞻戴斗星。日月由来双过鸟，乾坤及此一浮萍。愁缘底事浓于酒，起傍梅花步短樱。

甲午六月卧病柔川呈地主五首

西界群山半削成，平居怅望指高青。银河上水通三石，玉笋余云散五星。旷岁移家方失路，连城带甲此谭经。不图颠沛流离日，树色溪光满户庭。

长忆灵岩对卷帘，客居还此面晴尖。雨分西崦泉鸣屋，风借南邻竹盖檐。病写乌丝清欲苦，眠抛白羽黑初甜。乱离未觉三迁定，行就君平试一占。

乔木龙皮络翠烟,昔人成立等升天。芝兰玉树看盈畹,骒[一]骓骅骝不受鞭。垂老托身书满屋,平生好客坐无毡。诸君有意怜衰白,惟有丹青照暮年。

巷南巷北长相见,友谊金张旧最深。黄奥忆穿桐岭宿,乌岩行对竹溪阴。人烟接壤通江路,兵火无家共越吟。拟向清秋一疏散,不堪华发病伤心。

杨溪积雨绿于苔,乱竹梢梢不遣栽。自爱水风横笛语,欲乘秋涨刺船来。眠从朱老诗浇泼,书及黄郎使往回。困饿只余皮骨在,故人初见恐惊猜。

校勘记

〔一〕骒:底本作"绿"。

丙申元旦

元朝举酒欲伤情,六载崎岖脱死身。草木不忘春雨露,山川犹拥宿风尘。河南轻重须藩翰,江左安危数缙绅。家国未知焉税驾,等闲笑语—作含笑答时人。

宿□□轩咏海棠

折得繁枝特地红,可怜憔悴卧东风。春酣玉帐花阴合,夜照香篝药气浓。白发无心酬丧乱,青灯因泪识英雄。金盘华屋人间梦,一笑荒鸡落枕中。

李伯时画太白泛舟小像

李白自号谪仙人,更得龙眠为写真。一个青莲初出水,千年金粟再来身。胸中元气诗如海,物外还丹酒借春。一笑掀髯缘底事,桃花潭上见汪伦。

次韵王佥事万壑风烟亭

曲几焚香坐夜阑,空青水碧有无间。春明玉宇亭亭日,云散琼台冉冉山。夹道棠阴随步合,空庭草色与心闲。西园更觉诗清壮,应致潘舆一破颜。

送友人重游金陵

君揽舟航向石城,酒酣濯足坐新亭。秦淮夜月照江白,吴会寒山入海青。台殿双蟠龙虎气,文章再动斗牛星。只今怀抱加疏荡,解赋灵光奏紫庭。

送敬甫归省太夫人太原

客行几千里,枫落秋正曛。回首飞鸢道,江南多白云。

松门山

沙港蛟涎白,松门蜃气平。强弩支江断,长枪[一]落日明。

校勘记

〔一〕枪:底本作“创”,据意改。

漫兴三首

绝顶护青霞,寒流带白沙。披榛得客路,隔竹见人家。

雨罢江心歇,风高树影残。钓船归别浦,僧磬出深山。

歇马投江馆,移樽坐石台。天晴丹嶂出,沙静白鸥来。

案:《介石稿》有此三首,今从《方城遗献》。

大　车

大车槛槛出北口,马垂两耳牛卬首。行人莫说牛力强,牛角可垂垂已久。

泖　上

倦客萧条晓自眠,梦行秋水踏秋烟。黄山在眼忽惊觉,屋上长林风动天。

山中二首

青天去人不咫尺,白云映我作陂陀。奔星直下不知处,料得人间风雨多。

幽人采药不知暮,夜宿王子吹箫台。天鸡忽叫海水赤,东南云气如蓬莱。

过芙蓉村

日暮东风吹客衣,水光春色弄晴晖。野桃无主清江渡,山雨初收白练飞。

塞 上

野水无声玉帐寒,奔星不夜堕沧湾。起看月出黄龙府,何处云归长白山。

送文海道书史

休将春梦到辽西,黑水无山四望迷。正有云帆千万叶,随风流转入燕齐。

潘从善详卷二《人物志》。

过丘慎余环清轩

环清初试酌,披豁见情真。醉蟹凝膏腻,香柑噀雾新。襟怀原落落,笑语自津津。最爱门庭静,超然远市尘。

夜 沽

今宵设策破愁城,急遣青蚨调酒兵。已有豚鱼孚国信,不烦鹅鸭乱军声。矮和楄好供流戍,力士铛能共死生。赤手当空挥大白,坐看磊块一时平。案:《介石稿》有此诗,今从《方城遗献》及《戚志》。

丘应辰详卷二《人物志》。

送应景裕之任义和

济济五行裔,鳣堂寄客踪。春风生绣水,明月冷巾峰。山驿行云磴,人家便水舂。霜清香稻熟,分种到耕农。

和赵师度韵

无名怜白发，多病觉衣宽。庭草尚春色，霜风有岁寒。万家晨汲苦，三月溜声干。天意固如此，吾生良鲜欢。

送人归乡

雨歇河流急，云低野树平。几年羁旅梦，千里别离情。对酒吟怀壮，看花老眼明。故园应望久，此去莫迟行。

郭槚 详卷二《人物志》。

感　秋

秋卉乱红绿，杂然不知名。感此风露移，故亦竞敷荣。亦有幽兰花，中含芳洁情。晏然处明晦，不以臭味矜。奕奕保天和，岂谓殊死生。

余汶中以楮扇惠作此酬之

青藤雪花剡水春，剡女洗花铺白云。吴质并刀弄纤巧，手裁玉盘团皎皎。苍苔颠倒鱼罟芒，银丝縠文秋水光。水晶帘箔射秋月，却笑人间汗流血。吴绫儿女背面啼，半生空踏鸳鸯机。

驾鳌轩为林君周民题

龙伯国人硕且修，巨钩缁索海底投。雄风倒山浪波立，六鳌引首珍盘羞。右一作欲揽长鲸缀明月，海上归来胆如铁。长庚坠地唤不醒，采石醉波翻碧血。腥风千载袭余子，濯浪半空思一掣。畴能鞭驱出鳌上,戴首轩车目予向。云移员峤鹤不惊,月落洞庭人乘榜。哀猿啸虎野山远,涤露酌霞神骨放。湖边小梅千蕊春,魂香眼洁冰无尘。梦入烹鲜唾寒玉,行将起放青衣伦。寄语东海碧桃客,策缰十五劳形身。

晓　行

天明未明候落月,客行未行听尽钟。青鞋万里涉远道,黄鹤九皋鸣在松。神龙变化豢可醢,野翟耿介罹于罝。丈夫心地本空阔,更须绝顶看群峰。

澄云庵

瑶匣霜飞拂剑花,白头诗客忆仙家。饭餐石室青泥髓,渴饮瀛洲五采霞。截锦裁诗阳父美,钩银作字小王嘉。水晶宫畔春犹在,应有婵娟侍绛纱。案:《戚志》庵在十八都,有菁山浮图,一名水晶宫。

林仍达详卷二《人物志》。

秋夜吟

西风卷纤云,孤月在松顶。一声何处猿,令人发深省。我昔读书松桂间,唾手阔步青云端。蒲团坐破今十载,布衾胡为如铁寒。君不见盐车马,骅骝喘息驽骀下。又不见爨下桐,良材误落煨烬中。岂不良桐与骐骥,其如蔡邕伯乐不可遇。不可遇归去来,园中芋栗秋可煨。长镵短镵手自携,毋令松菊埋蒿莱。

寄友陈大亨

白鸥飞尽水茫茫，我思故人星屿傍。经年不来断消息，乘兴欲往无舟航。淡烟绿树春将老，小雨疏花日正长。何日与君重会面，一尊聊复共徜徉。

借韵寄陈伯深

扁舟忆访元龙宅，人到双峰正夕阳。江月欲来群水碧，海云收尽乱山苍。石床细簟经秋净，茅屋深帘彻夜凉。别后有怀空怅望，寒鸿寂寞楚天长。

得家书

八十亲庭两鬓丝，平安寄得一书知。清明节近归当早，白屋寒多起每迟。花下莺喉因雨滑，柳边燕翼受风欹。白云望近青山远，默默凭栏有所思。

送陈桂岩直观会试

卧病曾回剡上船，春风又逐月中仙。青云睥睨何愁晚，黄榜传宣定占先。龙跃禹门天咫尺，鹏抟北海水三千。男儿事业能光大，乡里从知父母贤。

何明远详卷二《人物志》。

寄宿旅邸

旅馆藜床七尺悭，草茵零落布衾单。五更霜净天如洗，人与梅花一样寒。案：《九老诗存》此诗系何愚作，起句亦略异。今从《方城遗献》。

林原缙详卷二《人物志》。

游花山分得日字

端居离垢氛，颇觉飞兴逸。笑逐香山老，来叩维摩室。杖策徐徐行，萝径深深入。草绿软铺茵，花红半酣日。林深众鸟斗，松老千虬立。山僧延我坐，烹葵事筵席。世虑淡相忘，尘凡讵能逼。永结逍遥游，何妨效真率。

感　怀

静夜无与语，秋月扬素光。西风自何来，淅淅鸣枯桑。枝头啼络纬，床下鸣寒螀。家家捣砧杵，懒妇心已忙。焉知远征客，九月犹葛裳。

王崧详卷二《人物志》。

集花山分韵得迟字

晴日孤村路，东风二月时。僭为细老眷，来赴野人期。邂逅衣冠聚，从容杖履移。高年仰耆旧，盛德见威仪。屡挹沧溟阔，深惭培塿卑。庸才蒙齿录，雅集许肩随。共惜年华逝，都忘足力疲。看花穿巷陌，煮茗过茅茨。寺隔峰前远，桥横独木危。一溪穷窈窱，数里历嵚巇。地僻空门静，崖倾古树欹。朱甍萦宿雾，翠槛俯清池。野鸟鸣相和，山僧语自痴。香销还炷火，柯烂罢观棋。挈榼春偏好，开筵雨更宜。名齐洛阳社，韵祖少陵诗。尚喜丹心在，休嫌白发垂。狂歌忘老大，痛饮乐雍

413

熙。坐久神逾畅,颜酡醉不知。晚来双木屐,归去未应迟。

洞林幽居

邻里清村石径斜,结庐谁傍水云涯。鹤山树暝深啼鸟,鹿洞峰高半落霞。观物已知机事尽,弄丸渐觉鬓容华。日来倒屣频迎客,课子安排槛外花。

宫　词

禁门深锁五云中,歌吹随风度远空。只有多情杨柳月,夜深还照未央宫。

轻笼蝉鬓—作翼弹①金钗,却立长门柳月斜。迟遣琼签报高阁,梦魂犹得见官家。
注释
　①弹:下垂。

翁晟 详卷二《人物志》。

书林齐民祷雨有感卷

六月旱暵人共叹,请天祷雨吾敢难。使天不雨吾之咎,天今既雨吾何有。人言龙湫波浪恶,君言纵死心亦乐。请君为我推此心,去去为作商家霖。

丘镡 详卷二《人物志》。

花山社会分得山字

花庵形胜地,四面足青山。小涧清堪掬,悬崖峭莫攀。鸟啼深树里,僧住白云间。不减竹林趣,从今日往还。

游花山分得风字

星星华发九山翁,行乐寻幽到梵宫。轻盖高张冲晓雨,短筇徐策步溪风。临流饮酌惭先醉,阄韵成诗惜未工。洛社香山遗事远,雅怀聊企昔人同。

花山再会

云深兰若忆曾游,山拥危檐紫翠浮。新岁看花桥再渡,旧时题壁字还留。围棋局荫青松冷,问月杯消白发愁。自是蓬莱在人境,楼船空访海中洲。

题小景

春山雨歇乱云飞,芸屋劬书昼掩扉。十里川原明霁色,几家林麓翳寒霏。篙师渡口撑波过,琴客桥西策蹇归。细认不知何处景,幽怀老我兴多违。

追思何东阁

冷落柴门昼自扃,风檐尘几照山青。去年今日人何在,绿树黄鹂那忍听。

丘海详卷二《人物志》。

送杨孟端姻丈还乡

迢迢越山云,渺渺淮阳树。悠悠万里道,眷眷游子意。昔如同波鱼,今为异岐路。恩私量不移,感此亲与故。艰难属兹辰,辛苦良足慰。别语不尽言,归愁乱无绪。夕风吹层波,心旌逐君去。

市舍述怀

静观尘市人,奔走何郭索。胡我无定居,犹如燕巢幕。皇皇心未宁,郁郁情不乐。明发理归舟,江山任栖泊。

日暮幽鸟飞鸣因以自喻

幽鸟何翩翩,下上复何止。天寒日色薄,野旷阴风起。腾翔既不奋,出处有何理。栖息在一枝,胡为慕千里。

次文益先生韵

故人双眼碧,贱子二毛侵。每忆东山赋,重为梁甫吟。艰难京国念,迢递故乡心。逆旅如空谷,曾何有足音。

赤石矶阻雨

寒雨晚来急,长江生暮愁。乱云埋别浦,骇浪蹴孤舟。薄命常为客,羁怀不耐秋。狂吟无限思,浩漫满江流。

寄于文重先生

桑梓原同里,行藏亦共时。如何在羁旅,忽复左襟期。岁月貂裘敝,江湖雁信迟。苍茫空北望,惆怅水东驰。

寄程未轻

每忆程夫子，因风问起居。相将两年别，不寄一行书。道路多豺虎，江湖有雁鱼。人情谅难必，后会竟何如。

谢王静学先生招饮

江湖淹滞久，世路计长贫。拭眼逢知己，论心见故人。半窗凉雨夜，一榻故乡春。笑语倾怀抱，颓然愧此身。

山阴道中

白苎风初软，黄梅雨乍干。路经山崦过，人向画图看。岚气侵衣润，泉声逐屦寒。客怀聊自慰，登眺倚阑干。

题徐则远听诗卷

客况已岑寂，秋声奈忽闻。乡心家万里，孤馆夜三更。叶落风逾急，窗虚月倍明。掩书时默坐，此际若为情。

潘松溪谢芥舟翁鱼渊丘独清明柏之族再会环清轩分得时字

一室俯清漪，周遭野趣宜。款门无俗客，下榻有襟期。剪菜尝新酒，看花续旧题。交情见真率，鄙薄愧当时。

天台道上

客路五千里，天台第一程。担头诗卷重，沙上马蹄轻。短帽冲风侧，新衣炫日明。故乡时在望，回首不胜情。

长安镇大儿别归

愁肠先已系慈帏，尔复中途别我归。万里江山怜跋涉，一家骨肉动嘘唏。洞庭水阔孤舟远，天姥云深旅梦稀。强倚东风更回首，淡烟芳草蔽斜晖。

哭何东阁

朋侪寥落似晨星，𫍯梦先生奠两楹。百岁襟怀留翰墨，一乡耆旧失仪型。花山行乐成孤负，东阁登临入杳冥。老我交情今已矣，不胜悲慕涕交零。

和彭澄心山居韵

不将形役苦牢笼，占得青山第几重。竹几蒲团堪适体，纸窗蓬户最宜冬。深渊投杖惊龙化，幽径携琴任鹤从。我欲相随采苓术，桃花流水隔云松。

客　夜

夜半西风起树头，客窗先占一分秋。深闺妻子青灯下，应作江南万里愁。

何及 详卷二《人物志》。

打粟歌

秋晚山间人打粟，夜夜砰磞响茅屋。有如万马入战场，甲士衔枚进驰逐。又如九轨跃天衢，辘辘邻邻车夹轴。蓦然长风卷怒涛，触石崩崖震空谷。松灯耀月明，松烟结云绿。须臾脱出黄金糯,忽睹珠玑盈斗斛。妻孥含笑喜相看,今岁无忧缺饘粥。稽首谢苍穹,更熟来年谷。始得从前解逋欠,免使豪家苦煎促。商皓采芝歌,清高不谐俗。越女采莲歌,娇艳多情欲。听我高歌打粟歌,便是人间太平曲。

何愚详卷二《人物志》。

泉溪读书行

梅关叠翠来双龙,横湖之水银河通。雁鸣陌阡峙南北,薄霭轻岚画眉碧。五桥流水双溪回,六街花柳开楼台。山水盘桓意不尽,其间往往生贤才。大监先生宋名哲,独立丹墀挺崭崭。松溪柏径并登科,衣锦归来照华阅。伟哉家声今不朽,读书纷纷踵其后。虽无奇策展经纶,亦有新诗满人口。山川秀气无时停,吾儿有志天梯登。峭然一见非常人,七叶内侍之云礽。卓荦少年六七辈,清夜作昼醋五经。掩窗不放花影入,下帷长伴灯光明。宝刃发硎始锋利,清镜新磨绝尘翳。白玉不琢终瑕疵,黄金出陶皆成器。廷心子,廷希生,我歌此曲君须听。读书可以富屋润身,读书可以乐道安贫。读书可以变化气质,读书可以衣紫腰金。读书可以继皋陶稷契,读书可以学孔孟周程。乃知读书无往不可,乃知读书勤而有成。君不见苏季子,以锥刺股自流血。又不见李太白,磨杵作针延岁月。一朝羽翼登蟾宫,桂香两袖吹天风。青紫导前绿拥后,马头十里旌旗红。

夜宿渔家

青山前头小茅屋,短短疏篱护修竹。江空日落不见人,行人寻傍渔家宿。老翁见客词礼疏,白头倒裹单纱乌。自云乡村绝沽酒,香羹暮煮松江鲈。海月流光照衣湿,请君稳睡南边室。细将蒿蓼塞窗棂,莫遣腥风夜吹入。明朝净洗小渔船,送君直到长沙边。

杜鹃吟

春草春花春寂寞,芳草渐长花渐落。空斋夜静梦难成,推枕起听杜鹃声。一声高,怨春归去成离抛。一声小,半啼半困花树杪。一声哀,一声咽,一声两声口流血。血滴岩花处处红,满山怨气成交结。月光匣镜天若洗,飞来飞去啼不已。口中出血怨何人,悔不当初不知己。我听杜鹃啼,我复杜鹃诗。杜鹃杜鹃知不知,今时应不比旧时。古人结交结心腹,今人结交结面目。杜鹃若是今时人,定不将身死于狱。

麦虫赋

莺粟花开三月中,东邻已尽西邻空。数日无米甑网重,卧多坐少无形容。呼儿同看陇头麦,麦色带黄摇青蒙。揽衣采摘笑归来,壳青肉软难为舂。慌忙炒熟奋力磨,条条磨出成长虫。儿女悲啼临磨侧,未得吹糠先欲食。各分一把且充饥,痴儿未饱还号啼。抚儿且待明日早,明日磨虫虫更老。可惜种麦亦不多,三月四月尚可过,五月六月将如何?

挽友兄王谷礼

我来得得访先生,剑匣尘封琴不鸣。不为波心明月好,只因天上玉楼成。九泉永隔归原路,万卷徒遗教子经。春去春来山谷在,鸟啼花落不胜情。

题泉溪景

五桥风月双溪水,两岸楼台十字街。最是夜深难及处,家家灯火读书斋。

千松图

五百株东五百西,枝枝偃蹇压檐齐。自从老鹤归来后,不许闲禽在上啼。

谒中扇陈岳翁假寐

金马玉堂会已到,竹篱茅舍不容游。丈人既作南柯梦,曾见周公吐哺不。

狄景常详卷二《人物志》。

花山社题

祥升东旭景融融,运启洪钧见化工。江郭晴骄明绿涨,山城雪霁长芳丛。鱼龙奋激三千浪,鹏鹗扶摇万里—作九万风。安得此身生羽翮,早从圣代祝华封。

程完详卷二《人物志》。

题葵旸赵公之葵旸室

君不见,堂前葵花东向时,海日正挂扶桑枝。又不见,堂前葵花忽西向,海日正在虞泉上。青瑶作枝金作质,爱尔一心惟向日。低昂回转西复东,暮暮朝朝恒不失。思亲孝子何惓倦，掩袂看花双泪悬。白日西沉再东出，严亲一去无归年。百年孝思如有极，花开背后葵性易。

次韵彭道人山居

好山长绕羽人家，白日如年发未华。半掩柴扉无吠犬，新栽杨柳已藏鸦。云间觅路春收药，涧底分泉夜煮茶。要识阴功多与少，只看红杏满林花。

尘土何曾到竹房，仙家无事日偏长。看花曳杖春风暖，点易研砵晓露凉。地底甘泉通橘井，瓮头新酒注糟床。他年有约相寻处，芝草琅玕满径香。

庆丘慎余先生六旬荣寿

渭水归来尚黑头，旧栽窗竹转修修。诸孙玉立成三世，六甲循环已一周。深掘茯苓堪却老，满斟醍醐且消愁。衰慵与世惭无补，晚岁聊同泉石游。

潘时冈 号鹤亭，松溪长子，诸生。

喜林橘隐祷雨有应

寒坑山，倚天起。六丁凿，开混沌。髓下根，沧溟几千里。六月阴风吹鬼雨，阴霾出入云缅缅。今年旱魃肆威怒。林君乞灵诚亹亹，侧足元宫不自怜。风先驱兮雨如履，顷刻如注天瓢水。郊原一览生意新，松底流泉自相语。安得不作歌兮，志君喜。

林衮 字元甫，号西崖，铭可长子。

题 画

陌头杨柳碧千条,云外青山手可招。一棹波间垂钓客,得鱼莫待十分潮。

林骈字元易,号绘轩,铭可次子。

题 梅

朔风如箭走晴沙,吹雪都成满院花。非是枯梢如铁劲,岁寒多少不横斜。

平日爱梅兼爱雪,几番踏雪看梅花。画工若见当时景,并写诗翁破帽斜。

铁石心肠冰雪肌,夜深寒月皓相辉。天工似亦怜清淡,故遣嫦娥伴玉妃。

林孟通字达民,号憩庵,居恒长子,中年营别业于下里奥,其地多松,又号松谷。尝谪安州,虽著伍,吟咏自若,著有《羁怀稿》,归后有《归田集》。

闻 鸡

邻鸡声喔喔,三唱始经晨。浙水家千里,燕山月半轮。风霜秋景晚—作暮,村舍晓寒新。以后休烦叫,孤帏有梦人。

和男庭穆奉寄

十年悲远谪,头白未能归。诗酒情还在,琴书事不违。痛
亡如逝水,忧老若斜晖。几度秋风里,乡心逐雁飞。

丘庆字用夫,慎余第五子,明宣德丁未贡入太学,十八年特命巡察四
川,以疾卒于井陉官次。

送友会试

同作秋闱客,簪花让子先。功名原有命,机会信无缘。尊
酒怜分襟,云衢快著鞭。他年归故里,看取锦袍鲜。

寄弟用坚

萧萧行李赴神京,送远曾劳过赤城。慷慨肯为儿女态,踌
躇难尽弟兄情。江湖渺渺孤帆影,京国迢迢万里程。寥落天
边无好思,尺书空想雁南征。

郭琤字端朝,号筠心,贞成孙。

呈鄱阳先生

纤柔鲈脍烂蒸瓜,蛮酒红于顿逊花。一样山庄闲趣味,无
因寄与五侯家。

王云字尚德,听竹曾孙,明嘉靖丁亥贡,学者称为梅关先生。

梅　花

窗笼淡月暗香浮，帘卷清风酒数瓯。留得霜根老墙角，年年春色满枝头。

丘震字廷范，号拙庵，慎余孙，《丘氏宗谱》震作缙，号拙逸。

元旦立春

北斗旋杓已建寅，阳和渐觉转洪钧。江头柳眼含春早，堂上椒花献岁新。但愿永如今日好，不妨还是去年贫。眼中何物添诗兴，几树梅花最可人。

贺林无逸新居

昔年华构已成墟，泉上于今喜卜居。十里溪山三亩宅，半庭花竹一床书。经纶长策行当展，诗酒闲情且暂娱。昼锦他时归故里，伫看门巷隘轩车。

林倩一名文蒨，字应美，号竹仙，珠村人，铭可曾孙。详叶良佩所撰《竹仙墓表》。

赠叶全卿分教建宁

我有绿绮琴，被以锦绣囊。逢人试一鼓，清音何琳琅。重华世已去，子期今则亡。携就竹边石，太古天茫茫。

温温荆山玉，世宝无与敌。卞生苟不逢，埋没随瓦砾。物遇固有时，天运安可测。拂衣就长道，去去君莫惜。

怀远堂

康节道存终岁乐,柴桑风在一身清。入门四顾无长物,留得临川陋室铭。

王朝凤字存祥,号百冈,梅关子。

送章斗野节推之官楚中

横经三载坐春风,无奈征帆逐去鸿。夏口过时汀草绿,盆城望里乐楼红。官旄北绕三湘水,客幰南临五岭中①。此日沙民睹清献,应教矫首五云重。

注释

①幰:车帷幔。

林凤仪字舜之,号月航,竹仙子。

夜宿黄海洲花下

今夜客眠何处村,长沙碛里旧柴门。微茫草树春风合,隐见鱼龙海色昏。湘水有灵思帝子,锦城无主泣王孙。相逢漫说沉碑事,江汉风流亦可论。

丘璠字良玑,号默庵,慎余四世孙。

环清轩

结个轩居傍碧流,尘飞不到境偏幽。一泓倒浸长天晓,万派涵来四壁秋。待月先从波底得,倚栏浑在镜中游。濯缨歌罢闲无事,漫卷湘帘数白鸥。

丘云鹤字元腾,号九皋,慎余五世孙。

奉怀方石谢先生

十年词赋隔天涯,欲傍渔樵老岁华。家近梁园梅映雪,堂开绿野柳藏鸦。高台夜夜披寒月,芳草朝朝宿落花。闻说征车过震泽,东山未许久烟霞。

何希鼎字尚宝,双槐五世孙,著有《守斋稿》。

夜 坐

独立黄昏雨,青灯几卷书。更残人寂寂,月上碧梧初。

林崇琏字介如,一字克漪,居恒五世孙。琏,《方城遗献》作涟。

古闸离怀送余西岩

双虹同地久,一水与天长。源远流无息,交深别转伤。波光涵去棹,酒色映离觞。倦倚江亭望,渔歌已夕阳。

林应霤字庆良,号惕斋,居恒七世孙,有《会坛集》。霤,《方城遗献》《台诗四录》均误作亶。

次李秋江博士秋景韵

孤鹜横飞点彩霞,无边清景落诗家。黄姑河近桥将渡,白帝城高日易斜。苜蓿正来文馆味,莼菰又起故园嗟。眼前漫论秋容淡,江上木莲还未花。

林应祯字庆肃,号一斋,居恒七世孙,明万历壬辰贡。

葡萄酒

闲行溪上放豪吟,见说葡萄酒味深。今日宦情何太薄,凉州一牧重千金。

和筠石见寄韵

道人住在莲池西,莲花朵朵照人衣。几欲踏船采莲实,又恐横风吹雨飞。

丘九思字君微,号梦鹤,慎余八世孙,工书画。性好游,足迹遍九州。陈寒山、杨龙友为之延誉。所交尽一时名公卿,著有《丘氏遗墨》。

赤城喜晴

邃谷开云障,山晴翠欲流。花明香过鹿,沙暖倦眠鸥。风急松涛壮,烟轻麦浪浮。隔林闻钟磬,遥在数峰头。

秋夜有怀杨龙友先生

风凋梧叶忽惊秋,唧唧寒蛩搅夜愁。曾记分财高鲍子,更怜识面比荆州。萧条蓬鬓千丝改,潦倒萍踪一叶浮。郑重蕊珠宫里客,花前月下两悠悠。

题潘玉节册子

年来白下托交游,玉雪襟怀耿素秋。忍向沙头倾别酒,半江烟雨送行舟。

丘有章一名时汉,字卓云,号华亭,慎余十一世孙。

梅花庵

花庵久不到,樽酒独开轩。九老当年事,如今何处论。断碑无一字,茅屋尚重门。此日登临意,迢迢碧水奔。

横溪寻虞仲房旧隐

司马去今久,横溪空自流。我来寻旧迹,谁复识荒丘。松柏青天近,猿猱白日游。有碑应坠泪,怅望暮山头。

丘虎臣一名克况,字涌溟,卓云子。

西湖送李八号兰溪贤书还山右

湖上经年住,秋边送尔行。一尊离别酒,万里弟兄情。日落吴门冷,云低汉水平。风沙吹满眼,霜雪慎前程。

秋　夜

瑟瑟清秋夜,枕孤衾又单。那堪风雨夕,添上几重寒。

花山志卷之八　艺文五

诗续编<small>外</small>

林茂堃字茂敬,号双白,南城人。清道光辛巳恩贡,著有《逸园诗草》《双白漫稿》。

上巳同友花山修禊

兰亭今已矣,作序更何人。且入花山社,如临越水滨。茂林浓失夏,修竹翠含春。顿觉幽情畅,轮杯不厌频。

宿梅花庵

寄宿岩边寺,玉绳看转低。烟深山鬼啸,月冷子规啼。尘梦宵方短,经声晓已齐。疏钟林外吼,惊破客心迷。

游梅花山

白云深处少人家,岩畔栖迟兴自赊。记说当年曾结社,小窗明月赋梅花。

林茂辰南城人。

游花山用九老原韵

静处有溪山,隐者可称逸。花木倚岩扃,烟霞锁石室。只容达士游,未许俗人入。佛殿古且疏,不知建何日。老柏与虬松,怪物狞然立。忽来踏青者,肴核罗几席。日暖酒亦酣,耐受嫩寒逼。林壑恣徘徊,归去莫轻率。

山远溪更回,行游诧奇逸。梅花护松径,中有高士室。古洞白云封,小窗幽鸟入。隐僻恣幽探,盘桓消永日。樵从松顶来,僧向寺前立。梵磬出林端,知有方丈席。愿学羲皇人,不受俗尘逼。名利系留者,去来何急率。

金纶字起霞,号缦云,水洋人。清道光辛酉选贡,著有《丛桂山房集》。

泉　溪

峰峦万叠护前溪,楼阁参差入望迷。挈榼人沽茅店酒,读书声趁祝家鸡。五桥烟柳重重合,十里松风拂拂齐。试向梅花寻旧社,一湾流水自东西。

林爵字蓉人,号黻轩,南城人。清增贡生,著有《亦足园诗草》。杨香生有《题蓉人花园壁诗》。

戚将军平倭歌

将军矫然人中龙,形躯九尺声洪钟。不作词章好长剑,手斩鲸鲵沧海东。尔时持节松江浒,前建旌旄后负弩。适逢战舰海上来,叶宗败死王沛苦。将军叱曰有我在,何物倭奴敢跋扈。麾兵大破陡门桥,密令汝兰捣其巢。游兵四面奋勇击,阵云昏黑风萧萧。飞来将军亲突阵,鼓声齐作雷霆震。奸人酋长无从逃,一腔腥一作热血浇霜刀。惟有降者免诛锄,千人崩角同欢呼。士女道旁献牛酒,歌功颂德无处无。将军而今虽往矣,庙貌巍巍小泉里。八家山顶响松涛,疑是将军夜猎此。

蒲华详卷二《人物志》。

挽杨香生先生

空教故社问修梅,风雨潇潇宿草哀。久已铁崖抛艳笔,联吟迟我十年来。

山城忽见早梅开,忆煞裁云镂月才。惟有文章能不朽,青衫红袖总成灰。

林儁赏字素士,中央园人,茂冈孙。清同治癸酉举人,著有《写天楼诗集》。

游花山步蒲作英韵

闲游来扰上方茶,云树苍茫石径斜。九老风流消歇尽,山深何处访梅花。

林葵字锡经,号衡珊,县前街人。清光绪丙子恩贡,著有《寸碧楼诗钞》。

花山怀古

南山屹立开屏障,溪流曲曲寒漪漾。中有茅屋两三间,万树梅花围纸帐。相传九老结吟社,一觞一咏更酬唱。风流歇绝数百年,改作名蓝称佛藏。嗣音者谁亦卜筑,后来敢说能居上。法华榜额复倾颓,独有青山终无恙。我来著屐觅遗址,风雨山灵俨相觇。天寒积雪时不消,还有梅花相竞放。大呼诗人不可作,一杯临风酹佳酿。

程万宗字抟九。

癸卯暮春与郑旭升林翰池同游花山偶作

游联旧雨去匆匆,花社由来重浙东。绿树送春香气逗,苍苔缘径屐痕通。老僧留客开茶具,山鸟呼名趁晚风。凭吊昔贤何处是,瓣香私祝此心同。

应峻详卷二《人物志》。

游老花庵

梅奇石怪称双绝,览胜应来此地游。天为花山生九老,名随诗草永千秋。夕阳破屋空陈迹,断涧溪风咽急流。莫向庵前动怀古,风骚歇绝使人愁。

释戒庵

呈梅社诸君

文星炯炯七珠联,野衲遭逢定有缘。香社画图唐九老,兰亭觞咏晋群贤。千秋韵事今犹昔，几辈才名后继先。不识可容参末座，法华再转为谈禅。

宿小兰亭留赠林居士

幽斋莹洁绝纤尘，笑语春风达比邻。酒冽床头诗有兴，谈清麈尾梦无因。千秋事业囊中句，四壁琴书画里人。品格梅花修得到，好邀明月证前身。

和冯蕊渊居士雪中过访韵

欲拈冻笔指难伸，一片窗光白似银。才唤沙弥烹火碗，忽惊仙客御风轮。好开乘醉看山眼，来慰逃禅卧雪身。莫便匆匆寻旧路，六花先自解留人。

柬陈居士雪逵

记得重阳挈榼过，倾谈竟日快如何。而今庵外犹秋色，红树青山夕照多。

七夕怀林居士璧人

一室维摩不解禅，六龙飞辔送流年。殷勤为报双星道，莫遣离愁下碧天。

柬雪逵居士

有约迟来迹愈孤，昨宵豪宴酒千壶。我虽未买花猪肉，三白犹堪款老苏。

诗续编_内

冯芳详卷二《人物志》。

雪逵斋中获晤壶舟先生，以《漠事俚言》《倚剑集》见示，即次赠雪逵韵

巨眼如箕胆如斗，遍向名山大川走。先生雄才何纵横，愧我终日但雌守。平生意气半销沉，男子桑蓬空负心。闭户高歌甘饿死，谁者一言药石箴。今日教经楼下过，得从先生拾余唾。麈谈涤我胸中尘，春风泠然生四座。

题陈雪逵借绿山房

屋外三弓地，今犹属别人。古藤青欲滴，小草碧无尘。窗近飞晴翠，檐低碍月轮。我来曾饱看，遮莫恼芳邻。

上巳偕林上舍澹秋登雅屿饮鞠酒二首录一

久欲探春去，曾无半日闲。偶然逢上巳，相与到东山。菜落花千顷，秧围水一湾。诸君拼觅醉，为我洗愁颜。

和黄壶舟明府赠同社诸友韵

彭泽当年曾戴星，伊江寄迹总蓬萍。归来大得江山助，老去弥通笔砚灵。天未留题人倚剑，酒边歌咏月侵楹。不须怅触东陵感，旧日龛毡今尚青。

和雪逵社弟四十初度自述韵

丱角诗书读等身,自应强仕德弥臻。别开谈薮古名士,坐拥醉乡今福人。不必哦诗追岛瘦,何须作赋逐杨贫。他年定吐胸中气,肯坐山中号酒民。

久羡君家酒旨多,经旬风雨不曾过。秋清篱落花能笑,昼掩蓬茅睡有魔。练达凤推君阅历,光阴转悔我蹉跎。卫生大药储应备,何虑诗人鬓早皤。

吊陈烈妇林氏

绿华底事遽飞仙,造物于兹似曲全。捧腹苦无一块肉,伤心仅有四年缘。忽成春梦迷蝴蝶,忍听冬青哭杜鹃。甘与五郎同入地,芙蓉城里小团圆。

媚闺残月五更沉,病骨支离苦不禁。饮泣恐伤慈舅意,捐生终慰故夫心。岂真薄命由前世,自有香名重后今。本是优昙花一见,乱山何处玉深深。

陈寿璐详卷二《人物志》。

秋夜集璧人桐阴小舍

饮酒不辞醉,作诗不求工。主人集社友,招我与之同。酒兵与诗律,墨守输相攻。东山韵可续,北海樽不空。谈诗惊四座,共角词坛雄。况值清秋夜,促坐月光中。淡烟带修竹,凉飙生疏桐。尤喜新来客,举觞叙阔衷。宾主情欢洽,一石珍珠红。会须拼酩酊,奚暇数更筒。谁钦拔赤帜,坛坫立奇功。予亦贾余勇,意兴安有穷。掷笔发长啸,庭树来天风。

壶舟喜予过访,借东坡喜陈季常自岐亭见访韵以赠,今予亦喜壶舟来,因次原韵

彭泽归来薄五斗,频年远向甘凉走。关河万里获赐环,故物依然一毡守。丰城剑气未销沉,斫地作歌开雄心。琳琅佳句叠见赠,盥诵珍若座右箴。此日蓬门喜枉过,时惊珠玉随风唾。举头一星现老人,余辉分映光四座。

题东坡笠屐图

东坡先生非才人,性情豪放那有此。鞋袜走访黎子云,中途遇雨雨不止。淋漓遏邈不可行,笠屐借取田家子。妇孺嬉笑村犬号,惊怪先生能尔尔。先生一去六百年,一笑相逢画图里。

赠张梧生守戎殄匪

吾邑自昔称海邦,其间牙孽难预防。有明中叶倭入寇,剪之者谁戚南塘。南塘赫赫昔名将,斩魁夺隘雄声张。遂有台南纪功册,士绅忭颂形篇章。二百余年事消歇,乡村伏莽时窃发。何物度六李家儿,乌合奸党势猖獗。杀人越货白日中[一],家家蓄憾痛刺骨。万家安得良有司,立歼渠魁焚巢窟。是时湖南李邑侯,下车莅政刚一月。耳此贼氛日纵横,识我守戎神用兵。商榷万全出奇计,不使窜伏惊先声。守戎提剑跃马怒,勒兵突向花闱洞名行。花闱一炬顿焦土,贼走南监思逃生。疾驰追及击以剑,贼首堕地鸿毛轻。更以飞索绢小六,亦

向金清桥畔戮。剪除余孽数十人，村民无复长鱼肉。道旁父老拜下风，殊勋直与南塘同①。倘令封疆持节钺，人间始见真英雄。从知异日当大用，云台立见褒隆恩。笑彼缩首闭铃阁，事后窃窃翻争功。

校勘记

〔一〕杀人越货：原文为"杀人于货"。

注释

①南塘：戚继光。

四十初度二首录一

来竟难知去觉多，百年身世且频过。酒能适兴忘成癖，诗不成家幸未魔。万事思量徒感慨，千秋著述易蹉跎。即今抚景原非老，其奈萧萧鬓欲皤。

和黄壶舟表兄赠同社诸友韵

劳劳十载苦披星，宦迹依稀忆楚萍。才拟涪翁工笔札，诗从坡老得精灵。纵谈漠事风挥麈，环坐萧斋月上棂。如许精神真矍铄，白头还对夜藜青。

寄题郡城望江楼案：寄题二字当作忆

翠微亭外结飞楼，窗外长江日夜流。对面好山皆画景，有声近岸是渔讴。风帆出没遥无际，烟树蒙笼淡欲浮。吟得任翻三到句，几回明月为勾留。

题夏小霞先生畴《培风阁诗集》

超然潇洒出风尘，底用浮名绊此身。世上几多骚雅好，先生独得性情真。豪吟五字追中散，颂酒佳篇媲伯伦。朗抱嵚崎抒不尽，虹光剑气肯沉湮。

饯　春

不觉春光欲尽时，小园花已放将离。韶华如许真弹指，饯别多情合赋诗。柳色旗亭空怅望，钟声野寺为淹迟。良辰似此难消遣，细雨斜风满九逵。

开社原四首录二

花山啸咏景前贤，阒绝吟坛五百年。我喜诸君绳往哲，亦从砚北强分笺。

难得良辰雅好俱，鲰才也许滥吹芋。只因抱病藏吾拙时有暑病，高手先探颔下珠。

老少年

摇落秋光渐不支，逐风霜叶散胭脂。争如此种多情甚，老一作晚景浑如少艾时。

消夏词

拟将小筑近林隈，十二疏窗面面开。隔岸绿阴人送酒，橹声伊轧傍桥来。

两堤杨柳已成行，一个茅亭占野塘。小坐读书衣袂绿，直疑身在画中央。

闲谈最是夜深宜,风定回塘一作廊月落时。知己二三情款洽,茶瓜留话故迟迟。

细雨如酥膏野塘,霏霏十里藕花香。等闲荡桨湖心去,沁入诗脾自在凉。

晓窗风雨听萧萧,半在梧桐半在蕉。闲坐小轩清绝处,顿教尘虑一时消。

李汝皋详卷二《人物志》。

观村童学没①

北人工御马,南人喜操舟。良以素所习,其技故能优。横湖本泽国,四境通河流。泽居性谙水,涉水故无忧。夏秋时雨足,积水满芳洲。村童四五辈,相率邀朋俦。欲祛天热气,言作波中游。身上解衣裤,一丝不小留。争先入河水,踏浪自悠悠。逞能各献技,跳跃故不休。或向水底潜,或从水面泅。或仰水中卧,或伏水上浮。或竖蜻蜓起,或打筋斗投。变态出万状,嬉笑恣夷犹。但见河上水,点点泛浮沤。夕阳欲西坠,众技一时收。捷足竞登岸,裸身立渡头。但言洗澡乐,遑知灭顶愁。只缘世业渔,衣食于此求。童焉时习之,生计乃可谋。旁观长叹息,试为若辈筹。果能精此技,亦可觅封侯。乘风破巨浪,掣鲸建勋猷。胡竟蹈危机,得鱼向市售。仅换升斗粟,去充富贵喉。寄言膏粱子,亦当惜膳羞。

注释

①没:潜游。

题钟进士嫁妹图

夭桃初放红杏谢,阿兄成名小妹嫁。进士门楣烂有光,笙歌一路香车驾。车中新人颜如花,双瞳点漆鬃盘鸦。绝异乃兄面目丑,珍惜顾盼矜妍华。鬃也押尾送之门,掀鬃大笑驴背蹄。绿袍及膝靴没踝,伞盖高张气象尊。奁具载途众鬼送,故鬼前呼新鬼从。不知夫婿在谁家,阴房鬼火同香梦。明日洗手作羹汤,世间滋味皆寻常。阿兄特馈黎丘炙[1],殷勤再拜奉姑嫜。

注释

①馈:古礼,女嫁三日娘家送食物。

促织吟

秋宵霜月凉于水,阶前促织作细语。抑扬断续不停声,仿佛深闺弄机杼。谁家思妇多离愁,听尔哀音怨未休。不解替侬助纺织,却来絮絮促衣裘。况余更是伤秋客,倚枕挑灯情脉脉。凌晨揽镜照朱颜,鬓丝已有数茎白。

旗头洋舟中望黄花关

闻道旗头屿,行舟此最难。东风吹客去,已近黄花关。帆趁潮平落,城因岸远湾。瓯江在何处,指点白波间。

揖秀亭

江北山争出,亭前水乱流。凭栏开倦眼,聊解客中愁。估舶随潮集,人家隔岸稠。却怜双塔影,长与浪沉浮。

江中孤屿

烟树簇孤屿,波光荡远空。日移双塔影,潮挟一江风。遗像瞻信国,空亭问谢公。五年践旧约,莫漫怨飘蓬。

温溪晓发

解缆向西发,今朝别永嘉。雾浓迷远岫,潮细没平沙。晓色随帆转,溪声挟雨哗。宵来何处宿,回首问船家。

烟雨楼晚眺

访胜上高楼,开窗纵远眸。峰峦四面合,烟雨一城收。天外峙危塔,溪边隐小舟。秦祠与赵碣,往迹任搜求。

和黄今樵先生治棻同社诸友①

时思彼美赋山榛,引领西陲②十二春。古貌热肠钦烈士,冰天雪地滞畸人。征途箧满储吟稿,戎幕才高远算缗。载得桃根歌入塞,天南一夜返双轮。

先生原是一文星,慧剑无须待发硎。兴至剧谈偕后辈,闲来制曲付雏伶。游踪到处拈毫谱,古调何时入座听。今幸识荆偿夙愿,好从齿颊挹余馨。

注释

①黄今樵:黄治,字今樵。兄黄潲流戍乌鲁木齐,治陪兄万里赴戍地。
②西陲:指乌鲁木齐。

灯 花

无事番风次第催,含烟吐蕊傍银台。光浮绿晕晴将雨,影对黄昏落复开。解语何曾凭报喜,挑心应惜易成灰。寄言绣阁诸儿女,莫为飘零妒麝媒。

饯　春

一年春去一凄然,愁绪丝丝今又牵。眼底莺花成晚景,厨中樱笋供离筵。攀条无限怜香意,彻夜皆为惜别天。欲拟惜余春一赋,我家先世是青莲。

追怀乡先哲四首

恬澹无求性浩然,力辞荐牍爱林泉。生平踪迹半天下,前后江湖五十年。诗礼一家通小婢,馨香千祀祝名贤。南塘遗趾今犹在,追忆童谣总可怜。戴石屏①

休将遁世概生平,高节还从大义明。恢复有书肝胆在,简编无考里居更。闲吟不扰乾坤梦,多识能搜草木名。却恨梓乡文献尽,千秋谁为表幽贞。陈肥遯②

风流三竹重当年,韵度如公孰比肩。下笔无惭真学士,扁舟争望若神仙。闲时书画常相伴,身外功名任自然。南宋诗人专一席,诚斋品第定无偏。徐竹隐③

世上浮名誓不求,惟凭著述寿千秋。游踪三泖九峰地,介节严光周党俦。泉石性灵尘外寄,古今人物盎中收。试披十景遗图看,犹识南村景色幽。陶南村④

注释

①戴石屏:戴复古,南宋江湖派诗人。居南塘(今温岭新河塘下)。

②陈肥遯:陈咏,南宋知名植物学家,《全芳备祖》作者。居泾岙(今晋岙)。

③徐竹隐:徐似道,戴复古学诗入门之师,住温峤上玗。

④陶南村:陶宗仪,著《辍耕录》等。元末黄岩人。

虞美人

一曲虞兮欲断肠,谁知帐下竟埋香。美人莫抱千秋恨,小草犹留万古芳。漫向东风忆歌舞,好凭夜雨泣兴亡。等闲迎辇司花女,谁道风流似项王。

秋 草

萋萋曾否忆王孙,归去王孙总断魂。无复迷花嬉士女,竟同衰柳老江村。荒烟白混天涯色,夕照黄分野烧痕。遥想此时边塞外,几多萧飒不堪论。

雪逵书斋近余后圃,诸友为榜曰借绿山房

元九香山旧结邻,绿杨曾共两家春。阶前几种闲花草,问我与君孰主人。

杨鸷 详卷二《人物志》。

溃兵叹

我本生长南山麓,家有良田岁余粟。春种未下先纳粮,安居屡被官差辱。邻翁劝我作入营,入营免使里长瞋。谁知将校更贪酷,今年迫我远从征。五月浙西县,六月江南岸。一生只说把锄犁,那识军中征与战。凌晨炮火动地来,铅弹攒空落

如霰。向前百步猛回头,伙伴官兵皆不见。仓皇却退路渺漫,日落且宿菰蒲间。忍饥三日遇同伴,挈我南向台州还。到家妻子亦知喜,亲戚来慰惊乡里。里长星夜告官差,捕我要将死罪拟。不然买命须有钱,典衣鬻宅卖田抵。今幸他人不我扰,家室荒凉空若扫。人生贫贱亦寻常,尚恐他时身不保。何如冒死再投征,差胜偷生伏荒草。

浩 歌 _{甲寅重九约登高峰不果,作此解闷}

我欲东登泰岱南衡崧,万古沧桑眼底逢。我欲西登太华北恒岳,九派河流眼底伏。丈夫意气当激昂,史公挟策走四方。江山精秀收夹袋,吐为文字腾光芒。胡为终岁寒毡坐,风雨一编手不舍。署名不出羲皇上,读书乃在秦汉下。井蛙管豹测海蠡,巢螟瓮鸡伏辕马。大笑亦复如蝇声,数者得毋所见寡。我生负性颇自豪,流览坟典亲风骚。班扬枚马韩李杜,三苏欧柳皆同曹。四十名不越乡里,大言一出来讥嘲。何如万里行九州,到处题诗在上头。泄我一种盘礴气,消我千秋块磊愁。但恨腰缠空十万,黄鹤欲骑仰天叹。天台四万八千丈,眼前曾不经一眄。君不见缩地法、寰瀛图,神仙幻妄非吾徒。君不见巫阳梦、蜀道吟,古人讽喻非我心。兴之所至身亦至,何愁世路多崎嵚。人言谢公搜山务缒凿,列子御风周寥廓。我愿自在掉臂得游行,清高顾视远瞻瞩。不借穆满蹄,自登昆仑墟。不持绿玉杖,独上青云梯。只须身生六翮凌云翼,高翔下视无华夷。笑彼五岳亦培塿^①,何况区区苍烟九点齐。

注释

①培:小土丘。

题便面①虞美人

楚宫昔日爱细腰，缓歌漫舞春风娇，素裳缟袂玉帐暖，螺青一斛双蛾描。可怜垓下悲歌起，拔山莫雪江东耻，乌骓不逝红粉啼，惟有芳心长不死。至今玉骨埋黄土，朝泣行云暮泣雨，有情小草日含鼙，依依犹作虞兮舞。好事何人笔妙闻，托将剩粉写遗芬，试从花外双飞蝶，认取当年旧舞裙。

注释

①便面：扇面。

九日寄怀林芳泉陈子嘉

风雨兼旬至，登高兴自孤。只怜今岁别，渐与故人疏。黄菊新诗酒，青山古画图。可曾携蜡屐，同蹑鹤峰无。

挽临海宋心芝先生经畬 三首录二

耆旧吾台尽，先生独老成。胸存千古识，书博一时名。风雨传家学，田园远世情。高山人共仰，赤帜起霞城。

忆共青云客，曾过红杏轩。多情尘扫榻，闲话月临樽。野趣评花史，楼名识稻孙。别来今几载，惆怅认泥痕。甲寅余与少莲、璧人同寓先生红杏轩，晨夕谈宴作忘年交。今璧人宿草深矣，而先生又赴玉楼，悲哉！

秋日游雅屿①

晴云渡水作轻阴，桥畔凉钞一径深。响屐隔花山犬吠，闲庵阁雨粥鱼沉。禊怀犹自追王谢，入社奚缘访道林。欲拂松风生片石,归途催送暮蝉吟。

注释

　　①雅屿:今太平瓦屿山。

和黄壶舟明府赠同社诸友韵①

　　玉关西入鬓星星,湖海休嗟泛梗萍。栗里竟归彭泽宰,草堂未负北山灵。宦囊万里携吟稿,客馆三更敞画桡。容我谈诗惊满座,邻光分照一灯青。

注释

　　①黄壶舟:黄濬。

馆楼秋夜

　　宵长听报鼓声迟,茗碗如冰客去时。小阁青灯书下酒,满林黄叶雨催诗。荀香触思愁难遣①,沈带围腰瘦不支②。羡说黑甜乡最乐,何妨一觉傲轩羲。

注释

　　①荀:传说中的一种香草。

　　②沈带围腰:沈约与徐勉书"百日数旬革带常应移孔",围腰带移孔指腰瘦。

清明野行感赋

　　野草经行绿有痕,隔溪茅屋别成村。满山晓雨杜鹃血,遍地春风蝴蝶魂。道不拾遗钱是纸,乞犹他顾酒无樽。却怜战骨江南北,麦饭何人奠墓门。

过亭岭

　　松杉转处石梯开,欲上篮舆驻几回。山鸟不因行客避,岭云都逐野樵来。破风茅白欹孤店,过雨芜青没废台。为问南塘旧战迹,烟尘莽莽使人哀。

舟次灵江

橹声伊轧上春潮,山影随流翠动摇。树抱烟深钟出寺,江添雨足水浮桥。夹堤花乱开莺粟,争渡船归卖鲚苗。到岸不嫌人语杂,独临台峤看霞标。

乙卯夏重至霞城寓楼

四面明窗手自推,南风吹雨客重来。山腰树绿经年长,墙角花红无数开。拭几好安新笔砚,凭栏还是旧楼台。平生豪兴今全减,剩有闲情付酒杯。

秋夜归兴

几度琴装赋远游,芒鞋踏尽万山秋。青枫石径朝传驿,红袖金樽夜宿楼。岂有蒲牢惊入梦,似曾桂子落当头。归来一棹横湖月,卧看银河西北流。

五月十三日遇雨

枕书摊饭梦初回,寒逼青龙雨气来。裘敝桐江严子老,诗成草阁杜陵哀。二分水畔思移竹,一笛风前忆落梅。渐看五云辉隐隐,蒲花正待晚晴开。

梦中作

碧天如水不胜寒,捧出姮娥白玉盘。大小露珠千万颗,一齐倾泻下红兰。

晚　眺

傍城一角小楼开,隐隐东南暝色催。百万攒空银箭落,海风吹雨过山来。

林蓝详卷二《人物志》。

琼台玩月歌

明月出岭光皎皎,万里纤云净如扫。月光如水照琼台,琼台百丈凌苍昊。举头凝视心颜开,行行且止待月来。山骨瘦如许,十步九延伫。磴道曲以盘,脚底沙作语。回头顾视肝胆寒,千山受月如银澜。更复攀萝极游骋,衣薄不觉霜华冷。明月照人行,行人踏人影。忽独立兮层巅,风飘飘兮欲仙。水溶溶兮拖练,山潺潺兮生烟。分明一镜悬碧落,放大光明满大千。华顶霜气肃,赤城丹光煜。青溪螺溪摇金波,桃源洞里仙人如月何。徘徊复徘徊,对月起宿哀。曾照铜雀、戏马、黄金台,月缺月圆圆复缺,高台转眼成劫灰。爱此岿然立今古,施以神工运鬼斧。风霜不坏鲁灵光,长与明月两相望。何人先我来玩月,月照松楸雨露骨。对此明月须尽欢,长啸一声动双阙。

酒丐行

主人宴坐开重门,突来酒丐窥酒樽。主人慷慨赐之饮,一石而醉五斗醒。身无长物惟一瓢,得酒终日乐陶陶。蓬头垢面赤双足,蒲席裹背绳缠腰。自言昔日本纨袴,父兄远宦当要路。我乐酕醄百不知①,肘露头濡酒是务。长筵广席日尽饮,醉倒氍毹客无数②。一朝世事忽翻覆,亲友掉头不我顾。杖头摸索无一钱,每逢酒家口流涎。北风萧萧白日暮,徘徊四顾空凄然。饥来一饭千金值,当年豪饮那可忆。生平有癖宁苦饥,溺死酒泉吾亦得。今日乐逢贤主人,洗我胸中十斛尘。尽倾余沥出门去,行歌又入喧阗处。

注释

①酕醄:大醉貌。

②氍毹:演戏的地毯。

戚将军平倭歌

海氛冥冥怒鲸吼,濒海居民悸而走。此时何可无将军,况是跨海斩鲸手。旌节来自松江边,敌戈挥日烽烧天。陈沛叶宗血战死,将军赫怒亲控弦。冠发上冲髶张戟,陡门一战贼胆裂。轰雷掣电势莫当,野遍积尸河流血。生擒其酋焚其艘,天子嘉绩民歌谣。至今立庙岁肸蚃①,灵爽犹为降魔妖②。戚侯_{一作吁嗟}戚侯不可作,今日_{一作甬}东海氛十倍恶。

注释

①肸蚃:散布,弥漫。多指气体、声响传播,引申为连绵不绝。

②灵爽:鬼神,精气。

壶舟先生于雪迳斋中出《漠事俚言》
《倚剑集》相示,即次赠雪迳韵

功名五斗才八斗,弃却功名负才走。红山黑水富诗篇,破囊不剩一钱守。归来随俗聊浮沉,故交寥落谁知心。我辈后生快觌面,嬉笑怒骂皆良箴。昨日袖诗寓斋过,视我幸不如涕唾。从兹晨夕愿追陪,为公特设皋比座。

张颠以头濡墨作草书歌

张颠之颠颠欲死,酒气蓬勃发上指。乌纱一脱成墨戏,以头作笔壁作纸。几辈小儿矜涂鸦,对之项缩眼生花。堂上白日风雨黑,淋漓濡染飞龙蛇。如锥画沙印之泥,欲得其骨去其皮。低昂俯仰具新意,古今书手无此奇。书罢酒醒忽大叫,我用我法真神妙。妙悟虽从舞剑生,颓容奈可临池照。颠乎颠乎为汝谋,不如借取古弼头。

独 夜

寒气砭人骨,下阶还复行。痴云天一色,孤馆夜三更。松竹悄无籁,蛩螀微有声。挑灯开酒瓮,独酌自怡情。

山居雨夜

久坐无聊赖,开门山翠苏。凉风吹细葛,宿雨下高梧。云气一峰裹,水声双涧俱。行行下樵路,买酒问迷途。

听 蝉

栖身最上头,清响入云流。哀怨复何有,萧然人意幽。槐阴凉似水,诗思淡于秋。不觉沉吟罢,夕阳郊外收。

夜泊虹桥与杨香生小酌

世事任悠悠,携装恣浪游。江湖两闲客,书画一轻舟。微月隐村树,疏灯明市楼。且谋今夕醉,此地暂淹留。

秋夜同人集桐阴小舍

秋色正潇洒，吾斋殊寂寥。忽来不速客，相与遣今宵。饮酒李太白，论诗崔不雕。灯前正成约是夕有登高之约，密雨响芭蕉。

雪逵书斋近小莲后圃，诸友为榜曰"借绿山房"

君家何不有，只惜无幽林。今此一窗小，居然万绿深。松风清午榻，竹翠润秋琴。差胜东楼上，遥青借远岑。

自题画兰

空谷凝严寒，幽兰生意浅。春风一以嘘，素心为之展。露重气更清，林密香逾远。写此寄吾情，芳馨怀九畹。

梅仙辱题兰竹册子次韵送别

此翁骨相清如许，除却梅仙莫命名。幸有诗媒先作合，无多茶话见平生。孤标雅不宜时俗，高咏真能泊世情。何事相逢便相别，归期屈指使心惊。

偶　成

琴书随分冷生涯，溪上茅堂日又斜。画稿映窗千个竹，诗魂倚槛一枝花。怕留俗客迟呼饭，差润饥肠小啜茶。入夜荔墙明月上，倍怀知己久离家。

初课分体

梅花九老吟庵圮，歇绝风流五百年。大好今朝六闲客，重开海国一诗天。谈风嘲月连新襫①,夜烛晨樽证宿缘。更有不言同喻处,勉将道谊踵前贤。

和黄壶舟明府濬赠同社诸友原韵①

万里归来鬓未星,不须游迹感飘萍。诗坛将相公无忝,绝塞风霜句有灵。路认家山云返岫,夜谈漠事月窥棂。英雄不洒穷途泪,凭杖怜才有卫青。

注释

①黄壶舟:黄濬。此诗为酬黄濬之诗作,时黄濬从新疆流戍归来。

和黄今樵柬同社诸人韵

锐走雷霆气烛星,笔锋长似发砮硎。胸怀古剑酬奇士,手制新词教小伶。万里酒痕襟上认,九州方语马前听。归来南郭梅山外,花草春风夹路馨。

灯　花

少朵盈盈向夕开,莫愁风雨隔窗催。是真有喜何须报,自分无钱不费猜。常作语教人细听,可曾香入夜深来。怕渠也有飘零恨,收拾棋枰换酒杯。

寄蔡湛如谟先生

评诗论画见天真,无奈征帆促此身。远寄渔盐喧闹地,可堪水月性情人。大都儿女能成累,未必幽人只合贫。我倘渡江双桨便,与君谈笑解君颦。

写梅赠梅仙辱惠诗,依韵和之

幅梅花赠爱梅人,淡墨寒梢写不真。小子画禅未得髓,先生诗胆却通身。清思奇句今无敌,索笑吟香夙有因。宛似九方皋相马,一经题品便精神。

谒王静学先生祠

靖难兵戈起北燕,孤臣无力可回天。空呈慷慨匡时策,旋赋从容绝命篇。同志已无方正学,葬身幸有盛希年。我来瞻谒频惆怅,风雨荒祠剩数椽。

日暮即目

落日淡群峰,荒烟寒古树。山径断人行,扁舟横野渡。

二姑井

二姑玉骨已成泥,荒井千秋水色凄。同是首阳心一片,无人来吊女夷齐。

老少年

何事中年鬓有霜,庭前秋草自红妆。如渠老去颜逾妙,珍重人间速老方。秋红转觉胜春红,小草私回大造功。记我曾怜名字好,和霜剪取飨邻翁。

消夏词四首录三

雪车冰柱那可得,倚暖趋炎诚惮劳。不著衣冠过六月,满庭风竹自萧骚。

帘开三面绿阴通，竹枕籘床卧午风。看我藕丝衫子薄，鹦哥自骂羽毛丰。

我自清闲笔自忙，素缣索画满匡床。赠人何惜胸中竹，分与先秋一味凉。

自题画竹

君家旧有千竿竹，绿满柴扉日耐看。何事寄余剡溪纸，却教画出两三竿。

粉香时散箨声中，细细梢分午院风。帘外故人期不到，两三四个倒书空。

枯肠得酒作雷鸣，容易胸中万竹成。急向剡溪藤上吐，龙孙齐挟雨风声。

如此幽居竹未载，挥毫聊写数枝来。秋声蓦地禅关起，打得山僧入定回。

几年画本费搜寻，风雨潇潇访竹林。劲节清标都易写，最难写处是虚心。

又题画竹

屏帏暗淡镜生尘，阶下娟娟竹色新。欲写数竿倍惆怅，暮寒翠袖倚何人。

林傅详卷二《人物志》。

秋夜集璧人桐阴小舍

秋卉正鲜妍,同人谈心曲。相约坐凉宵,诗酒恣所欲。辟地两三弓,结构数椽屋。园景供盘桓,携檠烧短烛。肴核罗杯一作松盘,量小一杯足。夜色澹无边,凭栏豁心目。径栽战雨蕉,门掩敲风竹。赌韵飞羽觞,礼教任脱俗。散步下庭阶,池中月可掬。还家夜已阑,松风吹谡谡。

偃　竹

一竿修竹高千尺,斜卧墙阴锁深碧。林间戛玉来清风,多少疏阴覆藓石。九嶷梦断瑶瑟寒,美人踢倒青琅玕。云根拂尽红尘迹,白日萧萧下翠鸾。

挽从叔琴池主人

游戏小神仙,人间卅四年。可怜花径月,不照竹林烟。浊酒空千斗,孤琴剩七弦。小兰亭寂寞,瞻仰泪潸然。

一梦赴南柯,伤心可奈何。琴池秋雨冷,梅社夕阳多。入画青山在,题碑碧落摩。招魂渺何处,愁赋楚些歌。

消夏词录二

剥瓜切藕几人家,一带凉棚门外遮。最好小庭新雨过,清香时送白莲花。

门掩苍苔一径深，依依庭树绿成阴。袖中一卷新诗稿，好与凉蝉相对吟。

章淳详卷二《人物志》。

检戚鹤泉先生文集有感

著作纷纷说等身，当年入洛动京尘。科名直接前朝士，风雅能扶后辈人。缑岭银笙倾夜月，峄桐彩凤晒阳春。至今墨沈存生气[①]，况有刘陵被泽民。

注释

①墨沈：墨迹。

怀黄壶舟先生出塞

弟昆唱和宦游时，彭泽归来鬓已丝。注辟一篇新夏正先生注《夏小正》多驳旧传，途经万里古车师。羁身毳幕飞霜早[①]，回首萧关落日迟。荒外由来风景少，可将春色问焉支。

注释

①毳幕：游牧民居住的毡帐。

消夏词

城南树树碧无烟，软底棕鞋趁藓钱。小步绿阴村店晚，不闻人语但闻蝉。

招凉珠子松风石，共羡豪家一味凉。输我竹床绳缚好，北窗高卧傲羲皇。

《温岭丛书》(甲集)第二十六册

王穰年 号韵卿,听竹裔,著有《梅花百咏》一卷。

花　山

古庵云树锁深幽,不住诗人名不留。天为花山生九老,梅随吟社亦千秋。凌霄鹤去几多岁,横笛牛归认断流。拟向禅宗话往事,夕阳钟打旧僧楼。

吾祖名高古逸民①谓听竹公,白云深处寄吟身。梅花以外谁同调,洛社而还得九人。遗稿重镌新谱牒,长楸未减古精神。遥怜诗是吾家事,听取悠悠起后尘。

注释

①逸民:指王崧,号听竹。

花山志卷之九 艺文六

诗后编_外

裴灿英字诗藏，东外人，著有《凝翠楼诗集》。

花山怀古

春风习习溪西路，山北山南多烟树。诗人九老名独存，犹识当年栖止处。喧然声誉满泉溪，楮墨行间如欲遇。迄今我辈景遗芳，硕德高年不可忘。林公原缙为其首，谁其继者翁与王。二丘二何貌甚古，又有狄公名景常。终以程完为之殿，诸老诗文各擅场。胜游曾仿香山事，分韵推敲乐未央。于今遗址委荒草，尚有流风传故老。梅花零落剩僧庵，夕阳故道无人扫。

韩士衡字蕊园，新河人。

丁巳春偕陈特民闻馥生张企乔游新庵，因题寺壁，同人击钟催促为戏

梅花落尽纸窗虚，此是当年九老居。何日身闲来小隐，看山胜似读奇书。

手折花枝笑口开,夭桃不访访寒梅。笑侬诗思清於水,柱
煞钟声百下催。

吴观乐字绣卿。

新庵题壁

行到梅庵未夕阳,松花乍放满山香。我来避世嗟何晚,闲
煞僧房云锁将。

方鹤龄字菊溪。

次蒲作英题壁韵

雨丝风片任欹斜,但见梅庵不见花。果待几生修到此,蒲
团坐啜一瓯茶。

叶新字作民,号癯鹤,东城人。

次韩蕊园题壁一首

梅为当年九老开,诗人去后已无梅。笑余不是吟诗客,索
句偏劳刻烛催。

陈继平字汉丞,湖北人。

丁卯夏由瓯入台,道出泉溪登花山访老宿赵兰丞先生,旋读大著《花山集》深得唐宋家法,旅次无聊率成律绝数章,随口而出,工拙不计也

滔滔日下叹江河,尘迹飘零苦况多。末造乾坤谁作主,沉沙剑戟欲重磨。飞熊无梦终难了,扪虱纵谭莫奈何。素志不为流俗道,雄心早已付烟波。

无能自笑此羁栖,万种悲凉笔一枝。士不逢迎终落拓,民从输纳尽膏脂。忧时常恨龙无首,末俗宁知鼠有皮。按剑思量天下事,羡君出处著先知。

当年吾口似悬河,今日军兴忌讳多。海客生涯更漂泊,风人心绪半销磨。万山与子相知晚,一艾羞予未蓄何。大造茫茫无可诉,直将文字付烟波。

沧桑世界山头隐,万事掉头日闭关。惟有诗人相往返,杖藜一笑夕阳间。谢却文书笔砚亲,筑庐半亩著吟身。世间商略浑无物,领取山中花木新。

阮囊尚欠买山钱,惭愧生涯恋一毡。输与山中老居士,篇诗斗酒日陶然。历尽穷愁诗始工,襟怀绝不与人同。青莲花月今犹在,不惜柴门拜老翁。

郑辉南 字丙生。

新庵访赵兰丞师不遇即呈

山以花名重浙东,此庵应亦与无穷。何堪破屋寒烟外,况复颓垣夕照中。井有清泉思往事,地邻古社仰高风。昔年曾遂登龙愿,绛帐依依侍马融。

讲堂云锁鸟空鸣,苔藓侵阶作古青。壁有诗题人有意,寺无僧住佛无灵。梅花消息长怀想,象教废兴莫涕零。安得先生松柏寿,诗天重现一明星。

毛济美字震伯,晋奥人[①]。

冬日游花山展谒九老祠即呈赵兰丞先生

曾读花山九老诗,瓣香今始拜崇祠。思量采取溪毛荐,不及梅花供一枝。

崇祠新筑接僧楼,风义如君信莫俦。从此溪山倍生色,名贤古佛各千秋。

礼罢诸贤日欲斜,空山流水寂无哗。闲时愿荷长镵至,补种寒梅几树花。

家山兵火痛何如[②],劫后荒凉半是墟。但使老梅容俗客,买邻我便欲移居。

注释

①晋奥:晋岙。

②家山兵火：指省防军围剿晋山冯虞亭部一事，晋山旧宅成为灰烬。

诗后编内

陈江藻详卷二《人物志》。

月下感兴用太白《月下独酌》韵

明明古时月，来与今人亲。今人不识月，古月总照人。有意若无意，清光常满身。只当三五足，何分秋与春。鉴影析毫芒，遣怀息棼乱①。坐觉幽籁生，仰视纤云散。悟澈本虚灵，星星淡河汉。

注释

①棼：纷乱。

辛巳读书新花庵寻梅社故址用李白《下终南山》韵

古人不我待，末世将安归。寻诗白云里，触发妙几微。得意向前往，邃洞叩古扉。崖悬石倒镜，泉泼风浣衣。泠泠天籁起，中有良琴挥。多情断复续，曲罢人亦稀。此意少能识，悠然悟真机。

九日登高宿社友赵兰丞家

一到重阳气便豪，同人胜会作登高。酿寒小雨侵晨过，着意轻飙逐客遨。红树多情酡醉靥，碧山新色衬青袍。闲花粘屐避溪路，仄径撩衣拨野蒿。日丽紫鹃纷烂漫，天空白雁共翔翔。隔林犬吠人家近，竹坞云深屋舍韬。中有诗仙谐雅俗，每偕时辈振风骚。好罗茗果资谈麈，惯托盘飧犯老饕。点雪花鲈烹一尺,经霜稻蟹味双螯。肆筵广接汝南景,入席还来彭泽陶。篱菊笑为人把盏,石苔扫待客题糕。蓬莱橘子手亲摘,泰华莲华眼底遭。高阁滕王惭作序,曲江学士想拈毫。佩萸祝应长龄寿,落帽风爬短发搔。倦欲归乎留且住,秋将老矣醉无逃。榻连东岭暮云下,樽借西楼明月淘。赌韵重开金谷酒,□□群逞玉山鳌。曲终元白知谁压,笔许丹青业互操。争欲标奇追庾鲍,看何得句奏琅璈。饶多意蕊抽江管,芒露词锋快并刀。步不诗成依律罚,饮缘量少剔心挑。更番酣战贾余勇,逻察逋逃勿惮劳。敲罢吟笺秋寂寂,喝来清辩夜滔滔。鹤声警露巢松冷,猿啸悲秋古木号。七碗茶余情一畅,几人枕上息纷嚣。请观大集开琼笈,尽是名言吐粕糟。梦入婑嬛迷福地,快从沧海汲洪涛。读书能破千秋案,醉客奚关百斛醪。信有经纶出岩穴,方知著述重林皋。石盘终古生奇士,梅社于今属我曹。自顾顽身嗤老拙,也经嘉会预时髦。闲凭云物空胸臆,防莫霜华到鬓毛。历劫枯棋重入局,及时香黍又开槽。山林应有三生约,燕饮胡缘连岁叨。秀句新腔多蕴藉,狂奴故态独嗷嘈。今年足力明年健,此兴年年总不挠。

偶　成

无计可驱愁,长歌复短讴。回头天地阔,明月在高楼。

新　燕

朱户多帘幌,黄茅破屋梁。谁家飞宿便,陌巷问斜阳。

林简 详卷二《人物志》。

访耕云别墅

松影参差竹影稠,山间小筑总清幽。四围碧草随风偃,一道青泉带月流。好鸟数声林外唤,斜阳半壁望中收。不知世上丹青手,能绘桃源一二不。

自　感

二十四春闲里过,学书学剑两无成。漫从蓬岛偷灵药,且向风尘寄此生。鸟语花香皆妙谛,山光水色总闲情。比来领略琴书乐,底事营营利与名。

牡　丹

国色天香怯晓寒,惜春有客正凭栏。珍珠帘倩东风卷,富贵花凭冷眼看。艳福几人消受得,仙姿□尔写生难。何当走马长安道,把酒重寻一日欢。

蟋　蟀

泣露吟风系我情,碧纱窗下唤声声。若非胸有牢骚气,肯向人间试一鸣？夜凉如水拥孤衾,明月当窗风满林。天恐诗人增寂寞,故教蟋蟀助清吟。

纪　梦

梦里桃源是耶非,春风人面想依稀。多情最是章台柳,绾住刘郎不放归。

天台何处路能通,霞帔珊珊入梦中。惊破鸳鸯各飞散,落花无语怨东风。

昨夜东风破梦时,一灯红豆最相思。刘郎纵有重来想,路隔桃源问阿谁。

王薰 字簀山,听竹斋,韵卿子。

出示先君子花山二律于兰丞,谨次原韵

出郭无多此最幽,身闲亦足少勾留。荣华富贵一弹指,风月林泉几度秋。避弋兴朝甘小隐,逃名禅代作清流。梅花零落吟魂在,淡日钟声漾破楼。

乡邦文物重先民,况是遥遥华胄身。未歇风流传野老,可无冷淡笑今人。僧荒莲社风凄佛,客沁梅花句入神。欲荐溪毛歌楚些,松楸飒飒有音尘。

何广 字梦我,号河清,东阁十六世孙,曾任平远、浦城等县县长。

暮 秋

风急雁南归,惊心岁月非。烟光凝远岸,山色淡余晖。水共长天碧,鸦随落叶飞。平原怜晚眺,寒气逼征衣。

送谢振英氏归国

一夜北风起,岭梅报早春。与公同作客,怅我未归人。塞雁随阳返,浮云是处频。他时相忆处,日暮大江滨。

郊　吟

西风匹马古城阴,木叶萧萧泪满襟。许国身依三尺剑,思乡愁起万家砧。野营夕照余秋草,白塔天寒噪暮禽。极目江关寥落甚,一时长恸不堪吟。

岁暮登吴山有感

极目江城事事非,客因岁暮倍思归。离魂已逐片帆远,旅梦都随一雁飞。望断乡书惟有泪,年来压线自无衣。苍茫独立吴山顶,百感填膺吊落晖。

秋　感

天高风急思茫茫,吊古伤今泪两行。祸乱都由政客起,国家半为美人亡。邦交四面侵中土,烽火十年苦万方。堪叹几多名胜地,至今处处作沙场。

黄海道中

奔涛日夜送行舟,浩荡无涯快壮游。万里尘寰三尺剑,数行雁字一天秋。负家壮士心何愧,报国书生愿未酬。海外三山何日到,西风薄被别神州。

秋夜独坐

人静灯光暗,天高万籁清。一蛩鸣砌下,知是夜凉生。

卖花声西湖归棹

卅里水如烟,风景流连,双堤杨柳绿争妍;最是缠绵枨触处,苏小坟边。　　归棹夕阳天,心事茫然,他乡飘泊自年年;水上浮萍船上客,一样可怜。

菩萨蛮 闺怨

多情最是催春鸟,不知啼了声多少;啼到楝花开,征人还未回。　　腰肢柳样瘦,眉黛春波绉;怕启水晶帘,目穷愁更添。

赵佩茳

访梅花洞故址

佛住诗人屋,于今复几年。瓦颓苍鼠出,阶冷野狐眠。吟响遗流水,荒蹊乱暮烟。空山如许住,我亦爱逃禅。

游花山

野树迷溪径,闲云锁寺门。梅花消息冷,枫柏自成村。

童师柘臣以小泉村近花山易名为消寒,因成二律即用童师花山访林仲严韵

自锡消寒号,溪山别一村。芳馨流古社,春意盎柴门。九老踪堪继,三生约自存。崇祠何日建,大冶起梅根。

消息红梅露,村名雅称山。吟诗春十里,庇士厦千间。客是兰亭彦,人谁玉笋班①。宗风提倡后,吟响满溪湾。

注释

①玉笋班:喻朝班英才济济。

补 梅

地老天荒树不花,溪山春事属谁家。骚翁去后鸿留爪,社屋颓余藓作葩。夹道两行全待补,迎人万本昔曾夸。名流胜境良堪慕,莫遣东风怨物华。

欲呼古艳照新诗,正是风前雨后时。月地锄鸦勤点缀,寒天招鹤共维持。新条看逐芳春长,旧路来寻老衲知。一柄长镵一尊酒,胸中早放向阳枝。

花天破缺唤奈何,劚土移根学女娲①。香国重开新世界,闲身合署老头陀。春风卉草天无际,迟日江山韵共哦。有客过桥来觅句,白云深处冷馨多。

和吴绣卿题壁韵

雨余林角漏朝阳,春入深山草木香。扫榻忽哦题壁句,恨无杯酒共相将先生豪饮能诗,兀傲自喜。

倒叠前韵

影踪萍水未相将,子重诗成院壁香。一路草花千树叶,最堪爱惜是春阳。

后补梅

胸中丘壑意中花,那辨诗家与佛家。老树独横三径月,夜灯闲课一经葩。檐前索笑春先到,雪里吟香句自夸。姑射仙人何处是,肯因黯淡陋风华。

种花未得且吟诗,春雪融时月满时。千载广平工写照,一枝齐已费争持。能疗病渴偿余望,待抱寒香问故知。如此园林如此景,冰天雪地几相思。

戊午早春题新庵壁

古洞梅花故国春,一枝墙角见精神。樵苏剪伐开因晚,留与东风作主人。

次韩蕊园题壁句

名士名山两不虚,论诗何幸傍幽居。曷来古社春无恙,一勺清泉一卷书。

洞口春云拨不开,入山何处问寒梅。客来偏有吟诗癖,得句无劳击钵催。

再次韩蕊园韵

夕阳故社久荒虚,九老风流去不居。剩有诗名满东浙,今人犹读古人书。

清湍屈曲两峰开,满目榛芜换老梅。复社补花何日慰,不堪华发暗相催。

赏菊题壁

吹到金风菊已胎,东篱觞咏日千回。世间谁是陶彭泽,也对黄花自发醅。

山行口占

雨过僧房静,闲行引兴长。半林松露湿,一路菌花香。雅管参春课,晨钟罢上方。出山何所事,弥勒笑人忙。

风雨中观诸生赏右军帖口号 时壬戌七月二十日

风雨撼荒祠,屋破头欲打。董生帷已撤,颜氏瓢亦冷。纷纷鸟投檐,哀鸣声若梗。我亦因感动,绕床增怅惘。诸生正欢然,得意遂忘象。赖有兰亭书,来共群人赏。虎卧与龙跳,颠倒生奇想。风驰雨骤中,心目益旷莽。丈夫贵自豪,意气薄云上。不能一善名,徒为万劫荡。感此怀古人,籁灯自晃晃。乌衣巷久墟,兰亭遗片壤。剩有永和记,初写已无两。持语后来秀,盛名不可强。

癸亥重馆花山

重寻佛屋拨春云,咫尺溪流数道分。新出里间狵吠客,乍晴风日鸟呼群。登堂僧侣晨星没,绕砌泉声夜枕闻。如豆一灯人未睡,自翻筐篚检遗文。

毷氉头颅又上坛,十年仍拥片毡寒。如鸡断尾为牺惮,学燕将雏补垒难。秀起小生推上席,出泥新笋称加餐。佛灯也有重来谶,一面梅花三面兰。

语 蕉

石罅种蕉不肯长,秋雨三日才上墙。炎歊毒雾卷不尽,得此斋阁生微凉。我与蕉语蕉且听,世途莽莽尘沙亘。与君愿作忘形交,挹取清芬助幽兴。

蕉闻余言若点首,明月上窗风入牖。清凉世界此间存,呼起山妻出斗酒。池莲已谢菊未开,披襟相对且衔杯。樽前如见绿衣女,轻裾长袖舞徘徊。

秋日花山怀古

溪烟步尽洞云幽,仄径颓垣想旧游。佛屋几更前度社,泉声犹作数人讴。孤山有幸栖逋叟,地主何人识伯修。韵事销沉花寂寞,斜阳荒草自成秋。

莫从杖履接名贤,木落天空思邈然。国弊中原犹斗蚁,寒深高树但闻蝉。君臣义想方王外,林壑踪追绮夏前。太息斯人不可作,小桥流水自年年。

空留诗卷在人间,正始风流迥莫攀。疥壁苍蝇休乱雅,登坛功狗许趋班。樵归野唱连云动,林暝聋僧放牧还。闲我溪头日来往,晨烟夕露访禅关。

甲子开馆

雨雨风风伴索居,花朝五日赴行庐。冷云三径争迎面,晴旭一轮初上除。旧种李桃齐放叶,闲糊窗壁乱堆书。算来甲子从今换,老傍溪山可奈余。

知非伯玉十年迟,尚抗颜行作导师。到眼文章花样变,回头岁月隙驹驰。寒深布被孤灯夜,风度书声晓枕时。苦乐此中谁共证,临流莫恼鬓边丝。

大雨早起

溜声才尔尚倾盆,一阵凉飔褪墨云。秋老却添红意思,金灯开上孔家坟。

破石崩崖势似雷,僧寮夜静雨风催。推窗莫怪滩声急,无数黄龙出峡来。

凤仙落尽菊苗长,秋意萧然总可伤。赖有傲霜奇骨相,何须婢子伴姑娘。

二色凤仙重开

花中雏凤女中仙,炼得还丹返少年。别有菁华回造化,肯因风雨失婵娟。几番狼藉天难问,一样玲珑月再圆。闲倚栏干数红紫,风流真不减从前。

不用秋风怨落花,返魂香里灿流霞。忽惊羿后回蟾窟,眼见王嫱返汉家。月下风前看不足,绛唇翠袖认无差。一樽为订三生约,莫遣繁英转眼赊。

又

秋老山空鬓欲苍,幸凭羽客伴僧房。无端风雨添萧索,入化丹青付浑茫。几日重看新粉面,一樽相对旧霓裳。得君根气深如许,那信园林晚不芳。

紫紫红红满压枝,再相逢处最相思。织来锦费天孙巧,梦觉春生江管迟。色色空空空色色,离离合合合离离。荒畦抱瓮勤防护,道是秋园得意时。

和郑丙生新花庵过访韵

泉溪西畔石牛东,琴筑当年兴未穷。故社重新梅乍放是冬余募修故社已成数楹,清川无恙月方中时十一月十五夜也。尽多野趣收林壑,不碍精蓝妒雨风。剥复何常真宰在,曷来那不乐融融。

黄钟瓦釜久争鸣,厌世嗣宗眼怕青。老去空余皮骨在,闲中羞乞简编灵。江河日下风谁挽,桃李春深露不零余连馆此庵又将近十载,旧从沾溉甚少。何只旧游离索感,山人还惜发星星。

再叠前韵柬丙生

吾学川流折必东,溪山穷处赏无穷。香通梅信春何限,统接松山乐在中社学绍述紫阳者实得郭松山之传。别派忽传诗弟子,骚坛偏仗佛门风九老以来,诗社皆假设僧寮。昌期五百从今转,儒墨将无水乳融。

敢矜道大叩斯鸣,潦倒词章供杀青。千载横渠通鼻息余有《正蒙浅注》,一编江槛见精灵潘伯修先生文最所服膺。霓裳旧部随云散,杞梓新栽待雨零。昨夜斗牛光气动,东南从此兆文星。

和毛震伯冬日游花山展谒九老祠韵①

高轩一过便裁诗，展读春生九老祠。遥想梅花得知己，溪头多放一枝枝。楼傍僧居山面楼，商量啸侣命同俦。谁知时难年荒并，心事悠悠两阅秋。临溪疏影自横斜，上客清吟两不哗。坛坫主盟知有属，愿君无负岁寒花。游踪江槛尽相如，避寇西来吊故墟。名士名山终有待，岂容长隔水云居。

注释

①毛震伯：毛济美。

跋

右《花山志》都九卷,为先严兰成公遗著之一①。忆先严晚岁开馆花山者阅十余载,其于募建九老祠、编纂《花山志》,几至心力交瘁,盖所以彰先哲而维名教。乃祠宇略具规模,志书亦甫脱稿,而先严已溘然逝世。崇祠峻宇渐至风穿雨漏,志稿亦几饱蠹鱼矣。

丁丑冬,徐翁子骐自首都解官,里居多暇,时至其地,见而爽然。且以建祠时曾与其事,即毅然募款重修,并邀金仲略、钟子琴、王演青诸君及余以为臂助。不数月间,廊庑焕然,气象一新。复移葺旧庵位之祠,上通以石级,以为游观。随于去秋重九醵金致奠九老,祭余欢饮。徐翁念及志书,辄议梓以余款,并愿续筹以弥不足。更得郑君丙生力任校雠誊录之劳,阅一岁始得付梓。徐翁、郑君故尝受业于先严,亦先严所期望最深者,竟赖其力以成斯盛举。先严知人之明,与二人之所以报称其师者,胥于此可见。

独念余小子自先严殂谢,日为饥寒儿女累,仆仆市井间,既不能夙夜奋励以绍家学,即此外各遗著之整理刊行,亦茫茫无日。静言思之,其毋有忝尔所生耶?

　　　　　民国二十九年重阳后三日长男乾敬跋②

注释

　　①兰成:赵兰丞。

　　②乾:赵立民。

图书在版编目(CIP)数据

赵佩茳集 / (清)赵佩茳撰;吴小谦,黄晓慧,王
英础点校. —杭州:浙江大学出版社,2020.5
(温岭丛书)
ISBN 978-7-308-19815-8

Ⅰ.①赵… Ⅱ.①赵… ②吴… ③黄… ④王… Ⅲ.
①古典诗歌－诗集－中国－清代 ②古典散文－散文集
－中国－清代 Ⅳ.①I214.92

中国版本图书馆 CIP 数据核字(2019)第 273652 号

赵佩茳集

(清)赵佩茳 撰

吴小谦 黄晓慧 王英础 点校

责任编辑	胡 畔
责任校对	虞雪芬 吴心怡
封面设计	项梦怡
出版发行	浙江大学出版社
	(杭州市天目山路 148 号 邮政编码 310007)
	(网址:http://www.zjupress.com)
排 版	浙江时代出版服务有限公司
印 刷	绍兴市越生彩印有限公司
开 本	880mm×1230mm 1/32
印 张	16
字 数	400 千
版 印 次	2020 年 5 月第 1 版 2020 年 5 月第 1 次印刷
书 号	ISBN 978-7-308-19815-8
定 价	98.00 元